W0465033

HEYNE BÜCHER

SCIENCE FICTION

Herausgegeben
von Wolfgang Jeschke

Ein vollständiges Verzeichnis aller
im HEYNE VERLAG erschienenen STAR TREK-Romane
finden Sie am Schluß des Bandes.

STAR TREK VOYAGER™

MELISSA SCOTT

DER GARTEN

Roman

Star Trek®
Voyager™
Band 12

Deutsche Erstausgabe

WILHELM HEYNE VERLAG
MÜNCHEN

HEYNE SCIENCE FICTION & FANTASY
Band 06/5812

Titel der Originalausgabe
THE GARDEN
Übersetzung aus dem Amerikanischen von
ANDREAS BRANDHORST

Umwelthinweis:
Dieses Buch wurde auf chlor- und
säurefreiem Papier gedruckt.

Redaktion: Rainer-Michael Rahn

Erstausgabe by Pocket Books,
a division of Simon & Schuster, Inc., New York

Printed in Germany 1998
Umschlagbild: Pocket Books/Simon & Schuster, New York
Umschlaggestaltung: Atelier Ingrid Schütz, München
Technische Betreuung: M. Spinola
Satz: Schaber Datentechnik, Wels
Druck und Bindung: Ebner Ulm

ISBN 3-453-13980-1

1

Captain Kathryn Janeway sah auf den Bildschirm, und der holographische Doktor erwiderte ihren Blick mit einem Gesichtsausdruck, den man nur als dyspeptisch bezeichnen konnte. Er wäre der erste gewesen, der auf die falsche Verwendung dieses Ausdrucks hingewiesen hätte, begriff Janeway. Dem Arzt mangelte es noch immer an Takt beim Umgang mit anderen Personen. Nun, es war auch nicht vorgesehen gewesen, daß er über längere Zeit hinweg aktiv sein würde und dabei Funktionen wahrnahm, die sich nicht lediglich auf einen Notfall bezogen. *Wenn man diesen Umstand berücksichtigt, kommt er ziemlich gut zurecht,* dachte die Kommandantin.

Auf dem Bildschirm neigte das Hologramm ungeduldig den Kopf zur Seite und beanspruchte damit Janeways volle Aufmerksamkeit.

»Nun, Doktor?«

Der Holo-Arzt sah sie an, und seine zusammengepreßten Lippen bildeten einen dünnen Strich. »Ich muß zwei Fälle von Ascorbinsäuremangel melden.«

»Ascorbinsäuremangel«, wiederholte Janeway. Das Wort klang irgendwie vertraut. Nach einigen Sekunden fiel ihr ein, was es damit auf sich hatte. »Sie meinen Skorbut oder Scharbock.«

Der Doktor nickte knapp. »Skorbut. So nennt man die Krankheit im allgemeinen Sprachgebrauch.«

Janeway wölbte die Brauen. Sie griff nach ihrem elektronischen Datenblock und rief Informationen über die

Versorgungslage ab. Datenkolonnen wanderten übers Display, wiesen detailliert auf die Lebensmittelvorräte, ihren Kaloriengehalt und Nährwert hin. »Nach diesen Angaben hier haben wir genug Vitamin C an Bord, Doktor. Vielleicht ist die Ernährung der Betroffenen nicht ausgewogen.«

»Ich habe Fähnrich Renehan und Lieutenant Imbro nach ihren Eßgewohnheiten während des vergangenen Monats befragt, und beide leugneten Verstöße gegen den Ernährungsplan«, erwiderte der Doktor. »Nach seinen Schilderungen zu urteilen, müßte Lieutenant Imbro sogar weitaus mehr Ascorbinsäure zu sich genommen haben als erforderlich. Trotzdem leiden beide an Skorbut. Ich habe ihnen zusätzliche Dosen Vitamin C verschrieben, wodurch sich ihr Zustand schon bald verbessern sollte. Aber für die Ursache der Erkrankung fehlt mir jede Erklärung.«

Janeway holte tief Luft, ließ den Atem langsam entweichen und achtete darauf, daß ihr Gesichtsausdruck neutral blieb. Seit der Beschützer die *Voyager* in den Delta-Quadranten versetzt hatte, stellte die Ernährung der Crew ein Problem dar. Es betraf nicht nur die Menschen, sondern auch die Angehörigen der anderen Völker an Bord. Sie stammten aus ganz unterschiedlichen Bereichen der Galaxis, und daher mußten sie damit rechnen, daß die Welten des Delta-Quadranten nicht alle notwendigen Mineralien und Spurenelemente zur Verfügung stellten. Wie dem auch sei: Bei Ascorbinsäure handelte es sich um eine elementare Substanz, nach der bei planetaren Erkundungsmissionen ganz automatisch sondiert wurde. Pflanzen, denen es daran fehlte, wurden erst gar nicht an Bord genommen.

»Na schön, Doktor«, sagte Janeway schließlich. »Geben Sie mir sofort Bescheid, wenn sich Lieutenant Imbros und Fähnrich Renehans Zustand ändert ...«

»Entschuldigen Sie bitte, Captain.« Der Blick des Hologramms galt dem Handgelenk der Kommandantin – der Datenblock hatte ihren Ärmel dort ein wenig nach oben geschoben. Janeway betrachtete eine dunkle Stelle, einen kleinen blauen Fleck.

»Das ist nicht der Rede wert, Doktor.«

»Vielleicht doch«, erwiderte der holographische Arzt. »Wie kam es dazu?«

Janeway runzelte die Stirn. »Ich weiß nicht genau. Vermutlich bin ich gegen etwas gestoßen ...« Sie unterbrach sich, als ihr klar wurde, was der Fleck bedeuten konnte.

»Ich wäre Ihnen sehr verbunden, wenn Sie möglichst bald die Krankenstation aufsuchen würden, um sich untersuchen zu lassen. Derartige Flecken können ein frühes Symptom sein – insbesondere dann, wenn Sie sich nicht an eine Prellung oder dergleichen erinnern. Wie fühlen sich Zähne und Zahnfleisch an?«

»Damit ist alles in Ordnung.« Die Falten fraßen sich tiefer in Janeways Stirn. Sie verbrachte nur wenig Zeit damit, an ihren Körper zu denken. Natürlich achtete sie darauf, sich fit zu halten, aber ansonsten ignorierte sie ihr physisches Selbst, solange sie nicht krank wurde. Bisher schien tatsächlich alles in Ordnung zu sein. Jedenfalls spürte sie keine beunruhigenden Symptome ...

Erneut blickte sie auf den Fleck am Handgelenk und nickte. »Na gut, Doktor. Ich komme zu Ihnen.«

»Je eher, desto besser«, sagte das Hologramm, und Janeway lächelte.

»In einer Stunde bin ich bei Ihnen. Stellen Sie inzwischen einen Bericht über die anderen Fälle zusammen und fügen Sie alles hinzu, was Sie für wichtig halten. Janeway Ende.« Sie unterbrach die Kom-Verbindung und starrte einige Sekunden lang auf das Starfleet-Symbol, das nun auf dem Bildschirm den Platz des Holo-Arztes einnahm. Als sie den Befehl über ihr erstes Schiff bekommen hatte, vermittelte jenes Symbol ein Gefühl der Ruhe, denn es erinnerte daran, daß sie nicht allein war, zu einer viel größeren, mächtigen Gemeinschaft gehörte. Doch hier wies es auf die ungeheure Kluft aus Raum und Zeit hin, die sie und die *Voyager* von der Heimat trennte. Nicht zum erstenmal fragte sich Janeway, ob sie das Starfleet-Zeichen durch eine andere Standarddarstellung ersetzen sollte, und wieder entschied sie sich dagegen. Für alle – auch für die ehemaligen Maquisarden – war es besser, so weit wie möglich beim Vertrauten zu bleiben.

Janeway verdrängte diesen Gedanken und das damit verbundene Gefühl des Verlustes. Entschlossen griff sie nach dem Datenblock. »Computer«, sagte sie laut, »ich brauche Informationen über Ascorbinsäuremangel beziehungsweise Skorbut.«

Schon seit vielen Generationen stellte diese Krankheit im Raumgebiet der Föderation kein Problem mehr da, aber trotzdem enthielten die Speicherbänke des Computers erstaunlich viele Daten darüber. Allerdings fehlte eine Erklärung dafür, warum es selbst dann zu Erkrankungen kommen konnte, wenn es genug Vitamin C gab. Vielleicht hatten die betroffenen Besatzungsmitglieder doch nicht den Ernährungsplan beachtet. Sie faltete die Hände auf dem Tisch und verzog das Gesicht, als sie erneut den Fleck am Handgelenk sah. Wenn er ein Symptom darstellte, obgleich sie selbst stets die empfohlene Nahrung zu sich genommen hatte ... Dann konnten sich ernste Probleme für die *Voyager* ergeben. *Wahrscheinlich steckt nichts weiter dahinter*, dachte Janeway. Einige Besatzungsmitglieder, die unvorsichtig gewesen waren, und die defekten Replikatoren lieferten nicht die richtige Menge an Vitaminen und Spurenelementen. Hinzu kam ihre eigene Ungeschicklichkeit, die einen blauen Fleck und unnötige Besorgnis zur Folge hatte.

Sosehr sich Janeway auch bemühte: Es blieb ein Rest

von Zweifel und Unbehagen in ihr. Sie schüttelte den Kopf und deaktivierte das Display mit den Datenkolonnen. Bestimmt wußte sie bald Bescheid; es hatte keinen Sinn, sich schon jetzt Sorgen zu machen.

Der Doktor wartete bereits, als Janeway die Krankenstation erreichte. Sie fragte sich, wer diesmal vergessen hatte, ihn auszuschalten. Als er sich zu ihr umwandte, wirkte seine Miene nicht ganz so verdrießlich wie sonst – vielleicht hatte er darum gebeten, aktiviert zu bleiben.

»Ich habe den Bericht für Sie fertiggestellt, Captain«, sagte er. »Doch zuerst möchte ich Sie untersuchen.«

Aus einem Reflex heraus runzelte Janeway die Stirn und seufzte dann innerlich. »Na schön. Aber ich versichere Ihnen, daß ich mich gut fühle.«

Der Arzt richtete einen medizinischen Tricorder auf die Kommandantin, und Janeway wartete, während die Diagnoseprogramme des Geräts arbeiteten. Der holographische Doktor kommentierte die Anzeige des Displays mit einem leisen Brummen und deutete dann zum nächsten Tisch. »Nehmen Sie Platz, Captain. Und rollen Sie bitte den Ärmel hoch.«

Janeway kam der Aufforderung nach und wölbte eine Braue – für die meisten Besatzungsmitglieder ein deutlicher Hinweis darauf, daß ihre Geduld bald erschöpft war. Der Doktor achtete nicht darauf, konzentrierte sich ganz auf den kleinen, zylindrischen Scanner. Tiefe Falten bildeten sich in seiner Stirn, als er die ermittelten Daten sah. Nach einer Weile betätigte er eine Taste und hielt den Zylinder an Janeways Arm. Als das Gerät leise piepte, nahm der Arzt es fort. Seine Miene verfinsterte sich weiter.

»Nun?« fragte Janeway nach einigen Sekunden.

»Leider habe ich keine guten Nachrichten für Sie«, sagte der Doktor und trat zu einer Konsole. Janeway stand auf und strich den Ärmel wieder glatt.

»Eine vollständige Erklärung wüßte ich sehr zu schätzen, Doktor. Und zwar *sofort*.«

»Leider kann ich keine vollständige Erklärung anbieten«, begann der Arzt und unterbrach sich abrupt. »Oh. Sie meinen die Diagnose. Nun, ich muß gestehen, daß ich nicht überrascht bin. Sie haben die gleiche Mangelkrankheit wie Imbro und Renehan. Nur ist sie bei Ihnen noch nicht so weit fortgeschritten.«

»Meine Zähne fühlen sich normal an«, sagte Janeway. Es erfüllte sie mit einer gewissen Zufriedenheit, daß sie sich informiert hatte. »Außerdem habe ich keine Zahnfleischblutungen oder andere Symptome beobachtet, die als charakteristische Merkmale gelten.«

Der Doktor nickte kurz und blickte dabei auf den Bildschirm der Konsole. »Bei Ihnen befindet sich die Erkrankung erst im Anfangsstadium. Was den Fleck am Handgelenk betrifft... Vermutlich sind Sie tatsächlich gegen etwas gestoßen, und zwar nicht hart genug, um es bewußt zu bemerken. Aber der Vitaminmangel hat Ihre Blutgefäße geschwächt, und dadurch kam es zu einem Hämatom.«

Janeway sah erneut auf ihr Handgelenk. Der Ärger in ihr verflog, als sie die volle Bedeutung der gerade vernommenen Worte erfaßte. »Aber ich habe mich an den empfohlenen Ernährungsplan gehalten, Doktor. Ich sollte nicht an Skorbut leiden.«

»In der Tat.« Der Doktor sah vom Bildschirm auf. »Das gilt auch für Imbro und Renehan. Sie alle haben genug Ascorbinsäure bekommen, und trotzdem lassen sich bei Ihnen Anzeichen einer Mangelkrankheit feststellen.«

»Haben Sie eine Erklärung dafür?«

»Nein, im Moment nicht.« Einmal mehr formten die Lippen des Arztes eine dünne Linie, und als er die Brauen hob, bildeten sich neuerliche Falten in seiner Stirn. »Ich bin gerade dabei, ein Untersuchungsprogramm zusammenzustellen, das ich mit Ihrer Erlaubnis bei der ganzen Crew anwenden möchte. Wenn ich herausgefunden habe, ob es sich um ein isoliertes Problem handelt oder nicht, fällt die Suche nach der Ursache leichter. In der Zwischenzeit würde ich Ihnen gern zusätzliches Vitamin C verabreichen, und zwar eine ziemlich hohe Dosis – ich halte eine aggressive Behandlung für angemessen. In drei Tagen sollten Sie sich zu einer neuerlichen Untersuchung in der Krankenstation einfinden.«

»Einverstanden«, sagte Janeway. »Führen Sie Ihr Programm durch und berichten Sie mir von den Ergebnissen. Geben Sie mir sofort Bescheid, wenn Sie neue Fälle entdecken.«

»Natürlich.« Der Doktor ging zu einem Regal, betrachtete die dort stehenden Behälter kurz und wählte dann eine flache Schachtel. »Nehmen Sie zweimal am Tag zwei von diesen Tabletten, am besten nach einer Mahlzeit.«

Janeway nickte. »Wie sieht es mit Ihren Vorräten aus?«

»Wir können Vitamin C mit den Replikatoren synthetisieren oder aus den Lebensmitteln extrahieren«, entgegnete der Arzt. »Im zweiten Fall würden allerdings unsere Nahrungsmittelvorräte schrumpfen.«

»Ja«, bestätigte Janeway. Keine der beiden Möglichkeiten war wünschenswert: Die eine verbrauchte Energie, die andere wertvollen Proviant. Aber wenigstens boten sich damit kurzfristige Lösungen für das Problem an. Auf längere Sicht hingegen ... Janeway verbannte diesen Gedanken aus ihren bewußten Überlegungen. Längerfristig kam nur eine Lösung des Problems in Frage: Sie mußten die Ursache der Mangelkrankheit finden und beseitigen.

»Halten Sie mich auf dem laufenden«, sagte sie und verließ die Krankenstation.

Fähnrich Harry Kim blickte auf seinen Teller hinab, der ihm schlichte runde Körner als Reisersatz präsentierte. Plötzlich war er froh darüber, daß er einen zusätzlichen Löffel von Neelix' Gemüsecurry genommen hatte. Die hellgrüne Farbe erinnerte ihn an jene billigen sauren Zitronenbonbons, die er als Kind so gern gemocht hatte, aber wenigstens schmeckte das Etwas nach Kurkuma und Ingwer. Das Aroma stammte von einer gelben Frucht, die sie auf einem namenlosen, unbewohnten Planeten gesammelt hatten. Vor seinem inneren Auge sah Kim weite Grasebenen und glaubte fast, die über sie hinwegstreichende kühle Brise zu spüren. Es war eine wundervolle Welt gewesen, reich an Vegetation und fast völlig ohne tierisches Leben – ein perfekter Ort, um die Lebensmittelvorräte zu erneuern, ohne dabei befürchten zu müssen, irgendwelche Einheimischen zu beunruhigen. Hinzu kam: Das gesammelte Obst und Gemüse hatte nicht nur einen hohen Nährwert, sondern schmeckte auch noch gut. Kim senkte die Lider und stellte sich die Landspitze vor, wo seine Gruppe Messungen vorgenommen hatte. Die Luft roch nach dem Salz des nahen Ozeans. Eine weite Ebene erstreckte sich bis zu einem Wald, dessen Bäume gelbe Früchte trugen. Ja, ein herrlicher Ort. Allerdings ... Es herrschte eine seltsame Stille. Wie sonderbar, dem Ufer des Meeres so nahe zu sein, ohne das Krächzen von Möwen zu hören. In Kims Vorstellung waren solche Geräusche integraler Bestandteil maritimer Szenen.

»Mögen Sie heute abend kein Curry?« erklang eine vertraute Stimme. Kim öffnete die Augen, als der Navigator der *Voyager* ihm gegenüber Platz nahm. »Ich kann's Ihnen nicht verdenken. Hab die pikanten Tomaten allmählich satt.«

»Das erklärt, warum Sie eine so kleine Portion genommen haben«, erwiderte Kim trocken und blickte auf den gut gefüllten Teller seines Kollegen. Lieutenant Tom Paris lächelte unbefangen.

»Oh, ich möchte nur ganz sicher sein, alle Vitamine zu bekommen, Harry. Haben Sie nichts davon gehört?«

»Wovon?« fragte Kim argwöhnisch und schnitt eine Grimasse, als Paris' Lächeln in die Breite wuchs. Inzwischen hätte er eigentlich imstande sein sollen, einen Köder des Navigators als solchen zu erkennen. Trotzdem fiel er immer wieder darauf herein, indem er eine Frage stellte.

»Wir haben ein kleines Problem«, verkündete Paris fröhlich und schob sich einen Löffel Curry in den Mund. Eine halbe Sekunde später riß er die Augen auf und griff rasch nach einem Glas Wasser.

Kim schmunzelte. »Neelix hat wieder mit den Gewürzen experimentiert.«

»Sie hätten mich warnen sollen. Meine Güte, wo hat er hier im Delta-Quadranten Paprika aufgetrieben?« Paris atmete tief durch und probierte das Curry noch einmal, diesmal jedoch vorsichtiger.

»Wer weiß?« Kim beugte sich vor und stützte beide Ellenbogen auf den Tisch. »Welches ›kleine Problem‹ meinen Sie, Tom?«

Paris lächelte erneut – seine Geschmacksknospen schienen sich bereits an das Curry zu gewöhnen. »Sie erraten es nie, und deshalb sage ich es Ihnen gleich: Einige Besatzungsmitglieder leiden an Skorbut.«

»Skorbut?« Kim schüttelte den Kopf und griff nach seiner Gabel. »Nein, Tom, darauf falle ich nicht herein.«

»Es ist die Wahrheit«, betonte Paris. »Ich hab's von Fähnrich Renehan – sie gehört zu den Erkrankten.«

»Vielleicht wollte sie damit nur verhindern, von Ihnen noch einmal zu einem Rendezvous eingeladen zu werden«, spekulierte Kim und grinste, als Paris das Gesicht verzog. »Im Ernst, Tom – so etwas ist völlig ausgeschlossen. Ich meine, man kann Skorbut ganz einfach vermeiden. Ich bin an den Analysen der letzten von uns gesammelten Nahrungsmittel beteiligt gewesen, und daher weiß ich, daß mit ihnen alles in bester Ordnung ist.«

»Vielleicht sind Ihnen Fehler unterlaufen«, erwiderte Paris. »Oder jemand anders hat etwas übersehen. Rennie meinte, daß noch acht andere Personen die gleichen Probleme haben.« Er lächelte erneut, diesmal mit schelmischer Boshaftigkeit. »Wie fühlen sich Ihre Zähne an, Harry?«

»Gut.« Kim runzelte die Stirn, vergaß den Spott des Navigators und rief sich die Details der Analysen ins Gedächtnis zurück. Die ermittelten Werte lagen in den üblichen Toleranzbereichen; er entsann sich an nichts Ungewöhnliches. Erneut schüttelte er den Kopf. »Lieber Himmel, Tom, es kann niemand an Skorbut erkrankt sein.«

»Diese Behauptung entspricht erwiesenermaßen nicht den Tatsachen«, ertönte eine kühle Stimme hinter Kim. Gleichzeitig veränderte sich Paris' Miene, brachte etwas mehr Würde und Ernst zum Ausdruck. »Obgleich Sie von logischen Annahmen ausgehen.«

Kim stand auf. Lieutenant Tuvok gehörte zu den wenigen Personen an Bord, die Erinnerungen an seine Akademiezeit in ihm weckten. Er fragte sich noch immer, wie der Vulkanier einmal Mitglied von Chakotays Maquis-Crew gewesen sein konnte. Aus den Augenwinkeln sah Kim, wie sich Paris nach kurzem Zögern ebenfalls erhob.

Tuvok nickte knapp. »Der Captain möchte, daß Sie den Bereitschaftsraum aufsuchen.«

»Jetzt sofort?« fragte Paris. Kim drehte den Kopf und beobachtete, wie der Navigator einen kummervollen Blick auf seinen Teller warf.

»Jetzt sofort«, bestätigte Tuvok. »Es ist dringend«, fügte er hinzu.

»Und heikel«, meinte Paris. »Andernfalls wären wir sicher mit Hilfe der Kommunikatoren verständigt worden.«

»Mag sein«, entgegnete der Vulkanier unverbindlich.

Kim griff nach Teller und Besteck, schob beides ins nächste Reinigungsfach. Dann wich er beiseite, damit Paris seinem Beispiel folgen konnte. Tuvok drängte nicht zur Eile, und Kim beschloß, eine Frage zu riskieren.

»Gibt es tatsächlich Fälle von Skorbut an Bord, Sir?«

»Mehrere Besatzungsmitglieder leiden an Ascorbinsäuremangel«, antwortete Tuvok. »Der Captain wird Ihnen die Situation in allen Details erklären.« Damit drehte er sich um und ging zum Turbolift. Kim folgte ihm und hörte, wie Paris hinter ihm etwas murmelte. Er verstand die Worte nicht, im Gegensatz zu dem Vulkanier, der erwiderte: »Daran zweifle ich nicht, Mr. Paris.«

»Autsch«, sagte Paris und betrat den Turbolift.

Geschieht dir ganz recht, dachte Kim. Er bemerkte den neugierigen und ein wenig verwirrten Blick des Vulkaniers, hielt es daraufhin für besser, keinen Ton von sich zu geben.

Als sie den Bereitschaftsraum erreichten, waren die anderen bereits zugegen. Captain Janeway begrüßte sie mit einem knappen Nicken und verzichtete auf einen Kommentar. Kim nahm dankbar neben der Chefingenieurin Platz. Lieutenant B'Elanna Torres bedachte ihn mit einem kurzen Blick – kein Lächeln, aber auch keine Feindseligkeit – und sah dann wieder aufs Display ihres Datenblocks. Kim versuchte, die Anzeigen zu erkennen, wagte es jedoch nicht, zu auffällig Ausschau zu halten. Nach einigen Sekunden hob er den Kopf und sah sich im Zimmer um. Alle nahmen die gewohnten Plätze ein: Tuvok und Paris; der Erste Offizier Commander Chakotay; Torres; der Talaxianer Neelix – er saß auf der Stuhlkante, wirkte eifrig und nervös, wie so oft. Kim begriff plötzlich, daß nur der holographische Arzt fehlte. Unmittelbar nach dieser Erkenntnis erhellte sich ein Wandschirm, und ein Bild des Doktors erschien dort. Als

Janeway ihn sah, wiederholte sie ihr knappes Nicken, was sie sofort in den Mittelpunkt der allgemeinen Aufmerksamkeit rückte.

»Die gegenwärtige Krise dürfte sich an Bord bereits herumgesprochen haben«, sagte sie. »Aber ich möchte das Wesentliche noch einmal zusammenfassen. Derzeit leiden über dreißig Besatzungsmitglieder an Ascorbinsäuremangel – eine Krankheit, die man auch Skorbut nennt. Gleichzeitig zeigt eine Analyse unserer Vorräte, daß wir genug Vitamin C an Bord haben.« Janeway lächelte auf eine ernste, humorlose Weise. »Natürlich bin ich besorgt, Doktor. Beginnen wir mit Ihrem Bericht.«

»Gut.«

Kim sah zum Hologramm und erinnerte sich voller Unbehagen daran, daß in seinem elektronischen Postkasten eine Mitteilung des Doktors darauf wartete, gelesen und beantwortet zu werden. Er hatte vermutet, daß es dabei um die jährliche Routineuntersuchung ging – trotz des Transfers zum Delta-Quadranten achtete der Bordcomputer darauf, daß alle Dateien auf dem neuesten Stand blieben. Jetzt fragte er sich, ob es vielleicht einen Zusammenhang mit den Skorbut-Fällen an Bord gab.

»Bisher habe ich über neunzig Prozent der Crew untersucht«, sagte der Holo-Arzt. »Mit den übrigen Besatzungsmitgliedern wurden entsprechende Termine vereinbart. Bei dreißig Personen habe ich ein von Ascorbinsäuremangel verursachtes Krankheitsbild festgestellt. Bei zweiundvierzig weiteren gibt es deutliche Hinweise darauf, daß sie nicht genug Vitamin C bekommen. Die Kranken werden inzwischen mit zusätzlichen Dosen behandelt, aber bisher läßt sich nur bei Lieutenant Imbro eine positive Reaktion registrieren. Ich mußte ihm eine Dosis verabreichen, die normalerweise fast toxisch ist, damit er reagierte. Anders ausgedrückt, Captain: Ich glaube, wir haben ein Problem.«

»Damit er reagierte ...?« wiederholte Chakotay und bedachte Janeway mit einem fragenden Blick.

Die Kommandantin nickte. »Was hat es mit der mangelnden Reaktion auf sich, Doktor?«

»Das weiß ich nicht genau«, antwortete das Hologramm. »Ich habe allen betroffenen Besatzungsmitgliedern genug Vitamin C gegeben, um sie zu heilen, aber sie bleiben krank. Ich bin noch immer mit Analysen beschäftigt und kann Ihnen derzeit nur eine Vermutung anbieten: Irgend etwas scheint die Resorption von Ascorbinsäure zu verhindern.«

»Es ist nicht meine Schuld«, warf Neelix ein. »Ich habe den Ernährungsplan beachtet und alle Auflagen erfüllt ...«

»Daran zweifle ich nicht, Mr. Neelix«, sagte Janeway. »Wir kommen gleich zu Ihnen.«

Neelix wollte einen neuerlichen Protest anstimmen, doch Janeways durchdringender Blick ließ ihn verstummen.

»Ich nehme an, die Ursache des Problems ist Ihnen noch unbekannt«, wandte sich Chakotay an den Doktor.

Der Holo-Arzt nickte kummervoll. »Das stimmt leider. Bei den Untersuchungen haben sich keine ungewöhnlichen Faktoren im Stoffwechselsystem der Betroffenen ergeben. Dieser Umstand deutet auf folgendes hin: Wenn eine kontaminierende Substanz die Resorption von Ascorbinsäure verhindert, so wird sie selbst innerhalb kurzer Zeit metabolisiert.« Der Doktor legte eine kurze Pause ein und erweckte den Eindruck, auf ein Display zu sehen. »Bisher sind nur menschliche Besatzungsmitglieder erkrankt. Vielleicht bietet uns das einen Hinweis.«

»Das überrascht mich kaum«, sagte Tuvok. »Nicht alle Spezies verwenden Ascorbinsäure. Im Metabolismus von Vulkaniern spielt diese Substanz überhaupt keine Rolle.«

Eine überaus hilfreiche Bemerkung, dachte Kim und hörte ein leises Seufzen von Paris. Janeway blickte kurz in seine Richtung, verzichtete jedoch auf einen Kommentar.

»Na schön, Doktor. Setzen Sie Ihre Untersuchungen fort und verständigen Sie mich, sobald Sie etwas entdecken.«

»Selbstverständlich.«

Janeway nickte erneut, und das ernste Lächeln kehrte auf ihre Lippen zurück. »In der Zwischenzeit, meine Herren ... Ich bin für jeden Vorschlag dankbar.«

Einige Sekunden lang herrschte Stille, und dann ließ Torres ihren Schreibstift auf den Tisch fallen. »Erwarten Sie bitte keinen von mir. Ich bin Technikerin. Mit biologischen Systemen kenne ich mich nicht aus.«

»Ich habe mich an den Ernährungsplan gehalten«, wiederholte Neelix. »Ich schwöre, daß ich alles so gestaltet habe, wie es den Vorschriften entspricht ...«

»Es gibt keinen Grund für mich, Mr. Neelix' Worte in Zweifel zu ziehen«, sagte Tuvok. »Allerdings verlangt die Logik, daß wir die Suche nach der Ursache bei den Nahrungsmitteln beginnen.«

»Ganz meine Meinung«, pflichtete Chakotay dem Vulkanier bei. »Beim letztenmal nahmen wir ziemlich viel Proviant an Bord. Eigentlich blieb uns gar keine Wahl, denn in letzter Zeit haben wir nur wenige Planeten der Klasse M gefunden. Doch es ist nie gut, sich zu sehr auf eine einzige Quelle zu verlassen.«

Janeway nickte. »Inzwischen frage ich mich, ob das Fehlen von tierischem Leben ein schlechtes Zeichen gewesen ist.«

Kim schnitt eine Grimasse, dachte noch einmal an den wundervollen und doch so seltsam leeren Planeten. Eine schöne Welt – aber vielleicht nicht so perfekt, wie es zunächst den Anschein hatte. Er ahnte, was nun bevorstand, und deshalb überraschte es ihn nicht, als sich Janeway an ihn wandte.

»Mr. Kim, Sie haben die ersten gesammelten Proben analysiert, nicht wahr?«

»Ja, Captain.« Er wußte zwar, daß Rechtfertigungen nicht nötig waren, aber trotzdem fügte er hinzu: »Wir fanden nichts Ungewöhnliches.«

»Zu jenem Zeitpunkt wußten wir noch nicht, wonach es Ausschau zu halten gilt«, gab Chakotay zu bedenken.

»Viele Faktoren können die Resorption von Vitamin C stören«, meinte der Doktor ungeduldig.

»Die offensichtlichsten haben Sie sicher schon überprüft«, erwiderte Janeway.

Kim wandte den Blick vom Wandschirm ab und versuchte, seine Gedanken zu sammeln. Die Analysen waren in aller Eile durchgeführt worden – immerhin hatten sie sich zu jenem Zeitpunkt am Rande des von den Kazon-Ogla kontrollierten Raumbereichs aufgehalten; in anderen Sektoren gab es praktisch keine geeigneten Planeten der Klasse M. Auf zwei anderen Welten war die Suche nach Proviant ohne Erfolg geblieben; erst bei der dritten wurden sie fündig. Während des Einsammelns der Nahrungsmittel stellten die Sensoren der *Voyager* Kazon-Aktivität in der Nähe fest. Dieser Umstand führte dazu, daß nur nach bekannten toxischen Substanzen und einem Mangel an wichtigen Vitaminen und Spurenelementen gesucht wurde.

»Captain«, sagte Kim nachdenklich, »könnte sich eine andere Substanz als Vitamin C ›tarnen‹?«

Janeway sah zum Holo-Arzt, der mit den Schultern zuckte. »Das wäre eine mögliche Erklärung. Eine Substanz, die der menschliche Körper für Vitamin C hält und deshalb echtem Vitamin C vorzieht. Ja, das ist denkbar.«

»Und wenn sie in chemischer Hinsicht dem Vitamin C ähnlich genug ist, um unseren Körper in die Irre zu führen ...«, fuhr Kim fort. »Könnte sie auch unsere Computer getäuscht haben?«

Wieder folgte kurze Stille.

»Ein erschreckender Gedanke, Mr. Kim«, sagte Chakotay. »Und durchaus plausibel.« Er sah Janeway an. »Das könnte die Erklärung sein. Vielleicht gibt es Unterschiede im submolekularen Bereich.«

»Wie linksdrehende Aminosäuren«, meinte Kim und kramte in seinem Gedächtnis nach Details eines halb vergessenen Akademiekurses über Ernährung.

»Gehen Sie der Sache auf den Grund, Mr. Kim«, sagte Janeway. Zu spät erinnerte Kim sich an etwas anderes, das er an der Starfleet-Akademie gelernt hatte: *Man erwecke nie auch nur den Anschein, sich für irgend etwas freiwillig zu melden*. So lautete ein Grundsatz der älteren Kadetten, und in vielen Fällen erwies er sich als richtig.

»Ja, Captain«, antwortete Kim und gab sich alle Mühe, nicht resigniert zu klingen.

»Commander Chakotay, Lieutenant Tuvok ...«, fuhr Janeway fort. »Sie beginnen mit Nachforschungen in Hinsicht auf die schlimmsten Erkrankungen. Suchen Sie nach eventuell vorhandenen gemeinsamen Faktoren – abgesehen davon, daß es sich bei den Erkrankten ausschließlich um Menschen handelt. Lieutenant Torres, stellen Sie die Minimalcrew der *Voyager* fest. Ich erwarte Antworten von Ihnen ...« Sie sah auf ihren Datenblock. »Und zwar in achtundvierzig Stunden.«

Die Offiziere murmelten zustimmend und standen auf. Kim folgte Torres und Paris aus dem Bereitschaftsraum. Die Chefingenieurin schüttelte den Kopf und schien sich bereits mit ihrer Aufgabe zu beschäftigen. Sie hob den Kopf, als Chakotay vorbeikam.

»Ich weiß schon jetzt, wie viele Personen erforderlich sind, um alle Stationen des Schiffes zu besetzen: Dazu brauchen wir fünfundsiebzig gesunde Besatzungsmitglieder.«

»Versuchen Sie, diese Anzahl zu reduzieren, B'Elanna«, entgegnete Chakotay.

»Das ist unmöglich«, sagte Torres, aber sie klang seltsam zufrieden, als sie sich abwandte.

Kim schritt zum Turbolift und war nicht überrascht, als auch Neelix und Paris die Transportkapsel betraten. »Shuttlehangar«, wies er den Computer an und richtete einen fragenden Blick auf die beiden anderen Passagiere.

»Shuttlehangar«, sagte Paris fröhlich. »Ich dachte, ich könnte Ihnen vielleicht helfen.«

»Danke«, erwiderte Kim erfreut.

Neelix räusperte sich. »Kombüse«, verkündete er. »Ich meine, Deck drei, Offiziersmesse. Wissen Sie, meine Herren, es ist mir ein Rätsel, wie so etwas passieren konnte. Ich habe Sie zu einem perfekten Planeten gebracht, der alle Kriterien des Captains erfüllte. Keine einheimische Bevölkerung und außerhalb des Einflußbereichs der Kazon-Ogla gelegen, oder *fast* außerhalb davon. Außerdem sollte es viele eßbare Pflanzen auf ihm geben. Ja, eine solche Welt habe ich für Sie gefunden, obwohl es in diesem Quadranten nicht gerade davon wimmelt.«

»Sie trifft bestimmt keine Schuld«, sagte Kim. Er sah, wie Paris lächelte, maß ihn daraufhin mit einem mißbilligenden Blick. Wenn sich der Navigator jetzt einen seiner Scherze erlaubte …

Die Transportkapsel des Turbolifts wurde langsamer, und Kim seufzte erleichtert, als sich die Tür öffnete.

»Ich habe mir alle Mühe gegeben«, betonte Neelix und trat in den Korridor. Die Tür schloß sich wieder, und Paris schnaufte.

»Ich frage mich, warum die Resultate seiner Bemühungen oft nicht so beschaffen sind, wie wir es erwarten.«

»Oder wie er selbst es erwartet«, fügte Kim hinzu. Dann schüttelte er den Kopf. »Jetzt sind Sie unfair, Tom.«

»Mag sein.« Fast widerstrebend wurde Paris ernst. »Was unternehmen wir jetzt?«

»Keine Ahnung.«

Erneut hielt der Turbolift, und jenseits der Tür erstreckte sich ein nur matt erhellter Korridor, der zu den Shuttlehangars führte. Das lokale energetische Niveau war gesenkt worden, um nicht nur die hydroponischen Anlagen und die speziellen Pflanzenlampen mit Energie zu versorgen, sondern auch die Konservierungsfelder der im zweiten, kleineren Hangar lagernden Vorräte. Deshalb war der Korridor nicht nur düster, sondern auch kalt. Kim schauderte immer, wenn er die umfunktionierten Shuttlehangars besuchte. Vermutlich handelte es sich um einen psychologischen Effekt. Oder es lag daran, daß die wärmere Luft in den hydroponischen Räumen einen großen Kontrast darstellte.

»Na schön«, sagte Paris. »Wo fangen wir an?«

Kim berührte einige Schaltflächen an der Wand und deaktivierte damit die Verriegelung des Lagerraums. Anschließend nahm er seinen Tricorder. »Mit den Dingen, die Neelix besonders häufig verwendet hat. Ich denke da an die tomatenartigen Früchte.«

Paris schaltete seinen eigenen Tricorder ein, und Kim hörte leises elektronisches Zirpen, als der Navigator Daten abrief. »Ich habe den Computer gerade angewiesen, den Speiseplan der letzten sechs Wochen zu überprüfen – seit wir das Zeug an Bord geholt haben. Die Tomaten stehen tatsächlich an erster Stelle. Außerdem hat Neelix häufig Sauerrohr auf den Tisch gebracht …«

»Sauerrohr?«

»Das faserige Zeug, das wie eine Mischung aus Zwiebeln und Zitronen schmeckt. An dritter Stelle kommen die großen Bohnen.«

»Wir haben befürchtet, daß diese Nahrungsmittel rasch verderben«, erklang die sanfte Stimme einer Frau.

»Deshalb wurden sie so häufig verwendet. Hallo, Harry. Stimmt was nicht?«

Kim drehte sich zu der Ocampa um, die im Zugang der hydroponischen Kammer stand. Er lächelte automatisch. »Hallo, Kes.«

»Und für mich haben Sie kein ›Hallo‹ übrig?« fragte Paris.

Kes lächelte höflich. »Hallo, Tom. Gibt es irgendwelche Probleme?«

»Hat Ihnen der Doktor nichts gesagt?« fragte Kim. Die Ocampa und der holographische Arzt arbeiteten oft zusammen.

Kes schüttelte den Kopf und runzelte die Stirn. »In der letzten Zeit hatte er viel zu tun, und ich ebenfalls – ich bin mit den neuen Sämlingen beschäftigt gewesen. Seit Tagen habe ich nicht mehr mit ihm gesprochen.«

»Viele Besatzungsmitglieder leiden an Vitaminmangel«, sagte Kim. »Obgleich unsere Nahrungsmittel genug Vitamine enthalten sollten. Wir versuchen, den Grund dafür herauszufinden.«

»Ist es ein ernstes Problem?« fragte Kes.

»Es könnte fatal werden«, antwortete Paris.

»Darf ich Ihnen meine Hilfe anbieten?« Kes sah Kim an, der sofort nickte.

»Ich hole meinen Tricorder«, fügte die Ocampa hinzu und verschwand in der hydroponischen Kammer.

Kim blickte aufs Display seines eigenen Tricorders und überprüfte das Menü der vorprogrammierten Tests. Die Standarduntersuchungen hatte er bereits durchgeführt, als die Nahrungsmittel an Bord geholt wurden. Nun würden detaillierte Tests sowie die spezifische Analyse der enthaltenen Ascorbinsäure folgen.

Kes kehrte mit ihrem Tricorder aus dem anderen Shuttlehangar zurück, und Kim nickte erneut. »Also gut«, sagte er laut. »Tom, Sie kümmern sich um die ersten fünf Tests auf dieser Liste, und Kes übernimmt den

Rest. Ich untersuche die Ascorbinsäure. Wir beginnen mit den Nahrungsmitteln, die Neelix besonders häufig verwendet hat, und anschließend nehmen wir uns auch die anderen vor.«

»Sollen wir die Ergebnisse nach jedem Test zusammenfassen?« fragte Kes.

»Ja«, bestätigte Kim. »Aber erstatten Sie erst dann Bericht, wenn Sie eine Anomalie entdecken.« Er sah zu Paris. »Alles klar?«

»Ich denke schon«, erwiderte Paris, und Kes nickte.

»Also los.« Kim öffnete die Tür des Lagerraums. Ein oder zwei Sekunden lang stammte das einzige Licht von den bläulich glühenden Stasisfeldern. Dann erhellten sich die Leuchtkörper in der Decke, und ihr Glanz überstrahlte das Glühen der Kraftfelder. Kim spürte sie als kalte Präsenz, die ihn frösteln ließ, als er das Zimmer betrat. Dieser Ort hatte einst als Reparaturwerkstatt gedient. Der Raum war kleiner als die Shuttlehangars zu beiden Seiten, doch die Regale mit den Nahrungsmitteln ragten mehr als fünf Meter weit nach oben. Frischhaltefolie umhüllte einen Teil des Proviants; andere Vorräte ruhten in speziellen Behältern.

»Ich beginne im linken Gang«, sagte Paris. »Nehmen Sie den mittleren, Harry?«

»Ich glaube kaum, daß es irgendeinen Unterschied macht«, entgegnete Kim, nickte jedoch. »Damit bleibt für Sie der rechte, Kes.«

»In Ordnung.« Die Ocampa betrat den entsprechenden Gang.

Kim atmete tief durch und setzte sich ebenfalls in Bewegung. Die Präsenz der Stasisfelder war hier stärker und bescherte ihm eine Gänsehaut selbst unter der Uniform. Er unterdrückte ein Schaudern und sah auf den Anzeigebereich des Tricorders, der ihm den Plan des Lagers zeigte. Am besten fing er mit den tomatenartigen Früchten an – in diesem Gang lagerten mindestens drei

Tonnen davon, und Kim hatte das Gefühl, daß sie mit dem Problem in Zusammenhang standen. Anschließend wollte er Bohnen und Sauerrohr untersuchen, um dann mit Analysen der übrigen Lebensmittel zu beginnen, falls das notwendig sein sollte.

Die Tomaten waren in großen, mit Gas gefüllten Zylindern in der Mitte des Ganges untergebracht. Kim wandte sich der nächsten Konsole zu und betätigte ihre Kontrollen, woraufhin eine Öffnung im Stasisfeld entstand, groß genug, um einen Zylinder passieren zu lassen. Die Antigravitation änderte nichts an der Masse des Objekts, und Kim schwitzte, als der Behälter schließlich vor ihm stand. Er versiegelte das Stasisfeld dahinter wieder und betrachtete dann den Zylinder. Durch die transparenten Wände konnte er deutlich grüne Früchte sehen. Wie träge bewegten sie sich im konservierenden Gas, und es schien alles in bester Ordnung mit ihnen zu sein. Erneut berührte Kim einige Schaltflächen der Konsole, und daraufhin summte der Selektor. Zahlen wanderten durch ein Display, und eine Klappe öffnete sich im oberen Teil des Behälters. Eine einzelne Frucht schwebte dort, und winzige Gasschleier lösten sich von ihrer Schale. Kim griff vorsichtig danach und fragte sich, ob ein so harmloses und *leckeres* Etwas wirklich die Ursache ihrer derzeitigen Probleme sein konnte. Mit einem leisen Zischen schloß sich die Klappe wieder, und der junge Fähnrich holte seinen Tricorder hervor.

Die Standarduntersuchungen hatte er schon einmal vorgenommen, doch er wiederholte sie jetzt, nur für den Fall, daß irgendein planetarer Faktor die Analyseergebnisse verfälscht hatte. Schon nach wenigen Sekunden bekam er die gleichen Resultate: Die Frucht erwies sich nicht nur als eßbar; für den menschlichen Organismus sollte sie sogar ausgesprochen gesund sein. In der graphischen Darstellung des Ascorbinsäuregehalts wuchs ein grüner Balken bis fast zum Maximum der gewünschten Werte. Kim verzog das Gesicht, veränderte die Justierung des Tricorders und programmierte eine neue Untersuchung. Ein weiterer grüner Balken zeigte normale molekulare Strukturen an. Zwei zusätzliche Analysen folgten, dazu bestimmt, strukturelle Besonderheiten ausfindig zu machen, die bei den ersten Tests verborgen blieben. Die grünen Balkenmuster zeigten in beiden Fällen normale Werte an. *Das Problem liegt also nicht bei der Ascorbinsäure*, dachte Kim. *Vielmehr gibt es etwas, das die Resorption behindert – vorausgesetzt natürlich, daß diese Früchte tatsächlich die Ursache sind*.

Er betätigte einige Schaltflächen des Tricorders, aktivierte damit die nächste Untersuchungsserie und wartete, während das Gerät sondierte. Diesmal bestanden die graphischen Muster aus roten Hinweisen: In der Frucht gab es nichts, das die Resorption von Vitamin C erschweren sollte. *Da ein solcher Faktor aber ganz offensichtlich existieren muß*, dachte Kim und glaubte dabei, Tuvoks Stimme zu hören, *läßt sich aus den bisherigen Ergebnissen der Schluß ziehen, daß diese Früchte* nicht *der Grund unserer Schwierigkeiten sind*. Er schuf eine neuerliche Öffnung im Stasisfeld, brachte den Zylinder wieder an seinem ursprünglichen Platz unter und nahm sich dann den nächsten Punkt auf der Liste vor. Die Bohnen waren gesprenkelte Kugeln, etwas größer als Kims Faust, und sie lagen in offenen Schachteln, geschützt von ihrer harten Schale. Auch sie wiesen genug Ascorbinsäure auf, und es gab nichts, das ihre Resorption behindern konnte. Die gleichen Sondierungsergebnisse erzielte der Tricorder beim Sauerrohr. Kim zögerte und starrte aufs Display. Er war sicher gewesen, die Ursache bei einem dieser drei Nahrungsmittel zu finden. Neelix verwendete sie bei praktisch jeder Mahlzeit, und alle meinten, daß sie gut schmeckten. Es gab niemanden an Bord, der sie *nicht* gegessen hatte. Kim verbannte die

Enttäuschung aus seinem Empfinden. Den Tricordern unterliefen keine Fehler: Wenn sie behaupteten, daß Tomaten, Bohnen und Sauerrohr ausreichend Ascorbinsäure aufwiesen, so mußte ein anderer Faktor existieren. *Vielleicht kommt es zu Wechselwirkungen zwischen den einzelnen Nahrungsmitteln*, überlegte Kim. *Das würde erklären, warum einige Besatzungsmitglieder stärker betroffen sind als andere*. Dieser Gedanke erfüllte ihn mit neuer Entschlossenheit. Er schob das Bündel Sauerrohr ins Regal zurück und beschloß, noch einmal am Anfang des Gangs zu beginnen und alles zu sondieren.

Er brauchte fast fünf Stunden, um alle Nahrungsmittel zu untersuchen – ohne dabei den Grund für die Mangelkrankheit zu finden. Am Ende des Gangs blieb er stehen, müde und hungrig, wandte sich dann der Tür zu und klopfte auf seinen Insignienkommunikator. »Kim an Paris.«

»Hier Paris.«

Es war nur ein schwacher Trost, daß Paris so müde klang, wie sich Kim fühlte. »Ich bin hier fertig. Wie sieht's bei Ihnen aus?«

»Ich bin ebenfalls fertig«, erwiderte Paris. »Allerdings habe ich nichts entdeckt.«

Kim schluckte und sagte sich, daß die plötzliche Leere in seiner Magengrube nur auf das Hungergefühl zurückzuführen war. »Ich auch nicht. Vielleicht hatte Kes mehr Erfolg ...«

»Hier Kes«, meldete sich die Ocampa. »Tut mir leid, Harry. Auch bei meinen Untersuchungen hat sich nichts ergeben.«

»Verdammt.« Kim preßte die Lippen zusammen, um zu vermeiden, daß er mit noch mehr Nachdruck fluchte. *Vielleicht ist uns ein Fehler unterlaufen*, dachte er. *Wir sollten die Analysen wiederholen ...*

Aber das war natürlich sinnlos. Er straffte die Schultern und versuchte, wie ein Starfleet-Offizier zu denken.

»Na schön. Wir treffen uns an der Tür und vergleichen unsere Daten. Vielleicht finden wir etwas in den Untersuchungsprotokollen.«

»Hoffentlich«, erwiderte Paris. »Mir gefallen meine Zähne dort, wo sie sind.«

Kim schnitt eine Grimasse – in diesem Zusammenhang hielt er den Scherz des Navigators für unangemessen. Zum Glück lächelte Paris nicht mehr, als er die Tür erreichte. »Ich schlage vor, wir verbinden jetzt unsere Tricorder. Mal sehen, ob sich dabei etwas ergibt.«

Paris reichte Kim seinen Tricorder, ebenso Kes. Doch dünne Falten zeigten sich nun in der Stirn der Ocampa. »Mir ist da gerade etwas eingefallen, Harry«, sagte sie.

Kim hob den Kopf. »Was denn?«

»Vielleicht untersuchen wir nicht die richtigen Dinge. Ich meine …« Kes deutete zu den langen, hohen Regalen. »Wir nehmen die Nahrungsmittel nicht in dieser Form zu uns. Unsere Speisen sind gekocht und zubereitet. Könnte das ein wichtiger Unterschied sein?«

Ein oder zwei Sekunden lang starrte Kim die Ocampa groß an und vergaß dabei die Tricorder. »Ja«, antwortete er schließlich. »Meine Güte, es könnte sogar ein großer Unterschied sein.«

Paris wirkte plötzlich ungeduldig. »Worauf warten wir dann noch? Überprüfen wir die Kombüse.«

Kes nickte, doch in ihrem Gesicht zeigte sich nun Kummer.

Kim zögerte. »Stimmt was nicht?«

Kes schüttelte den Kopf und rang sich ein schiefes Lächeln ab. »Nein. Es ist nur … Wenn die Zubereitung der Grund ist, fühlt sich Neelix bestimmt sehr schlecht.«

»Es kommt in erster Linie darauf an, die Ursache zu finden«, betonte Paris mit fast brutal anmutender Fröhlichkeit. Kim hingegen berührte die Ocampa sanft an der Schulter.

»Es ist nicht Neelix' Schuld, und niemand wird Vorwürfe gegen ihn erheben. Eigentlich liegt die Verantwortung bei uns, bei der Landegruppe. Wir hätten auch eine solche Möglichkeit in Betracht ziehen sollen.«

»Unsinn«, entgegnete Paris und betätigte eine Taste, die den Turbolift rief. »Erstens: Sie konnten nicht ahnen, daß sich solche Probleme ergeben. Und zweitens: Wir wissen noch nicht, ob die Zubereitung die Ursache ist.«

Neelix' improvisierte Küche war eigentlich ein sehr effizienter und geräumiger Ort, obgleich die nervöse Aktivität des Talaxianers den Eindruck von Unordnung und Beengtheit erweckte. Die Hauptmahlzeit für die zweite Dienstschicht war gerade zu Ende gegangen, und Neelix beobachtete, wie drei Menschen den ersten Kochtopf aufs Reinigungsband setzten. Ein zweites Team stellte Tabletts mit kalten Speisen für jene Besatzungsmitglieder bereit, die nicht die Messe aufsuchen konnten, als man dort die Hauptmahlzeiten servierte.

Kim hörte, wie sein Magen knurrte.

»So ein Mist«, kommentierte Paris. »Er hat gerade alles weggeräumt.«

»Die Kühlfächer dürften genug Speisen enthalten«, meinte Kes. »Keine Sorge, Tom.«

Beim Klang ihrer Stimme drehte sich Neelix abrupt um, lächelte und näherte sich rasch. Sein Blick huschte zwischen Kes und Paris hin und her. »Ich habe nach dir gesucht, Kes. Hier beim Essen hätte ich deine Hilfe gebrauchen können. Ja, dafür wäre ich sehr dankbar gewesen.«

»Tut mir leid«, erwiderte Kes, ohne besonders viel Reue zu zeigen. »Ich habe Harry im Lagerraum geholfen.«

Neelix musterte Kim mißtrauisch.

»Wir haben fast den ganzen Tag damit verbracht, den Proviant zu untersuchen«, erklärte der junge Fähnrich rasch. »Inzwischen glauben wir, daß die Ascorbinsäure in den Nahrungsmitteln des letzten Planeten durch die

Zubereitung beeinflußt werden könnte. Deshalb möchten wir die Speisen untersuchen, die Sie heute abend servierten.«

»Nun, es ist nicht viel übrig«, sagte Neelix. »Das Curry erfreute sich heute großer Beliebtheit, vermutlich wegen der grünen Leeabi-Nüsse in pikanter Yduvari-Soße – eine außerordentlich schmackhafte Spezialität, wenn Sie mir diese Bemerkung gestatten –, und ich weiß nicht, ob wir noch genug haben, um ...«

»Uns würden Reste auf einem Teller genügen«, warf Kim hastig ein, um die Wortflut zu beenden.

Neelix riß entsetzt die Augen auf. »O nein, ausgeschlossen. Ich kann Ihnen etwas Besseres anbieten. Bitte kommen Sie, hier entlang.«

Kim folgte ihm hinter den Tresen. Paris und Kes beugten sich vor, blickten an den Tabletts vorbei. Neelix schenkte ihnen keine Beachtung, kramte in einigen Stasisfächern und holte schließlich einen geschlossenen Behälter hervor, den er Kim mit einer schwungvollen Bewegung anbot.

»Das habe ich extra für den Captain zubereitet«, sagte der Talaxianer. »Beim letztenmal fand sie großen Gefallen an den Leeabi-Nüssen, und deshalb dachte ich ...«

Kim nickte und ließ den neuerlichen Wortschwall einfach über sich ergehen, während er den sehr fest sitzenden Deckel löste. Der Behälter enthielt eine dunklere Version des grünen Currys, das er beim Mittagessen probiert hatte, in ein kunstvoll garniertes dunkelrotes Blatt gehüllt.

»... und wenn damit irgend etwas nicht stimmt«, fuhr Neelix unterdessen fort, »so möchte ich sofort davon erfahren. Bitte untersuchen Sie alles. Ja, ich bestehe sogar darauf, daß Sie alles untersuchen. Aus meiner Küche bekommt Captain Janeway nur die besten Speisen, darauf lege ich großen Wert ...«

»In Ordnung.« Kim richtete seinen Tricorder auf das

Curry und hielt unwillkürlich den Atem an, als er jene Taste drückte, die den Scan aktivierte. Einige Sekunden lang geschah nichts, dann erschien eine graphische Darstellung in hellem Rot, und darunter verdeutlichten Zahlen und Buchstaben die Details: Das Curry enthielt praktisch überhaupt keine Ascorbinsäure. Kim strahlte vor Freude – um dann sofort wieder ernst zu werden. Jetzt kannten sie zwar den Grund für die Mangelkrankheit, doch einer Lösung des Problems waren sie deshalb keinen Schritt näher.

»Gute Neuigkeiten?« fragte Paris.

Kim lächelte schief. »Kommt darauf an, was Sie darunter verstehen. Alles deutet darauf hin, daß Kes recht hat: Die Zubereitung der Nahrungsmittel scheint das Vitamin C zu zerstören.«

»Was?« Neelix schüttelte so heftig den Kopf, daß er dadurch fast seine Kochmütze verloren hätte. »Ich versichere Ihnen, daß hier immer richtig gekocht wird ...«

»Darum geht es gar nicht.« Kim richtete den Tricorder auf eine andere Speise. »Ich bin sicher, letztendlich liegt es an den Nahrungsmitteln.«

»Aber ...« Neelix unterbrach sich, als Kim auf seinen Insignienkommunikator klopfte.

»Kim an Brücke.«

»Hier Chakotay. Sprechen Sie, Mr. Kim.«

»Ich habe einen ersten Bericht für den Captain«, sagte Kim. »Später füge ich detaillierte Informationen hinzu, aber ich glaube, sie sollte schon jetzt davon erfahren.«

»Ich höre Sie, Mr. Kim«, ertönte Janeways seltsam beruhigend klingende Stimme. »Was haben Sie entdeckt?«

»Alles deutet darauf hin, daß die Zubereitung alle wichtigen Nährstoffe und Vitamine in den Nahrungsmitteln neutralisiert«, erläuterte Kim.

»Ich verstehe.« Kurze Stille folgte, und dann erklang Janeways Stimme erneut. »Nun gut. Ich erwarte so schnell wie möglich Einzelheiten von Ihnen. In der Zwischenzeit sollen der Doktor und Mr. Neelix unsere Möglichkeiten untersuchen. Janeway Ende.«

»Na ja«, kommentierte Paris unverbindlich.

»Was soll ich jetzt machen?« jammerte Neelix. »Wie ein Sklave habe ich geschuftet, um jene Rezepte zu entwickeln – Rezepte, die auch das pingeligste Besatzungsmitglied zufriedenstellen. Soll ich jetzt noch einmal von vorn anfangen?«

»Ihnen fällt bestimmt etwas ein«, erwiderte Kim.

Neelix ignorierte ihn. »Ich habe alles getan, was in meiner Macht stand, um Schmackhaftigkeit zu gewährleisten. Die vielen Experimente mit Aroma und Textur … Ich bin mein eigenes Versuchskaninchen gewesen. Und jetzt sagen Sie mir, das alles sei umsonst gewesen?«

»Sehen Sie die Sache einmal so, Neelix«, entgegnete Paris. »Jetzt können Sie beweisen, daß Sie wirklich ein guter Koch sind.«

Im Bereitschaftsraum herrschte ungewöhnliche Stille. Die versammelten Offiziere beugten sich über ihre Datenblöcke, um die Blicke der anderen zu meiden. Selbst Kes schwieg, und diesmal zeigte sich kein Lächeln in ihrem Gesicht. Janeway sah sich besorgt um. Sicher, sie waren mit einem ernsten Problem konfrontiert, aber sie hatten sich in schlimmeren Situationen befunden, ohne daß sich ein derartiger Pessimismus breitgemacht hätte. Eine so gedrückte Stimmung wollte sie nicht zulassen. »Nun …«, sagte sie und spürte, wie sie sofort ins Zentrum der Aufmerksamkeit rückte, »ich nehme an, die Neuigkeiten sind nicht vielversprechend. Würden Sie bitte beginnen, Mr. Kim?«

»Ja, Captain.« Der junge Mann warf einen nervösen Blick auf seinen Datenblock, und Janeway bedachte ihn mit einem aufmunternden Lächeln.

»Meinem ersten Bericht kann ich kaum etwas hinzufügen«, sagte Kim. »Um noch einmal alles zusammenzufassen: Jene Nahrungsmittel, die wir auf dem letzten Planeten sammelten, zeichnen sich durch eine schwache molekulare Bindung aus. Wir wissen noch nicht genau, wie es funktioniert und was dahintersteckt, aber die Resultate sind ziemlich klar. Sobald die Ascorbinsäure in den Lebensmitteln erhitzt wird, zerfällt sie in unbrauchbare Komponenten – die nach Aussage des Arztes sogar die Resorption von echtem Vitamin C verhindern. Auch einige andere Nährstoffe scheinen davon betroffen zu sein. Für uns folgt daraus: Wir haben ein echtes Problem, wenn wir die Speisen nicht essen können, ohne sie zu erhitzen.«

Janeway nickte. Sie hatte Kims vollständigen Bericht bereits gelesen und in dieser Hinsicht keine Überraschungen erwartet. Auf dem Bildschirm wollte der holographische Arzt offenbar etwas sagen, doch im gleichen Augenblick beugte sich Neelix vor und wirkte noch nervöser als sonst. Janeway hielt es für besser, ihm zunächst den Vorrang zu geben. »Mr. Neelix?«

»Captain, ich habe versucht, die Nahrungsmittel schmackhaft zu machen, ohne sie zu erhitzen, aber es geht einfach nicht ...«

»Genauer gesagt: Im rohen Zustand sind sie unverdaulich«, warf der Doktor ein. »Ich habe Experimente durchgeführt, unter anderem auch mit freiwilligen Versuchspersonen, und an dem Ergebnis kann kein Zweifel bestehen. Wenn die Lebensmittel nicht gekocht werden, kommt es zu Magenkrämpfen, Blähungen und häufigem Durchfall, der eine allgemeine Schwächung bewirkt.«

»Sie erwähnten Versuchspersonen«, sagte Janeway und sah, wie Paris auf seinem Sitz hin und her rutschte.

»Äh, ich selbst gehörte dazu, Captain. Und ich würde sagen, bei seinen Beschreibungen hat der Doktor untertrieben.«

Janeway musterte ihn nachdenklich. Paris wirkte

blasser als sonst, und dunkle Ringe zeigten sich unter seinen Augen. »Welche Möglichkeiten haben wir, Doktor?«

»Unsere Möglichkeiten sind begrenzt.« Das Hologramm lächelte dünn. »Eigentlich läuft alles auf folgendes hinaus: Wir müssen eine neue Nahrungsquelle finden.«

»Das ist alles andere als einfach«, sagte Chakotay. »Captain, wir befinden uns in einem besonders öden Sektor und wissen nicht, wie lange es noch auf diese Weise weitergeht. Wir halten ständig nach Planeten der Klasse M Ausschau, doch den letzten fanden wir vor Wochen – ich meine die Welt, von der die problematischen Lebensmittel stammen.«

»Ja, ich weiß«, erwiderte Janeway. Sie blickte auf ihre Notizen und strich in Gedanken die ersten beiden Punkte auf der Möglichkeitenliste. »Was ist mit den neuen Fernbereichscannern?«

»Bisher noch nichts«, antwortete Chakotay. »Ich habe Torres gebeten, die Leistungsfähigkeit zumindest der vorderen Sensoren zu verbessern, aber bisher nützt uns das kaum etwas.«

»Es ist mir gelungen, das Potential um sieben Komma acht Prozent zu erhöhen«, sagte B'Elanna Torres. »Vielleicht schaffe ich demnächst acht Prozent.«

»Leider sehen wir nur immer leeres All«, meinte Chakotay. »Die einzige Abwechslung bieten gelegentliche Asteroiden oder Gasriesen. Zwar arbeiten wir an entsprechenden statistischen Prognosen, aber bisher kann ich nicht einmal sagen, in welcher Flugrichtung die Wahrscheinlichkeit am größten ist, Planeten der Klasse M zu finden.«

»Na schön.« Janeway wiederholte das Lächeln des Holo-Arztes. »Da es wohl eine Weile dauern dürfte, bis wir neuen Proviant aufnehmen können ... Wie lange können wir Gesundheit und Arbeitsfähigkeit der Crew erhalten, Doktor?«

»Genau da ergeben sich weitere Probleme«, entgegnete das Hologramm. »Sie erinnern sich bestimmt an meinen Hinweis, daß Lieutenant Imbro nur auf fast toxische Dosen an Ascorbinsäure reagierte. Das hat sich bei den von mir untersuchten Fällen als gemeinsamer Faktor erwiesen. Das Molekül mit der schwachen Bindungskraft weigert sich nicht nur, die Funktion von Vitamin C zu erfüllen; es hindert den Körper auch daran, echte Ascorbinsäure zu resorbieren. Ich muß massive Dosen verabreichen, damit sich der Zustand der Patienten verbessert. Wenn wir weiterhin so viel Vitamin C benötigen wie bisher, gehen unsere Vorräte in zehn Tagen zur Neige.«

»Wie bitte?« entfuhr es Paris.

Janeway wölbte eine Braue. »Können Sie mehr herstellen?«

»Nur mit Hilfe der Replikatoren«, erwiderte der Doktor.

»Welche Auswirkungen ergeben sich dadurch auf unseren Energieverbrauch?« fragte Janeway und sah zur Chefingenieurin, deren Finger bereits über die Schaltflächen ihres elektronischen Datenblocks huschten.

»Nun, es sollte sich eigentlich bewerkstelligen lassen«, sagte Torres. »Obwohl uns dadurch fast vier Prozent weniger Energie zur Verfügung stehen. Und wenn wir wirklich große Mengen produzieren müssen ...«

Sie brach ab, und der Doktor meinte: »Das dürfte mit ziemlicher Sicherheit der Fall sein.«

»Vier Prozent klingen gar nicht so schlimm«, kommentierte Neelix, woraufhin ihn Torres mit einem durchdringenden Blick bedachte.

»Wir können keine vier Prozent erübrigen – es sei denn, wir sollen auch eine neue Energiequelle finden.«

»Sie haben sicher recht, tut mir leid«, sagte Neelix hastig.

Torres blickte wieder auf ihr kleines Datendisplay.

»Ich habe auch den Energieverbrauch für den Fall berechnet, daß wir uns allein mit Hilfe der Replikatoren ernähren müssen. Wenn wir den Verbrauch streng rationieren – und unter ›streng‹ verstehe ich das unbedingt erforderliche Minimum, vielleicht sogar weniger –, so dauert es drei Wochen, bevor wir auf die Treibstoffvorräte zugreifen müssen. Die Herstellung von Vitamin C bleibt dabei unberücksichtigt.«

»Kann ich die Zahlen sehen?« fragte der Doktor.

Torres nickte und berührte eine Schaltfläche, woraufhin die betreffende Datei ins Computerterminal der Krankenstation kopiert wurde. Das Hologramm neigte kurz den Kopf zur Seite. »Captain, eine solche Regelung hätte schwere Erkrankungen bei der Crew zur Folge.«

»Bei einer besseren Ernährung ...« Torres sprach den Satz nicht zu Ende und brachte sich unter Kontrolle. »Ich weiß, daß das empfohlene Minimum damit unterschritten ist. Aber wenn wir den Verbrauch nicht auf dieses Niveau senken, hat die ganze Sache überhaupt keinen Sinn.«

»Was ist mit Alternativen?« fragte Janeway.

Torres zögerte. »Nun, ich habe auch einen Plan ausgearbeitet, um Energie zu sparen. Er verlängert die Perioden geringen energetischen Niveaus in bestimmten Bereichen des Schiffes. Der allgemeine Energieverbrauch läßt sich dadurch tatsächlich senken, doch im Grunde genommen wird das Unvermeidliche damit nur ein wenig hinausgeschoben.«

»Das ist immerhin etwas«, sagte Janeway. »Beginnen Sie sofort damit, Energie zu sparen. Die Möglichkeit der Rationierung halten wir uns für den Fall offen, daß es zum Schlimmsten kommt. Was die Fernbereichscanner betrifft, Chakotay ...«

»Wir bemühen uns auch weiterhin«, sagte der Erste Offizier. »Aber derzeit sieht das All in allen Richtungen gleich aus.«

»Ich möchte hinzufügen, daß nach Aussage von Mr. Neelix die bewohnbaren Planeten in diesem Sektor von den Kazon-Ogla oder ihren Verbündeten beansprucht werden«, gab Tuvok zu bedenken. »Wenn wir dort nach Nahrungsmitteln suchen, müssen wir vielleicht darum kämpfen.«

Es war keine sehr ermutigende Bemerkung, und einige Sekunden völliger Stille folgten ihr. Dann räusperte sich Kes. »Entschuldigen Sie bitte«, sagte sie, und unter den gegenwärtigen Umständen klang ihre sanfte Stimme verblüffend laut. »Hat Neelix bereits die Kirse erwähnt?«

Janeway blinzelte überrascht. »Nein, das hat er nicht.«

»Ich wollte es gerade«, behauptete der Talaxianer und warf Kes einen entschuldigenden Blick zu. »Aber in dieser Hinsicht kann ich keine Empfehlung aussprechen. Es handelt sich nicht um Leute, mit denen ich es gern zu tun bekomme, und das gilt sicher auch für den Captain ...«

Janeway lehnte sich zurück und preßte die Fingerspitzen aneinander. »Mr. Neelix ... Berichten Sie uns von den Kirse.«

Neelix seufzte. »Ich weiß nicht sehr viel von ihnen, Captain. Meine Informationen stammen bestenfalls aus dritter Hand.«

»Das macht nichts«, erwiderte Janeway und versuchte, ihre Geduld zu bewahren. »Bitte fahren Sie fort.«

Neelix schluckte und reagierte mehr auf den Tonfall der Kommandantin als auf ihre Worte. »Nun, ich habe gehört, daß die Kirse sowohl Handelspartner als auch Erzfeinde der Andirrim sind – ein Hilfsvolk der Kazon-Ogla. Ich erwähnte es bereits Mr. Tuvok gegenüber.«

»Kriegerisch, semifeudal und xenophobisch«, sagte der Vulkanier. »Sie weisen also große Ähnlichkeit mit den Kazon-Ogla auf.«

»Aber sie sind nicht annähernd so gefährlich«, betonte Neelix. »Bei den hiesigen Oberhäuptern der Kazon-Ogla handelt es sich nicht gerade um die bösartigsten Leute in der Galaxis, aber mit den Andirrim wurden sie ohne größere Schwierigkeiten fertig ...«

»Was ist mit den Kirse, Mr. Neelix?« fragte Janeway.

»Darauf wollte ich gerade zu sprechen kommen«, erwiderte der Talaxianer. »Von den Kirse weiß ich nur durch Berichte der Andirrim. Die Andirrim beschrieben den Planeten der Kirse als unglaublichen Ort, als ein Paradies, das jeden Wunsch erfüllt. Angeblich ist die ganze Welt ein einziger Garten, fruchtbar und üppig. Die Kirse leben, ohne arbeiten zu müssen – das behaupten zumindest die Andirrim. Sie wiesen auch darauf hin, daß der Planet von einem fast undurchdringlichen Verteidigungssystem umgeben ist. Ein Schlupfloch für einen Überfall zu finden – damit beweisen junge Andirrim, das Erwachsenenalter erreicht zu haben.«

»Eben haben Sie von Handel gesprochen«, warf Chakotay ein.

»Andirrim und Kirse treiben tatsächlich Handel«, antwortete Neelix. »Wenn nicht gerade eine Erwachsenenprüfung ansteht.«

»Trotz der Überfälle sind die Kirse zu Geschäften mit den Andirrim bereit?« vergewisserte sich Janeway.

Neelix nickte. »Offenbar gefällt es ihnen, trotz widriger Umstände die eigenen Interessen durchzusetzen. Darauf deuteten jedenfalls die Bemerkungen des Andirrim hin, mit dem ich gesprochen habe. Sehr schlaue und gerissene Leute, die Kirse. Halten sich immer buchstabengetreu an Vereinbarungen. Sie sollten also sehr darauf achten, auf was Sie sich einlassen.«

»Wenn die Welt der Kirse ein Paradies ist ...«, sagte Chakotay langsam. »Welche Handelsware könnten ihnen die Andirrim anbieten?«

»Ah, das ist ein sehr interessanter Punkt«, entgegnete

Neelix. »In dieser Hinsicht gibt es keinen Zweifel, denn die Andirrim erwarben die entsprechenden Waren von mir, um sie anschließend weiterzuverkaufen. Die Kirse interessieren sich für Metall. Der Andirrim-Captain, mit dem ich gesprochen habe, wies auf folgendes hin: Offenbar legten die Kirse ihre Gärten erst nach einer technologischen Entwicklungsphase an. Anschließend breiteten sich die Gärten immer mehr aus, bis sie schließlich fast die ganze Oberfläche des Planeten beanspruchten. Die Kirse möchten sie nicht zerstören, um nach Erz zu graben. Oder vielleicht gibt es auf ihrer Welt gar kein Metall mehr – in diesem Zusammenhang drückte sich der Andirrim nicht sehr klar aus.«

»Ihnen steht also auch moderne Technik zur Verfügung?« fragte Paris. »Das klingt zu gut, um wahr zu sein.«

»Sie haben ein Verteidigungssystem«, sagte Neelix. »Das ist eine unleugbare Tatsache. Und sie kaufen Metall.«

»In Hinsicht auf die technologische Entwicklung könnten sie einen Niedergang erleben«, spekulierte Tuvok. Er dachte über die bisherigen Informationen nach, und dabei formten sich dünne Falten in seiner Stirn. Janeway kannte diesen besonderen Gesichtsausdruck des Vulkaniers und war erneut froh über seine Präsenz an Bord.

Chakotay schüttelte den Kopf. »Das dürfte wohl kaum der Fall sein, wenn sie nach wie vor imstande sind, die Andirrim abzuwehren. Außerdem: Respekt vor dem Land – ihrer Welt – ist kein Zeichen von Dekadenz.«

»Vielleicht doch, wenn ein derartiger Respekt auf Kosten ihrer Sicherheit geht«, brummte Torres.

Janeway lehnte sich erneut zurück und überlegte. Die Kirse schienen reich zu sein – reich genug, um alle Bedürfnisse der *Voyager* zu erfüllen, so groß sie auch waren. Selbst wenn die Andirrim übertrieben und selbst wenn Neelix eigene Übertreibungen hinzufügte: Es sollte möglich sein, genug Proviant zu erwerben, um ihre Gesundheit bis zum Erreichen der nächsten Nahrungsmittelquelle zu garantieren. Und wenn die Kirse eine technologische Basis hatten, die es ihnen erlaubte, ihren Planeten mit einem nahezu undurchdringlichen Verteidigungssystem zu schützen ... Janeway zögerte und erinnerte sich daran, was sie über die Technik der Kazon-Ogla wußten. Sie reichte nicht ans Niveau der Föderationstechnik heran, aber sie erfüllte durchaus ihren Zweck. Wenn die Kirse fähig waren, die Andirrim von ihrem Planeten fernzuhalten, so sollten sie in der Lage sein, dringend benötigtes Vitamin C zu synthetisieren. *Außerdem gibt es keine Alternative*, dachte Janeway und gestattete sich ein schiefes inneres Lächeln. *Dadurch fällt die Entscheidung leicht.*

Sie räusperte sich, und sofort glitten alle Blicke zu ihr. Paris unterbrach sich mitten im Satz und erweckte den Anschein, sich schuldig zu fühlen. Janeway beschloß, nicht darauf zu achten. »So wie ich die Sache sehe, stellt der Kirse-Planet unsere beste Chance dar. Wenn niemand ein zwingendes Argument dagegen hat ...« Sie wartete einige Sekunden lang, doch alles blieb still. »Nun gut. Mr. Paris, lassen Sie sich von Mr. Neelix alle notwendigen Informationen geben und nehmen Sie dann Kurs auf die Welt der Kirse. Mr. Tuvok, Mr. Chakotay, Mr. Kim, und auch Sie, Mr. Neelix, sobald Sie mit Mr. Paris fertig sind – lassen Sie uns herausfinden, was wir den Kirse als Gegenleistung für die Nahrungsmittel anbieten können.«

2

Selbst mit Warp sieben – einen ganzen Warpfaktor schneller als die normale Reisegeschwindigkeit – dauerte es zehn volle Tage, um den Planeten der Kirse zu finden. Tom Paris hatte den Kurs mit Hilfe von Neelix' Karten und Erinnerungen programmiert; ständig betrachtete er die Anzeigen der Sensoren und zuckte jedesmal zusammen, wenn die Fernbereichscanner ein neues Sonnensystem orteten. Natürlich befand sich die Welt der Kirse noch nicht in Ortungsreichweite – bis dahin dauerte es noch einige Stunden, selbst nach den optimistischsten Schätzungen –, aber trotzdem blieb Paris länger als sonst auf der Brücke. Bis Captain Janeway ihn mit dem Hinweis fortschickte, daß sein Dienst schon vor einer Stunde zu Ende gegangen war. Diesem Hinweis konnte er natürlich nicht widersprechen, doch es prickelte viel zu große Aufregung in ihm, um seine Kabine aufzusuchen, noch dazu allein. Deshalb ließ er sich vom Turbolift zur Offiziersmesse bringen, in der Hoffnung, dort Gesellschaft zu finden.

Seit dem Bekanntwerden des Nahrungsmittelproblems herrschte in der Offiziersmesse weniger Betrieb als sonst. Die meisten Leute fanden es deprimierend, an den Tischen zu sitzen und nur das notwendige Minimum zu essen, während sich auf Neelix' Tischen nutzlose Lebensmittel stapelten. Die Messe war plötzlich nicht mehr Mittelpunkt des gesellschaftlichen Lebens an Bord. Paris zögerte in der Tür – der Anblick leerer Tische schreckte ihn ab. Er wollte sich gerade abwenden, als er an einem Ecktisch zwei vertraute Gestalten bemerkte. Die Frau Kim gegenüber hob den Kopf, lächelte und winkte ihn näher. Paris seufzte leise und setzte sich mit gemischten Gefühlen in Bewegung.

»Wie ist die Lage?« fragte die Frau. Sie war groß und attraktiv, hatte Kurven an den richtigen Stellen und helle, fast blaß wirkende Haut. Paris war von ihr mehr als einmal zurückgewiesen worden und fühlte einen Hauch von Eifersucht, als er neben Kim Platz nahm.

»Unverändert. Noch immer keine Spur vom Planeten der Kirse. Aber wenn die Berechnungen stimmen, sollten wir ihn in etwa vier Stunden orten können.«

»Nicht übel«, sagte Kim und schenkte sich Tee nach. Er verzog das Gesicht, als der wunde Ellenbogen – oder vielleicht das wunde Handgelenk – den Tisch berührte. Paris wandte den Blick ab und wußte nicht recht, wie er reagieren sollte. Inzwischen litten sie alle zumindest an ersten Symptomen von Skorbut: Flecken auf der Haut, wunde Stellen und so weiter. Erst an diesem Morgen hatte Paris nach dem Zähneputzen fünfzehn Minuten lang Blut gespuckt. Unter solchen Umständen erschien es kaum mehr sinnvoll, Anteilnahme zu zeigen. Noch konnten sie alle ihrer Arbeit nachgehen, aber sie bekamen inzwischen einen besorgniserregenden Vorgeschmack darauf, was sie erwartete, wenn sie den Planeten der Kirse nicht fanden.

»Möchten Sie eine Tasse, Tom?« fragte Kim, und Paris schüttelte den Kopf.

»Im Moment nicht, danke. Ich habe dienstfrei, sollte mich eigentlich hinlegen und schlafen.«

»Das klingt gar nicht nach Ihnen«, sagte die Frau und lächelte hintergründig. »Fühlen Sie sich nicht gut?«

»Sehr witzig, Renehan«, erwiderte Paris, woraufhin das Lächeln der Frau ein wenig in die Breite wuchs.

»Ich frage mich, was Captain Janeway unternehmen

will, wenn die Verteidigungsanlagen wirklich so gut sind«, murmelte Kim.

Paris hob und senkte die Schultern. »Bestimmt können wir die Kirse dazu überreden, uns passieren zu lassen.«

Renehan nickte. »Das alte Prinzip ›Der Feind meines Feindes ist mein Freund‹ sollte auch hier gelten und zumindest dafür sorgen, daß man uns anhört.«

»Außerdem haben wir Handelsware«, meinte Kim. »Sogar mehr als ich dachte.«

»Ach?« erwiderte Paris neugierig. »Ich wußte gar nicht, daß Sie zu jener Gruppe gehörten.«

Kim nickte. »Wir stellten fest, daß sich erstaunlich viel Schrott an Bord befindet. Vermutlich diente das Zeug als Rohstoffbasis für Reparaturen. So lautete jedenfalls der Eintrag in den Bestandslisten.«

»Torres hat sich bestimmt nicht darüber gefreut, jene Teile zu verlieren«, meinte Renehan.

Kim lächelte. »Sie war nicht gerade überglücklich. Aber schließlich räumte sie ein, nicht die gesamte Tonnage zu benötigen.«

Paris lächelte ebenfalls – und fragte sich gleichzeitig, was geschehen wäre, wenn es an Bord nicht genug Metall gegeben hätte. Und wenn die Kirse einen anderen Preis verlangten? Inzwischen brauchte die *Voyager* dringend neuen Proviant. Wenn sich keine Vereinbarung mit den Kirse treffen ließ, wenn sie gezwungen waren, nach einer anderen Nahrungsmittelquelle zu suchen ... Die meisten Menschen an Bord spürten bereits die Auswirkungen der Mangelkrankheit, und es gehörten zu wenige Nichtmenschen zur Crew, um das Schiff zu fliegen. Paris dachte an die offensichtliche Möglichkeit: Die *Voyager* gehörte zu den mächtigsten Schiffen im Delta-Quadranten; ihre Technik war allem weit überlegen, was die Kazon-Ogla besaßen. Wenn ihnen keine andere Wahl blieb ... Wahrscheinlich konnten sie sich einfach nehmen, was sie brauchten. Er schüttelte den Kopf und versuchte, den Gedanken zu verdrängen. Janeway würde einen solchen Befehl bestimmt nicht erteilen, und das galt auch für Chakotay – seine Vergangenheit beim Maquis spielte in dieser Hinsicht keine Rolle. *Was ist mit mir?* dachte Paris. *Wäre ich imstande, eine entsprechende Anweisung zu erteilen? Oh, sicher, ich bin ein harter Bursche, der es mit den Regeln nie sehr genau genommen hat, aber so etwas ... Es käme Piraterie gleich. Nein, ich bin nicht sicher, ob ich so etwas könnte. Die damit verbundenen Risiken wären zu groß.* Eine erstaunliche, fast beunruhigende Feststellung: Die Starfleet-Ausbildung wirkte sich viel nachhaltiger aus, als Paris vermutet hatte. Er schüttelte diesen Gedanken ebenfalls ab. Während der Starfleet-Ausbildung lernte man auch, wie man es vermied, in ausweglose Situationen zu geraten. Gerade in dieser Hinsicht traute er Janeway einiges zu. *Es sollte also nicht so weit kommen.*

»Wie wird Neelix damit fertig?« fragte Paris, um sich abzulenken.

Renehan musterte ihn verwirrt. »Wie meinen Sie das, Tom?«

»Die Sache mit der Zubereitung hat ihn sehr nervös gemacht«, erklärte Paris. »Ich frage mich, ob er sich inzwischen wieder beruhigt hat.«

»Ich denke schon«, antwortete Kim. Er kam nicht mehr dazu, noch etwas hinzuzufügen, denn genau in diesem Augenblick begannen ihre Insignienkommunikatoren zu piepen.

»Mr. Kim, Mr. Paris, bitte kommen Sie zur Brücke.« Chakotays Stimme klang ruhig und beherrscht, aber Paris glaubte trotzdem, Aufregung darin zu hören. »Wir haben den Planeten der Kirse entdeckt.«

»Bin unterwegs«, erwiderte Paris automatisch. Die Sprachprozessorstimme des Computers übertönte ihn.

»An die dienstfreie Besatzung: Begeben Sie sich an

Ihre Stationen. An die dienstfreie Besatzung: Begeben Sie sich an Ihre Stationen.«

»Damit bin auch ich gemeint«, sagte Renehan. »Hoffentlich finden wir etwas.«

»Ja, das hoffe ich auch«, erwiderte Kim und schien selbst von dem Nachdruck überrascht zu sein, mit dem er diese Worte formulierte.

Renehan gehörte zum blauen Team, das im Bereich der unteren Decks stationiert war, beim Maschinenraum. Paris und Kim nahmen einen Turbolift und erreichten die Brücke, als der Computer verkündete: »Alle Besatzungsmitglieder auf ihren Posten.« Paris löste einen hohlwangigen Fähnrich an der Navigationskonsole ab, betätigte mehrere Schaltflächen und ließ sich Auskunft über den Status des Schiffes geben. Alles schien normal zu sein – die Bordsysteme arbeiteten mit maximaler Effizienz –, und er schaltete auf visuelle Erfassung um. Ohne elektronische Verstärkung wirkte der Anblick alles andere als beeindruckend: Eine kleine Scheibe zeigte sich auf dem Hauptschirm, nicht größer als der Nagel seines kleinen Fingers. Die Entfernung war noch zu groß, um Wolkenbänder oder einzelne Farben zu erkennen, aber Paris hörte, wie Kim leise pfiff, als er sich die von den Sensoren ermittelten Daten ansah.

Janeway schien es ebenfalls gehört zu haben – obwohl es Paris nicht wagte, den Kopf zu drehen und sich zu vergewissern.

»Bericht, Mr. Kim«, sagte die Kommandantin.

»Sensorerfassung läuft, Captain«, antwortete Kim.

Er lernt dazu, dachte Paris. Vor nicht allzu langer Zeit hätte er sich entschuldigt und wäre vor Verlegenheit rot geworden. Inzwischen wußte er, daß es besser war, sich etwas Zeit zu lassen.

»Die Scanner bestätigen, daß es sich um einen Planeten der Klasse M handelt. Die Atmosphäre ähnelt der irdischen, bis hin zu den Anteilen an Edelgasen. Auch die Ozeane weisen bemerkenswerte Ähnlichkeit mit den Meeren der Erde auf. Das gilt auch für die im Wasser gelösten Mineralien.«

»Vegetation?« fragte Janeway.

»Sensorerfassung läuft«, entgegnete Kim. »Es gibt tatsächlich Vegetation, und zwar eine sehr komplexe. Neelix scheint nicht übertrieben zu haben.«

»Bringen Sie uns näher heran, Mr. Paris«, sagte Janeway. »Impulsgeschwindigkeit. Mr. Tuvok, irgendwelche Anzeichen des Verteidigungssystems, von dem Neelix gesprochen hat?«

»Noch nicht, Captain«, erwiderte der Vulkanier. »Die Sicherheitsscanner arbeiten mit maximalem Auflösungsvermögen.«

»Sondieren Sie auch weiterhin«, meinte Janeway. »Beginnen Sie mit dem Anflug, wenn Sie soweit sind, Mr. Paris.«

Der Navigator berührte die Kontrollen und berechnete einen Kurs, der die *Voyager* ins Sonnensystem der Kirse bringen sollte. Der Planet befand sich zwischen dem Raumschiff und der hell strahlenden Sonne. Als er die Koordinate eingab, veränderte sich das Bild auf dem Hauptschirm: Der Planet schob sich vor die Sonne.

»Kurs programmiert«, sagte Paris. »Anflug beginnt.«

Einige Minuten verstrichen ereignislos. Das zentrale Projektionsfeld zeigte, wie die Scheibe des Planeten allmählich anschwoll, und nach einer Weile ließen sich erste Farben unterscheiden, blaue und graue Töne, von denen Paris vermutete, daß sie bald die vertrauten Wolkenstreifen einer Welt der Klasse M bildeten. Ständig wechselnde Zahlenkolonnen wanderten über die Displays seiner Station und gaben Auskunft über die schrumpfende Entfernung. Die Anzeigeflächen für Biodaten blieben leer.

»Die Sensoren orten Metall im Orbit«, meldete Kim.

Fast gleichzeitig erklang Tuvoks Stimme. »Captain, es befinden sich Verteidigungsstationen in der Umlaufbahn des Kirse-Planeten.«

»Relativgeschwindigkeit null«, sagte Janeway, und Paris reagierte sofort. »Auf den Hauptschirm, Mr. Tuvok.«

»Ja, Captain.« Der Vulkanier betätigte die Kontrollen seiner Station, und plötzlich gesellten sich viele Farben der normalen Darstellung des Planeten hinzu. Helle Flecken erschienen, die meisten davon im Bereich des Äquators, aber auch einige in zirkumpolaren Umlaufbahnen. *Es müssen mehrere Dutzend sein*, dachte Paris. Dann begriff er, daß sie wahrscheinlich nur einen Teil des Systems sahen. Vermutlich gab es auf der anderen Seite des Planeten ebenso viele Stationen, wenn die ganze Welt lückenlos geschützt sein sollte.

»Jeder Punkt repräsentiert eine orbitale Phaserplattform«, erklärte Tuvok. »Sie sind so positioniert, daß sich die Wirkungszonen der Waffen überlappen – dadurch kann sich nichts dem Planeten nähern, ohne in den Feuerbereich einer Verteidigungsstation zu geraten. Allem Anschein nach hat Mr. Neelix nicht zu Unrecht von einem undurchdringlichen Schild gesprochen.«

Janeway antwortete nicht sofort. Paris drehte den Kopf und beobachtete, wie sie nachdenklich zum Hauptschirm sah. »Wie groß ist die Reichweite der Stationen?«

»Unbekannt.« Tuvok berührte Schaltkomponenten, während er sprach. »Die offenbar zur Verfügung stehende Energie läßt eine recht große Reichweite vermuten, insbesondere dann, wenn die einzelnen Waffensysteme zusammengeschaltet werden. Allerdings deutet die Konfiguration der Überlappungszonen darauf hin, daß die Phaser für den Nahbereich sowie den individuellen Einsatz bestimmt sind. Wenn das stimmt, können wir von einer Reichweite ausgehen, die weniger als dem halben planetaren Radius entspricht. Es wäre denkbar, daß sich die einzelnen Entladungen unter solchen Bedingungen durch recht hohe Energiestärken auszeichnen.«

»Captain«, sagte Kim, »ich habe die Kommandofrequenz der Plattformen isoliert. Offenbar findet zwischen den einzelnen Plattformen eine ständige Kommunikation statt, bei der hauptsächlich Maschinensprache verwendet wird.«

»Das kann ich bestätigen, Captain«, fügte Tuvok hinzu. »Der Computer bestätigt, daß es sich um konstante Testmuster handelt.«

»Testmuster?« wiederholte Paris aus einem Reflex heraus und wandte verlegen den Blick ab, als der Vulkanier in seine Richtung sah.

»Die Verteidigungszone scheint als autonomes System ausgelegt zu sein«, erläuterte Tuvok. »Wir empfangen Kom-Signale, mit denen die einzelnen Stationen ihren eigenen Status bestätigen und den der Nachbarstationen abfragen. Darüber hinaus deutet das Muster auf die Präsenz kleinerer Komponenten hin, die ich über diese Entfernung hinweg nicht identifizieren kann.«

»Was mag wohl passieren, wenn die Stationen eine negative Antwort erhalten?« fragte Chakotay.

»Dann möchte ich nicht unbedingt in der Nähe sein«, antwortete Janeway. »Mr. Kim, können Sie einen Kommunikationskanal entdecken? Ich meine einen, der nicht für die Maschinen bestimmt ist.«

Kim schüttelte den Kopf. »Ich habe versucht, solche Kom-Kanäle zu finden, Captain. Aber ich empfange keine Signale, die auf höher entwickeltes Leben hindeuten. Und da wir gerade dabei sind: Die Sensoren registrieren keine höheren Lebensformen auf dem Planeten.«

»Überhaupt keine?« entfuhr es Chakotay.

Janeway runzelte die Stirn. »Ein Fehler in der Sensorerfassung?«

»Ich weiß es nicht«, sagte Kim. »Aber ich bezweifle es.« Er wiederholte die Sondierung und bekam die gleichen Resultate. »Vielleicht sind wir noch zu weit entfernt – wir befinden uns noch am Rand der maximalen Ortungsreichweite für die Bioindikatoren. Aber bei anderen Planeten konnten wir auch über eine solche Distanz hinweg die Existenz einer großen planetaren Bevölkerung feststellen.«

»Interessant«, sagte Chakotay, und Paris rollte mit den Augen. Der Erste Offizier neigte zu Untertreibungen.

Janeway nahm den Kommentar mit einem knappen Nicken zur Kenntnis. Sie stützte die Hände an die Hüften, blickte noch einige Sekunden lang zum Hauptschirm und kehrte dann zum Kommandosessel zurück. »Nun, es hat wenig Sinn, hier draußen zu warten und zu grübeln. Mr. Tuvok, finden Sie die wahrscheinliche Reichweite der Phaserplattformen heraus.«

Der Vulkanier betätigte Kontrollen, und plötzlich umhüllte ein roter Dunstschleier den Planeten. »Das markiert die Zone, in der die Plattformen ihr maximales Potential entfalten. Solange wir außerhalb davon bleiben, müßten unsere Schilde imstande sein, mit jeder Entladung fertig zu werden. Außerdem sind wir aufgrund unserer großen Manövrierfähigkeit in der Lage, uns rasch in Sicherheit zu bringen.«

»In Ordnung«, sagte Janeway. »Bringen Sie uns bis zum Rand der roten Zone, Mr. Paris. Und seien Sie bereit, beim ersten Anzeichen von Gefahr die Schilde zu heben.«

»Aye, Captain«, bestätigte Paris. Seine Finger tanzten über die berührungsempfindlichen Schaltelemente hinweg und änderten den Kurs der *Voyager*. »Wir nähern uns dem Planeten.«

Paris beobachtete, wie die fremde Welt größer wurde: ein wundervoller Planet, mehr grün als blau, von Wolken umhüllt, die den Blick auf die Oberfläche verwehrten und selbst visuelle Scans unmöglich machten. Was verbarg sich unter ihnen? Kurz darauf geriet die erste Plattform in Sicht: ein kastenförmiges Gebilde mit seltsamen Kanten, Antennen und einer einzelnen Vorrichtung, die wie ein Parabolspiegel aussah – vermutlich der Phaser-Projektor. Paris glaubte, gewisse Ähnlichkeiten mit den Schiffsphasern zu erkennen, die Starfleet schon vor hundert Jahren als veraltet ausgemustert hatte. Trotzdem blieb die Unruhe in ihm. Jene Waffensysteme hatten damals gute Dienste geleistet, und hier gab es weitaus mehr Orbitalstationen als Phaser an Bord der *Voyager*.

Leises Summen wies darauf hin, daß sie sich dem Ende des vorprogrammierten Flugabschnitts näherten. Paris atmete tief durch, deaktivierte den Autopiloten und schaltete auf manuelle Kontrolle um. »Wir nähern uns der Grenze des Verteidigungsbereichs, Captain.«

»Irgendeine Reaktion bei den Plattformen?« fragte Janeway. Paris spürte, wie sich etwas in ihm versteifte, während er auf die Antwort wartete.

»Nein, Captain«, sagte Tuvok.

»Glauben Sie, daß man uns noch nicht bemerkt hat?« brachte Paris hervor, und er hörte, wie Chakotay leise lachte.

»Es würde mir ganz und gar nicht gefallen, diese Leute zu überraschen.«

»In dieser Hinsicht fehlen mir Informationen«, erwiderte Tuvok. »Eins steht fest: Auf den üblichen Frequenzen sind wir nicht sondiert worden.«

»Ich bin mit dem ersten Scan fertig«, meldete Kim. »Und dabei hat sich etwas Seltsames ergeben, Captain.«

»Was meinen Sie?«

»Es lassen sich noch immer keine höher entwickelten Lebensformen orten«, fuhr Kim fort. »Aber dafür habe ich Gebäude gefunden.«

»Auf den Schirm«, sagte Janeway.

Paris schnappte nach Luft, als die Planetenscheibe aus dem Projektionsfeld verschwand und der Darstellung von Türmen wich, die aus einem elliptischen Komplex kleinerer Bauwerke wuchsen. Ihre Außenflächen glänzten so, als seien sie naß, doch es regnete nicht – ein klarer, blauer Himmel erstreckte sich über den Gebäuden. »Was ist das für ein Material?«

»Keine Ahnung«, erwiderte Kim. »Es könnte Metall, Stein oder eine dem Computer unbekannte Mischung aus beidem sein.«

»Nur eine hochentwickelte Zivilisation kann solche Bauwerke schaffen«, stellte Janeway fest. »Was ist mit den Bioindikatoren, Mr. Kim?«

»Sie liefert noch immer keine eindeutigen Daten, aber ...«

Was auch immer der junge Fähnrich sagen wollte: Es verlor sich in einem plötzlichen Knistern. Licht gleißte vom Schirm. Paris wich zurück und mußte sich zwingen, die Hände an den Kontrollen verharren zu lassen. Der weiße Glanz blendete den Navigator, schien ihn vollkommen zu durchdringen. Er unterdrückte einen Schrei – einen Schrei der Furcht oder Überraschung; in diesen Sekundenbruchteilen wußte er überhaupt nicht, was er empfand –, wandte sich den Schaltflächen zu und vertraute dabei allein seinem Tastsinn.

»Was war das denn?« fragte Janeway, und zu Paris' großem Erstaunen klang sie vor allem verärgert. Er blinzelte und spürte, wie ihm Tränen in die Augen quollen. Aus dem weißen Schimmern wurde ein grünes Glühen, in dem sich wieder erste Konturen zeigten.

»An alle Stationen – Statusbericht!« befahl Janeway.

»Alle Systeme normal«, meldete Paris.

»Hier ebenso«, fügte Kim hinzu.

»Außenhüllenintegrität und Lebenserhaltungssysteme sind nicht beeinflußt worden«, sagte Tuvok.

»Hier im Maschinenraum ist alles in Ordnung«, sagte B'Elanna Torres' Stimme aus dem Interkom. »Aber es war ein ziemlicher Schock. Was ist passiert?«

»Das wissen wir noch nicht genau, Lieutenant Torres«, antwortete Janeway. »Wir halten Sie auf dem laufenden.« Sie nahm den Finger von der Interkom-Taste und sah zu Chakotay. »Irgendwelche Vermutungen?«

»Eine Art Scan«, sagte der Erste Offizier.

»Das kann ich bestätigen, Captain«, ließ sich Tuvok vernehmen. »Offenbar sind wir im ganzen Spektrum sondiert worden, und die entsprechenden Signale gingen vom Planeten aus.«

»Läßt sich der genaue Ursprung feststellen?« fragte Janeway.

»Nicht mit hundertprozentiger Sicherheit«, meinte der Vulkanier. »Aber alles deutet darauf hin, daß der Scan von dem Gebäudekomplex ausging, den wir derzeit auf dem Hauptschirm sehen.«

Das überrascht mich nicht sonderlich, dachte Paris und rieb sich die Augen. *Woher sollen die Sondierungssignale denn sonst gekommen sein?* Eine Sekunde später kamen ihm gleich mehrere Möglichkeiten in den Sinn – zum Beispiel subplanetare Anlagen, die Orbitalstationen –, und daraufhin war er froh, seinen Gedanken für sich behalten zu haben.

»Ich orte noch immer keine höheren Lebensformen«, sagte Kim. »Und auch keine Energiequelle, deren energetisches Niveau für einen solchen Scan groß genug ist.«

»Gibt es Anzeichen für ein Kommunikationsspektrum?« fragte Janeway.

Kim schüttelte den Kopf. »Die energetische Aktivität ist jetzt gleich Null, Captain. Nach dem plötzlichen Gleißen rührt sich nichts mehr.«

»Öffnen Sie die externen Kom-Kanäle«, sagte Janeway. »Die übliche Standard-Kommunikation. Und alles andere, was sich hier im Delta-Quadranten als nützlich erwiesen hat.«

»Auch die Frequenzen der Kazon-Ogla?« erkundigte sich Kim.

»Gute Frage.«

Paris blickte über die Schulter und stellte fest, daß die Kommandantin lächelte. »Ja, auch die Frequenzen der Kazon-Ogla. Die werden von den Kirse bestimmt überwacht.«

Kim nickte und betätigte rasch die notwendigen Kontrollen. Paris drehte sich wieder zu seiner Konsole um.

»Alle Grußfrequenzen offen, Captain.«

»Hier spricht Captain Kathryn Janeway vom Föderationsschiff *Voyager*«, sagte Janeway. Sie sprach jetzt laut und deutlich. »Wir kommen in Frieden und möchten Handelsbeziehungen mit den Bewohnern dieses Planeten aufnehmen. Bitte antworten Sie.«

Paris sah zum Hauptschirm und rechnete jeden Augenblick damit, daß dort eine fremde Gestalt erschien. Doch das Projektionsfeld zeigte auch weiterhin nur die Gebäude, zwischen denen sich nichts rührte. Ihre Außenflächen glitzerten im matten Schein der Sonne – ein seltsam öliger Glanz, wie ihn Paris noch nie zuvor beobachtet hatte. Ob Stein oder Metall: Die Bauwerke wirkten anmutig und auf exotische Weise schön. *So wie die Stadtskulpturen auf Delphis IV*, dachte Paris. *Monumente des beengten transurbanen Lebens der Delphianer*.

»Keine Antwort, Captain«, sagte Kim nach einer Weile. Seine Stimme klang fast entschuldigend.

»Versuchen Sie es auch weiterhin.« Janeway stand auf, stützte einmal mehr die Hände an den Hüften ab und blickte aus zusammengekniffenen Augen zum Hauptschirm. »Setzen Sie auch die wissenschaftlichen Sondierungen fort.«

»Ja, Captain.«

»Halten Sie außerdem nach Anzeichen für Kämpfe

Ausschau, die in jüngster Zeit stattfanden«, sagte Chakotay und trat neben Janeway.

Sie musterte ihn und hob eine Braue. »Wenn die Andirrim genug Schaden angerichtet hätten, um die Kirse daran zu hindern, unsere Kom-Signale zu beantworten ... Das müßten wir eigentlich von hier aus sehen können.«

Chakotay zuckte mit den Schultern. »Wir wissen nicht, wie groß das Volk der Kirse ist. Ein solches orbitales Verteidigungssystem läßt sich nur unter dem Einsatz erheblicher Ressourcen konstruieren, und ein solcher Aufwand muß gerechtfertigt sein. Als Grund käme eine kleine oder schrumpfende Bevölkerung in Frage.«

»Das ist nicht auszuschließen«, sagte Janeway. Sie schüttelte den Kopf. »Derzeit gibt es zu viele Möglichkeiten.«

Bei diesen Worten klang sie fast wie eine Vulkanierin, und Paris verbarg ein Grinsen, als er sich Tuvoks erstaunte Zustimmung vorstellte. Ein oder zwei Sekunden später fühlte er Chakotays Blick auf sich ruhen und richtete seine Aufmerksamkeit wieder auf die Navigationskontrollen. Er startete ein unnötiges Diagnoseprogramm, nur um etwas zu tun zu haben. Die Displays der Navigationssensoren blieben ebenso leer wie die Anzeigeflächen der übrigen Scanner. Dort draußen gab es nur Phaserplattformen, die in Maschinensprache miteinander flüsterten, ohne auf das Raumschiff außerhalb ihrer Reichweite zu achten. *Ich hoffe jedenfalls, daß wir uns außerhalb ihrer Reichweite befinden*, dachte Paris. *Zumindest scheinen sie kein Interesse an uns zu haben.*

»Die Sensoren registrieren keine meßbaren Anzeichen für Phaserfeuer«, sagte Kim. »Es fehlen auch Hinweise darauf, daß in jüngster Zeit ein Angriff stattfand.«

»Die Verteidigungsplattformen scheinen seit einer ganzen Weile nicht mehr aktiv geworden zu sein«, fügte Tuvok der Meldung des jungen Fähnrichs hinzu. »Aufgrund ihrer gegenwärtigen Konfiguration nehme ich an, daß sie schon recht lange in Bereitschaft sind.«

Kims Stimme erklang erneut. »Die ersten wissenschaftlichen Sondierungen deuten auf folgendes hin: Fast neunzig Prozent des Lands in den gemäßigten Klimazonen sind kultiviert. Eine exakte Klassifizierung steht noch aus. Offenbar gibt es viele Pflanzen mit Hexuronsäure – wir sollten also alles bekommen, was wir brauchen. Außerdem registrieren die Scanner etwas, bei dem es sich um primitive Lebensformen zu handeln scheint. Allerdings sind die Daten widersprüchlich. Es könnten auch komplexe Mechanismen mit organischen Komponenten sein.«

»Was ist mit der Zitadelle?« fragte Janeway.

Paris glaubte fast, ein Achselzucken in Kims Stimme zu hören. »Dort läßt sich kaum etwas feststellen, Captain. Es scheint eine Art Akkumulator zu existieren, aber das energetische Niveau darin ist sehr gering. Lebensformen fehlen völlig.«

»Captain, die Energiestrukturen weisen auch bei dem Gebäudekomplex auf Bereitschaft hin«, meinte Tuvok. »Sein Zustand ähnelt dem der Plattformen.«

Janeway schwieg so lange, daß es Paris wagte, erneut einen Blick über die Schulter zu werfen. Sie sah zum Hauptschirm und runzelte dabei nachdenklich die Stirn. »Na schön«, sagte sie schließlich. »Wir geben den Kirse eine weitere Chance, sich zu zeigen. Mr. Paris, bringen Sie uns in einen Orbit außerhalb des optimalen Wirkungsbereichs des Verteidigungssystems. Mr. Kim, programmieren Sie Kontaktsignale, die automatisch wiederholt werden. Wir geben den Bewohnern des Planeten zwölf Stunden Zeit, um zu antworten. Anschließend sehen wir weiter. Setzen Sie unterdessen die Sondierungen fort. Wir brauchen so bald wie möglich ein vollständiges Bild von dem Planeten.«

»Aye, aye, Captain.« Kims Antwort entsprach den besten Akademiestandards, und Paris wußte, daß seine eigene im Vergleich dazu noch nachlässiger klang. Er spürte, wie ihm das Blut ins Gesicht schoß, konzentrierte seine Aufmerksamkeit wieder auf die Konsole, betätigte die komplexen Kontrollen und gab Kursdaten ein. *Wenigstens kenne ich mich mit diesen Dingen aus*, dachte er zufrieden. *Am Navigationspult kann mich niemand übertreffen, der gerade erst die Akademie hinter sich hat*. Diese stolzen Gedanken klangen irgendwie nicht ganz richtig. Paris schnitt eine Grimasse und berührte die Kontrollen erneut.

»Ich steuere uns nun in die Umlaufbahn, Captain.«

»Ausgezeichnet, Mr. Paris«, sagte Janeway. »Zwölf Stunden. Vielleicht genügt diese Zeit, um die Kirse zu finden.«

Janeway war nicht sonderlich überrascht, als die zwölf Stunden verstrichen, ohne daß sie etwas von den Kirse hörten. Dies bot auch einen Vorteil – sie konnte dadurch acht Stunden schlafen und neue Kräfte sammeln –, aber sie hätte es vorgezogen, irgendeine Art von Kontakt herzustellen. Enttäuscht schob sie Neelix' jüngsten Versuch beiseite, ein schmackhaftes und gleichzeitig nährstoffreiches Frühstück zu schaffen, nahm ihren Datenblock und blickte auf die Anzeige. Rasch scrollte sie durch die letzten Berichte, die immer gleich klangen. Der des Doktors bildete die einzige Ausnahme. Inzwischen litt mehr als die Hälfte der Crew an Mangelerscheinungen; die übrigen Besatzungsmitglieder brauchten fast toxische Dosen von Ascorbinsäure, um vor der Krankheit geschützt zu sein. Eine solche Menge an Vitamin C ließ sich nicht ohne die Replikatoren herstellen. Wenigstens brachten die wissenschaftlichen Sondierungen gute Neuigkeiten. Die Welt der Kirse kam tatsächlich einem Paradies gleich, und mit ziemlicher Sicherheit enthielt die üppige Vegetation alles, was sie brauchten. Andererseits gab es noch immer keine Anzeichen von den Bewohnern und jener hochentwickelten Kultur, die den Gebäudekomplex der Zitadelle errichtet hatte. Janeway berührte ein bestimmtes Schaltelement, um den entsprechenden Bericht aufs Display des Datenblocks zu holen, und eine Zeitlang betrachtete sie ein Bild der Zitadelle. Türme ragten aus einem zentralen Sechseck, und jeder von ihnen bot einen anderen Anblick. Auf einem zeigten sich Gebilde, die an antiquierte Radioantennen erinnerten. Ein anderer glitzerte so, als bestünden seine Außenflächen aus Eis oder Glas. Ein dritter trug ein zwiebelförmiges, golden schimmerndes Etwas, das vage vertraut wirkte. Dutzende von Nebengebäuden reichten von der Mitte des Sechsecks nach außen. Ihr Muster sah aus wie ein schiefes Spinnennetz oder wie eine erste, noch unvollständige Eisblume an einem Fenster. Die Schönheit des Bauwerks stand der des vielfältigen pflanzlichen Lebens auf dem Planeten in nichts nach. Es mußte von sehr begabten Baumeistern geschaffen worden sein, von jenen Geschöpfen, die auch das Verteidigungssystem im Orbit konstruiert hatten – und die auch weiterhin verschwunden blieben.

Janeway schüttelte den Kopf, ließ das Bild auf dem kleinen Schirm und wandte sich wieder dem Teller zu. Neelix hatte sich tatsächlich große Mühe gegeben, eine Mahlzeit zu kreieren, die einigermaßen schmeckte und nicht zuviel von den problematischen Nahrungsmitteln verwendete. Ohne große Begeisterung betrachtete sie das körnige Durcheinander und fühlte sich an Tom Paris' alles andere als enthusiastische Beschreibung von Haferschrot erinnert. Aber die Substanz enthielt Kohlenhydrate, und vor allem darauf kam es an. Vorsichtig schob sich die Kommandantin den Löffel in den Mund. Das Etwas war nicht annähernd so süß wie erwartet, zeichnete sich durch einen allgemeinen Mangel an Aroma aus. Janeway bedauerte das Fehlen von Gewürzen und griff nach dem Vitaminzusatz, den ihr der Doktor aus seinen rasch schrumpfenden Vorräten zur Verfügung gestellt hatte. Die Flüssigkeit war gelbrot – ein vergeblicher Versuch, Assoziationen an Orangensaft zu wecken. Sie schluckte das Zeug rasch und zeigte ihren Abscheu ganz deutlich, indem sie das Gesicht verzog – diese Freiheit konnte sie sich in ihrem Quartier erlauben, ohne befürchten zu müssen, ein schlechtes Beispiel zu geben. Anschließend ließ sie das Glas mit besonderem Nachdruck im Sammelbehälter verschwinden. Selbst wenn man berücksichtigte, daß der Doktor ein Hologramm war, dem Geschmacksknospen fehlten und das niemand für *dauerhafte* Kontakte mit der Crew programmiert hatte: Der Vitaminzusatz schmeckte einfach gräßlich. Janeway spülte das bittere Aroma mit Wasser hinunter und nahm dann an ihrem Schreibtisch Platz.

»Computer, benachrichtige die Führungsoffiziere: Ich erwarte sie in ...« Sie sah zum nächsten Chronometer. »... in fünfzehn Minuten im Bereitschaftsraum.«

»Bestätigung«, erklang eine Sprachprozessorstimme, und Janeway griff nach ihrem Datenblock. Sie blickte kurz in den Spiegel neben der Tür, um sich zu vergewissern, daß sie so gefaßt und selbstsicher aussah, wie es bei einem Starfleet-Captain der Fall sein sollte. Sie durfte auf keinen Fall zulassen, daß sich angesichts der derzeitigen Situation Besorgnis in ihrem Äußeren zeigte.

Sie erreichte den Bereitschaftsraum wie geplant vor den Offizieren und hatte gerade am oberen Ende des Tisches Platz genommen, als Chakotay hereinkam. Sie nickte ihm zu, und er antwortete mit einem kummervollen Lächeln.

»Bisher hat sich nichts Neues ergeben«, sagte er. »Entweder befinden sich keine höher entwickelten Lebensformen auf dem Planeten, oder die Kirse verbergen sich vor uns. Kim hat keinen Kontakt herstellen können, und die Sensoren orten nur Maschinen, denen offenbar nichts an Gesprächen mit uns liegt.«

»Was halten Sie davon?« fragte Janeway.

Der Erste Offizier zuckte mit den Schultern, nahm am Tisch Platz und aktivierte sein Datendisplay. »Ich habe die Möglichkeit bereits erwähnt: Vielleicht wurde das Volk der Kirse ausgelöscht. Mir fällt keine andere Erklärung dafür ein, daß unsere Präsenz ohne jede Reaktion bleibt. Wenn uns die Bewohner des Planeten für Feinde halten ... Nun, in dem Fall sollten sie ihrem Verteidigungssystem vertrauen. Und wenn sie keine Gefahr in uns sehen ... Dann verstehe ich nicht, warum sie unsere Kom-Signale ignorieren.« Er breitete die Arme aus. »Andererseits gibt es nicht die geringsten Anzeichen von Zerstörungen auf dem Planeten. Alles ist intakt, die Zitadelle ebenso wie die Gärten.«

»Vielleicht gibt es eine andere Ursache für das Verschwinden der Kirse«, sagte Janeway halbherzig. »Krankheit. Natürlicher Bevölkerungsschwund. Vielleicht sogar ein Massenexodus.« Sie berührte eine Schaltfläche, projizierte das Bild der Kirse-Welt damit auf den größeren Schirm. Die blaugrüne Kugel drehte sich in einem Kokon aus Verteidigungsstationen und schien das fremde Raumschiff zu verspotten. »In einem Punkt bin ich mir sicher, Chakotay. Wir müssen hier unsere Vorräte erneuern.«

»Da stimme ich Ihnen zu.« Chakotay nickte, und sein tätowiertes Gesicht wirkte sehr ernst. »Der Doktor und ich haben die letzten Berechnungen zweimal überprüft. Uns bleibt keine Wahl mehr.«

»In der Tat.« Janeway unterbrach sich, als die Tür des Bereitschaftsraums aufglitt. Die übrigen Offiziere kamen herein. Wenige Sekunden später erhellte sich ein zweiter Bildschirm und zeigte den Doktor. Kes sah ihm über die Schulter.

Janeway straffte die Schultern und faltete die Hände

auf dem Tisch. »Hören wir uns die neusten Berichte an. Beginnen Sie, Mr. Kim.«

Der junge Fähnrich sah kurz auf seinen Datenblock und hob den Kopf dann wieder. Er wirkte müde und erschöpft, fand Janeway. Außerdem bewegte er sich mit einer Vorsicht, die auf Schmerzen in den Gelenken hindeutete. »Eigentlich hat sich seit dem ersten Scan kaum etwas verändert, Captain. Auf dem Planeten gibt es jede Menge Nahrung – Nahrung, die sich für unser Stoffwechselsystem eignet und nicht nur Hexuronsäure enthält, eine Vorstufe von Vitamin C, sondern auch viele wichtige Spurenelemente. Der überwiegende Teil der Flora scheint seine Struktur und Beschaffenheit zielgerichteter Kultivierung zu verdanken. Die gesamte planetare Landmasse ist wie ein einziger Garten, beziehungsweise wie eine Vielzahl von miteinander verbundenen Gärten. Ausnahmen bilden nur die Zitadelle und der sie umgebende Bereich. Es hat den Anschein, als seien die Kontinente verändert worden, um spezifische Habitate und Mikroklimate für bestimmte Pflanzengruppen zu schaffen. Die Sensoren haben Spuren von Bewässerungssystemen und künstlichen Landschaftsformationen festgestellt, in den meisten Fällen barrierenartige Höhenzüge, aber auch Seen und kleine Binnenmeere.«

Kim berührte eine Schaltfläche, und daraufhin bildete sich eine holographische Kugel über dem Tisch. »Was die Zitadellenregion betrifft …« Bestimmte Bereiche der Kugel veränderten die Farbe. »In einem Umkreis von hundert Kilometern ist das gesamte Land kultiviert, und unter der Oberfläche verlaufen Kanäle. Ich vermute, es handelt sich dabei um ein hochentwickeltes Bewässerungssystem.«

»Aber von den Konstrukteuren ist weit und breit nichts zu sehen«, sagte Janeway.

»Das stimmt leider, Captain«, bestätigte Kim.

Die Kommandantin betrachtete das Hologramm und fragte sich, warum jemand eine solche Welt verlassen sollte. »Was ist mit den übrigen Lebensformen? Konnten Sie Einzelheiten in Erfahrung bringen?«

Zu ihrer Überraschung antwortete Chakotay. »Bisher liegen noch keine eindeutigen Daten vor. Mr. Kim und ich haben die ermittelten Werte zweimal untersucht, und Lieutenant Torres hat ein wenig Energie abgezweigt, um das Auflösungsvermögen der Sensoren zu erhöhen. Aber eigentlich sind wir noch immer dort, wo wir angefangen haben. Auf dem Planeten scheint es Tiere zu geben – aber es könnten auch komplizierte Maschinen sein.«

»Maschinen mit organischen Bestandteilen«, korrigierte Torres und sah Janeway an. »Ich glaube, Neelix hatte recht, als er meinte, daß die Kirse Metall benötigen. Davon scheint es auf dem Planeten nicht viel zu geben.«

»Und kein intelligentes Leben?« fragte Janeway.

Kim schüttelte den Kopf. »Bisher konnten wir nichts dergleichen entdecken.«

»Sind Sie sicher, daß es Tiere sind?« fragte Paris. »Ich meine, wenn Sie nicht einmal sicher sind, woraus sie bestehen – woher wollen Sie dann wissen, daß die betreffenden Lebensformen nicht intelligent sind?«

»Praktisch die ganze Zeit über wiederholen sich ihre Verhaltensmuster«, erwiderte Kim. »Ich nehme an, es handelt sich um Erntetätigkeit.«

Paris lächelte. »Soll das heißen … Wenn die Wesen dort unten intelligent sind, so dürften sie sich langweilen?«

Kim schmunzelte unwillkürlich. »So könnte man es ausdrücken.«

Auch Janeway gestattete sich ein Lächeln: Wenn sie noch scherzen konnten, war die Lage nicht ganz so schlimm. Sie wandte sich an den Vulkanier. »Haben Sie mehr über die Verteidigungsplattformen herausgefunden, Mr. Tuvok?«

»Ich habe eine vollständige Analyse durchgeführt und dabei auch das Potential des defensiven Systems eingeschätzt«, entgegnete der Sicherheitsoffizier. »Unsere gegenwärtige Umlaufbahn befindet sich gerade außerhalb des optimalen Wirkungsbereichs. Daraus folgt: Sollten die Kirse oder ihre Maschinen zu dem Schluß gelangen, daß wir eine Gefahr darstellen, so können unsere Schilde den Phasern lange genug standhalten, um uns den Rückzug zu ermöglichen.«

Paris räusperte sich, und das Lächeln verschwand von seinen Lippen. »Mr. Tuvok und ich haben den Navigationscomputer mit einem Fluchtkurs programmiert – damit wir uns schnell absetzen können, wenn man das Feuer auf uns eröffnet.«

»Ausgezeichnet«, sagte Janeway, und sie meinte es auch so.

»Die Position der einzelnen Verteidigungsplattformen sowie ihre Waffen deuten darauf hin, daß sie Angreifer allein mit Phaserfeuer aufhalten sollen«, betonte Tuvok. »Mit anderen Worten: Sie sind nicht mit Schilden ausgestattet.«

»Und wie schützen sich die Plattformen?« fragte Chakotay.

»Jede von ihnen weist eine starke Panzerung auf«, erläuterte Tuvok. »Bei der metallenen Schutzhülle gibt es molekulare Unterschiede, was vermuten läßt, daß jene Komponenten zu unterschiedlichen Zeiten installiert wurden.«

»Darf ich Ihren Ausführungen entnehmen, daß die Kirse nicht über Transporter verfügen?« vergewisserte sich Janeway.

Tuvok nickte. »Ja, Captain. Weder die Verteidigungsplattformen noch die defensiven Anlagen der Zitadelle sind imstande, einen Transporterstrahl zu blockieren.«

Das waren gute Nachrichten. Janeway lehnte sich in ihrem Sessel zurück. Ein seltsames Gefühl stellte sich ein: Janeways Gedanken galten der Crew, die an Skorbut litt, dem Transporter, der ihnen einen erheblichen Vorteil bot, an die weit entfernte Föderation ... Sie rief sich innerlich zur Ordnung. Der Transporter konnte ihnen nur dann zum Vorteil gereichen, wenn sie die Schilde lange genug senken konnten, um die Transferierten wieder an Bord zu holen. Nun, die Kommunikationsdifferenz zwischen dem Planeten und den orbitalen Verteidigungsstationen sollte groß genug sein, um es der *Voyager* bei einem Angriff zu ermöglichen, die Einsatzgruppe zurückzubeamen.

»Na schön«, sagte Janeway laut. »Ich nehme an, Sie alle kennen den Bericht des Doktors.« Sie hörte zustimmendes Murmeln und fuhr fort: »Letztendlich läuft alles auf folgendes hinaus: Wir müssen hier zumindest einen Teil unserer Vorräte erneuern – in dieser Hinsicht bleibt uns überhaupt keine Wahl.«

»Wenn wir hier keine neuen Nahrungsmittel an Bord nehmen«, warf der Holo-Arzt ein, »müssen wir nach den Schätzungen von Lieutenant Torres und der bisher beobachteten Häufigkeit von Planeten der Klasse M in diesem Sektor davon ausgehen, daß nicht genug Besatzungsmitglieder übrigbleiben, um die Suche nach Proviant fortzusetzen.«

»Ja.« Janeway preßte kurz die Lippen zusammen. »Deshalb bin ich entschlossen, eine Landegruppe auf den Planeten zu schicken, zur Zitadelle, um ganz genau zu sein. Vielleicht entdecken wir dort Hinweise auf die Kirse. Mr. Paris, Mr. Kim, Lieutenant Torres – Sie begleiten mich.«

»Captain«, sagte Tuvok, »ich möchte Sie um Erlaubnis bitten, die Gruppe zu begleiten.«

Janeway schüttelte den Kopf. »Ich brauche Sie an Bord des Schiffes, Tuvok. Sie sollen die Verteidigungsplattformen im Auge behalten.«

Der Vulkanier nickte, und sein Gesicht blieb dabei völlig ausdruckslos. Doch Janeway glaubte, in seinen Augen einen Hauch von Mißbilligung zu erkennen. »Darf ich dann vorschlagen, daß Sie ein größeres Sicherheitskontingent mitnehmen?«

»Ich bin bereit, mich von zwei weiteren Personen begleiten zu lassen«, erwiderte die Kommandantin. »Ich möchte vermeiden, daß man uns für eine Bedrohung hält.« Sie sah sich am Tisch um. »Irgendwelche Kommentare? Nein? Dann lassen Sie uns herausfinden, was mit den Kirse geschehen ist.«

3

Die Gruppe im Transporterraum schwieg. Selbst Paris wirkte ein wenig bedrückt – man mußte es mit eigenen Augen sehen, um es zu glauben, fand Kim. Vorsichtig hob und senkte der junge Fähnrich die Schultern, aber die Schmerzen in den Gelenken waren stark genug, um ihn eine Grimasse schneiden zu lassen. Einige Meter entfernt wiederholte Renehan die Geste und lächelte schief, als sie seinen Blick bemerkte.

»Guter Tag für einen Außeneinsatz, nicht wahr?« Die fröhliche Stimme bildete einen auffallenden Kontrast zu Renehans Blässe.

»Ja, wundervoll«, erwiderte Kim.

Paris klopfte ihm behutsam auf die Schulter. »Ich bitte Sie, Harry. Was kann man sich mehr wünschen? Ein fremder Planet, ein geheimnisvolles verschwundenes Volk, das Schiff in großer Not – darauf hat Starfleet Sie doch vorbereitet, oder?«

»Nein.« Kim lächelte fast gegen seinen Willen, und Renehan lachte laut, was ihr einen verwirrten Blick vom zweiten Sicherheitswächter einbrachte.

»Nun, ich habe mir bei Starfleet eine Chance erhofft, die Galaxis zu erforschen. Aber man kann es auch übertreiben.«

»Wo ist Ihre Abenteuerlust?« begann Paris und unterbrach sich, als die Tür aufglitt. Der Captain und Chakotay kamen herein. Kim blickte rasch auf seinen Tricorder und nahm eine letzte Kalibrierung vor. Dennoch spürte er kurz Janeways Blick auf sich ruhen.

Chakotay trat neben die Transportertechnikerin und sah auf den Statusschirm, als sie die Kontrollen betätigte. »Hier ist alles klar, Captain.«

»Hier ebenfalls«, erwiderte Janeway. »Sie haben das Kommando, Mr. Chakotay. Wir lassen alle dreißig Minuten von uns hören. Beamen Sie uns an Bord, wenn eine solche Routinemeldung ausbleibt.«

»Ja, Captain«, bestätigte Chakotay.

Janeway nickte und trat auf die Transporterplattform. Kim bezog ebenfalls Aufstellung, so wie die anderen, und bereitete sich innerlich auf den Transfer vor. Er hatte keine Angst vor dem Beamen, und der Vorgang war auch nicht unangenehm. Aber es konnte sehr desorientierend sein, sich von einem Augenblick zum anderen an einem ganz anderen Ort wiederzufinden ...

»Energie«, sagte Janeway, und der Transporterraum verschwand.

Kim blinzelte, als ihm plötzlich grelles Sonnenlicht entgegenflutete. Zu seinen Füßen erstreckte sich das makellose Grün eines perfekt gepflegten Rasens. Etwa zehn Meter entfernt wuchsen Bäume, die rund anderthalb Meter groß waren und hellgelbe Früchte trugen. Er senkte den Blick und wich vorsichtig einigen großen Blumen aus, deren untertassengroße Blüten rote und gelbe Streifenmuster aufwiesen. Sanfter Wind strich ihm über die Wangen, warm und zärtlich, trug die Düfte anderer Pflanzen mit sich. In der Ferne hörte er ein leises, seltsam musikalisches Klicken – vielleicht das hiesige Äquivalent von Vogelgezwitscher.

»Bericht«, sagte Janeway, und Kim hob sofort seinen Tricorder.

Er berührte eine Schaltfläche und aktivierte damit einen vorbereiteten Standardscan. Aufmerksam beobachtete er, wie die orangefarbenen Bereitschaftshinweise dem Grün positiver Anzeigen wichen. Gleichzeitig präsentierte das Display erste Analyseresultate: keine Anzeichen von Gift; keine Anzeichen von gefährlichen Insekten oder Tieren; nur üppige, fremde Flora, die sich kilometerweit auf allen Seiten erstreckte. Nach einigen Sekunden sah er wieder auf und ließ sich seine Freude über diese schöne Welt deutlich anmerken. »Alles in Ordnung, Captain. Hier gibt es nur Pflanzen, sonst nichts.«

»Das kann ich bestätigen«, sagte Renehan. Von dem zweiten Sicherheitswächter kam eine ähnliche Meldung.

Torres blieb still, und Kim blickte neugierig in ihre Richtung. Die Chefingenieurin schritt ungeduldig zu den Bäumen und runzelte die Stirn, als sie die Anzeigen ihres Tricorders betrachtete.

»Lieutenant Torres?« fragte Janeway, und daraufhin drehte sich B'Elanna um.

»Entschuldigen Sie, Captain. Mein Tricorder ist darauf programmiert, nach Konstruktionsspuren zu sondieren. Ich habe eine Rohrleitung gefunden, hier im Boden. Es könnte sich um ein Bewässerungsrohr handeln, aber dafür erscheint es mir ein wenig zu groß.«

Kim änderte die Justierung seines eigenen Ortungsgeräts, sondierte und korrelierte die ermittelten Daten mit den Karten, die er noch an Bord der *Voyager* angefertigt hatte. »Das Rohr verläuft in Richtung Zitadelle.«

»Interessant.« Janeway stützte die Hände in die Hüften, drehte sich langsam um die eigene Achse und ließ den Blick über die parkartige Landschaft schweifen. »Noch immer keine Lebensformen?«

»Bei meinem Scan nicht«, antwortete Renehan. Kim bestätigte, nachdem er seinen Tricorder im Kreis geschwenkt hatte.

»Meine Sondierung ergibt etwas.« Die Falten in Torres' Stirn kamen Tälern gleich. »In Richtung Zitadelle – vielleicht jene Maschinen, die wir an Bord der *Voyager* geortet haben.«

Janeway nickte. »Nun, es hat keinen Sinn, an diesem

Ort zu verharren.« Sie klopfte auf ihren Insignienkommunikator. »*Voyager*, hier spricht Janeway.«

Der Erste Offizier antwortete sofort. »Hier Chakotay, Captain.«

»Wir machen uns jetzt auf den Weg zur Zitadelle«, sagte die Kommandantin. »Janeway Ende.« Sie wandte sich an die Einsatzgruppe. »Mr. Kim, untersuchen Sie alles, was nach Früchten und dergleichen aussieht. Wir sollten die Zeit nutzen, um Daten über die Nahrungsmittel zu gewinnen, die wir hier erwerben möchten.«

»Falls es hier jemanden gibt, bei dem man etwas erwerben kann«, murmelte Paris.

Janeway hob eine Braue. »Lassen wir das Problem mal auf uns zukommen, Mr. Paris. Derzeit müssen wir davon ausgehen, daß wir uns als nicht eingeladene Gäste auf einem bewohnten Planeten befinden.«

»Entschuldigung, Captain.« Paris klang nicht sehr reuig, aber Janeway schien mit seiner Antwort zufrieden zu sein.

»Nun gut. Lieutenant Torres, führt das Rohr ganz bis zur Zitadelle?«

»Ja, soweit ich das feststellen kann«, erwiderte die Chefingenieurin.

»Dann folgen wir ihm, bis wir eine Straße oder etwas in der Art finden.« Janeway setzte sich in Bewegung, doch nach einigen Schritten blieb sie wieder stehen. »Übrigens, für diejenigen von Ihnen, die noch nie auf landwirtschaftlichen Planeten gewesen sind: Seien Sie vorsichtig und vermeiden Sie es, auf die Pflanzen zu treten. Ausgenommen natürlich das Gras.«

Die anderen Mitglieder der Landegruppe bestätigten, und Kim wich von den Blumen mit den großen Blüten zurück. Sie waren hübsch, zugegeben, aber er konnte kaum einen praktischen Zweck in ihnen erkennen. Eine Sekunde später fragte sich Kim, wie er ohne konkrete Fakten zu einem solchen Schluß gelangen konnte. Er richtete den Tricorder auf die nächsten Blumen und stellte überrascht fest, daß die Sensoren knollenartige Wurzeln orteten, die für den Menschen genießbar sein sollten. Er berührte eine Schaltfläche, um eine genauere Analyse durchzuführen, ermittelte dabei Werte, die denen einer terranischen Kartoffel ähnelten.

Der Fähnrich blinzelte erstaunt und betätigte das Schaltelement erneut, um die Untersuchung zu wiederholen.

»He, Harry, worauf warten Sie noch?«

Kim hob den Kopf und sah Paris, der auf der anderen Seite des Rasens stand und winkte. »Entschuldigung«, erwiderte er und schloß rasch zu den anderen auf. Verlegen stellte er fest, daß Captain Janeway über die Schulter hinweg zu ihm blickte, als er sich näherte.

»Etwas Interessantes gefunden, Mr. Kim?« fragte sie.

»Vielleicht, Captain«, antwortete er und merkte, wie er errötete. »Eine der Blumen dort drüben, die Art mit den untertassengroßen Blüten – ihre Wurzeln sind eßbar.«

»Gut«, sagte Janeway. »Sondieren Sie auch weiterhin.«

Kim murmelte eine Antwort und sah zu den Bäumen. Torres hatte sie inzwischen fast erreicht und behielt die Anzeigen ihres Tricorders im Auge. Sie folgte dem Verlauf des Rohrs, das sie im Boden geortet hatte. Kim ging mit längeren Schritten, und als er sich der Chefingenieurin näherte, nahm er den Duft wahr, der von den Blättern ausging. Er erinnerte an Rosen und Zitronen, vielleicht auch an Birnen. Die hellgelben Früchte zwischen den dicken, gekräuselten Blättern schienen im Vergleich dazu überhaupt keinen Geruch zu haben. Kim richtete seinen Tricorder auf eine davon und war nicht überrascht, als auch sie sich als eßbar erwies.

»Zwei von zwei«, sagte Paris und sah zu dem Fähnrich.

Kim nickte. »Ja«, bestätigte er und blickte erneut zu den Bäumen. Sie standen in exakt ausgerichteten parallelen Reihen, und keiner von ihnen ragte über seine Schulter hinaus. Er ging in die Hocke und betrachtete den Boden unter ihnen, der sich als ebenso sauber und leer erwies wie der Rasen.

»Captain ...« Er stand auf und eilte zu Janeway. »Was die Bäume betrifft ...« Sie blieb neugierig stehen, und Kim fuhr rasch fort: »Es liegt kein Fallobst unter ihnen. Und die Fürchte an den Zweigen scheinen alle perfekt zu sein, ohne den geringsten Makel.«

Janeway musterte ihn. »Wir wissen bereits, daß es sich nicht um natürlich gewachsene Pflanzen handelt. Wir befinden uns hier in einer Art Plantage.«

»Das meine ich nicht. Die hiesigen Pflanzen sind nicht nur kultiviert – jemand scheint sich erst vor kurzer Zeit um sie gekümmert zu haben. Die Früchte sind reif, aber es liegen keine auf dem Boden. Im Geäst habe ich Insekten beobachtet, und das bedeutet: Es sollte auch Fallobst geben. Es sei denn, jemand sammelt es auf.«

Ein daumengroßes Geschöpf stieß sich mit einem lauten Klacken vom Rand eines Blattes ab. Kim duckte sich aus einem Reflex heraus, als das Wesen an ihm vorbeisummte und auf einem höheren Blatt landete. Das Grün seines Körpers verschmolz mit dem der Blätter, und dadurch wurde das Insekt praktisch unsichtbar. Es verriet sich nur durch sein Gewicht – das Blatt hing durch.

»Ich verstehe.« Janeway lächelte kurz und wurde sofort wieder ernst. »Sie haben einen wichtigen Hinweis geliefert, Mr. Kim. Wo auch immer sich die Kirse jetzt aufhalten: Da hier alles in Ordnung ist, müssen sie erst vor kurzer Zeit an diesem Ort gewesen sein.«

Kim nickte, und im gleichen Augenblick erklang Torres' Stimme auf der anderen Seite der Baumreihe.

»Captain, ich glaube, ich habe eine Straße zur Zitadelle gefunden.«

Kim drehte sich um und sah, daß die Chefingenieurin von einem steinernen Band aus winkte, das auf perfekte Weise in den sorgfältig gepflegten Rasen eingelassen war. Hinter ihr neigte sich der Boden nach unten. Etwas, das wie Unkraut aussah, verwehrte dort den Blick aufs Gras, aber es wirkte wie eine gezielt angelegte Hecke. Weitere Früchte schienen sich unter den herzförmigen Blättern zu verbergen. Kim duckte sich unter den letzten Bäumen hinweg und trat zu Torres. Janeway folgte ihm etwas langsamer.

B'Elanna betrachtete die Anzeigen ihres Tricorders. »Diese Straße scheint auf direktem Weg zur Zitadelle zu führen. Wenn es wirklich eine Straße ist.«

Kim kratzte mit dem Stiefel über das matte, goldfarbene Material. Aus der Ferne gesehen, schien es sich um Eruptivgestein zu handeln, doch wenn man näher kam ... Die Ränder waren viel zu glatt, als daß es eine natürliche Formation sein konnte. Aber wie hatte man sie geschaffen? Es sah nach natürlich gewachsenem Gestein aus, nach Granit oder fleckigem Tergonit. Doch nirgends entdeckte Kim feine Linien, die auf einzelne, zusammengesetzte Blöcke hinwiesen.

»Es sieht nach einer Straße aus«, sagte er, hörte jedoch Zweifel in seiner Stimme.

»Ja«, pflichtete ihm Janeway bei. »Und sie führt zur Zitadelle?«

Torres nickte. »Das Rohr verläuft darunter, in einer Tiefe von mehr als einem halben Meter.«

»Gut.« Janeway lächelte. »Da wir ohnehin zur Zitadelle wollen, sollten wir dem Verlauf der Straße folgen.« Sie blickte kurz auf ihren Tricorder. »Und wir beeilen uns besser. Immerhin sind wir noch mehr als drei Kilometer von den nächsten Gebäuden entfernt.«

Sie setzte sich in Bewegung, ohne eine Antwort abzuwarten. Die anderen folgten ihr. Nur Kim zögerte, um seinen Tricorder auf die niedrigen Gewächse neben der

Straße zu richten. Die roten Objekte darin hatte er zunächst für Früchte gehalten, doch jetzt erkannte er sie als kleine, kugelförmige Blumen. Die dicken, fast schwarzen Blätter wiesen einen hohen Kalziumgehalt auf und schienen eßbar zu sein. Der Fähnrich schüttelte den Kopf und staunte einmal mehr über die Fruchtbarkeit dieser Welt.

Paris schritt an ihm vorbei und summte eine fröhliche Melodie.

»Kommen Sie!« rief er über die Schulter hinweg. Kim speicherte die von den Tricordersensoren ermittelten Daten, um sich später eingehender mit ihnen zu befassen. Erneut vernahm er die von Paris gesummte Melodie, und sie klang irgendwie vertraut. Er runzelte die Stirn und versuchte, sich an den Text des Lieds zu erinnern. Es stammte aus einem Kinderfilm, und zwar aus einem sehr alten, aber mehr fiel ihm nicht ein.

Kim schüttelte den Kopf, besann sich wieder auf die Gegenwart und folgte dem Rest der Gruppe.

Die steinerne Straße führte einen Hang hinab. Auch dort gab es die niedrigen Gewächse mit den dunkelgrünen Blättern. Am Fuß des Hanges formten kniehohe Hecken komplexe Muster, die auf dem Sechseck zu basieren schienen. Alle auf diese Weise separierten Sektionen enthielten unterschiedliche Pflanzen. Im Zentrum eines jeden Musters stand ein Baum auf einem Teppich aus leuchtendblauen Blumen, bildete mit seinen Blättern ein zartes gelbes Dach. Oder waren es keine Blätter, sondern Blüten? Kim wagte kaum mehr zu atmen, als sich ganz unten am Baum etwas bewegte. Sofort hielt er den Tricorder in die entsprechende Richtung und sah aus den Augenwinkeln, daß in Renehans Hand wie durch Magie ein Phaser erschien.

»Was ist los?« fragte Paris.

Kim schüttelte den Kopf und betrachtete die Anzeigen des Displays.

»Ich weiß noch nicht genau ...«

Er hatte diese Worte kaum ausgesprochen, als sich eine Gestalt aufrichtete und mit den Pfoten nach dem goldenen Baldachin des Baumes tastete. Dadurch wirkte das Wesen humanoid, wie ein echter Zweifüßer – trotz der krummen Beine. Aus dieser Entfernung ließ sich kaum feststellen, ob das Grau von Haut, Schuppen oder Fell stammte. Wie dem auch sei: An den Gliedmaßen wurde die graue Tönung dunkler, bis sie im Bereich der pfotenartigen, nur mit zwei Fingern ausgestatteten Hände in Schwarz überging. Kims Blick huschte zwischen den Anzeigen des Tricorders und dem Geschöpf hin und her. Das Gerät in seinen Händen berichtete von einer Maschine oder von einem Etwas, das maschinelle Teile enthielt. Gleichzeitig fehlte es nicht an Anzeichen für eine Lebensform. Das Wesen schüttelte den Baum mit ziemlichem Nachdruck, was zu einem goldenen Blätterregen führte. Auch ein größeres Objekt fiel herab. Das Geschöpf griff danach, blickte dabei über seine Schulter. Es sah die Landegruppe von der *Voyager*, erschrak und ließ die Frucht fallen.

Janeway fluchte halblaut. Das Wesen sprang fort, setzte über eine nahe Hecke hinweg und suchte Schutz unter einer weiter entfernten Baumgruppe.

Torres schüttelte enttäuscht den Kopf. »Die Daten sind noch immer nicht eindeutig, Captain. Aber es sah nicht nach einer Maschine aus.«

»Ich habe die gleichen Ergebnisse«, sagte Kim. »Schwache Biosignale, die auf eine Lebensform hinweisen, aber auch Maschinenteile.«

Janeway blickte zu den Bäumen, unter denen das Geschöpf verschwunden war. »Nun, sehen wir uns an, was das Wesen fressen wollte – wenn es tatsächlich eine solche Absicht verfolgte.«

Glücklicherweise brachte sie die Straße in die Nähe des Baums mit den gelben Blättern. Schon von weitem nahm Kim einen besonderen Duft war: ein süßlicher Geruch, der Nektar versprach und so verlockend wirkte, daß dem Fähnrich der Magen knurrte. Vorsichtig wanderte er am Rand einer Anbaufläche entlang und duckte sich dann unter das goldene Blätterdach. Hier war der Geruch noch stärker, und Kim mußte sich sehr beherrschen, um nicht sofort eine Frucht zu pflücken und hineinzubeißen. Statt dessen richtete er seinen Tricorder darauf und stellte einmal mehr fest, daß sich alle Werte innerhalb der zulässigen Parameter bewegten.

Ein Windstoß zerzauste ihm das Haar, hüllte ihn in einen Duft, der eine Mischung aus Pfirsichen, Birnen und Geißblatt darstellte. Speichel sammelte sich in Kims Mund, und er schluckte mehrmals.

»Der Geruch deutet darauf hin, daß die Früchte eßbar sind«, sagte Renehan.

Kim sah erneut aufs Anzeigefeld des Tricorders. »O ja, das sind sie.« Er bückte sich, hob die auf den Boden gefallene Frucht auf und drehte sie neugierig hin und her. Dort, wo das Wesen hineingebissen hatte, lief das elfenbeinfarbene Fruchtfleisch bereits dunkel an. Im Kernbereich zeigte sich ein Hauch von Rot. *Samen*, dachte Kim und nahm eine weitere Sondierung vor. Sofort erschien das Ergebnis auf dem Display: ein hoher Gehalt an Ascorbinsäure und Vitaminen der B-Gruppe; außerdem mehrere als positiv klassifizierte Geschmacks-Ester. »Und nicht nur das. Sie schmecken auch sehr gut.«

»Haben Sie einen Bissen genommen?« fragte Paris.

Kim schüttelte den Kopf. »Ich beziehe mich auf die Anzeigen des Tricorders.«

»Ein Tricorder kann nicht wissen, wie Dinge schmecken«, behauptete Paris. »Ich schlage einen Test vor. Und ich bin bereit, die erste Versuchsperson zu sein.« Er hob die Hand und wollte nach einer Frucht greifen.

»Halt«, sagte Janeway.

Paris erstarrte. »Es besteht kein Grund zur Besorgnis, Captain. Kim hat festgestellt, daß die Früchte eßbar sind.«

»Das mag durchaus der Fall sein«, räumte Janeway ein. »Aber sie wachsen in einem fremden Garten. Wir rühren hier erst etwas an, wenn wir die Erlaubnis der Kirse haben. Oder wenn wir wissen, was mit ihnen geschehen ist.«

Paris zog die Hand so plötzlich zurück, als hätte ihn etwas gestochen. Kim sah, wie Torres nachdenklich nickte. Er bückte sich erneut, legte die angebissene Frucht wieder auf den Boden. Sie war bereits ein ganzes Stück dunkler als vorher, bot mit jeder verstreichenden Sekunde einen weniger appetitanregenden Anblick.

Janeway lächelte dünn. »Mir ist klar, welcher Reiz von diesen Dingen ausgeht. Deshalb halte ich es für besser, wenn wir den Weg nun fortsetzen, um die Kirse so schnell wie möglich zu finden.«

Kim trat vorsichtig am Rand der einzelnen Gartenparzellen entlang, und als er die Straße erreichte, sah er sehnsüchtig zum Baum zurück. Die goldenen Blätter bewegten sich, obwohl kein Wind wehte, und eine Sekunde später blitzte es grün. Ein dünner Rauchfaden kräuselte sich von jener Stelle empor, an der eben noch die Frucht gelegen hatte. »Captain!«

Janeway drehte sich abrupt um und hob die Brauen, als sie den Rauch sah. »Was ist dort geschehen, Mr. Kim?«

Der Fähnrich konsultierte seinen Tricorder. »Leider kann ich Ihnen keine klaren Informationen anbieten, Captain. Bei der Untersuchung der Frucht habe ich Phosphor festgestellt, aber nur in sehr geringen Mengen. Sie reichten bestimmt nicht aus, um ein solches Phänomen zu bewirken.«

Janeway nickte. »Also gibt es einen anderen Faktor.«

»Vielleicht eine Art Reinigungssystem?« spekulierte Torres. »Das Abfälle beseitigt?«

»Möglicherweise haben Sie recht – obwohl mir die Methode recht drastisch erscheint«, erwiderte Janeway. »Von jetzt an sollten wir uns besser von den Pflanzen fernhalten und auf der Straße bleiben. Ich möchte vermeiden, mit dem Äquivalent eines Rotwildzauns konfrontiert zu werden.«

»Rotwild?« wandte sich Renehan leise an Paris. Janeway hörte sie.

»Relativ große Pflanzenfresser, die in meiner Heimat auf der Erde immer wieder in Gärten vordrangen. Es geht mir um folgendes, Fähnrich: Wir wissen nicht, welche Pflanzen für die Kirse so wichtig sind, daß sie ihnen besonderen Schutz gewähren.«

»Ich verstehe, Captain«, sagte Renehan, und Kim beobachtete, wir sich ihre Wangen röteten.

»Deshalb bleiben wir auf der Straße«, fügte Janeway hinzu. »Mr. Kim, sondieren Sie von hier aus.«

»Ja, Captain.« Kim justierte seinen Tricorder auf Fernbereichserfassung und schritt dann wie die anderen in Richtung Zitadelle.

Das nahtlose Steinband führte zu einer weiteren Gruppe von Bäumen. Diese Exemplare waren wesentlich größer und ragten fast zehn Meter weit empor. Kim beobachtete silbergraue Stämme und kleine, dreifach gelappte Blätter an gedrungenen Zweigen. Wenig später passierten sie einen Bereich, in dem rechts und links von der Straße schulterhohes Gras wuchs. Die dünnen Halme trugen rosarote Federbüsche, die auch bei einer ganz leichten Brise hin und her tanzten. Sie boten einen hübschen Anblick, und Torres lächelte.

»Sie sehen aus wie die Zirkusfähnchen, an die ich mich aus meiner Kindheit erinnere. Oder wie Zuckerwatte.«

Kim richtete den Tricorder darauf und war fast erleichtert, als er die Anzeigen sah. »Diese Pflanzen sind für uns nicht genießbar. Sie enthalten einen Zucker, mit dem wir nichts anfangen können.«

»Und die Reben?« fragte Janeway.

Erstaunt senkte Kim den Blick. Auf dem Boden zwischen der Straße und dem Gras zeigten sich taubengraue Reben, zwischen denen trompetenförmige Blumen wuchsen; sie waren so dunkel, daß sich ihre Farbe kaum feststellen ließ – Blau oder Purpur? Unter einem der Blütenblätter glaubte Kim, eine glatte, eiförmige Schote zu erkennen. Er richtete die Sensoren des Tricorders darauf. »Gekocht könnten sie sich für den Verzehr eignen. Sie enthalten viele Kohlenhydrate; allerdings müssen sie speziell zubereitet werden, damit unser Stoffwechselsystem sie verarbeiten kann.«

Janeway nickte und war mit den Gedanken bereits woanders. Kim hakte seinen Tricorder wieder an den Gürtel. Der Wind, den er zuvor gespürt hatte, lebte nun auf, zerzauste ihm erneut das Haar. Gelber Staub löste sich von den Federbüschen des hohen Grases. Blütenstaub, vermutete der Fähnrich, und es überraschte ihn nicht, als Paris nieste. Der Wind wurde noch etwas stärker, bog die langen Halme so weit nach unten, daß die Federbüsche fast den Boden berührten. Weitere Wolken aus Blütenstaub entstanden, trieben dicht über das glatte Band der Straße. Kim hielt den Atem an, als er durch den Pollendunst schritt, aber er nahm trotzdem einen ekelhaften Geruch wahr, wie eine Mischung aus Stinktier und halb verwestem Aas. Er verzog das Gesicht.

»Nettes Zeug«, kommentierte Paris. Kim sah zurück – und beobachtete, wie der Navigator taumelte, dann auf ein Knie sank.

»Captain!« Der Fähnrich hakte einmal mehr seinen Tricorder an den Gürtel und lief los, um zu helfen. Paris schüttelte den Kopf, und Kim packte ihn an den Schultern, zog ihn hoch. »Was ist passiert, Tom?«

»Alles in Ordnung, Mr. Paris?« rief Janeway. Sie wahrte einen sicheren Abstand, und das war auch gut so. Sie durften nicht riskieren, daß auch der Captain dem Effekt zum Opfer fiel, der Paris beeinflußt hatte.

Der Navigator schüttelte erneut den Kopf und trat einen Schritt vor, ohne daß sich das Taumeln wiederholte. »Ich weiß nicht, was passiert ist. Ich habe das Zeug gerochen, und dann wurden mir plötzlich die Knie weich.«

Kim löste eine Hand von Paris' Schulter und holte damit den Tricorder hervor. »Ich bekomme keine Anzeige. Das heißt ... Halten Sie die Luft an, Tom.« Sicherheitshalber kniff er die Augen zu, als eine weitere Pollenwolke heranwogte. Er hob die Lider erst wieder, als er keinen Wind mehr spürte, sah aufs Display und betrachtete rote Anzeigen. »Es liegt am Blütenstaub. Richtig schädlich wird er erst, wenn man ziemlich viel davon einatmet. Aber einige wenige Atemzüge genügen bereits, um für ein oder zwei Minuten Benommenheit zu erzeugen.«

»Hervorragend«, sagte Paris und löste sich aus Kims Griff. »Ich fühle mich so, als hätte ich mit Klingonen getrunken.«

»Geht's jetzt wieder?« fragte Kim und schaltete den Tricorder auf medizinische Sondierung um.

Paris nickte. »Ja, es ist alles in Ordnung.«

»Bericht, Mr. Kim«, sagte Janeway, und Kim blickte über die Schulter.

»Es geht ihm wieder gut. Der Blütenstaub wirkt recht schnell, aber sein Einfluß hält nicht lange an.«

»Können wir uns mit Atemmasken davor schützen?«

Kim sah erneut auf die Anzeigen des Tricorders. »Ja, Captain. Die einzelnen Partikel sind recht groß.«

»Gut.« Die Kommandantin klopfte auf ihren Insignienkommunikator. »Janeway an *Voyager*.«

»Hier Chakotay, Captain.« Die Stimme des Ersten

Offiziers klang angespannt, und Kim beobachtete, wie sich sofort Janeways Gesichtsausdruck veränderte.

»Ist bei Ihnen alles in Ordnung, Mr. Chakotay?«

»Bei uns ja, Captain. Aber wie sieht's bei Ihnen aus? Wir haben in Ihrem Bereich schwache energetische Fluktuationen festgestellt, können den Ort jedoch nicht exakt bestimmen.«

»Wir haben keine echten Probleme«, erwiderte Janeway. »Es gibt hier nur recht interessanten Blütenstaub. Bitte beamen Sie Atemmasken für uns herunter. Wir bleiben in Bewegung – richten Sie den Transferfokus nach den ID-Signalen unserer Kommunikatoren aus.«

»Aye, Captain«, sagte Chakotay.

»Danke. Janeway Ende.« Sie wandte sich der Einsatzgruppe zu. »Kommen Sie. Verlieren wir keine Zeit.«

Hoffentlich treffen die Filter bald ein, dachte Kim und hielt sich mit der Hand Nase und Mund zu, als der Wind weitere Pollenwolken über die Straße trieb. Er hörte, wie Renehan hustete und stolperte, wollte zurückkehren und ihr helfen. Doch der zweite Sicherheitswächter stützte sie bereits und führte sie weiter. Wenige Sekunden später schimmerte es in der Luft, und einige Meter vor ihnen erschien ein weißes Paket auf dem Boden. Torres brummte zufrieden – die Pollen schienen ihr kaum etwas auszumachen, vielleicht deshalb, weil auch klingonisches Blut in ihren Adern floß – und lief sofort los. Die anderen folgten ihr und ließen sich von Torres die Atemmasken reichen. Anschließend faltete die Chefingenieurin das weiße Paket zu einem kleinen Bündel zusammen, das sie in ihrer Gürteltasche verstaute.

Kim stülpte sich kühlen Kunststoff über Nase und Mund, atmete dann vorsichtig ein. Vermutlich war es zumindest teilweise Einbildung, aber er glaubte bereits zu spüren, wie sich der mentale Nebel auflöste.

»Captain ...« Die Maske gab der Stimme von

B'Elanna Torres einen dumpferen Klang. »Glauben Sie, daß wir es hier mit einer gezielten Aktion zu tun haben?«

»Mit einem Verteidigungsmechanismus, meinen Sie?« entgegnete Janeway. Bei diesem Gedanken erzitterte etwas in Kim. Es ergab einen gewissen Sinn und erklärte auch die energetische Fluktuation, die Chakotay geortet hatte. In einem solchen Zusammenhang erschien es durchaus plausibel, daß der Blütenstaub einer Pflanze wie ein Betäubungsmittel wirkte …

Der Fähnrich unterbrach seine Überlegungen und ärgerte sich darüber, daß er erneut den Fehler machte, voreilige Schlüsse zu ziehen. Er bezweifelte, daß die betäubende Wirkung der Pollen ein Ergebnis genetischer Manipulation war. Vermutlich handelte es sich nur um eine zufällige Nebenwirkung auf den menschlichen Organismus. Hinzu kam: Die Freisetzung des Blütenstaubs ließ sich kaum kontrollieren, und eigentlich konnte man sich ganz leicht vor ihm schützen.

Captain Janeway schüttelte den Kopf und sprach Kims Gedanken laut aus. »Es ist möglich, B'Elanna, aber als Verteidigungssystem taugt so etwas nicht viel. Immerhin genügen solche Masken, um es zu überlisten.«

»Vielleicht steckt nicht mehr als Zufall dahinter«, brummte Torres und schüttelte den Kopf. »Nun, wenigstens funktionieren die Atemmasken.«

Der Wind ließ nach, als sie zum Ende des Grasbereichs gelangten. Der Blütenstaub sank zu Boden und bildete Pulverlachen auf der Straße, glatt wie Schnee. Eine weitere Baumreihe markierte das Ende des Grasfeldes. Ihre dunkelgrauen Stämme waren so dick wie Kims Oberschenkel, wanden sich Kletterpflanzen gleich umeinander und bildeten eine massive Barriere. Nur die Straße blieb frei. Die Kronen der ineinander verschlungenen Bäume wuchsen über der Straße zusammen und bildeten so einen natürlichen Torbogen. Unmittelbar dahinter führte das steinerne Band in eine breite Schlucht mit steilen Wänden hinab. Kim hörte ein Rauschen in der Nähe und entdeckte kurze Zeit später, daß es von Wasser stammte. Stufen reichten in die Tiefe bis zu einer Brücke, die einen mit Wasser gefüllten Kanal überquerte, der durch die ganze Schlucht führte. Die Konstruktion wurde offenbar von Trägern gehalten, die von oben nicht auszumachen waren. Kim glaubte, auf der gegenüberliegenden Seite eine zweite Treppe sowie einen weiteren aus Bäumen geformten Bogen zu erkennen.

Torres richtete ihren Tricorder auf die Brücke, und Renehan folgte ihrem Beispiel – ihre freie Hand war nie sehr weit von dem Ortungsgerät entfernt. »Das Gebilde scheint recht stabil zu sein«, sagte sie nach einigen Sekunden, und Torres nickte.

»Es ist ein Aquädukt und kann leicht das Doppelte seines eigenen Gewichts tragen.« B'Elanna sah aufs Display und runzelte die Stirn. »Der Kanal ist eine Fortsetzung des Rohrs, dessen Verlauf wir bisher gefolgt sind.«

»Irgendwelche Anzeichen von Fallen?« fragte Janeway. »Oder von Sicherheitsmechanismen?«

»Nein«, erwiderte Torres. »Und ich orte keine der von Chakotay erwähnten energetischen Fluktuationen.«

»Gut.« Janeway sah zu den Bäumen auf beiden Seiten der Straße. »Nun, uns scheint ohnehin keine Wahl zu bleiben. Gehen wir.«

Das Rauschen des Wassers wurde lauter, als sie die Treppe hinter sich brachten und die Brücke betraten – der Kanal allein schien als Erklärung nicht zu genügen. Kim näherte sich vorsichtig dem Rand der Straße – es gab kein Geländer, nur einen kleinen Steinsims – und sah gut zehn Meter weiter unten einen Fluß in der Schlucht. An einigen Stellen brodelte und schäumte das Wasser, spritzte über Felsen hinweg. Gischt stieg von einem kleinen Wasserfall dicht oberhalb der Brücke auf.

Es war ein herrlicher Anblick, der Kim stark an die Erde erinnerte. Kummer regte sich in ihm, als er plötzlich daran dachte, welche Kluft aus Zeit und Raum sie von der Heimat trennte. Fünfundsiebzig Flugjahre, der größte Teil eines menschlichen Lebens. Und selbst dann waren sie nicht zu Hause, sondern befanden sich nur am *Rand* des Föderationsgebiets … Er schüttelte sich, verdrängte diesen Gedanken und folgte den anderen über die Brücke.

»Interessant«, sagte Torres plötzlich. Ihr Tricorder zeigte auf den Fluß. »Zum erstenmal sehen wir hier ein natürliches Landschaftsmerkmal, aber erstaunlicherweise gibt es selbst hier keine Lebensformen. Zumindest erkennt der Tricorder nichts, das eindeutig organisch wäre.«

»Was ist mit Dingen, die nicht eindeutig organisch sind?« fragte Paris.

Torres schüttelte den Kopf. »Nicht einmal damit kann ich dienen.«

Janeway blieb stehen, und Kim hörte sie seufzen. »Ich wäre wirklich froh, wenn wir endlich den Kirse begegnen würden«, sagte sie wie zu sich selbst und ging dann weiter.

Jene Bäume, die auf der anderen Seite der Schlucht eine Barriere formten, hatten hellere Stämme und trugen Büschel aus hellroten Blumen. *Nein, es sind keine Blumen,* dachte Kim und richtete den Tricorder auf die nächste Ansammlung. Es handelte sich vielmehr um Blätter, die sich als Blumen tarnten. Dann hob er den Kopf und vergaß schlagartig die Flora des Kirse-Planeten. Er sah eine weite Ebene, die sich bis zum Horizont erstreckte, und ganz deutlich waren die Türme der Zitadelle zu erkennen: Ein Dutzend von ihnen ragte weit über alle anderen Gebäude hinaus. Das Sonnenlicht glitzerte auf ihnen, als bestünden sie aus Metall. Farben ließen sich nicht einmal erraten. Kim wandte geblendet den Blick ab und hörte, wie Paris leise fluchte. Etwas bewegte sich unter den niedrigen Bäumen – mehr als nur ein Geschöpf. Einige Wesen von der Art, wie sie es unter dem Baum mit den goldgelben Blättern gesehen hatten, hockten bei einem Busch mit vielen Beeren. Eins kratzte im Boden, und ein anderes suchte emsig zwischen den Blättern. Kim beobachtete, wie sich eins der Geschöpfe aufrichtete und die Zweige schüttelte, wodurch grüne Beeren auf seine Artgenossen herabregneten. Das hockende Wesen quiekte und hob die Pfoten über den Kopf, während das andere einige Male umherhüpfte und dann damit begann, die herabgefallenen Beeren einzusammeln.

»Ich orte mindestens zwanzig weitere«, sagte Torres.

»Phaser, Captain?« fragte Renehan.

Janeway schüttelte den Kopf. »Noch nicht, Fähnrich. Aber seien Sie bereit. Wir bleiben jetzt dicht zusammen.« Sie aktivierte ihren Insignienkommunikator. »Janeway an *Voyager*.«

»Hier Chakotay.«

»Wir sind einer Gruppe von Lebewesen begegnet«, sagte Janeway. »Halten Sie sich ihn Bereitschaft für einen Nottransfer.«

»In Ordnung, Captain«, antwortete der Erste Offizier sofort.

»Janeway Ende.« Die Kommandantin neigte den Kopf zur Seite und überlegte. »Seien Sie auf der Hut – das gilt für Sie alle. Obwohl ich sagen muß, daß die Geschöpfe keinen feindseligen Eindruck erwecken.«

»Noch nicht«, murmelte Paris, und Kim zuckte zusammen, als er die Stimme des Navigators in unmittelbarer Nähe seines Ohrs hörte. »Entschuldigung, Harry.«

»Schon gut.« Kim tastete nach dem Phaser und vergewisserte sich, daß er die Waffe jederzeit ziehen konnte.

Die Wesen schienen ihre Präsenz überhaupt nicht zu bemerken. Kurz darauf mußte Kim seine Einschätzung revidieren, als er sah, daß eins der Geschöpfe den Kopf drehte und sie aus gelben Augen beobachtete. Daraus ließ sich nur ein Schluß ziehen: Die Anwesenheit der Starfleet-Besucher beunruhigte diese Wesen offenbar nicht. Versuchsweise richtete er den Tricorder auf das Geschöpf – das sich daraufhin so duckte, als ob es mit einem Schlag rechnete.

»Na so was!« entfuhr es ihm.

Janeway wandte sich ihm zu. »Was ist los, Harry?«

»Das Wesen dort.« Kim deutete in die entsprechende Richtung, wobei er darauf achtete, nicht das Ortungsgerät zu verwenden. »Es duckt sich, wenn ich meinen Tricorder darauf richte. Sehen Sie?« Erneut zielte er mit dem kleinen Apparat auf das Geschöpf, das ebenso reagierte wie beim erstenmal. Zwei weitere Wesen duckten sich ebenfalls, als sie sahen, daß der Tricorder auf sie zeigte.

»Schon gut, das reicht«, sagte Janeway scharf, und Kim ließ den Tricorder sinken. »Als Sie die erste Reaktion gesehen haben, hätten Sie den Vorgang nicht wiederholen sollen. Angenommen, die Wesen wären so sehr erschrocken, daß sie sich zu einem Angriff hinreißen ließen? Wir dürfen keine Feindseligkeiten riskieren, solange wir auf der Suche nach den Kirse sind.«

Die Kommandantin hatte recht, und Kim spürte, wie seine Wangen glühten. »Tut mir leid, Captain. Es wird nicht wieder vorkommen.«

Janeway nickte. »Wie dem auch sei: Sie haben recht; es ist eine interessante Reaktion.«

»Die Wesen haben also schon einmal Leute wie uns gesehen«, sagte Paris nachdenklich. »Und sie mögen keine Tricorder.«

»Weil sie solche Geräte mit etwas Unangenehmem in Verbindung bringen«, fügte Janeway hinzu. »Aber sie fürchten sich nicht vor uns, nur vor den Tricordern.«

»Captain«, sagte Kim. Neben dem Busch richtete sich

erneut eins der Geschöpfe auf, und dadurch wurde sein Unterleib sichtbar. Das Wesen war ebenso pelzbesetzt wie seine Artgenossen, aber am Bauch lichtete sich das Fell, und dort bemerkte Kim eine Platte aus dunkelbraunem Metall. Selbst auf diese Entfernung hin ließen sich Nieten erkennen. Die Fingerspitzen der Kreatur schienen aus dem gleichen Metall zu bestehen.

»Ein Cyborg?« vermutete Paris. Ein zweites Geschöpf richtete sich auf. Bei diesem Exemplar schien das Fell weniger dicht zu sein, und an einem Arm zeigte sich der Glanz von goldenem Metall.

»Ich weiß es nicht«, erwiderte Torres. Sie schirmte ihren Tricorder so gut wie möglich ab, aber das Wesen sah ihn trotzdem und sauste fort, ließ die Beeren auf dem Boden verstreut zurück. »Es sind keine echten Cyborgs, zumindest nicht nach unserer Definition. Aber ich glaube auch nicht, daß es Tiere sind.«

»Wie meinen Sie das?« fragte Janeway.

»Nun, bisher hat jedes von uns beobachtete Geschöpf Aktivitäten entfaltet, die mit Ernte und Pflege der Anbauflächen in Zusammenhang stehen«, sagte Torres. »Ich glaube, sie sind so etwas wie ... organische Maschinen, deren Aufgabe darin besteht, sich um die einzelnen Gartenparzellen zu kümmern.«

»Sie könnten auch nur Nahrungsmittel gesammelt haben«, wandte Kim ein. »Diesen Eindruck habe ich gewonnen.«

»Vielleicht haben sich die beiden Tätigkeiten überlappt«, entgegnete Janeway. »Eine interessante Idee, B'Elanna. Versuchen wir, Beweise für Ihre Theorie zu finden. Sondieren Sie so diskret wie möglich und achten Sie dabei auf das Verhalten der Wesen. Bleiben Sie dabei auf der Straße.« Sie blickte zum Himmel hoch. »Ich möchte die Zitadelle vor Einbruch der Nacht erreichen.«

Kim sah ebenfalls nach oben. Dieser Himmel war blauer als der seiner Heimatwelt. Die Sonne – eine heiße weiße Scheibe – schien dem Zenit recht nahe zu sein, doch er wußte nicht, ob sie noch weiter steigen oder sinken würde. *Wie dem auch sei,* dachte er. *Wir sollten in jedem Fall Zeit genug haben, um die Zitadelle zu erreichen, selbst wenn wir unterwegs sehr vorsichtig sind. Immerhin ist die Entfernung nicht mehr sehr groß.* Einmal mehr veränderte er die Justierung des Tricorders und ließ ihn dann am Gürtel hängen, mit aktivierter automatischer Aufzeichnung. Dann folgte er Janeway und den anderen. Die Geschöpfe schienen nun eine gewisse Distanz zu wahren: Wenn sich die Einsatzgruppe der *Voyager* näherte, wichen sie von den Bereichen unweit der Straße zurück. Kim und die anderen sahen nicht nur die bereits vertrauten anthropoiden Geschöpfe, sondern auch größere und dünnere Wesen, die offenbar keinen so dichten Pelz hatten. Einmal erschien in der Ferne auch etwas, das nach einer vierbeinigen Kreatur aussah. Aber niemand von ihnen war imstande, genaue Daten zu gewinnen. Die wenigen Anzeigen blieben auf enttäuschende Weise unverändert: Es handelte sich weder um Tiere noch um Maschinen. Kim schüttelte den Kopf, beschattete sich die Augen und richtete den Blick auf eins der großen Wesen mit der glatten Haut. Es schien etwas aus dem Geäst eines kleinen Baumes zu ziehen – Früchte? Blumen? Blätter? Ohne die Hilfe des Tricorders ließ es sich kaum feststellen. Wenige Sekunden später sank es auf alle viere und kratzte im Boden neben dem Baumstamm. Als es sich wieder aufrichtete, schienen die Pfoten leer zu sein.

»Vielleicht haben Sie recht, B'Elanna«, sagte Kim. »Das sieht nicht nach Nahrungsmittelsuche aus, eher nach Pflege.«

Die Chefingenieurin sah zu ihm zurück und lächelte schief. »Ich habe gerade das Gegenteil gedacht. Im Schatten eines Baums kann man nichts anpflanzen.«

»Aber welchen Sinn hätte es, dort einen Vorrat anzulegen?« erwiderte Paris. »Ich meine, warum die Mühe?

Man braucht doch einfach nur die Hand auszustrecken, um frisches Obst zu pflücken.«

»Vielleicht eine Reserve für den Winter«, meinte Torres. »Falls es hier einen Winter gibt.« Sie schüttelte den Kopf. »Ich weiß es nicht.«

Kim öffnete den Mund, um die Diskussion fortzusetzen, schwieg jedoch, als der Wind erneut auflebte und das Geräusch von fließendem Wasser mit sich trug.

»Hören Sie«, sagte der Fähnrich und sah, wie die anderen stehenblieben, um zu lauschen.

»Ein weiterer Fluß?« fragte Paris.

Torres griff nach ihrem Tricorder. »Wahrscheinlich. Allerdings sind die Anzeigen nicht ganz klar. Es könnte auch ein See sein. Was auch immer es sein mag: Es befindet sich hinter den Bäumen dort drüben.«

Sie deutete zu einigen dicht an dicht wachsenden Pflanzen, die am Rande des kultivierten Bereichs einen natürlichen Zaun bildeten. Kim beobachtete sie mißtrauisch. Knorrige Äste wanden sich umeinander, wuchsen aus Stämmen, die wie zusammengepreßt wirkende Spiralen bildeten. Weiter oben vereinten sich die Zweige, um ein dichtes Dach über der Straße zu formen. Er hielt vergeblich nach Blättern Ausschau, sah nur Borke, die aus dicken Schuppen bestand.

Etwas bewegte sich über den Bäumen: ein weißes Blitzen, für einen Sekundenbruchteil sogar heller als der Sonnenschein.

»Sehen Sie nur!« Kim streckte den Arm aus, doch das Leuchten verschwand abrupt.

»Was ist denn?« fragte Janeway, und der Fähnrich schüttelte den Kopf.

»Ich weiß es nicht, Captain. Ich ... ich habe etwas über den Bäumen gesehen, etwas, das zum Himmel emporstieg. Aber ich konnte es nicht genau erkennen.« Erneut schüttelte er den Kopf. »Es wirkte fast wie ... wie Nebel.«

»Ich sehe nichts«, sagte Paris.

»Es ist verschwunden«, erwiderte Kim.

Janeway blickte sich um. »Haben die Sensoren unserer Tricorder etwas erfaßt?« Sie bekam keine Antwort und seufzte. »Halten Sie auch weiterhin aufmerksam Ausschau. Gehen wir.«

Die Bäume wirkten nicht freundlicher, als sie sich ihnen näherten. Sie waren keineswegs völlig blattlos, wie es zunächst den Anschein hatte. Bei den Blättern handelte es sich vielmehr um fingernagelgroße dunkelgrüne Auswüchse, die sich so dicht an die Zweige schmiegten, daß sie fast wie ein dichtes Fell wirkten. Außerdem hingen dunkelrote Früchte am Ende fast aller verdrehten Äste, halb umschlossen von schalenartigen Gebilden. Unsicher richtete Kim den Tricorder darauf. Erleichtert stellte er fest, daß sie nicht eßbar waren. Die Sensoren identifizierten sie auch gar nicht als Früchte, sondern als hohle Blüten mit dicker Außenhaut. *Hohl,* dachte Kim und beobachtete, wie Zahlen durchs Display wanderten, *aber nicht leer*. Offenbar enthielten sie feinen Staub, vielleicht Pollen, oder ausgesprochen kleine Samenkörner. Er runzelte die Stirn und versuchte zu verstehen, was diese Ortungsergebnisse bedeuteten.

Plötzlich ertönte weiter vorn ein lautes, ratschendes Geräusch. Kim hob gerade noch rechtzeitig den Kopf, um zu beobachten, wie einer der knorrigen Zweige peitschenartig nach vorn zuckte – er streckte sich so schnell, daß er zu einem grauen Schemen wurde. Die rote Frucht löste sich aus der Schale, fiel einige Meter vor Renehan auf die Straße und gab eine Wolke aus feinem Staub frei. Die Sicherheitswächterin sprang zurück, hielt sich Mund und Nase zu. Kim nahm eine rasche Sondierung vor.

»Ein weiteres Betäubungsmittel«, sagte er. »Vergleichbar mit dem, das wir vom hohen Gras her kennen. Aber in diesem Fall dürfte die Wirkung länger anhalten.«

»Atemmasken aufsetzen«, befahl Janeway, und die anderen Mitglieder der Landegruppe kamen ihrer Aufforderung sofort nach. »Was war der Auslöser?«

Kurze Stille folgte, und dann erklang Paris' von der Maske gedämpfte Stimme. »Äh, ich glaube, ich bin es gewesen.«

Janeway drehte sich zu ihm um und hob beide Brauen zu einer stummen Frage. Paris verzog das Gesicht. »Hier im Gras neben der Straße, die Pflanzen, die wie Wurzeln aussehen … Ich wollte die Blume darauf aus der Nähe betrachten und habe sie berührt. Daraufhin wurde der Baum … aktiv.«

Kim trat näher und blickte an der Schulter des größeren Mannes vorbei zu dem graubraunen Etwas, das aus dem Boden ragte. Es sah aus wie eine Miniaturversion der Bäume, wies die gleiche knorrige Borke auf. Doch eine Blume zeigte sich nirgends. Das seltsame Gewächs verschmolz beinahe mit seiner Umgebung. »Ich sehe keine Blume.«

»Vorhin gab es noch eine …« Paris drehte den Kopf von einer Seite zur anderen. »Wie die dort drüben.«

Er zeigte auf eine blaue, schmale Blume, die einen langen, innen goldgelben Blütenkelch aufwies. Kim ging in die Hocke, um sie sich aus der Nähe anzusehen, achtete aber darauf, ihr nicht zu nahe zu kommen. Die Blume wuchs aus einer Wurzel, wie das zuvor von Paris beobachtete Exemplar, aber ihre Konturen wirkten seltsam … verschwommen, so als sei sie pelzbesetzt. Kim runzelte die Stirn, richtete den Tricorder darauf und ahnte bereits, was die Sensoren feststellen würden. Die Anzeigen bestätigten seine Vermutungen: Bei hoher Auflösung erwies sich die ›Verschwommenheit‹ als eine Wolke aus hauchdünnen und fast sieben Zentimeter langen Härchen. »Captain! Ich glaube, Tom hat recht. Dies ist der Auslösemechanismus.«

Janeway nahm den ihr dargebotenen Tricorder entgegen und blickte aufs Display. »Wenn man eins dieser Härchen berührt, reagiert der Baum und schleudert eine Pollenkapsel auf die Straße.«

»Ja, so scheint es«, bestätigte Kim. Janeway nickte und gab den Tricorder zurück.

»Hier gibt es ziemlich viele derartige Blumen.«

Kim richtete sich auf und wahrte auch dabei einen sicheren Abstand zu der sonderbaren Pflanze. Als er sich umsah, fiel sein Blick auf Dutzende und vielleicht sogar Hunderte von blauen Blumen, die am Straßenrand aus dem Gras ragten.

»Sollen wir ein Experiment wagen?« fragte er.

Janeway nickte. »Weichen Sie zurück. Der Sicherheitsabstand sollte mindestens zehn Meter betragen.«

Kim blinzelte verblüfft – er hatte nicht damit gerechnet, daß die Kommandantin direkt an dem Test beteiligt werden wollte.

Paris runzelte die Stirn. »Captain ...«

»Das ist ein Befehl, Mr. Paris«, betonte Janeway, woraufhin der Navigator zusammen mit den anderen zurückwich. »Also gut, Mr. Kim. Stellen wir fest, was passiert, wenn Sie eine der Blumen berühren.«

»Ja, Captain.« Kim griff in die Werkzeugtasche, holte eine Teleskopstange hervor und fuhr sie auf die volle Länge von zwei Metern aus. Dann blickte er noch einmal zurück.

»Sitzen die Atemmasken richtig?« fragte Janeway und rückte ihre eigene zurecht. Kim folgte ihrem Beispiel und nickte. »Lieutenant Torres, zeichnen Sie alles auf?«

»Aye, Captain.«

»Gut. Es kann losgehen, Mr. Kim.«

Der Fähnrich holte tief Luft und streckte die Stange einer großen Blume entgegen, die etwa zwei Meter vom Straßenrand entfernt wuchs. Er hielt inne, als er glaubte, daß die Spitze bereits in Kontakt mit den feinen Härchen geraten war, doch nichts geschah. Als er die Stange noch etwas weiter nach vorn schob, wiederholte sich das ratschende Geräusch – es klang nach schweren Zahnrädern, die plötzlich in Bewegung gerieten. Zwei Äste zuckten nach vorn und warfen Früchte auf die Straße. Der Blütenstaub – oder die winzigen Samenkörner – stieg wie Rauch auf, und Kim hielt die Luft an, bis sich die Wolke im sanften Wind auflöste.

»Dies ist kein natürliches Phänomen«, sagte Torres.

»Ich bin geneigt, Ihnen zuzustimmen«, erwiderte Paris.

Janeway nickte nachdenklich. »Der erste Zweig zieht sich wieder zusammen.«

Kim hörte ein leises Knirschen, drehte den Kopf und beobachtete, wie einer der unteren Zweige langsam in seine ursprüngliche Position zurückkehrte. Die schuppige Borke schien sich an einer Seite – an der Seite, die das Sonnenlicht empfing – zusammenzuziehen. Die ›Schale‹ am Ende des Zweigs war leer, und Kim fragte sich, wie lange es dauern würde, bis eine neue mit Gas gefüllte Frucht wuchs.

»He.« Paris trat auf ihn zu. »Hier ist die Blume ebenfalls verschwunden.«

Das stimmte. Die blaue Blume, die der Fähnrich mit seiner Stange berührt hatte, existierte nicht mehr. Zurück blieb ein graubrauner Stumpf, der perfekt mit seiner Umgebung verschmolz.

»Ich habe das Wurzelsystem sondiert«, sagte Torres. »Offenbar verläuft es nicht unter der Straße.«

»Wir wären also sicher, wenn wir auf der Straße bleiben?« fragte Renehan.

»Es sei denn, dort erwarten uns weitere Überraschungen,« antwortete die Chefingenieurin.

Janeway verschränkte die Arme und sah zum gewölbten Dach aus Zweigen empor. »Kein natürliches Phänomen«, sagte sie so leise, daß Kim sie kaum verstand. »Der Meinung bin ich auch, B'Elanna.« Sie sah über die Schulter. »Irgendwelche Anzeichen von anorganischen Komponenten, Lieutenant Torres?«

»Nicht in diesem Bereich«, erwiderte die Chefingenieurin. »Zumindest nicht bei diesem Teil des Baums. Ich orte hier nur das Rohr, dem wir bisher gefolgt sind, und natürlich die Straße selbst.«

»Na schön.« Janeway blickte wieder zu den Bäumen. »Die Botschaft scheint recht klar zu sein: Bleibt auf der Straße, und euch geschieht nichts.«

»Nicht sehr freundlich«, entfuhr es Paris, und Janeway warf ihm einen kurzen Blick zu.

»Aber auch nicht unbedingt feindlich, Mr. Paris. Gehen wir.«

4

Die fremden Geschöpfe blieben auf Distanz, als Janeway und ihre Begleiter den letzten Kilometer zur Zitadelle hinter sich brachten. Kim sah sie zwischen Obstbüschen und halb verborgen in hohem Korn. Von der Straße hielten sie sich fern. Jeder Versuch, sie näher heranzulocken, führte nur dazu, daß sie sich noch weiter in den Schutz der Anbauflächen zurückzogen. Nun wirkte die Zitadelle größer als jemals zuvor. Ihre Außenflächen schienen sich verändert zu haben, waren nun matter und wie wächsern, reflektierten das Sonnenlicht nicht mehr so stark wie zuvor. Kim stellte fest, daß sich die Sonne jetzt immer schneller dem Horizont entgegenneigte, obwohl er sie noch vor kurzer Zeit unweit des Zenits gesehen hatte. Länger werdende Schatten gingen von der Zitadelle aus und erweckten den Eindruck, die Landegruppe von der *Voyager* in Empfang nehmen zu wollen. Nur noch fünf Meter trennten Kim vom Schatten des höchsten Turms. Er zögerte, denn aus irgendeinem Grund widerstrebte es ihm, in die Dunkelheit zu treten. Eine Sekunde später ärgerte er sich über das eigene Empfinden, das er für völlig unwissenschaftlich hielt. Der Schatten war keine Gefahr, sondern ein vollkommen natürliches Phänomen.

»Ein imposanter Ort, nicht wahr?« fragte Paris neben Kim. Der junge Fähnrich runzelte kurz die Stirn und fragte sich, ob seine Furcht so offensichtlich gewesen war. Er drehte den Kopf und stellte fest, daß Paris' Blick auch weiterhin den miteinander verbundenen Gebäuden galt. Auch in der Stirn des Navigators zeigten sich Falten. »Und er *soll* imposant sein.«

»Wie meinen Sie das?«

»Ausmaße und Struktur ... Ich habe das Gefühl, alles dient dem Zweck, einschüchternd zu wirken – zumindest auf jemanden, der sich von dieser Seite nähert.«

Kim sah an der Zitadelle hoch, deren Türme sich finster vor dem Hintergrund des Nachmittagshimmels abzeichneten. Die Gebäude vermittelten einen fast organischen Eindruck: Jedes einzelne von ihnen schien aus anderen herauszuwachsen. Kleinere Türme umringten einen zentralen Turm mit einer gläsernen Scheibe, wirkten wie Stempel an einem Staubgefäß. Ihre dornartigen Spitzen neigten sich nach außen, als wären sie zur Abwehr bereit. Die ganze gewaltige Konstruktion sah aus wie ein einzelne, feindliche Entität, eine monströse Kreuzung aus Pflanze und Tier – ein hybrides Ungeheuer, das ihnen den Weg versperrte. Kim schüttelte den Kopf und versuchte, dieses Bild aus seinem Innern zu verdrängen. »Vielleicht irren Sie sich«, sagte er. »Die Zitadelle wurde von fremden Wesen erbaut, und wir wissen nichts von ihren architektonischen Konzepten.«

Paris deutete zu den Anbauflächen. »Die Geschöpfe dort drüben sind fast humanoid. Ich bleibe bei meiner Ansicht: Es steckt Absicht der Erbauer dahinter.«

»Ich hoffe, daß Sie unrecht haben, Mr. Paris«, sagte Janeway. »Andernfalls fällt es uns vielleicht sehr schwer, Handelsvereinbarungen mit den Kirse zu treffen. Wenn Sie nun Ihre architektonischen Studien unterbrechen könnten ... Ich möchte den Weg fortsetzen.«

»Entschuldigen Sie, Captain.« Paris klang kaum verlegen, und Kim warf ihm einen neidischen Blick zu – seine eigenen Wangen brannten.

»In einem Punkt hat er recht«, ließ sich Torres vernehmen. »Das hier sieht sehr unfreundlich aus.«

»Von Neelix wissen wir, daß die Kirse immer wieder von den Andirrim angegriffen wurden.« Janeway schüttelte verwundert den Kopf. »Aber wenn dies eine Festung ist – wo sind dann die Tore?«

Eine gute Frage. Kim sondierte die dunkelgrünen Wände, ohne irgendeine Barriere zu entdecken. Er fand nur eine Öffnung ganz unten in einem Turm, der oben eine pilzförmige Kappe trug. Erneut richtete er den Tricorder darauf, sondierte nach Kraftfeldern und verborgenen Verteidigungsmechanismen, doch es gab nichts dergleichen.

»Alles klar«, sagte Renehan im gleichen Augenblick. »Im Innern des Gebäudekomplexes existiert eine niederenergetische Energiequelle. Aber damit könnte man nicht einmal einen Phaser laden.«

»Wie dem auch sei – das Licht ist eingeschaltet«, bemerkte Paris.

Kim hielt genauer Ausschau. Die Öffnung im Turm präsentierte keine Schwärze, sondern ebensoviel Helligkeit wie die Schattenbereiche vor den Außenwänden. Das Licht der Sonne schien irgendwie durchs wächserne Gestein zu dringen.

»Gibt es einen Zusammenhang zwischen dem Licht und der Energiequelle?« fragte Janeway.

Torres blickte mit gerunzelter Stirn auf die Anzeigen ihres Tricorders. »Das energetische Niveau ist ein wenig höher als erforderlich, um das Licht zu erzeugen. Aber der Unterschied bleibt sehr gering. Außerdem befindet sich die Energiequelle tief im Innern der Zitadelle.«

Die Kommandantin nickte, sah zur Öffnung und klopfte auf ihren Insignienkommunikator. »Janeway an *Voyager*. Wir betreten jetzt die Zitadelle.«

»Unsere Sensoren erfassen Sie«, erwiderte Chakotay sofort.

»Gut so. Janeway Ende.« Sie wandte sich an die Einsatzgruppe und lächelte. »Ich schlage vor, wir halten die

Öffnung im Turm für eine Einladung.« Mit diesen Worten setzte sie sich wieder in Bewegung.

Kim tastete nach seinem Phaser und vergewisserte sich erneut, daß er die Waffe jederzeit ziehen konnte. Er wußte, daß er sich damit beruhigen wollte, aber offenbar ging es nicht nur ihm allein so. Auch Renehan griff kurz nach ihrem Strahler. Torres wirkte noch etwas klingonischer als sonst, und aus einem Reflex heraus begann sie damit, die Zähne zu fletschen. Unmittelbar darauf wurde sie sich dieser Reaktion bewußt und entspannte ihre Miene.

Die Öffnung war nicht einfach nur ein Durchlaß, sondern führte in einen Tunnel. Kim sondierte mit dem Tricorder, und Torres folgte seinem Beispiel. »Neun Komma sieben Meter«, sagte er, und die Chefingenieurin nickte.

»Das entspricht auch meinen Messungen. Die Außenwand des Turms ist fast zehn Meter dick und besteht aus einer massiven Substanz, in der die Sensoren nichts orten.«

Um was für eine Substanz handelt es sich? dachte Kim. Dem Tricorder gelang es nicht, die molekulare Struktur zu kategorisieren. Nach der äußeren Beschaffenheit zu urteilen, konnte es sowohl geschliffener Stein als auch ein spezieller Kunststoff sein.

Der Fähnrich streckte die Hand aus und strich behutsam über das Material. Es war nicht ganz so glatt, wie es zunächst zu sein schien, zeichnete sich durch eine fast metallische Textur aus – die Textur von verwittertem Metall, das über lange Zeit hinweg den Elementen ausgesetzt gewesen war. Bei dieser Vorstellung runzelte Kim die Stirn und fragte sich, ob es sich wirklich um Metall handelte. Neelix hatte darauf hingewiesen, daß die Kirse Metall kauften, vermutlich deswegen, weil es auf ihrer Welt nicht genug davon gab. Mochte dies der Grund für den Metallmangel sein? Wenn die Zitadelle wirklich aus metallischen Substanzen bestand, aus einer exotischen Legierung, die von den Sensoren der Tricorder nicht analysiert werden konnte ... Zweifellos waren gewaltige Mengen davon notwendig gewesen, um ein solches Bauwerk zu errichten, möglicherweise sogar die gesamten Ressourcen dieser Welt.

Der Tunnel führte in einen rechteckigen Saal, dessen Decke sich neun Meter über dem Boden erstreckte und ein Tonnengewölbe bildete. Auch hier kam Licht aus einer unbekannten Quelle, ließ Wände, Decke und die Rippen des Gewölbes glühen. An diesem Ort bestand ebenfalls alles aus Metall, doch Kim sah eine erstaunliche Vielfalt an Farben. Das Spektrum reichte von grünbraunen Bronzetönen über den goldfarbenen Glanz des Gewölbes bis hin zu blauen Stahlschattierungen. Der Boden hingegen war fast schwarz und matt. Neugierig ging Kim in die Hocke und fühlte die gleiche grobe Textur wie zuvor im Tunnel.

»Es ist alles Metall«, sagte Torres. »Die Legierungen sind sehr fremdartig. Ich kann einige Komponenten identifizieren, aber nicht alle.«

»Es ist ... hübsch«, meinte Renehan und schien von ihren eigenen Worten überrascht zu sein.

»Können Sie die Energiequelle lokalisieren, Lieutenant Torres?« fragte Janeway.

Die Chefingenieurin schüttelte den Kopf. »Nicht genau. Sie befindet sich vor uns und ist noch etwa hundert Meter entfernt. Die Anzeigen verändern sich immer wieder – offenbar werden die Sondierungssignale von den Metallen beeinflußt.«

»Vor uns«, wiederholte Janeway. »Hier entlang?«

»Ja, Captain.«

Die Kommandantin hielt auf eine Öffnung in der Wand zu, und Kim betrachtete aufmerksam den Rand, als er Janeway folgte. Es gab keine Schlitze oder Gleitschienen, keine Aussparungen, die darauf hindeuteten, daß sich irgendeine Art von Barriere einfügen ließ. »Nach dem, was wir von Neelix gehört haben, sollte man hier eigentlich Türen erwarten, die sich blockieren lassen.«

»Wegen der Andirrim, meinen Sie?« erwiderte Janeway.

Kim hatte eigentlich zu sich selbst gesprochen, aber jetzt nickte er. »Unter solchen Umständen erscheinen mir gewisse Sicherheitsmaßnahmen angebracht.«

»Ganz meine Meinung«, pflichtete Paris dem Fähnrich bei.

Torres klopfte auf ihren Tricorder. »Die Sondierungen mit diesem Ding nützen uns hier nicht mehr viel. Die Wände könnten subtile Verteidigungssysteme und ganze Kriegsmaschinen enthalten – hiermit läßt es sich einfach nicht feststellen.«

»Wir sollten also vorsichtig sein.« Janeway aktivierte erneut ihren Insignienkommunikator. »Janeway an *Voyager*. Interferenzen stören die Scanner unserer Tricorder. Können Sie uns nach wie vor mit den Sensoren erfassen?«

Einige Sekunden lang herrschte Stille, und dann erklang Chakotays Stimme. Statik begleitete sie. »*Voyager* hier. Ihre Kom-Signale sind schwächer, Captain, aber wir können Sie noch immer empfangen. Vermutlich nehmen die Interferenzen zu, wenn Sie weiter ins Innere der Zitadelle vorstoßen, und deshalb schlage ich vor, daß Sie sich in kürzeren Abständen melden. Wir geben Ihnen Bescheid, sobald die Signalstärke auf ein kritisches Maß sinkt.«

»Gut«, antwortete die Kommandantin. »Janeway Ende.«

In der plötzlichen Stille, die dem Kom-Gespräch folgte, glaubte Kim, dumpfes Rauschen zu hören, wie von Wasser oder entweichender Luft. Aber das Geräusch war so gleichmäßig, daß weder die eine noch die andere Erklärung in Frage kam. Er neigte den Kopf zur Seite und runzelte die Stirn.

»Ich höre etwas«, sagte Paris.

Torres bedeutete ihm mit einem Wink, still zu sein, veränderte dann die Justierung ihres Tricorders. »Captain … Auf der anderen Seite des Durchgangs nimmt das energetische Niveau zu.«

»Also los.« Janeway schritt durch den Tunnel.

Kim und die übrigen Mitglieder der Landegruppe folgten ihr. Der Fähnrich richtete seine Aufmerksamkeit abwechselnd auf die Anzeigen des Tricorders und das seltsame Rauschen. Es erschien ihm noch immer nicht richtig, daß es hier so viele offene Türen gab, ohne Barrieren, die den Zugang versperrten – für den Fall, daß Andirrim bis hierher gelangten. *Vielleicht hat Neelix etwas falsch verstanden,* dachte Kim. So etwas geschähe nicht zum erstenmal. Außerdem berief er sich nicht auf eigene Erfahrungen, sondern auf Wissen aus zweiter Hand.

Erneut blickte er auf die Anzeigen des Tricorders, in der vagen Hoffnung, daß sie diesmal bereitwilliger Auskunft gaben und ihm den Grund für die offenen Zugänge verrieten. Doch das Display berichtete nur von unbekannten Legierungen. Bei den graphischen Anzeigen gab es einen nennenswerten Unterschied: Jene Balken, die über energetische Emissionen Auskunft gaben, waren inzwischen ein wenig länger geworden.

Als sie den nächsten Raum erreichten, hielt Kim unwillkürlich den Atem an und hörte, wie Paris leise fluchte. Die Kammer, in der sie sich nun befanden, war lang und schmal, wirkte eigentlich mehr wie ein breiter Korridor. Metallstreifen zogen sich an den Wänden entlang, vorbei an Basrelief-Darstellungen seltsam anmutender Maschinen. Dann drehte sich ein rötlich-goldenes Schwungrad, wobei es leise zischte, und Paris fluchte erneut. Kim richtete den Tricorder aufs nächste

Basrelief und beobachtete, wie sich mehrere Kolben bewegten. In einem unvertrauten Muster hoben und senkten sie sich, um dann wieder zu verharren. Sie waren so gut geschmiert, daß der ganze Ablauf fast lautlos blieb und nur einen ganz kleinen Beitrag zu dem Rauschen leistete, das Kim zuvor vernommen hatte. Es handelte sich um ein mehr oder weniger konstantes Geräusch, das von überall her kam. Kim begriff plötzlich, daß die Darstellungen an den Wänden nicht stationär waren, sondern sich in einem eigentümlichen Rhythmus bewegten. Er erkannte sie nun als einzelne Komponenten einer großen Maschine. Mehrere Zahnräder drehten sich. Das kleinste von ihnen war nicht größer als die Hand des Fähnrichs, und zusammen mit einigen anderen bewegte es sich so schnell, daß seine Konturen verschwammen. Und doch genügte diese Bewegung gerade dafür, ein größeres Zahnrad einige klickende Zentimeter weiterzudrehen. Alle Räder bestanden aus einem Metall, das blauer wirkte als Stahl und nicht ganz so hell war wie gehärtetes Titan. Einige Sekunden lang betrachtete Kim die Anlage fasziniert, erinnerte sich dann an seinen Tricorder und überprüfte die Anzeigen. Auch diesmal lieferten sie keine eindeutigen Daten: Es wurde Energie für einen nicht feststellbaren Zweck verwendet.

Enttäuscht schüttelte Kim den Kopf. »Ich würde gern wissen, wozu das hier dient.«

»Vorausgesetzt es dient tatsächlich zu irgend etwas«, sagte Paris. »Das große Zahnrad scheint nicht mit dem Rest des Apparats verbunden zu sein.«

»Vielleicht ist es ein Regler«, vermutete Torres. Dann rief sie sich selbst zur Ordnung. »Nein, Spekulationen haben keinen Sinn.« Die dunkle Miene der Chefingenieurin deutete darauf hin, daß sie sich nicht nur über ihre eigene Voreiligkeit ärgerte, sondern auch über das Fehlen von Informationen.

»Ist dies die Energiequelle, die Sie geortet haben?«

fragte Janeway. Sie hatte sich die Streifen angesehen und richtete den Blick nun auf B'Elanna.

»Nein, Captain.« Torres schüttelte nachdrücklich den Kopf. »Die Quelle – beziehungsweise der Ort mit dem höchsten energetischen Niveau – befindet sich etwa fünfzig Meter westlich von hier.«

Kim blickte zum Ende des Korridors und versuchte, die Entfernung abzuschätzen. »Ich sehe weit und breit nichts Interessanteres als diesen Apparat.«

Er hatte diese Worte gerade ausgesprochen, als ein Teil der kupferfarbenen Wand erst verblaßte und sich dann vollständig auflöste – eine weitere gewölbte Öffnung entstand. Kim blickte sofort auf den Tricorder und sah ein Zackenmuster im Display, deutlicher Hinweis auf plötzlich gestiegene energetische Emissionen. Er berührte einige Schaltelemente und leitete damit eine Analyse ein, die ein verblüffendes Resultat lieferte: Die energetische Struktur ähnelte der eines Transporterstrahls, war allerdings ein ganzes Stück primitiver.

»Captain ...«, begann er, doch das Zirpen eines Insignienkommunikators unterbrach ihn.

Janeway hob die Hand und aktivierte das kleine Kom-Gerät. »Hier Janeway.«

»Wir haben gerade den stärksten Energieschub gemessen, seit Sie auf dem Planeten sind, Captain. Der Ausgangspunkt befindet sich fünfzig Meter westlich von Ihnen.«

»Ja, Chakotay, das wissen wir.« Janeway lächelte, wurde aber sofort wieder ernst. »Jemand hat eine Tür für uns geöffnet.«

»Captain ...«, drängte Kim. Ein Teil von ihm fürchtete, daß er zu weit ging, wenn er die Kommandantin jetzt mit einer letztendlich trivialen Angelegenheit belästigte. Aber er konnte einfach nicht schweigen. »Die Energie ähnelt der unseres Transporterstrahls.«

Janeway bedachte ihn mit einem scharfen Blick, und

er bereitete sich innerlich auf einen Tadel vor. Statt dessen klopfte sie erneut auf ihren Insignienkommunikator. »Haben Sie das gehört, Chakotay?«

»Ja, und wir können es bestätigen«, antwortete der Erste Offizier. »Tuvok ist gerade mit der Analyse fertig.«

»Lassen Sie mich mal sehen«, sagte Torres zu Kim, der ihr seinen Tricorder gab. Sie verband die beiden Instrumente und führte einen Datentransfer durch, reichte Kims Gerät dann zurück und blickte dabei aufs Display ihres eigenen Tricorders.

»Keins der Völker, denen wir bisher im Delta-Quadranten begegnet sind, hat eine so hochentwickelte Technik wie wir«, sagte Paris. »Das gilt insbesondere für den Transporter.«

»Und doch wartet dort eine offene Tür auf uns«, stellte Janeway fest. »Behalten Sie uns in der Sensorerfassung, Chakotay. Wir gehen weiter.«

Kim atmete tief durch. Einer der Vorteile, den die *Voyager* im Delta-Quadranten genoß, bestand in ihrer technischen Überlegenheit. Wenn die Kirse einen Transporter besaßen – wenn auch nur einen primitiven –, so wurden sie dadurch zur höchstentwickelten Zivilisation, mit der sie es bisher zu tun bekommen hatten. Und vielleicht auch zur gefährlichsten.

»Riechen Sie etwas?« fragte Renehan plötzlich, und aus den Augenwinkeln sah Kim, wie Paris nickte.

»Ja. Brot – frisch gebackenes Brot.«

Kim nahm den gleichen Duft wahr, außerdem ein Aroma wie von Knoblauch und Zwiebeln. Er schluckte mehrmals, als seine Speicheldrüsen auf den anregenden und verlockenden Geruch reagierten. Selbst Janeway wirkte wie in Trance, als sie mit länger werdenden Schritten zur Tür ging. Auf eine ebenso jähe wie irrationale Weise war sich Kim sicher, daß im Raum hinter der Öffnung leckere Speisen auf sie warteten, und er mußte sich sehr beherrschen, um nicht einfach loszulaufen.

Sie passierten den Zugang und erreichten ein Zimmer, das von goldenem Licht und herrlichen Düften erfüllt war. Paris fluchte einmal mehr, als sie es betraten. Ein Tisch stand in der Mitte des Raums, direkt unter einem großen mehrarmigen Kronleuchter, an dem hier und dort Silber glänzte. Der Tisch präsentierte eine Vielzahl von Tellern, manche klein und flach, andere groß und tief. Einige ruhten in speziellen Haltern über rot und orangefarben schimmernden Heizflächen. Kim bemerkte sogar eine dampfende Suppenterrine. Nach den vergangenen Wochen des strengen Rationierens konnte er solch eine überwältigende Menge an Speisen kaum fassen. Er hörte, wie die neben ihm stehende Renehan leise seufzte; vermutlich empfand sie ebenso. Bei genauerem Hinsehen erkannte er einige der Früchte wieder, die sie auf dem Weg zur Zitadelle sondiert hatten, zum Beispiel etwas, das wie eine Mischung aus Pfirsich und Birne aussah. An einer anderen Stelle bildeten helle Kugeln eine halbhohe Pyramide, auf der eine kleine rote Glocke ruhte, vermutlich eine Blume. Selbst die unvertrauten Dinge dufteten viel zu verlockend, um *nicht* eßbar zu sein. *Das ist ein gefährlicher Trugschluß*, ermahnte sich Kim. Doch die Versuchung, beide Hände auszustrecken und alles Erreichbare in sich hineinzustopfen, war enorm groß. Er hielt ihr stand, hob statt dessen den Tricorder und richtete ihn auf den Tisch. Die Anzeigen bestätigten ihm, daß tatsächlich alle Speisen genießbar waren.

»Captain ...«, begann er und erschrak, als er das Krächzen in seiner Stimme hörte.

Torres räusperte sich. »Sind das etwa Hände?«

Kim sah zu ihr und stellte fest, daß sie den Tisch beobachtete.

»Dort!« stieß B'Elanna ungeduldig hervor. »Bei der großen Schüssel! Und auch bei den anderen ...«

Kim sah genauer hin. Was er bisher für einen besonders filigranen Ständer unter der Terrine gehalten hatte, waren in Wirklichkeit zwei dreifingrige Objekte, die wie Roboterhände wirkten. Sie schmiegten sich rechts und links an die Terrine. Jeweils zwei Finger wölbten sich nach unten, direkt neben einen glühenden Heizkörper, und der dritte stabilisierte das Gefäß am Rand. Eine weitere Hand mit dünnen, mehrgelenkigen Fingern hielt acht kleine, runde Objekte, die Kim an Kuchenstücke erinnerten. Während er die Hand noch beobachtete, geriet sie in Bewegung, drehte sich und hielt ein anderes Kuchenstück über ein kleines Heizelement. Eine weitere Hand – sie war klein und goldgelb, nicht zinngrau wie die meisten – entfaltete sich, nahm den Kuchen entgegen und setzte ihn auf eine leere Platte.

»Meine Güte«, hauchte Paris. Es klang fast so, als stünde er kurz davor, in Ohnmacht zu fallen. »Ist das alles eßbar, Harry?«

Kim nickte und mußte sich zwingen, »Ja, alles« zu sagen. Glücklicherweise wiederholte sich das Krächzen in seiner Stimme nicht.

»Also los«, sagte Paris. »Captain, dies wartet nur darauf, daß wir zulangen. Laßt uns essen.«

Kim nickte erneut. Zwar wirkte das Bankett außerordentlich seltsam, aber er konnte nicht widerstehen. Es war einfach zuviel verlangt, *nicht* zu essen, nachdem sie nicht nur wochenlang gehungert hatten, sondern aufgrund des Vitaminmangels krank geworden waren. Er sah, wie Renehan nickte, und Torres' Miene verfinsterte sich, als sie versuchte, die Kontrolle zu bewahren.

»Halt, Mr. Paris.« Janeways Stimme war wie das Knallen einer Peitsche und durchbrach den Zauber. Kim blinzelte und schüttelte den Kopf, spürte dann, wie der Heißhunger ein wenig nachließ. Ihnen drohte nicht der Tod, wenn sie hier und jetzt darauf verzichteten, etwas zu essen, ganz gleich, wie verlockend die Speisen dufteten und wie sehr sie sich etwas wünschten, das anders schmeckte als die von Neelix zubereiteten Mahlzeiten. Selbst der Skorbut konnte warten. Sie würden ihn später heilen, wenn sie herausgefunden hatten, von wem das Bankett stammte und welchen Zweck es erfüllen sollte.

»Wir wissen nicht, ob diese Speisen für uns bestimmt sind«, fügte Janeway hinzu. »Und selbst wenn das der Fall ist: Es könnte eine Falle sein.«

»Aber es steht alles bereit.« Paris vollführte eine hilflose Geste, die dem Tisch und den Köstlichkeiten darauf galt. »Für wen könnte es sonst gedacht sein? Lieber Himmel, vielleicht bekommen wir eine solche Chance nie wieder.«

»Was für eine Chance?« erwiderte Janeway. »Meinen Sie die Gelegenheit, fremde Nahrung zu genießen? Das dürfte in Ihrem Leben häufiger passieren, Mr. Paris. Und ich möchte dafür sorgen, daß Sie entsprechende Erfahrungen überleben. Haben Sie die Bäume in den Gärten vergessen?« Sie schüttelte den Kopf. »Man hat uns nicht zum Essen eingeladen, Mr. Paris. Niemand rührt etwas an, bis wir wissen, was hier vor sich geht. Das ist ein direkter Befehl.«

Paris holte tief Luft, als wollte er Einwände erheben, doch Kim legte ihm die Hand auf den Arm. »Der Captain hat recht«, sagte er und betonte den Rang. Paris fügte sich, doch Kim spürte, daß nicht alle Anspannung aus ihm wich.

»Na schön, Captain.« Es klang ein wenig widerwillig, doch Janeway ging nicht darauf ein.

»Also gut, wir ...«

»Captain!« rief Torres und sah von ihrem Tricorder auf. »Ich registriere einen Energieschub direkt unter diesem Raum ...«

Sie hatte das letzte Wort kaum ausgesprochen, als ein tiefes, dumpfes Brummen erklang – ein Geräusch, das sich nicht mit dem hellen Summen von Föderationstransportern vergleichen ließ. Der Boden unter dem Tisch verschwand in dunstigem, dunkelblauem Licht. Ein rundes, etwa sechs Meter durchmessendes Loch bildete sich, und mehrere Gestalten stiegen auf. Ein oder zwei Sekunden lang hinderte blendendes Licht von unten Kim daran, Einzelheiten zu erkennen. Er gewann nur vage Eindrücke von großen Zweibeinern und gewölbten Schemen, bei denen es sich um Flügel handeln mochte. Dann schob sich die nach oben schwebende Plattform vor die Lichtquelle, wodurch der grelle Glanz verschwand. Ganz deutlich sah Kim nun zwei schlanke, grauhäutige Humanoide. Einer von ihnen verfügte über zusammengefaltete Schwingen, die bis zu den Oberschenkeln herabreichten; der zweite Fremde hatte keine Flügel. Äußere Geschlechtsmerkmale blieben unter langen, hellroten Umhängen verborgen, die dicht über dem Boden endeten. Metallstreifen glitzerten daran, wirkten wie Stickereien.

Neben den beiden fremden Wesen stand ein menschlicher Mann.

Kim hielt unwillkürlich den Atem an und glaubte, seinen Augen nicht trauen zu können. Ein anderer Mensch im Delta-Quadranten, jemand, der vielleicht einen kürzeren Rückweg zur Heimat kannte.

Der Mann trat einen Schritt vor, und ein Lächeln erschien in seinem Gesicht.

»Herzlichen Glückwunsch«, sagte er. »Sie haben die Prüfung bestanden.«

Der größere, flügellose Fremde neigte den Kopf ein wenig zur Seite, und ein seltsam nachsichtiger Ausdruck huschte über seine Miene. Trotz der Schwingen wirkte das Geschöpf erstaunlich menschlich, fand Kim, der das Wesen aufmerksam musterte. Aber es war eine idealisierte, geschlechtslose Form von Menschlichkeit, bei der individuelle Variationen ebenso zu fehlen schienen wie bei den Heldenfiguren, mit denen Kim als Kind gespielt hatte.

»Im Namen der Kirse heiße ich Sie auf diesem Planeten willkommen«, verkündete die Gestalt.

Die Stimme klang nach einem Mann, aber Kim hütete sich davor, schon jetzt Schlußfolgerungen zu ziehen. Erst mußten sie mehr über die Kirse herausfinden.

»Sie haben die Prüfung bestanden«, wiederholte der Kirse-Sprecher. »Daher verdienen Sie es, als Personen bezeichnet zu werden. Ich heiße Sie erneut willkommen.«

»Danke.« Janeway straffte die Gestalt und wandte sich an das hochgewachsene Geschöpf. Den Mann an der Seite des Sprechers würdigte sie zunächst keines Blickes. »Ich bin Kathryn Janeway vom Föderationsschiff *Voyager*. Wir freuen uns, den Bewohnern dieser Welt zu begegnen.«

»Und ich freue mich, Raumfahrer kennenzulernen, die mehr sind als nur Tiere«, erwiderte der Kirse. Er winkte, und der Tisch setzte sich in Bewegung, wanderte auf acht Beinen fort. Kim versuchte, ihm nicht nachzusehen, sich seine Mischung aus Enttäuschung und Verzweiflung nicht anmerken zu lassen. Doch als er den Kopf drehte, stellte er fest, daß der Mann ihn ansah und dabei ein Lächeln andeutete – er schien zu ahnen, was er empfand. Das Brummen des Kirse-Transporters wiederholte sich, und der Tisch marschierte durch eine Öffnung, die sich in der gegenüberliegenden Wand bildete. Hinter ihm schloß sich die Tür wieder, und Kim unterdrückte ein Seufzen. Nichts war vom Tisch heruntergefallen oder von einem Teller gerutscht.

»Was führt Sie zu unserem Planeten, Captain Janeway?« fragte der Kirse-Sprecher.

»Wir sind gekommen, um mit Ihnen Handel zu treiben«, antwortete Janeway nach kurzem, kaum wahrnehmbarem Zögern. »Unser Interesse gilt dabei insbesondere Lebensmitteln.«

Der Kirse neigte würdevoll den Kopf. »Handel ist für

uns immer interessant, erst recht mit Personen, die eine so weite Reise hinter sich haben. Aber ich halte es für besser, solche Dinge erst dann zu diskutieren, wenn wir uns besser kennengelernt haben. Captain, darf ich vorschlagen, daß Sie und ich …«

»Und auch die Offiziere«, warf der Mensch ein.

Der Kirse-Sprecher warf ihm einen kurzen Blick zu und nickte ernst. »Darf ich vorschlagen, daß Sie, Ihre Offiziere und ich zuerst speisen, um die richtigen Voraussetzungen zu schaffen? Anschließend können wir die Einzelheiten unserer Handelsvereinbarung erörtern.«

»Mit Vergnügen«, entgegnete Janeway.

Der Sprecher nickte noch einmal. »Um meinen guten Willen zu zeigen, möchte ich Ihnen schon jetzt etwas anbieten, und zwar etwas weniger Extravagantes als das Bankett von vorhin.«

Der andere, geflügelte Kirse hob die Hand, und seine Schwingen bewegten sich kurz, um einen Ausgleich zu schaffen. Wieder bildete sich eine Öffnung in der Wand ihnen gegenüber, und ein zweiter wandernder Tisch – kleiner als der erste, aber ebenso schwer beladen – kam herein. Hinter ihm schloß sich der Zugang wieder. Der Kirse gestikulierte einmal mehr, und daraufhin verharrte der Tisch. Hände und weniger menschlich wirkende Gliedmaßen rückten Teller zurecht.

»Danke«, sagte Janeway.

Der Mann sprach, bevor sie etwas hinzufügen konnte. »Die Kirse sind beleidigt, wenn Sie ablehnen, Captain.«

Janeway sah ihn an und verbarg ihre Neugier nicht ganz. »Bitte nehmen Sie es mir nicht übel, wenn ich so direkt frage: Wer sind Sie?«

Der Mann lächelte ungezwungen. Er war attraktiv, wenn auch ein wenig zu hager: groß, blaß, das lange dunkelbraune Haar im Nacken zu einem lockeren Zopf zusammengebunden. An einer Schläfe zeigte sich eine graue Strähne, doch ansonsten fiel es schwer, sein Alter zu schätzen.

»Mein Name lautet Thilo Revek. Ich bin vor einer Weile auf dieser Welt abgestürzt, und die Kirse nahmen mich bei sich auf. Unnachgiebig hat mich gebeten, bei Ihrer Begrüßung zu helfen.«

»Unnachgiebig«, wiederholte Janeway und blickte zum Kirse.

Der Sprecher neigte erneut den Kopf – eine Geste, die er vermutlich dem Menschen abgeschaut hatte –, und wieder zeigte seine Miene sonderbare Nachsicht. »Er nennt mich Unnachgiebig. Es steht Ihnen frei, seinem Beispiel zu folgen.«

»Danke«, sagte Janeway.

»Und mich nennt er Nachtgeflüster«, ließ sich der geflügelte Kirse vernehmen. Seine Stimme war etwas heller, ohne nach der einer Frau zu klingen, und ein subtiler Unterton darin wies auf leises Lachen hin. »Sind Sie bereit, mit uns zu speisen, Captain?«

»Es wäre uns eine Ehre«, erwiderte Janeway, und diesmal zögerte sie nicht. »Aber wenn Sie gestatten … Zuerst möchte ich Mr. Revek einige Fragen stellen.«

»Selbstverständlich«, sagte Unnachgiebig. »Bestimmt haben Sie sich viel zu erzählen. Für uns hingegen gibt es erst dann ausreichend Gesprächsstoff, wenn wir uns besser kennengelernt haben. Wobei uns Thilo hoffentlich behilflich sein kann.«

Die letzten Worte klangen fast mahnend. Kim musterte Revek neugierig und beobachtete, wie der Mann schief lächelte. »Keine Sorge, Unnachgiebig. Sie wissen ja, was ich von diesem Ort halte.«

»In der Tat. Dann sorgen Sie bestimmt dafür, daß sich die Besucher wohl fühlen.« Unnachgiebig trat zu dem Tisch. »Bitte, Gäste von der *Voyager*, bedienen Sie sich.«

Kim richtete einen unsicheren Blick auf Janeway, und sie nickte. »Nur zu, Mr. Kim. Das gilt für Sie alle. Ich leiste Ihnen Gesellschaft, sobald ich mit Mr. Revek gesprochen habe.«

Die letzten Worte verhießen nichts Gutes für den Mann. Kim zögerte noch etwas länger und fragte sich, ob er Janeway mit seiner Präsenz Unterstützung gewähren sollte.

Paris klopfte ihm auf die Schulter.

»Kommen Sie, Harry. Ein so gutes Angebot haben wir schon seit langer Zeit nicht mehr bekommen. Riechen Sie nur!«

Kim schnupperte und nahm einen Duft wahr, den er nicht mehr gerochen hatte, seit er an Bord der *Voyager* gekommen war. *Bestimmt braucht Captain Janeway meine Hilfe überhaupt nicht,* dachte er. Um wen auch immer es sich bei Revek handeln mochte – die Kirse waren ganz offensichtlich nicht feindselig. Die Kommandantin kam bestimmt allein zurecht. *Warum sollte ich nicht die gute Gelegenheit nutzen und etwas essen?*

Kim gab sich einen Ruck und folgte Paris zum Tisch.

Janeway maß den Mann mit einem aufmerksamen Blick. Weiter hinten hörte sie Stimmen und das leise Klirren von Metall – ihre Begleiter hatten inzwischen am Tisch Platz genommen und speisten. Nach den Geräuschen zu urteilen, blieben sie taktvoll und zurückhaltend. Janeway hoffte, daß sie es nicht an der nötigen Vorsicht fehlen ließen. Ganz gleich, wie freundlich die Kirse zu sein schienen: Auf dieser Welt gab es noch immer viele Dinge, die rätselhaft blieben. Das galt auch für Thilo Revek.

»Wie kommen Sie hierher, Mr. Revek?« fragte sie. Sie sprach in dem Tonfall, den sie bei Empfängen der Admiralität benutzte: kühl, sachlich, distanziert. Sie lauschte der eigenen Stimme und stellte zufrieden fest, daß sie genau richtig klang.

In Reveks Mundwinkeln zuckte es kurz, und Janeway

fragte sich, ob er ihren Tonfall zu deuten wußte. »Meinen Sie mit ›hierher‹ den Delta-Quadranten oder diesen Planeten?«

»Beides.« Janeway deutete ein Lächeln an, um die Atmosphäre ein wenig aufzulockern. »Aber beginnen wir mit dem Delta-Quadranten.«

Der geflügelte Kirse – er hatte sich selbst als ›Nachtgeflüster‹ vorgestellt – stand in Hörweite und hatte die Schwingen andeutungsweise gehoben. Er teilte seine Aufmerksamkeit zwischen Janeway und der Gruppe am Tisch. Das Geschöpf wirkte nicht bedrohlich, aber die Kommandantin der *Voyager* war sich sehr wohl seiner Präsenz bewußt.

Revek ignorierte den Kirse einfach, zuckte mit den Schultern und zeigte erneut ein offenes, ungezwungenes Lächeln. Seine Augen waren seltsam: Ihre Farbe lag irgendwo zwischen Grau und Nußbraun; im goldenen Licht des Zimmers schienen sie gelb zu glühen. Außerdem waren ihre Bewegungen nicht exakt synchron – das linke Auge drehte sich immer ein wenig stärker als das rechte. In der Föderation wurden solche Dinge während der Kindheit korrigiert. Janeway machte sich eine gedankliche Notiz und beschloß, sich später mit dieser Beobachtung zu befassen.

»Ich stamme aus jenem Raumsektor, den die Föderation den Cardassianern überließ. Ich machte dort gute Geschäfte und verspürte nicht den geringsten Wunsch, für irgendeinen Gul zu arbeiten. Deshalb schloß ich mich dem Maquis an.«

»Woraus bestand Ihre Tätigkeit, Mr. Revek?« Janeway vernahm entspannt klingende, plaudernde Stimmen, und eine seltsame Benommenheit erfaßte sie. Plötzlich roch sie die Speisen viel deutlicher als zuvor: Der Duft von geschmorten Zwiebeln wetteiferte mit den süßen Aromen von frischem Obst. Der Geruch erinnerte sie daran, wie wenig sie in letzter Zeit gegessen hatte. Fast übermächtig wurde der Wunsch, sich dem Rest der Einsatzgruppe am Tisch hinzuzugesellen.

»Ich habe mich vorwiegend mit Computern beschäftigt«, erwiderte Revek, und sofort kehrte Janeways Aufmerksamkeit zu ihm zurück. »Bordsysteme und insbesondere Autopiloten wurden bald zu meiner Spezialität – all jene Dinge, die dafür sorgen konnten, daß ein Maquis-Schiff weniger Besatzungsmitglieder brauchte. Beim Test einer Software-Hardware-Matrix traf mich ein kohärenter Tetryonenstrahl. Kurz darauf sah ich eine eigenartige Raumstation auf dem Bildschirm. Wer auch immer dort wohnte – er schien mich nicht sehr zu mögen oder kaum Interesse an mir zu haben. Nun, die Leute auf einem nahen Planeten erwiesen sich nicht als sonderlich freundlich. Ich begann damit, das Schiff wieder zusammenzuflicken – glücklicherweise hatte ich bei den automatischen Systemen so gute Arbeit geleistet, daß eine Reparatur möglich war –, und dann machte ich mich auf den Weg nach Hause.«

Janeway versuchte, ihre Enttäuschung nicht zu deutlich zu zeigen. Erst jetzt wurde ihr klar, wie sehr sie gehofft hatte, daß Revek nicht auf die gleiche Weise wie die *Voyager* in den Delta-Quadranten gelangt war. Doch bei der ›Raumstation‹ handelte es sich zweifellos um die Phalanx des Beschützers, die inzwischen nicht mehr existierte – und damit blieb jene Tür geschlossen, die direkt in den Alpha-Quadranten führte.

»Dies hier ist wohl kaum Ihr Zuhause«, erwiderte Janeway schärfer als beabsichtigt. Sie hörte ein ledriges Knistern, als Nachtgeflüster die Schwingen ein wenig mehr hob. Revek lachte nur.

»O ja, da haben Sie recht. Ich kam hierher, weil ich von den Bewohnern eines anderen Planeten die Auskunft erhielt, dies sei eine tote Welt. Angeblich sollte es hier nur Maschinen geben, die sich selbst erhalten. Ich hoffte, moderne Technik zu finden, um damit die Bordsysteme meines Schiffes zu verbessern und die Leistungsfähigkeit des Triebwerks zu erhöhen – Sie wissen selbst, wie lang die Heimreise ist. Allerdings wählte ich einen schlechten Zeitpunkt für meine Ankunft: Es fand gerade ein Angriff der Andirrim statt. Es nützte nichts, sie auf meine Neutralität hinzuweisen: Sie schossen mich auf der anderen Seite des Planeten ab. Die Kirse schickten Nachtgeflüster ... Nein, halt, sie schickten Baumhüter, nicht wahr?«

Nachtgeflüster schob sich ein wenig näher und nickte steif. »Ja.«

Revek nickte ebenfalls. »Als sie Baumhüter schickten, um festzustellen, welches Durcheinander ich in ihrem *Irri'a'a*-Garten angerichtet hatte ...«

Der geflügelte Kirse pfiff leise, und Janeway richtete einen überraschten Blick auf ihn. Revek schnitt eine Grimasse. »Nachtgeflüster verabscheut meinen Akzent.«

»Ich finde ihn komisch«, widersprach Nachtgeflüster, und Janeway begriff, daß er gelacht hatte.

»Wie dem auch sei ...« Revek schüttelte den Kopf und schmunzelte kurz. »Nach dem Absturz war ich nicht gerade in bester Verfassung. Die Medo-Automatik behandelte mich, aber sie war beschädigt worden. Nun, mein Zustand verhinderte glücklicherweise, daß ich das Schiff verließ und draußen Nahrungsmittel sammelte. Deshalb hielt es Baumhüter für angebracht, mich hierherzubringen – um festzustellen, ob ich ein Tier oder eine Person bin. Um es kurz zu machen: Seitdem halte ich mich hier auf.«

Damit macht er es sogar sehr kurz, dachte Janeway. *Die interessantesten Dinge läßt er aus. So hätte ich zum Beispiel gern gewußt, wie lange es dauerte, bis er die Gesellschaft der Kirse verstand. Und außerdem: Weshalb kommt er so gut mit den Bewohnern dieser Welt zurecht?* »Wie lange sind Sie schon hier?«

Revek hob und senkte erneut die Schultern. »Mal

sehen ... Es sind vierzehn Jahreszeiten, also etwas weniger als vier planetare Jahre ... Es dürften drei terranische Standardjahre sein, plusminus einige tausend Stunden.«

Janeway nickte und verbarg den Argwohn, der sich bei diesen Worten in ihr regte. Ein Mensch und Mitglied des Maquis, ohne Kontakte zu seinem Volk, engagiert für eine Sache, der er sein Leben geopfert hätte ... Eine solche Person hätte eigentlich danach fragen sollen, wie es um den Kampf gegen die Cardassianer stand. Janeways Blick wanderte zu Nachtgeflüster, der noch immer zuhörte – obwohl der größte Teil seiner Aufmerksamkeit inzwischen der Gruppe am Tisch galt. Verzichtete Revek auf eine entsprechende Frage, weil ein Kirse lauschte? Es ließ sich kaum feststellen. Welche Fragen durften unter den gegenwärtigen Bedingungen überhaupt gestellt werden?

»Captain?«

Es war Kims Stimme, und als sich Janeway umdrehte, stand der junge Fähnrich direkt vor ihr. Er bot ihr einen Teller an, der goldgelb glänzte und vielleicht sogar aus Gold bestand. Darauf lagen Fruchtstücke und Gebäck.

»Ich dachte, Sie könnten während Ihres Gesprächs eine kleine Stärkung vertragen.«

»Danke, Mr. Kim.« Janeway nahm den Teller entgegen und staunte darüber, mit welcher Freude sie reagierte. Sie griff nach einem Kuchenteil, biß hinein und schmeckte ein köstliches Aroma.

Revek räusperte sich. »Ob Sie's glauben oder nicht: Jener Käse stammt von einem Baum. Vielleicht haben Sie ihn schon gesehen: Es handelt sich um eine immergrüne Pflanze, deren lange Wedel in roten Spitzen enden. Aus dem Saft wird Quark hergestellt.«

»Schmeckt ausgezeichnet«, sagte Janeway. Der herrliche Geschmack sorgte dafür, daß Aufmerksamkeit und Argwohn nachließen. Mit zwei weiteren Bissen verzehrte sie das Gebäck und hob dann verlegen den Kopf – der eigene Appetit war ihr plötzlich peinlich. Nachtgeflüster und Unnachgiebig musterten sie anerkennend.

»Das Essen gehört zu den wichtigsten Kommunikationsformen der Kirse«, erläuterte Revek. »Man könnte es mit einer Art Kommunion vergleichen. Es ist der zentrale Kern der hiesigen Gastfreundschaft, und diese wiederum bildet die Basis für die Kirse-Kultur.«

Unnachgiebig hatte Kim begleitet und nickte nachdenklich. Janeway griff nach einem Fruchtstück, biß vorsichtig hinein und hoffte, ein wenig Zeit zu gewinnen. Diese Absicht vergaß sie fast, als es an ihrem Gaumen zu einer wahren Geschmacksexplosion kam. Ganz automatisch versuchte sie, einzelne Aromen voneinander zu unterscheiden: Melone, Honig, vielleicht auch ein Hauch Pfefferminz. Sie trachtete danach, sich von diesem Genuß nicht ablenken zu lassen, sich statt dessen auf Revek und ihre aktuelle Situation zu besinnen. Die Schilderungen des Mannes klangen plausibel, aber Janeway fragte sich, warum er so bereitwillig Auskunft gab. In welcher Beziehung stand Revek zu den Bewohnern dieses Planeten?

»Sie fragen sich, warum ich Ihnen das alles erzähle«, sagte Revek.

Janeway nickte.

Der Mann deutete zu Unnachgiebig, dessen Aufmerksamkeit dem Tisch galt. »Um ganz ehrlich zu sein ... Die Kirse haben mich das ebenfalls gefragt. Sie sind am Handel interessiert, und es geschieht nicht oft, daß sie dabei auf die Hilfe eines Dolmetschers zurückgreifen können.« Ein Schatten huschte über sein Gesicht. »Dabei gehe ich natürlich davon aus, daß ich bisher alles richtig verstanden habe. Nun, mir gegenüber sind die Kirse immer offen und konsequent gewesen.«

Janeway nickte erneut und spürte, wie ihr Argwohn nachließ. Reveks Ausführungen paßten gut in das von

Neelix beschriebene Bild – wobei es zu berücksichtigen galt, daß die Informationen des Talaxianers aus zweiter Hand stammten. »Jenes Bankett, das wir hier fanden … Sollte es uns auf die Probe stellen?«

»Ja«, bestätigte Revek. »Wie ich schon sagte: Die Gastfreundschaft ist den Kirse sehr wichtig. Stellen Sie sich eine menschliche Kultur vor, bei der dieses Konzept eine große Rolle spielte – und verdreifachen Sie dann die Bedeutung. Ein Ergebnis dieser Tradition besteht aus komplexen Regeln in Hinsicht auf das Geben und Nehmen insbesondere von Nahrungsmitteln. Man darf nur dann Dinge anrühren, die einem nicht gehören, wenn man ausdrücklich dazu aufgefordert wird. In bezug auf Speisen ist das enorm wichtig. Wenn Sie etwas vom Bankett genommen oder in den Gärten Obst gepflückt hätten, so wären die Kirse bereit gewesen, Sie für Tiere zu halten. Mit dem Resultat, daß man sie angegriffen und vermutlich getötet hätte.«

Revek lächelte plötzlich und sah zu Unnachgiebig. »Ich bin froh, daß es nicht dazu kam. Menschliche Gesellschaft ist nicht nur eine willkommene Abwechslung für mich – ich habe in diesem Zusammenhang auch eine Wette mit Nachtgeflüster gewonnen.«

Unnachgiebig gab das pfeifende Geräusch des Kirse-Lachens von sich und schritt fort.

»Wie kam die *Voyager* hierher?« fragte Revek.

»Ein Mitglied meiner Crew hörte Geschichten über die Kirse«, antwortete Janeway. Sie zögerte nicht, wählte ihre Worte jedoch mit großer Sorgfalt, um so wenig wie möglich preiszugeben. »Aber wir hörten auch, daß die Kirse immer wieder von einem Volk angegriffen werden, das man Andirrim nennt. Bestimmten Gerüchten zufolge soll ein solcher Angriff zur Auslöschung der Kultur dieses Planeten geführt haben.«

Revek lachte. »Solche Behauptungen sind natürlich Unsinn, wie Sie inzwischen wissen. Nun, man darf die

Andirrim nicht unterschätzen, aber sie haben keine Möglichkeit, einen Sieg über die Kirse zu erringen. Allerdings behindern sie den Handel.«

»Über den wir zu einem ...« Unnachgiebig kehrte zurück, und dünne Falten formten sich in seiner Stirn. »... freundlicheren Zeitpunkt? Wenn-wir-uns-besser-kennen? ... sprechen.«

Revek zuckte mit den Schultern. »Wie Sie meinen.«

»Kommt es häufig zu Angriffen, Unnachgiebig?« erkundigte sich Janeway. Sie wußte, daß sie das Risiko einging, den Kirse mit einer so direkten Frage zu beleidigen, aber diesem Situationsaspekt kam große Bedeutung zu – immerhin befand sich die *Voyager* im Orbit.

»Dies ist eine reiche Welt«, erwiderte Unnachgiebig. »Ich nehme an, Tiere finden sie ... reizvoll. Aber nur die Andirrim stellen ein permanentes Problem dar. Außerdem sind sie ein Ärgernis, keine echte Gefahr.«

»Ich verstehe.« Janeway glaubte, einen Widerspruch zwischen diesen Worten und den orbitalen Verteidigungsplattformen zu erkennen, die mit leistungsstarken Phasern ausgerüstet waren.

»Wir können das alles besprechen, wenn wir miteinander gespeist haben«, fuhr Unnachgiebig fort. »Es wäre ein besserer Anfang für unsere Bekanntschaft.«

Janeway atmete tief durch. Offenbar kamen sie mit den Kirse erst dann weiter, wenn sie zusammen eine Mahlzeit eingenommen hatten. *Wozu wir uns wohl kaum überwinden müssen, wenn man die Umstände bedenkt,* dachte sie. »Na schön. Es wäre uns eine ... große Ehre, mit Ihnen zu speisen.« Einige Sekunden lang befürchtete Janeway, es übertrieben zu haben. Dann sah sie, wie Revek sowohl schief als auch bewundernd lächelte – sie hatte also genau den richtigen Ton angeschlagen.

»Heute abend?« fragte Unnachgiebig, und Janeway blinzelte überrascht.

»Sie brauchen sicher mehr Zeit für die Vorbereitungen und ...« Die Kommandantin verschluckte den Rest und ärgerte sich über den Fehler, eigene Maßstäbe anzulegen.

Sichtlich verwirrt neigte Unnachgiebig den Kopf zur Seite.

»Unnachgiebigs Helfer sind sehr flink«, sagte Revek. »Und tüchtig.«

Das müssen sie wohl sein, dachte Janeway. »Also gut, heute abend. Aber wir möchten Ihnen keine Unannehmlichkeiten bereiten.«

Unnachgiebigs Stirn glättete sich wieder. »Oh, von Unannehmlichkeiten kann nicht die Rede sein.«

»Ich schlage vor, Sie bringen auch die Führungsoffiziere mit«, sagte Revek mit einem kurzen Blick zu dem Kirse, der erneut verwirrt wirkte.

»O ja. Danke, Thilo. Ihre Landsleute-mit-angemessenem-Status sind natürlich ebenfalls eingeladen.«

Unnachgiebig sprach den Begriff wie ein Wort aus, und Janeway war sicher, daß er direkt aus seiner Sprache übersetzte. Revek hatte von den Führungsoffizieren gesprochen. Nun, sie sollten tatsächlich präsent sein, wenn es darum ging, offizielle Beziehungen zu den Kirse herzustellen. Aber daraus konnten erhebliche Gefahren erwachsen, wenn sich die Bewohner dieses Planeten als feindselig erwiesen. Janeway beschloß, nur mit einer Minimalbegleitung zu erscheinen. Tuvok, dann Torres, Paris oder Kim, und Chakotay nur, wenn ihr keine Wahl blieb.

»Danke«, sagte sie in der Hoffnung, schnell genug zu antworten, um keinen Verdacht entstehen zu lassen. »Ich komme mit drei anderen Personen.«

Unnachgiebig verbeugte sich, breitete in einer eleganten Geste die Arme aus und zeigte dabei schmale, mit vier Fingern ausgestattete Hände. Der am Tisch stehende Nachtgeflüster verneigte sich ebenfalls. »Wir werden Sie mit großer Freude begrüßen, Gäste von der

Voyager. Wir erwarten Sie eine Stunde nach Sonnenuntergang.«

»Das entspricht achtzehn Uhr nach Ihrer Zeitrechnung«, sagte Revek. Er sprach sehr ernst, doch in seinen Augen funkelte es fast schelmisch.

»Danke, Mr. Revek«, antwortete Janeway betont würdevoll. Sie sah über die Schulter und stellte fest, daß die anderen Mitglieder der Einsatzgruppe am Tisch warteten. Sie hatten einige Teller geleert, und der Anblick erinnerte Janeway an den eigenen immer noch weitgehend leeren Magen, der nun voller Neid knurrte. Sie nickte ihren Gefährten kurz zu und aktivierte dann den Insignienkommunikator. »Janeway an *Voyager*. Beamen Sie uns an Bord, Chakotay.«

»... und deshalb habe ich beschlossen, zusammen mit Lieutenant Tuvok, Lieutenant Paris und Fähnrich Kim auf den Planeten zurückzukehren, um in der Zitadelle mit den Kirse zu speisen. Man erwartet uns um achtzehn Uhr.« Janeway berührte eine Schaltfläche und beendete damit den Logbucheintrag. Anschließend sah sie zu Chakotay, der ihr im Bereitschaftsraum gegenübersaß und die Stirn runzelte. Er vertrieb die Skepsis aus seiner Miene, aber nicht schnell genug.

Janeway seufzte. »Offenbar sind Sie mit meiner Entscheidung nicht einverstanden, Mr. Chakotay.«

Im Rahmen der Starfleet-Traditionen brachten diese Worte eine Erlaubnis zum Ausdruck, aber keine Aufforderung. Janeway beobachtete, wie Chakotay zögerte und die Bedeutung seiner Einwände einschätzte, womit er ihren Erwartungen gerecht wurde. Dann nickte er. »Das stimmt, Captain.«

Mehr sagte er zunächst nicht. Janeway stützte die Ellenbogen auf den Tisch. »Na schön, Chakotay. Heraus damit.«

Der Erste Offizier lächelte flüchtig, wodurch die Tätowierung in seinem Gesicht in Bewegung geriet. »Um gleich auf den Kern der Sache zu kommen: Ich glaube, ich sollte zur Landegruppe gehören.« Als Janeway eine Braue hob, zählte Chakotay die einzelnen Punkte an den Fingern ab. »Erstens: Es ist eine Frage des Protokolls. Normalerweise nehmen der Captain und sein Stellvertreter an lokalen Empfängen teil. Es ist eine Frage der Höflichkeit den Bewohnern des Planeten gegenüber. Daran sollten wir gerade hier nichts ändern, denn immerhin ist ein Mensch zugegen, der den Kirse mitteilen kann, ob wir uns an die Standardprozedur halten oder nicht. Zweitens: Sie haben keinen ehemaligen Maquisarden als Begleiter ausgewählt, wodurch jene Konflikte wiederaufleben könnten, die wir beide mit großer Mühe aus der Welt geschafft haben.«

»Immerhin überlasse ich einem ehemaligen Mitglied des Maquis das Kommando über die *Voyager*«, gab Janeway zu bedenken.

Chakotay nickte. »Zugegeben. Aber nicht alle Besatzungsmitglieder werden die Dinge aus dieser Perspektive sehen, erst recht jene nicht, die auf Schwierigkeiten aus sind. Und ganz abgesehen davon: Auch Revek ist ein ehemaliger Maquisard. Einer von uns könnte vielleicht etwas aus ihm herausholen, das Ihnen verborgen bliebe. Und drittens: Ich halte es für wichtig, daß wir beide einen Eindruck von den Kirse gewinnen.« Er richtete einen ernsten Blick auf Janeway. »Irgend etwas an ihnen erscheint mir seltsam, Captain. Ich weiß nicht, was es ist und warum ich auf diese Weise empfinde. Deshalb möchte ich ihnen persönlich begegnen, sie mit eigenen Augen sehen.«

Janeway preßte auch weiterhin die Fingerspitzen aneinander, als sie über Chakotays Worte nachdachte. Seine Argumente hatten durchaus etwas für sich, obgleich es ihr widerstrebte, die Maquisarden als eine separate Gruppe zu betrachten – immerhin hatten sie sich sehr bemüht, alle Personen an Bord zu *einer* Crew zusammenzuschweißen. Doch wenn sie die Besonderheiten dieser Personen leugnete, so riskierte sie tatsächlich neue Konflikte innerhalb der Besatzung. Der Hinweis auf das Starfleet-Protokoll war gerechtfertigt, und was Chakotays Ahnungen betraf... Sie hatten sich schon mehrmals als bedeutungsvoll erwiesen. *Ich werde darüber nachdenken.* Mit diesen Worten wollte sie zunächst antworten, überlegte es sich dann aber anders. Chakotay hatte sich an die Regeln gehalten, und deshalb war sie ihm eine direkte Antwort schuldig.

»Nun gut, Mr. Chakotay«, sagte sie laut. »Sie nehmen den Platz von Mr. Paris in der Landegruppe ein.«

»Danke, Captain.« Chakotay lächelte nicht, aber eine veränderte Körperhaltung brachte Zufriedenheit zum Ausdruck.

Ihm liegt wirklich viel daran, uns zu begleiten, dachte Janeway. »Haben wir inzwischen einen Kom-Kontakt mit den Kirse hergestellt?« fragte sie.

Chakotay nickte. »Ja. Sie beantworten unsere Signale jetzt und haben Koordinaten für heute abend übermittelt – sie beziehen sich nicht auf den Ort, von dem aus wir Sie an Bord gebeamt haben.«

Janeway wölbte eine Braue.

»Tuvok meinte, unser Retransfer wird in einem Hof in der Nähe des Zitadellenzentrums stattfinden. Es bedeutet, daß wir uns nicht durch Wände beamen müssen.«

»Na schön.« Janeway hielt diese Frage für erledigt. »Was ist mit dem primitiven Transporter, über den die Kirse verfügen? Hat Torres ihre Analysen beendet?«

»Noch nicht«, erwiderte Chakotay. »Auch Tuvok hat sich mit den Daten beschäftigt und die damit in Zusammenhang stehenden Sicherheitsfaktoren überprüft. Interessant ist folgendes: Wir haben es hier mit der einzigen uns bekannten Kultur des Delta-Quadranten zu tun, die über Transportertechnik verfügt – *und* sie hat seit einigen Jahren Kontakt mit einem Menschen. Der noch dazu ein Föderationstechniker ist.«

»Die von Ihnen angedeutete Möglichkeit ist mir ebenfalls in den Sinn gekommen«, meinte Janeway. »Ich habe Torres gebeten, nach Anzeichen dafür zu suchen, daß der Kirse-Transporter wenigstens zum Teil Föderationstechnik verwendet. Doch so etwas läßt sich natürlich nur sehr schwer feststellen.« Sie legte eine kurze Pause ein. »Revek ist ein ehemaliger Maquisard – darauf hat er selbst hingewiesen. Wissen Sie etwas über ihn?«

Chakotay schnitt eine Grimasse. »Ich habe von ihm gehört. Jeder, der den Befehl über ein größeres Schiff als ein Orbitalshuttle hatte, hat schon einmal von ihm gehört. Aber ich habe nie mit ihm zusammengearbeitet.«

»Wird er in den Dateien erwähnt, die aus dem Computer Ihres Raumers stammen?«

»Möglich«, antwortete Chakotay. »Allerdings zeichneten wir nicht zuviel auf, um zu vermeiden, daß wichtige Informationen in die Hände der Cardassianer fielen.«

Janeway nickte. »Ich sehe mir die Daten später an. Sagen Sie mir zuerst, was Sie wissen.«

Chakotay lehnte sich zurück und zögerte. »Möchten Sie die offizielle oder inoffizielle Version?«

»Was meinen Sie mit ›inoffiziell‹?« fragte Janeway. Sie lächelte, und daraufhin verschwand ein Teil des Ernstes aus der Miene des Ersten Offiziers.

»Gerüchte hauptsächlich, das Gerede von Besatzungsmitgliedern. Aber durchaus von Bedeutung, wie ich glaube.«

Janeway nickte erneut. »Na schön. Ich bin ganz Ohr.«

»Thilo Revek kommt von einer jener peripheren Kolonien, die die Föderation vermutlich gern den Cardassianern überließ. Mehr weiß ich nicht über seine Herkunft.

Als ich das erstemal von ihm hörte, leitete er eine Reparaturwerkstatt an Bord der Station NSTN-2.«

»Die Maquis-Basis«, sagte Janeway.

»Eine von ihnen«, berichtigte Chakotay. »Ich hatte dort nie zu tun – die Cardassianer entdeckten die Station und zerstörten sie. Aber jene Leute, die Reveks Dienste in Anspruch nahmen, bezeichneten ihn als wahres Genie, soweit es Computersysteme betraf. In Hinsicht auf die Hardware war er nicht ganz so gut; er überließ sie einem Spezialisten. Als besonders fähig erwies er sich bei automatischen Systemen. Er entdeckte neue Möglichkeiten, dem Computer Routineaufgaben zu übertragen, ohne dadurch die Kontrolle durch die Crew zu beeinträchtigen oder vorhandene Notsysteme zu verändern. Seine Innovationen halfen uns sehr, denn wir hatten nie genug Leute, um alle Stationen eines Raumschiffs zu besetzen ...« Chakotay unterbrach sich und schüttelte den Kopf, fuhr dann mit fast gepreßt klingender Stimme fort: »Offiziell wurden gelegentlich Klagen darüber laut, daß er eine zu große Vorliebe für Systeme entwickelte, die von Computern kontrolliert wurden. Nicht jeder Captain mochte es, Computern einen so großen Einfluß einzuräumen.«

»Und inoffiziell?« fragte Janeway. »Bisher habe ich noch nichts gehört, das die Bezeichnung ›Gerüchte‹ oder ›Gerede‹ verdient.«

Der Erste Offizier lächelte dünn. »Nun, inoffiziell ... Kaum jemand mochte ihn, und der Grund dafür ist mir unbekannt. Soweit ich weiß, hatte er nie eine Frau oder Lebenspartnerin. Auch von Verwandten habe ich nie etwas gehört. Außerdem kenne ich niemanden, der von sich behauptete, ein guter Freund von Thilo Revek zu sein. Man ging allgemein davon aus, daß er seine Maschinen und Programme – und damit meine ich den reinen Code, keine Programme wie etwa Holodeck-Simulationen – weitaus mehr mochte als die meisten

Leute, denen er begegnete. Nicht alle reagierten positiv auf eine solche Einstellung.«

»Das kann ich mir denken«, erwiderte Janeway. Sie kannte solche Techniker und erinnerte sich an das sonderbare Gefühl, überhaupt nicht richtig wahrgenommen zu werden: Das Interesse galt nicht ihr, sondern einzig und allein dem Schiff, das sie repräsentierte.

»Ich habe noch etwas anderes gehört, das relevant sein mag oder auch nicht«, sagte Chakotay. »Damals fand ich es recht interessant. Einige meiner Kollegen behaupteten, daß sich Revek nicht mit ganzem Herzen der Sache des Maquis verschrieben hatte. Sie meinten, er hätte mehr Interesse daran, seine Programme zu testen, als uns zu helfen. Angeblich sei er nur deshalb auf unserer Seite, weil wir die größere Herausforderung darstellten.«

Janeway hob beide Brauen. Das war ein wichtiger Hinweis, und wenn er der Wahrheit entsprach ... Vielleicht handelte es sich um den Hinweis auf eine regelrechte Psychose. »Was halten Sie davon?«

»Wie ich schon sagte: Ich bin ihm nie begegnet.« Chakotay hob und senkte die Schultern. »Auch damals war ich mir nicht sicher. Ich glaubte, daß Ger ... daß die betroffenen Kommandanten übertrieben. Nun, zu jenem Zeitpunkt hatten die Cardassianer gerade NSTN-2 vernichtet, und dabei kamen viele gute Leute ums Leben. Niemand ging so weit zu behaupten, Revek sei ein cardassianischer Agent oder arbeite gegen den Maquis. Ich weiß, daß die Führung ihm später Aufträge gab, die kleinere Planeten betrafen – sie schien ihm also zu vertrauen.«

»Ich verstehe.« Janeway runzelte die Stirn, als sie Chakotays Schilderungen mit dem Mann auf der Kirse-Welt in Verbindung brachte. Revek war ihr als recht umgänglicher Mann erschienen, der manchmal auf amüsante Weise unehrerbietig sein konnte. *Doch wenn er eine solche Vergangenheit hat, sollten wir besser auf der Hut sein,* fügte sie in Gedanken hinzu. »Wenn Sie Gelegenheit dazu bekommen ...«, sagte sie langsam. »Versuchen Sie, mehr über seinen persönlichen Hintergrund herauszufinden. Ich bin natürlich daran interessiert, wie er hierherkam, und weitere Informationen über den Beschützer und seine Raumstation sind immer willkommen. Aber ich möchte auch wissen, ob er Vertrauen verdient.«

»Sie würden gern wissen, auf welcher Seite er steht«, meinte Chakotay.

»Ja, genau.« Die Kommandantin seufzte. »Was ich an ihm so seltsam finde, ist die eine Frage, die er *nicht* stellte.« Chakotay runzelte die Stirn, und Janeway stand auf. »Er hat nicht gefragt, ob er mit uns kommen könnte. Aber vielleicht war es dafür noch zu früh. Oder er fühlt sich bei den Kirse so wohl, daß er gar nicht fort will. Wie dem auch sei: Ich finde es ein wenig seltsam.«

Chakotay nickte.

»Nun, um diese Sache können wir uns auch noch kümmern, wenn wir eine Handelsvereinbarung mit den Kirse getroffen haben.« Janeway versuchte, forsch zu wirken. Es fiel ihr nicht leicht. »Ich erwarte Sie und die übrigen Mitglieder der Landegruppe um siebzehn Uhr fünfzig im Transporterraum. Bis dahin bin ich in meinem Quartier.«

»Aye, Captain«, sagte Chakotay. Janeway schritt an ihm vorbei in den Korridor.

Ihre Unterkunft wirkte weniger einladend als sonst, als sie durch die Tür trat. Erstaunt wandte sie sich den ambientalen Anzeigen an der Wand zu. »Computer, reaktiviere die normale Beleuchtung.«

»Ihr Quartier ist Teil des Energiesparprogramms. Sie müssen den Prioritätscode des Captains verwenden, um die von Ihnen bevorzugten ambientalen Werte wiederherzustellen.«

Bei dieser Antwort klang die Sprachprozessorstimme des Computers fast selbstgefällig. Janeway glaubte, daß sie diesen Eindruck aufgrund von Erschöpfung und des Mangels an ordentlicher Nahrung gewann. »Schon gut. Ich brauche Auskunft über Thilo Revek ...« Sie buchstabierte den Namen. »Such entsprechende Informationen nicht nur in den Datenbanken der Föderation, sondern auch in denen, die vom Maquis-Schiff transferiert wurden. Ich nehme die Ergebnisse am Tischterminal entgegen.«

»Bestätigung. Beginne mit Datenkorrelation.«

Janeway trat zum Tisch und überlegte. Sie sehnte sich nach einer Tasse Kaffee – etwas Normales, das eine Art Gegengewicht zu ihren Sorgen in bezug auf den Planeten und das Schiff bildete. Gleichzeitig fragte sie sich, ob sie ihre begrenzten Rationen für einen solchen Luxus vergeuden sollte und durfte. Einerseits mußte sie für die Besatzung ein gutes Beispiel sein. Andererseits ergab sich bestimmt ein positiver Effekt für die Moral an Bord, wenn die Crew wußte, daß die Kommandantin entspannt genug war, um einen Kaffee zu genießen. Sie lächelte. *Solche Überlegungen sind ein sicheres Zeichen dafür, daß ich den Kaffee brauche.*

»Kaffee«, sagte sie und wandte sich dabei der Nische mit dem kleinen Replikator zu. »Eine kleine Tasse mit schwarzem Kaffee.«

Vor ihrem unfreiwilligen Transfer zum Delta-Quadranten hatte der Replikator immer sofort reagiert, doch diesmal verstrichen einige Sekunden, ohne daß etwas geschah – Janeways Bestellung wurde mit den Aufzeichnungen der bereits verbrauchten Rationen verglichen. Dann öffnete sich das Ausgabefach, und darin erschien eine dampfende Tasse. Sie war nicht sehr groß – bei nicht unbedingt erforderlichen Objekten hatte man die Ausmaße neu programmiert –, doch das davon ausgehende Aroma erwies sich als überaus verlockend.

Janeway trank einen vorsichtigen Schluck und genoß den Geschmack der bitteren Flüssigkeit. *Das ist viel besser als die Nahrungsmittel der Kirse,* fuhr es ihr durch den Sinn – und dann lachte sie über ihren eigenen Chauvinismus. Obst und Gebäck waren ausgesprochen lecker gewesen. Ihre Skepsis betraf nicht den Geschmack, sondern die Herkunft.

Mit der Kaffeetasse kehrte sie zum Schreibtisch zurück, schaltete das Terminal ein und aktivierte die Büroroutine. »Computer, sind Berichte von Tuvok oder Torres eingetroffen?«

»Nein, Captain. Für entsprechende Mitteilungen ist eine Prioritätsmeldung vorgesehen. Möchten Sie diesen Status beibehalten?«

»Ja.«

»Status bestätigt.«

Janeway nickte geistesabwesend – ihre Aufmerksamkeit galt bereits einem Bericht aus der Krankenstation. Sie scrollte durch den Text und runzelte immer mehr die Stirn, als ihr die Bedeutung der Hinweise klar wurde. Der Skorbut wurde schlimmer, und auch andere Mangelerscheinungen machten sich bemerkbar.

»Janeway an Krankenstation.«

Der Kom-Schirm erhellte sich und zeigte das Gesicht der Ocampa Kes. »Hier Krankenstation, Captain.«

»Ich möchte mit dem Doktor über seinen letzten Bericht sprechen. Ist er ...« Janeway zögerte. Aus irgendeinem Grund erschien es ihr nicht angemessen, »Ist er da?« oder »Ist er abkömmlich?« zu fragen. »... aktiv?« beendete sie den Satz.

»Er hat mit einem Patienten zu tun«, sagte Kes. Sie sah über die Schulter und wich dann ein wenig beiseite, damit Janeway an ihr vorbei in die zentrale Diagnosekammer blicken konnte. Dort beugte sich der holographische Arzt über einen jungen Mann – einer von Chakotays Leuten, stellte die Kommandantin automatisch fest, doch an den Namen konnte sie sich nicht erinnern –, dessen Miene von Schmerz kündete. Aus Anteilnahme verzog Janeway das Gesicht, während Kes fortfuhr: »Mr. DeShay rutschte in einer Jefferiesröhre aus, und dadurch kam es zu einer Schnittwunde im Arm. Dem Doktor fiel es nicht leicht, die Blutung zu stillen.«

Hinter der Ocampa sah der Holo-Arzt auf einen zwanzig Zentimeter langen Schnitt im Unterarm des jungen Mannes – *DeShay*, dachte sie und versuchte, sich diesen Namen einzuprägen. Blutflecken zeigten sich an der Uniform. Im Hintergrund bemerkte Janeway einen weiteren Mann, der etwas älter zu sein schien und ein blutiges Handtuch hielt. Die Hände des Doktors waren vollkommen sauber, denn seine Kraftfelder stießen organische Moleküle ab. Der Arzt griff nach einem speziellen Instrument, hielt es über den Schnitt und folgte dann langsam dem Verlauf der Wunde. Zurück blieb eine dünne Narbe, gesäumt von wie verbrannt wirkender roter Haut. Der Doktor nickte zufrieden, nahm einen Injektor und verabreichte DeShay eine Injektion. Er richtete noch einige Worte an den jungen Mann und drehte sich dann in Richtung Büro um.

»Ich bin gleich soweit, Captain.«

Janeway nickte, und auch diesmal wußte sie nicht recht, wie sie auf das Gebaren des Holo-Arztes reagieren sollte. Welche Disziplinarmaßnahmen sollte man – wenn überhaupt – gegen jemanden ergreifen, dem eine echte körperliche Existenz fehlte?

Diesmal hatte der Doktor nicht zuviel versprochen. Schon nach wenigen Sekunden erschien er vor dem Interkom.

»Sie wollten mich sprechen, Captain?«

»Ich habe Ihren Bericht gelesen«, sagte Janeway und sah, wie sich die beiden Männer hinter dem Arzt anschickten, die Krankenstation zu verlassen. DeShay schnitt eine Grimasse, während er den zerrissenen

Ärmel vorsichtig herunterrollte. Der andere Mann hörte Kes zu, die ihm einen Injektor reichte.

»Er enthält keine guten Neuigkeiten«, sagte der Arzt. »Ich hoffe, die Bedingungen auf dem Planeten sind nur halb so gut, wie ich hörte.«

»Die Situation ist vielversprechend«, erwiderte Janeway. »Nach den ersten Analysen zu urteilen, haben die Kirse alle Nahrungsmittel, die wir brauchen. Doch ob wir in der Lage sind, eine Handelsvereinbarung zu treffen, steht auf einem anderen Blatt. Nun, Doktor, aus Ihrem Bericht geht hervor, daß sich die Lage verschlimmert hat. Ich möchte den Grund dafür erfahren.«

Der holographische Arzt schnaubte leise. »Mangelkrankheiten haben einen progressiven Verlauf – das ist der Grund. Hinzu kommt, daß die Crew ungewöhnlich hohen Belastungen ausgesetzt ist, was bedeutet: Ihr bleiben keine Reserven, wenn die Situation noch kritischer wird.«

»Was bedeutet das für uns?« fragte Janeway, obgleich sie die Antwort bereits ahnte.

»Es bedeutet, daß wir erhebliche Probleme haben«, entgegnete der Doktor. »Entweder wir nehmen hier geeignete Nahrungsmittel an Bord, oder wir schaffen es nicht bis zum nächsten Planeten, auf dem wir unsere Vorräte erneuern könnten.«

Die Kommandantin seufzte und nickte. »Danke, Doktor. Janeway Ende.«

Einige Sekunden lang starrte sie auf den leeren Kom-Schirm, wandte sich dann wieder dem Terminal zu, um erneut im Bericht des Arztes zu lesen. Doch sie konnte sich nicht richtig auf den Text konzentrieren, auf Buchstaben und Zahlen, die den drohenden Tod mit mathematischen Formeln und statistischen Angaben zum Ausdruck brachten. Sie hatte sich nicht für eine berufliche Laufbahn bei Starfleet entschieden, um unter solchen Umständen die Unvermeidlichkeit des Todes zu akzeptieren. Dieser Gedanke ging ihr nicht zum erstenmal durch den Kopf, seit die *Voyager* dem Beschützer begegnet war, und er wiederholte sich jetzt, schuf neue Entschlossenheit. Früher oder später würde sie eine Lösung finden, eine Antwort, die das Überleben ermöglichte. Wobei das Überleben in diesem Fall bedeutete, daß ihre Kinder dadurch die Möglichkeit bekamen, die *Voyager* eines Tages in den Alpha-Quadranten zurückzubringen.

»Captain.« Die kühle, sachliche Stimme des Computers weckte Janeways Aufmerksamkeit. »Die gewünschten Informationen sind in Ihr Terminal transferiert worden.«

»Danke«, sagte Janeway und war dankbar für die Ablenkung. Erneut sah sie auf den Schirm und begann zu lesen. Die korrelierten Daten enthielten kaum mehr Informationen über Thilo Revek, als sie bereits von Chakotay bekommen hatte, aber sie las trotzdem und versuchte, die Fakten über Reveks Werdegang zu einem Bild zusammenzufassen. Es gab nur wenig Konkretes, doch nach der Lektüre zweifelte Janeway kaum daran, daß zumindest einige der Autoren Revek nicht gemocht hatten – ein Umstand, der Chakotays Schilderungen bestätigte. Sie lehnte sich zurück, trank den Rest des inzwischen kalten Kaffees und dachte an ihre eigene Begegnung mit dem Techniker. Er hatte recht freundlich gewirkt, sogar hilfsbereit, aber sie mußte sich eingestehen, daß sie ihm nicht ganz traute. Was vielleicht nicht fair war. Es mochte sich um das instinktive Mißtrauen eines Starfleet-Offiziers handeln, der es mit einer Person zu tun bekam, die sich Autorität widersetzte. Aber es konnte auch Intuition sein, die man besser nicht ignorieren sollte. *Derzeit muß ich beide Möglichkeiten in Betracht ziehen*, dachte Janeway. *Bis Revek durch sein Verhalten zeigt, ob mein Argwohn gerechtfertigt ist oder nicht.*

»Tuvok an Captain Janeway.«

Die vertraute Stimme unterbrach ihre Überlegungen. Sie beugte sich vor und aktivierte das Interkom. »Ja, Mr. Tuvok?«

»Lieutenant Torres und ich haben einen ersten Bericht über den Kirse-Transporter fertiggestellt«, sagte der Vulkanier. »Wir würden ihn gern mit Ihnen erörtern.«

Es sah Tuvok nicht ähnlich, um eine Besprechung zu bitten, bevor sie Gelegenheit hatte, sich einen Bericht anzusehen. Außerdem neigte er auch nicht zu übertriebenen Reaktionen.

Janeway spürte, wie sich ein flaues Gefühl in ihrer Magengrube ausdehnte. »Na schön. Seien Sie in ...« Sie warf einen kurzen Blick aufs Chronometer. »... einer halben Stunde im Bereitschaftsraum.«

Damit hatte sie Zeit genug, um zu duschen. Das heiße Wasser vertrieb die Müdigkeit aus ihr, und als sie den Bereitschaftsraum betrat, fühlte sie sich kräftig genug, um mit Tuvoks und B'Elannas Entdeckungen fertig zu werden. Sie waren bereits anwesend und blickten auf das Display von Torres' Datenblock. Die Chefingenieurin hob den Kopf, als sich die Tür öffnete.

»Ich bin froh, daß Sie da sind, Captain.«

Tuvok wölbte eine Braue, und rote Verlegenheitsflecken bildeten sich auf B'Elannas Wangen.

»Äh, möchten Sie etwas *Saaba*-Tee, Captain? Ich habe Neelix gebeten, eine Kanne für uns zu kochen.«

Janeway widerstand der Versuchung, das Gesicht zu verziehen. Ihrer Meinung nach bestand der einzige Vorteil von *Saaba*-Tee darin, daß ein praktisch unbegrenzter Vorrat davon zur Verfügung stand – für jene Besatzungsmitglieder, die es wirklich fertigbrachten, das Gebräu zu trinken. Es schmeckte so, wie ihr Hund gerochen hatte, wenn er nach einem Spaziergang im Regen heimkehrte. *Ich bin mir noch immer nicht sicher, ob ich den Tee wegen des schlechten Geschmacks verabscheue – oder deswegen, weil er mich zu sehr an die Heimat erinnert,* dachte

Janeway. »Nein, danke, Lieutenant«, sagte sie laut. »Nun, was haben Sie herausgefunden?«

Torres blickte zu Tuvok, schien ein stummes Signal zu empfangen und begann: »Ich habe die Ergebnisse der Tricorder-Sondierungen auf dem Planeten analysiert, insbesondere jene Daten, die den Kirse-Transporter betreffen. Er ähnelt unserem eigenen Transporter, doch seine Leistungsfähigkeit ist begrenzt.«

B'Elanna schob ihr kleines Datendisplay über den Tisch, und Janeway sah auf die Anzeigen. »Geben Sie mir eine Zusammenfassung.«

»Offenbar bleibt der Kirse-Transporter auf molekulare Auflösung beschränkt«, erklärte Torres. »Außerdem kann er vielleicht nur metallische Substanzen transferieren. Dieser Punkt bleibt ungewiß, obwohl wir auf dem Planeten beobachtet haben, daß der Transporter nur auf diese Weise verwendet wurde.«

»Die Kirse haben ihre Türen also fortgebeamt beziehungsweise retransferiert?« fragte Janeway. »Und wo verstauten sie die entmaterialisierte Substanz? In einem Strukturspeicher?«

Torres schüttelte den Kopf. »Ich weiß es nicht. Eigentlich sollte das der Fall sein, aber das geortete energetische Niveau scheint dafür nicht zu genügen. Entweder sind die Strukturspeicher sehr gut abgeschirmt, oder die Kirse haben die Türen einfach von einem Ort zum anderen transportiert.« Sie blickte wieder auf ihren Datenblock. »Ich sollte auch darauf hinweisen, daß wir in den Türbereichen weder Sicherheitssysteme noch irgendwelche besonderen Merkmale geortet haben.«

»Wenn ich Sie richtig verstanden habe«, sagte Janeway langsam, »wollen Sie auf folgendes hinaus: Die Kirse haben etwas, dessen Funktion zwischen einem Transporter und *was* angesiedelt ist?« Sie starrte auf die Zahlen im Display.

»Ich weiß es nicht«, meine Torres. »Interessant erscheint mir folgendes: Emissionsmuster, Konfiguration des Strahls, Phasenlänge … Alles deutet darauf hin, daß die Kirse an einem eigenen System arbeiteten, wobei sie von Basisprinzipien ausgingen, die mir unbekannt sind. Doch dann scheint ihnen jemand von unserem System erzählt zu haben. Dafür kommt nur einer in Frage: Revek.«

»Ich hätte erwartet, daß Revek mehr von unserem Transporter weiß«, gab Janeway zu bedenken.

»Als er für uns arbeitete – für den Maquis –, war Revek ein Computertechniker. Außerdem gehörte er nie zu Starfleet. Vielleicht hat er nicht mehr als nur das Minimum über unser Transportersystem erfahren – was nicht genügt, um es zu duplizieren.«

Das ergab durchaus einen Sinn, fand Janeway.

»Ich halte diese beiden Faktoren für wichtig, Captain«, sagte Tuvok. »Außerdem haben sie eine gewisse Bedeutung für unsere Sicherheit.«

Das ist eine typisch vulkanische Untertreibung, dachte Janeway und lächelte. Ihre mimische Reaktion schien Tuvok zu verwirren. Nach zwei oder drei Sekunden beschloß er, ihr keine Beachtung zu schenken.

»Erstens: Ich glaube, bis wir einen Beweis für das Gegenteil haben, sollten wir davon ausgehen, daß Mr. Revek für die Kirse arbeitet, und zwar aus freiem Willen.«

Janeway verzog das Gesicht, nickte jedoch.

»Zweitens: Während wir auf dem Planeten sind, sollten wir daran denken, daß der Transporter auch eine Waffe sein kann. Bisher habe ich noch keine Möglichkeit gefunden, uns davor zu schützen.«

Janeway atmete tief durch, als entsprechende Vorstellungsbilder an ihrem inneren Auge vorbeizogen. Der Kirse-Transporter konnte tatsächlich eine recht wirkungsvolle Waffe sein. Sie dachte daran, wie ein mehrere Tonnen schweres Wandsegment über Feinden erschien und auf sie herabfiel oder wie plötzlich ein Teil des Bodens verschwand. Zugänge mochten sich für immer schließen, nachdem der Gegner in eine leere Kammer gelockt worden war.

»Irgendwelche Ideen?« fragte sie und verdankte es allein ihrer Starfleet-Disziplin, daß sie auch weiterhin ruhig sprach.

»Noch nichts, womit sich sofort etwas anfangen ließe«, sagte Tuvok. »Lieutenant Torres und ich arbeiten daran.« Er zögerte kurz. »Es gibt noch einen dritten Faktor.«

»Ach?«

»Die Kirse scheinen an einer Handelsvereinbarung mit uns interessiert zu sein – vielleicht deswegen, weil wir einen funktionierenden Transporter haben.«

»Oh.« Janeway lehnte sich zurück. Eine solche Möglichkeit mußten sie tatsächlich berücksichtigen – immerhin wußten die Kirse durch Revek, über welche Technik die Föderation verfügte. Und vermutlich war ihnen daran gelegen, das eigene System zu verbessern. »Unglücklicherweise bleibt uns kaum eine Wahl, Mr. Tuvok. Kennen Sie den letzten Bericht der Krankenstation?«

»Ja.« Der Vulkanier nickte knapp. »Offenbar sind wir in keiner guten Verhandlungsposition.«

Janeway rang sich ein Lächeln ab, womit sie Tuvok einmal mehr verwirrte. »Wir müssen irgendwie das Beste daraus machen.«

»Captain ...«, sagte Torres. »Bitte um Erlaubnis, mich der Landegruppe anschließen zu dürfen.«

Janeway schüttelte den Kopf. »Nein.«

»Wenn ich mitkomme, hätte ich vielleicht Gelegenheit, mehr Daten über den Kirse-Transporter zu gewinnen, Captain. Inzwischen weiß ich, wonach es Ausschau zu halten gilt.«

Janeway schüttelte erneut den Kopf. »Bereiten Sie einen Tricorder für die notwendigen Sondierungen vor,

Lieutenant Torres. Einer von uns nimmt das Gerät mit. Es liegt mir nichts daran, auch die Chefingenieurin in Gefahr zu bringen, abgesehen vom stellvertretenden Kommandanten und dem Sicherheitsoffizier.«

Torres öffnete den Mund und schloß ihn wieder, als sie begriff, was diese Worte bedeuteten.

»Oh«, sagte sie leise. Und dann, mit etwas mehr Nachdruck: »Na schön, Captain. Ich bereite einen Tricorder vor.«

»Danke, Lieutenant Torres.« Janeway stand auf. »Übrigens: Sie haben gute Arbeit geleistet – Sie beide.«

5

Die Landegruppe und B'Elanna Torres hatten sich in einem neben dem Transporterraum gelegenen Zimmer eingefunden. Auf Janeways Anweisung hin mußten alle – auch der ehemalige Maquisard – Galauniformen tragen. Dadurch waren zwar einige weitere Vorbereitungen erforderlich geworden, aber Janeway bedauerte ihre Entscheidung nicht, als sie nun das Ergebnis betrachtete. Die würdevollen Uniformen kündeten von der Macht der Föderation – obgleich diese Demonstration hier im Delta-Quadranten rein symbolischer Natur war. Aber was noch wichtiger war: Sie erinnerten an die Protokolle, denen bei der Begegnung mit einem fremden Volk große Bedeutung zukam. Vielleicht waren sie jetzt, fern der Heimat, noch wichtiger als jemals zuvor. Janeway rückte den steifen Kragen ihrer Uniformjacke zurecht und straffte die Gestalt. Wortlos gestand sie sich Stolz auf ihre Begleiter ein. Es waren hervorragende Leute, die besten, mit denen sie jemals zusammengearbeitet hatte. Das galt auch für die ehemaligen Maquisarden, die ihre Starfleet-Ausbildung mit praktischer Erfahrung vereinten. Sie konnten von Glück sagen, daß die *Voyager* Chakotays Schiff in den Delta-Quadranten gefolgt war.

»Meine Herren ...«, sagte sie, und die anderen sahen sie an. Tuvok und Chakotay unterbrachen sofort ihr leises Gespräch, und Kim richtete sich zu seiner vollen Größe auf. In der Galauniform wirkte er ein wenig älter;

sie verlieh ihm ein reiferes Erscheinungsbild. Er stand ganz gerade, ohne direkt Haltung anzunehmen.

Janeway bedachte ihn mit einem anerkennenden Lächeln. »Ich nehme an, Sie konnten sich alle mit den Einsatzinformationen befassen.«

Zustimmendes Murmeln wurde laut. »Der medizinische Bericht war nicht sehr ermutigend«, kommentierte Chakotay.

Janeway lächelte humorlos. »In der Tat. Wir haben keine Wahl mehr, und das ist einer der Gründe, warum ich die Einladung zum Essen angenommen habe.« Sie holte tief Luft. »Der Bericht dürfte klar genug gewesen sein, aber ich möchte es noch einmal betonen: Wir müssen hier neuen Proviant aufnehmen. Bis wir einen anderen Planeten der Klasse M erreichen – vorausgesetzt, daß wir überhaupt einen finden –, wären wir ernsthaft krank, wahrscheinlich sogar tot. Uns bleibt nichts anderes übrig, als unter allen Umständen zu versuchen, gute Handelsbeziehungen mit den Kirse zu knüpfen.«

Bei diesen Worten beobachtete Janeway Anzeichen von Unruhe bei Kim, aber sie ging nicht darauf ein, fuhr statt dessen ruhig fort: »Unsere andere Besorgnis besteht darin, daß sich der Kirse-Transporter eventuell als Waffe einsetzen läßt. Lieutenant Torres hat versucht, den Strahl und das ihm zugrunde liegende System zu analysieren, aber es fehlen noch Daten. Mr. Kim, haben Sie den von Torres programmierten Tricorder?«

»Ja, Captain.« Der junge Fähnrich klopfte auf seinen Gürtel.

»Er ist auf passives Sondieren justiert«, erläuterte B'Elanna Torres. »Ein aktiver Scan mit entsprechender Aufzeichnung beginnt, sobald die Sensoren in einer Entfernung von weniger als zwanzig Metern einen Transporterstrahl der Kirse orten. Wenn der passive Modus bestehen bleibt, Kim, können Sie die Kontrollen auch manuell bedienen, indem Sie ...«

»Ich weiß«, unterbrach Kim die Chefingenieurin. Ein verlegenes Lächeln verbannte die Schärfe aus seinen Worten. »Ich habe es schon verstanden, als Sie es zum erstenmal erklärten.«

Torres' Miene verdunkelte sich kurz, aber sie beherrschte sich und nickte. »Na schön. Dann besorgen Sie mir ordentliche Daten.«

»Ich werde mir alle Mühe geben«, erwiderte Kim und sah wieder zu Janeway. »Es ist alles bereit, Captain.«

»Gut.« Janeway bemerkte, daß der Tricorder halb unter der Uniformjacke verborgen blieb. »Aber durch das Sammeln von Daten dürfen unsere Beziehungen zu den Kirse nicht gefährdet werden. In Hinsicht auf die Sicherheitsfragen halten wir uns an das Standardprotokoll.«

»Wir sind hier die ganze Zeit über in Bereitschaft«, sagte Torres mit Nachdruck. »Captain, es wäre mir wirklich lieber, wenn Sie mich anstelle von Chakotay mitnähmen.«

»Kommt nicht in Frage.« Janeway vernahm den fast brüsken Klang ihrer Stimme und begriff auch den Grund dafür: Es lag zum Teil an ihrer eigenen Ungewißheit. Torres hatte keine Erfahrung darin, das Kommando über die *Voyager* zu führen. Schlimmer noch: Ein Teil der Starfleet-Crew mißtraute ihr, jene kleine Minderheit, die Anstoß daran nahm, daß sie zum Chefingenieur befördert worden war und nicht der Starfleet-Offizier Lieutenant Carey. Aber wenn die Kirse angriffen und die Landegruppe eliminierten ... Dann brauchte die *Voyager* ihren Chefingenieur an Bord, um das Schiff zu verteidigen – und um dafür sorgen, daß die Replikatoren und das Triebwerk auch weiterhin funktionierten. Janeway schob den Gedanken beiseite, daß sie B'Elanna damit eine fast unmöglich zu bewältigende Aufgabe überließ – die Vorstellung, daß sie dann gar nicht mehr imstande war, sich Sorgen darüber zu machen, brachte kaum Trost.

»Wir haben bereits darüber gesprochen«, sagte sie sanfter. »Ich brauche Sie an Bord des Schiffes.«

»Aye, Captain«, erwiderte Torres mit einer Kühle, die auf ihre Verärgerung hinwies. Wenigstens hatte sie ihr überschäumendes Temperament diesmal unter Kontrolle.

»Dann lassen Sie uns aufbrechen.« Janeway betrat den Transporterraum. »Die Kirse warten auf uns.«

Torres kümmerte sich selbst um den Transfer, und der Transporterchef sah ihr dabei ohne Neid zu. Er gehörte zu Starfleet, und Janeway nahm sein Verhalten mit Zufriedenheit zur Kenntnis. Offenbar hatte Torres wenigstens einige Mitglieder der technischen Crew von ihren Qualitäten überzeugt. Das vertraute Summen des Transporters unterbrach diese Überlegungen, und schlagartig veränderte sich die Umgebung. Um Janeway herum erstreckte sich nicht mehr der Transporterraum, sondern ein von Zwielicht umhüllter Hof. Tuvok behielt recht: Dieser offene Bereich war etwa dreimal so groß wie jener Raum, in dem die erste Begegnung mit den Kirse stattgefunden hatte. Pflanzen wuchsen hier ebenso üppig wie in den weiten Gartenanlagen außerhalb der Zitadelle. Weiße Blüten, so groß wie eine Hand mit gespreizten Fingern, krochen aus schwarzen Schoten und öffneten sich. Janeway beobachtete, wie sich eine von ihnen entfaltete und in einer leichten Brise erzitterte. Sie hörte fließendes Wasser, roch kühle Feuchtigkeit im verblassenden Licht, drehte den Kopf und sah einen runden Brunnen. In dem flachen Becken bildete buntes Metall ein Muster, das fast wie eine Windrose wirkte.

»Es ist wunderschön«, sagte Kim. Janeway wandte sich ihm zu, woraufhin er errötete. »Entschuldigen Sie bitte, Captain.«

»Oh, Sie haben recht.« In der Ferne, zwischen einigen Bäumen, deren Farbe und Form an Kerzen erinnerte, sah Janeway vier Kirse. Begleitet von Revek, schritten sie über den Kiesweg und näherten sich. »Es ist wirklich wunderschön.«

»Danke«, sagte Unnachgiebig. »Thilo meinte, es würde Ihnen gefallen, hier zu speisen.«

Janeway nickte dem Mann zu, der neben Nachtgeflüster stand. Ein dünnes Lächeln umspielte ihre Lippen. »Sie haben eine gute Wahl getroffen, Mr. Revek.«

»Freut mich, daß Sie zufrieden sind, Captain.« Revek sah zu Unnachgiebig und schien ein lautloses Zeichen zu empfangen. »Ich möchte Ihnen unsere Gruppe vorstellen. Unnachgiebig und Nachtgeflüster kennen Sie bereits. Dies sind Schlüsselhüter und Schönes Sehen.«

Janeway nickte höflich. Die Kirse ähnelten sich sehr; selbst das Vorhandensein oder Fehlen von Flügeln half kaum, sie voneinander zu unterscheiden. Unnachgiebig und Schlüsselhüter sahen für sie völlig gleich aus und ließen sich nur auseinanderhalten, weil Unnachgiebig ein wenig größer war. Der einzige Unterschied zwischen Schönes Sehen und Nachtgeflüster bestand offenbar in der Farbe ihrer Umhänge.

»Dies sind der Erste Offizier Chakotay und der taktische Offizier Tuvok. Den Einsatzoffizier Harry Kim kennen Sie bereits.«

Unnachgiebig verneigte sich würdevoll, und die anderen Kirse folgten seinem Beispiel. Anschließend neigte er den Kopf zur Seite und musterte Tuvok mit unverhohlener Neugier. »Sie sind nicht vom gleichen Muster wie die anderen? Handelt es sich um einen Funktionsunterschied?«

»Ich bin Vulkanier«, sagte Tuvok, und seine Stimme klang dabei strenger als sonst. »Das hat nichts mit meiner Position an Bord der *Voyager* zu tun.«

»Ich habe Ihnen von Vulkaniern erzählt«, warf Revek ein.

Unnachgiebig warf ihm einen kurzen Blick zu. »Ich bitte um Entschuldigung. Trotz Thilos Schilderungen bin ich nicht mit Ihrer Spezies vertraut.« Er deutete zum Kiesweg, und plötzlich glühten Lichter an seinem Rand, kleine Lichter, die wie Flammen zitterten und gerade genügten, um den Pfad zu beleuchten. Gegen das Halbdunkel im Rest des Hofes richteten sie nichts aus. Eine Märchenlandschaft schien dadurch zu entstehen, wie die Feenreiche in Kinderbüchern. »Ich hoffe, meine Ignoranz beim Essen überwinden zu können. Wenn Sie bitte mit uns kommen würden ...«

»Selbstverständlich«, erwiderte Janeway und schritt neben Unnachgiebig. Einmal sah sie zurück und stellte fest, daß auch die anderen Paare bildeten. Revek ging rechts neben Unnachgiebig. Das Plätschern des Springbrunnens wurde leiser, als sie dem Verlauf des Pfads folgten. Auf den glatten Steinen schuf das Geräusch ihrer Schritte eine leise Melodie, die aus metallischen Geräuschen bestand – man hätte meinen können, sie wanderten auf kleinen, teilweise in Watte gehüllten Glocken. Um sie herum entfalteten sich weitere weiße Blumen. Janeway hielt aufmerksamer Ausschau und entdeckte die schwarzen Schoten praktisch überall, auch in den Büschen und Bäumen.

Revek bemerkte ihre Blicke und beugte sich ein wenig vor. »Dies ist der Nachtgarten. Besser gesagt: Derzeit ist es der Nachtgarten, während die Mondblumen blühen. So nenne ich sie, weil ich ihren richtigen Namen nicht aussprechen kann. Tagsüber ist dies der Brunnenhof, und glauben Sie mir: Dann sieht er ganz anders aus.«

»Ja, das glaube ich tatsächlich«, erwiderte Janeway beeindruckt. Ein seltsamer Duft ging von den Mondblumen aus, erinnerte sie an Seife. Die Luft war kühl und völlig unbewegt.

Janeway legte den Kopf in den Nacken und sah das Band der Milchstraße – ein Anblick, der nicht von den Lichtern am Wegesrand gestört wurde.

»Eine bessere Übersetzung wäre vielleicht ›Milchblumen‹«, sagte Unnachgiebig. »Immerhin stehen sie mit dem Galaxis-Schatten in Zusammenhang, den Sie ›Milchstraße‹ nennen, wie ich von Revek erfuhr. Er hat mir auch mitgeteilt, daß Milch immer weiß ist.«

»Sie blühen nur in einer Nacht«, meinte Revek. »Dann verwelken sie, um in der nächsten Nacht von einer anderen Blume ersetzt zu werden. Morgens, bevor die Kehrer kommen, bilden die Blütenblätter hier eine mehrere Zentimeter dicke Schicht.«

Janeway musterte ihn und wußte nicht recht, was sie antworten sollte.

Revek wandte sich an Unnachgiebig. »›Milchblumen‹ wäre vielleicht richtiger, aber es klingt nicht so gut.«

»Hier speisen wir«, verkündete Unnachgiebig.

Der Pfad endete an einem runden, gepflasterten Bereich, der das gleiche windrosenartige Muster aufwies wie der Brunnen. Tische wanderten heran, gefolgt von Sitzbänken und einer hohen, dünnen Säule auf Rädern. Es standen bereits Teller und Schalen bereit, doch mechanische Hände hielten sie fest. Janeway beobachtete, wie die Tische einen Halbkreis formten und die Säule ins Zentrum glitt. Arme wuchsen aus ihr, bildeten anmutige geschwungene Bögen. Fadenförmige Gebilde gingen davon aus und verschwanden im Boden. Wenige Sekunden später glitten weitere glühende Lichter daran entlang, geisterhafte Funken, die erstaunlich hell leuchteten. Janeway schnappte unwillkürlich nach Luft und hörte, wie Chakotay etwas murmelte.

»Captain …« Unnachgiebig deutete auf den am weitesten entfernten Tisch. »Lassen Sie uns speisen.«

Janeway folgte ihm zu dem Tisch und nahm vorsichtig auf einer der Sitzbänke Platz. Sie schien vollkommen stabil zu sein, aber nach den jüngsten Beobachtungen rechnete ein Teil der Kommandantin damit, daß sich die Bank wieder in Bewegung setzte. Eine metallene Hand hob sich vom Tisch, glänzte rosarot und goldgelb im Schein der funkelnden Lichter. Sie nahm den Deckel von der nächsten Schale, und Janeway bemerkte einen überraschend vertrauten Duft: Es roch nach Knoblauch, Zwiebeln und terranischem Gemüse. Ihr lief sofort das Wasser im Mund zusammen. Eine zweite, kleinere Hand – ihre Form erinnerte an eine Schöpfkelle, so wie die Hände der Geschöpfe in den Gärten – schob die Schale näher. Janeway griff nach ihrem Löffel, doch Unnachgiebig hielt sie zurück.

»Wenn Sie gestatten, Captain ...«

»Danke.« Janeway beobachtete, wie der Kirse ihren Teller mit Gemüse füllte. Sie fragte sich, ob die Tradition verlangte, daß sie ihn ebenfalls bediente. Doch Unnachgiebig nahm sich selbst eine Portion, und aus den Augenwinkeln sah sie, wie sich dieser Vorgang an den anderen Tischen wiederholte.

Unnachgiebig ließ die Schale los, und eine weitere kleine Hand schob sie Revek entgegen. Eine andere Schüssel, bronzefarben und mit silbernen Streifen versehen, kam nach oben und marschierte Janeway auf zwei verblüffend menschlichen Füßen entgegen. Ihr Inhalt – große, dunkelrote Körner – schwappte dabei von einer Seite zur anderen, ohne daß etwas über den Rand spritzte.

»Thilo mag dies sehr gern«, sagte Unnachgiebig. »Ich halte nicht viel davon, aber vielleicht gefällt es Ihnen.«

»Es ist getrocknetes Baumgummi«, erklärte Revek. »Der Geschmack liegt irgendwo zwischen Zitrone und Pfeffer. Ich fand die hiesigen Speisen zunächst ein wenig fade.«

»Danke«, sagte Janeway und fragte sich, ob diese Spezialität extra für Revek bestimmt war. Sie nahm einen Löffel davon, und anschließend wanderte die Schale zu dem Mann, der sich eine großzügigere Portion genehmigte.

»Es gibt auch Wein«, meinte Revek. »Aber er ist ziemlich stark.«

Er deutete auf ein hohes Glas, das neben Janeways Teller stand und eine gelbe Flüssigkeit enthielt, in der kleine Blasen emporstiegen. Sie trank einen Schluck – und hob beide Brauen. Der ›Wein‹ sah harmlos aus, wie terranischer Sekt, aber sein Alkoholgehalt entsprach dem von altem Whisky. Sie stellte das Glas wieder ab und beschloß, auf der Hut zu sein. Sofort kam ein kleiner, vogelartiger Apparat heran, um die kleine Menge zu ersetzen, die sie getrunken hatte. Mit dem leisen Klicken von Metall auf Metall neigte sich die Vorrichtung zurück und zog ein wenig die Beine ein, um ihre Haltung zu stabilisieren. Ein interessantes Gerät – zweifellos das Ergebnis einer hochentwickelten Technik. Aber wenn es die Gläser immer wieder auffüllte ... Dann waren die Gäste der Kirse am Ende der Mahlzeit zumindest beschwipst, wenn nicht gar vollkommen betrunken. Und in einem solchen Zustand ließ die Wachsamkeit nach. *Kein sehr schöner Trick,* dachte Janeway und fühlte, wie wieder Argwohn in ihr erwachte. Sie sah zu den anderen Mitgliedern der Landegruppe. Tuvok war ein erfahrener Offizier, und die Erlebnisse beim Maquis hatten Chakotay besondere Vorsicht gelehrt. Der junge Kim hingegen hatte gerade erst die Ausbildung an der Starfleet-Akademie hinter sich und mußte erst noch Erfahrungen sammeln. Janeway überlegte, ob sie ihn irgendwie warnen konnte, ohne die Kirse zu beleidigen. Der Fähnrich probierte den Wein, und sie schmunzelte unwillkürlich, als sie seinen schockierten Gesichtsausdruck bemerkte. Kim schluckte mühsam und lächelte sogar, als ein Kirse – Nachtgeflüster, vermutete die Kommandantin – einige Worte an ihn richtete. *Ich brauche mir keine Sorgen um ihn zu machen,* dachte Janeway und richtete ihre Aufmerksamkeit wieder auf den eigenen Tisch

Die Mahlzeit bestand aus vier weiteren Gängen, die sich ähnelten: Die Schüsseln enthielten entweder Geschmortes in der Art von Eintopf oder geröstetes Gemüse auf perlenartigem Korn, das Janeway ein wenig an selbstgebackenes Brot erinnerte. Zum Schluß mußte sie Revek recht geben. Für den menschlichen Gaumen waren die Speisen tatsächlich ein wenig fade, und die roten Körner fügten ihnen die notwendige Würze hinzu. Fleisch gab es nicht. Zumindest ließ sich nichts als tierisches Protein identifizieren. Allerdings vermutete Janeway, daß es sich bei einigen Gemüsesorten um Legumen handelte, die viel Protein enthielten. Das galt sicher auch für den Baumkäse, den Revek zuvor erwähnt hatte und der zu einem der Gänge gehörte. Die Kirse schienen all das zu haben, was die *Voyager* brauchte – es kam nur noch darauf an, eine Handelsvereinbarung zu treffen.

Janeway nahm noch einen Schluck vom sogenannten Wein, dessen Schärfe sie nach den viel sanfteren Aromen der Mahlzeit willkommen hieß. Sie richtete einen unauffälligen Blick auf Unnachgiebig, der bisher mit keinem Wort auf den Handel eingegangen war. Da Janeway noch immer sehr wenig von den Gepflogenheiten der Kirse wußte, hatte sie darauf verzichtet, dieses Thema von sich aus anzuschneiden. Statt dessen sprachen sie über Sternkonstellationen – Unnachgiebig schien eine Art Amateurastronom zu sein, wenn sie seine unvollständigen Hinweise richtig deutete. Einmal deutete er auf einen hellen blauweißen Fleck, einen nahen Nebel, die Geburtsstätte neuer Sonnen. Er zeigte Janeway auch einige sternartige Punkte am Firmament, die sich deutlich sichtbar bewegten – einzelne Verteidigungsplattformen im Orbit des Planeten. Einen Mond gab es nicht, und als Janeway von solchen Himmelskörpern erzählte, hörte Unnachgiebig mit großem Interesse zu. Immer wieder fühlte sie Reveks Blick auf sich ruhen und stellte fest, daß er auch die anderen Mitglieder der Landegruppe beobachtete. Eine gewisse Selbstgefälligkeit zeigte sich in seiner Miene, und sie schloß daraus, daß der Mann mehr wußte, als er verriet.

»Es war eine sehr angenehme Mahlzeit, Captain«, sagte Unnachgiebig und beanspruchte damit wieder Janeways Aufmerksamkeit. »Sollen wir uns vor dem Dessert ein wenig die Beine vertreten?«

»Gute Idee.« Janeway stand auf, ebenso wie die anderen. Revek sah sie an und lächelte erneut. Er hatte mehr Kirse-Wein getrunken als die anderen Menschen, schien jedoch nicht davon beeinflußt zu sein.

»Ich glaube, es wird Ihnen gefallen«, sagte Revek.

»Bestimmt«, erwiderte Janeway, ohne zu wissen, was er meinte.

Unnachgiebig winkte, und daraufhin hoben sich die Tische. Dutzende von Händen hielten Teller und Schüsseln fest, als die Tische losgingen, langsam erst, dann immer schneller. Die Sitzbänke folgten ihnen. Mit einem seltsamen metallenen Trippeln huschten ihre Beine über den Kiesweg. Unnachgiebig schenkte ihnen keine Beachtung und schlug eine andere Richtung ein. »Bitte kommen Sie mit, Captain ...«

Erneut folgte Janeway dem Kirse, der sie über einen anderen Pfad führte. Hinter sich hörte sie die anderen. Kleine Steine knirschten unter den Stiefeln der Starfleet-Offiziere, und gelegentlich erklangen ihre leisen Stimmen. Janeway hoffte, daß sie ebenso vorsichtig waren wie sie selbst. Rechts und links neben dem schmalen Weg glühten Lichter, nicht so hell wie jene, die beim Essen geleuchtet hatten. Sie zeichneten sich durch jenen bläulichen Ton aus, den Janeway von Biolumineszenz her kannte. *Möglicherweise ist ein großer Teil der Kirse-Technik organischer Natur*, dachte sie. Die Tische stellten zwar komplexe Maschinen dar, doch Struktur und Bewegungsmuster erinnerten an Tiere.

Sie brachten eine Kurve hinter sich, und weiter vorn zeigte sich ein blauweißer Glanz, so hell wie ein Vollmond. Im Zentrum einer Lichtung erhob sich ein silbergraues Gerüst, fast wie eine Harfe geformt. Allerdings wies das Metall Buckel auf, wie Knochen oder Bambus. Eine schimmernde Masse hing in diesem Gerüst, wirkte in der Dunkelheit fast so hell wie ein Warpkern. Tausende von kleineren und matteren Lichtern glitten auf der Oberfläche umher.

Janeway hielt unwillkürlich den Atem an, als ihr sanfter Wind den Geruch von Honig zuwehte.

»Das Dessert«, sagte Unnachgiebig, und die Kommandantin der *Voyager* glaubte, einen Hauch von Stolz in seiner Stimme zu hören. »Bitte bedienen Sie sich, Captain.«

Janeway zögerte. Die Diplomatie verlangte, daß sie der Aufforderung sofort nachkam, aber eine innere Stimme riet zu Vorsicht. »So etwas habe ich nie zuvor gesehen. Was ist das?«

Unnachgiebig blinzelte überrascht und schien ein wenig beunruhigt zu sein. Doch seine Antwort klang nicht gekränkt oder beleidigt. »Es ist ... Thilo sprach in diesem Zusammenhang von Honig. Wir beenden hiermit unsere Mahlzeiten.«

Janeway wählte ihre Worte mit großer Sorgfalt. »Jene Insekten, die auf der Erde Honig herstellen, teilen ihn nicht gern mit anderen. Außerdem können sie sich auf sehr wirkungsvolle Weise zur Wehr setzen. Haben Ihre Honigproduzenten nichts dagegen, wenn man ihnen etwas wegnimmt?«

»Wir haben sie so gezüchtet, daß sie mehr herstellen, als sie benötigen«, erwiderte Unnachgiebig. »Und sie sind nicht imstande, aggressiven Widerstand zu leisten.« Seine Miene umwölkte sich kurz. »Das kann ein Problem sein, allerdings nicht für uns, sondern für sie. Ich bitte Sie, Captain – probieren Sie davon.« Er trat vor, ins Licht ... der Insekten? Oder ging der Schein von der bienenstockartigen Masse im Gerüst aus? Obwohl angeblich keine Gefahr drohte, versteifte sich etwas in ihrem Innern, und sie rechnete halb damit, das Summen zorniger Insekten zu hören. Doch die kleinen Geschöpfe schenkten dem Kirse keine Beachtung. Er streckte einen langen Finger aus, tastete vorsichtig und brach dann ein Stück von der Masse ab. Janeway nahm es von ihm entgegen und beobachtete, wie das Glühen immer mehr verblaßte. Ein einzelnes Insekt hockte noch auf dem Stück, und sein blau leuchtender Leib pulsierte langsam. Janeway betrachtete es neugierig. Der Körper war fast ebenso silbergrau wie das Gerüst – bestand er etwa aus Metall? Sie bekam keine Gelegenheit, Einzelheiten zu erkennen. Das Wesen breitete die Flügel aus, stieg auf und kehrte zu seinen Artgenossen zurück.

Die anderen Mitglieder der Landegruppe ließen sich von ihren Kirse-Begleitern leiten und brachen ebenfalls kleine Stücke von der schimmernden Masse ab. Janeway hob ihrs zum Mund und biß zögernd hinein. Der halbflüssige Inhalt war nicht so süß wie irdischer Honig und hatte einen angenehmen bitteren Beigeschmack.

»Auch die Wabe kann man essen«, sagte Revek.

»Schmeckt ausgezeichnet«, entgegnete Janeway.

Chakotay trat an ihre Seite. »Als ich ein kleiner Junge war, machten wir uns manchmal auf die Suche nach Honig. Mit solchen Bienen wäre alles viel einfacher gewesen.«

Der andere flügellose Kirse, der Chakotay beim Essen Gesellschaft geleistet hatte – Schlüsselhüter, erinnerte sich Janeway –, kam näher und nickte ihr einen Gruß zu, bevor er sich an den Ersten Offizier wandte. »Diese Bienen waren einst wesentlich unfreundlicher. Nun, jeder Fortschritt bringt Veränderungen.«

»Tatsächlich?« Janeway sah Schlüsselhüter an, der jedoch schwieg. Die Antwort kam von Unnachgiebig.

»Ja. Nun, dies könnte Teil einer Vereinbarung zwischen uns sein.«

Endlich kommen wir zur Sache, dachte Janeway und versuchte, nicht zu erfreut zu wirken. »Glauben Sie?«

»Vermutlich sind Sie an unseren Nahrungsmitteln interessiert«, sagte Unnachgiebig.

»Ja.« Janeway hielt es für falsch, schon jetzt Einzelheiten zu nennen. Sie wollte erst herausfinden, was die Kirse als Gegenleistung verlangten. Aus den Augenwinkeln beobachtete sie, wie der Rest ihrer Gruppe Aufstellung bezog. Selbst unter diesen Umständen gelang es Tuvok, würdevollen Ernst auszustrahlen, obwohl ein Wabenstück blaues Licht über seine Hand tropfen ließ. Kim leckte sich einige Honigreste von den Fingern, doch seine Aufmerksamkeit galt Unnachgiebig.

»Hier gibt es viel, das Sie gebrauchen könnten«, fuhr der Kirse fort. »Ich habe nichts gegen den Handel mit Personen – vorausgesetzt, der Handel ist gerecht und offen. Ich bin bereit, Ihnen sowohl Nahrungsmittel als auch Wurzelableger anzubieten, falls Sie damit an Bord Ihres Schiffes etwas anfangen können. Der Preis dafür ist gering. Ich möchte nur alle Informationen, die nötig sind, um Ihren Transporter nachzubauen.«

Janeway zögerte und stellte fest, daß Falten in Tuvoks Stirn entstanden. Die Vermutungen des Vulkaniers erwiesen sich also als richtig – was eigentlich keine große Überraschung war. Aber Janeway hatte noch immer nicht entschieden, welche Antwort sie geben sollte.

Unnachgiebig neigte den Kopf zur Seite. »Es ist eine Frage der Sicherheit. Thilo hat Ihnen gegenüber die Andirrim erwähnt, die unser Hauptproblem sind. Aber es gibt auch noch andere Tiere, die von Zeit zu Zeit angreifen. Sicher haben Sie unseren Verteidigungsgürtel gesehen.«

»Die Plattformen«, sagte Revek.

Unnachgiebig warf ihm einen durchdringenden Blick

zu, dessen Bedeutung Janeway nicht zu erfassen vermochte. »Sie müssen regelmäßig gewartet werden«, fuhr er fort. »Unglücklicherweise wissen das auch die Andirrim. Sie warten auf die entsprechenden Shuttles und nehmen sie unter Beschuß. Aufgrund von mangelnder Wartung entstehen Lücken im Verteidigungssystem, und das nutzen die Andirrim für Überfälle auf den Planeten aus.« Er lächelte kurz. »Es ist Ihrer Aufmerksamkeit sicher nicht entgangen, daß ...« Unnachgiebig unterbrach sich, pfiff leise und sah Revek an.

»Silberhammer«, sagte der Mann.

»Es ist Ihrer Aufmerksamkeit sicher nicht entgangen, daß Silberhammer einen Strahl geschaffen hat, der Materie bewegen kann, aber nur von gewisser Art. Lebende Geschöpfe lassen sich damit nicht von einem Ort zum anderen befördern – zumindest dann nicht, wenn sie lebendig bleiben sollen.« Erneut neigte Unnachgiebig den Kopf zur Seite. »Ich stelle Ihnen gern alle benötigten Nahrungsmittel zur Verfügung, doch an meinem Preis ändert sich nichts.«

»Ich verstehe«, erwiderte Janeway und beschloß, Zeit zu gewinnen. »Um ganz ehrlich zu sein: Etwas in dieser Art haben wir nicht erwartet. Wir dachten, daß Ihr Transporter so funktioniert, wie es Ihren Wünschen entspricht.«

»Mich überrascht insbesondere, daß Sie die erforderlichen Informationen nicht von Mr. Revek bekommen konnten«, fügte Tuvok hinzu.

Revek lachte.

»Thilos Fähigkeiten beziehen sich in erster Linie auf Computer«, sagte Unnachgiebig und sprach in dem gleichen ernsten Tonfall wie zuvor der Vulkanier. »Mit der technischen und theoretischen Grundlage unseres Transporters kennt er sich nicht aus. Außerdem wurde sein Schiff beim Absturz schwer beschädigt.«

»Mit einem funktionstüchtigen Transporter wäre ich

in der Lage gewesen, mich einfach auf den Planeten zu beamen«, meinte Revek.

Unnachgiebig achtete nicht auf diesen Hinweis. »Er hat versucht, uns zu helfen, aber leider war die Entwicklung unseres Transporters über das gegenwärtige Stadium hinaus unmöglich.«

»Ich verstehe«, sagte Janeway. »Wir sind natürlich daran interessiert, eine Vereinbarung mit Ihnen zu treffen, denn Ihre Nahrungsmittel schmecken nicht nur gut, sondern enthalten auch alle Nährstoffe, die die Angehörigen meines Volkes brauchen. Vielleicht können wir Ihnen als Gegenleistung die technischen Daten unseres Systems anbieten.«

Unnachgiebig runzelte andeutungsweise die Stirn. »Ich würde es vorziehen, von Ihnen nicht nur die technischen Daten zu bekommen, sondern auch ein einsatzfähiges Gerät.«

»Ich fürchte, das ist unmöglich«, entgegnete Janeway. »Wir wären eventuell imstande, einige der wichtigsten Komponenten für Sie zu replizieren. Nach dem, was wir bisher von Ihrer Technik gesehen haben, sollte es Ihnen keine Schwierigkeiten bereiten, den Rest selbst zu konstruieren.«

»Vielleicht ...« Unnachgiebig brach ab, als sich Schlüsselhüter zu ihm beugte und etwas in der Kirse-Sprache murmelte. Kurz darauf nickte Unnachgiebig und sah zu Janeway. »Nun, die Details müssen noch ausgearbeitet werden, aber kann ich davon ausgehen, daß wir uns grundsätzlich einig sind?«

Janeway nickte langsam. »Wir brauchen neuen Proviant, und Sie möchten den Transporter. Es sollte möglich sein, eine Vereinbarung zu treffen.«

»Dann möchte ich Ihnen folgendes vorschlagen«, sagte Unnachgiebig. »Beauftragen Sie jemanden aus Ihrer Crew damit, unser Angebot zu prüfen. Die Früchte der ersten Ernte sind reif; ich bin sicher, Sie werden bei uns alles finden, was Sie brauchen. Und dann können Sie mir sagen, ob Sie nicht ebenfalls glauben, daß unsere Nahrungsmittel den verlangten Preis wert sind.«

»Darum geht es gar nicht«, erwiderte Janeway. »Ich muß dabei unsere eigene Situation berücksichtigen. Unsere Vorräte sind begrenzt, und sicher wissen Sie von Mr. Revek, welche gewaltige Entfernung uns von den Heimathäfen in der Föderation trennt. Wir könnten Ihnen nur dann Komponenten unseres Transporters zur Verfügung stellen, wenn Ihnen eine Möglichkeit bekannt ist, innerhalb kurzer Zeit den Alpha-Quadranten zu erreichen.«

»Leider sehen wir uns außerstande, Ihnen so etwas anzubieten«, sagte Unnachgiebig und lächelte. »Ich bin – nicht ohne Anteilnahme – in bezug auf Ihre Schwierigkeiten. Andererseits: Die Andirrim stellen ein ärgerliches Problem dar, das für immer gelöst werden sollte.«

»Nun«, entgegnete Janeway, »mit Ihrer Erlaubnis schicke ich morgen einige meiner Leute zu Ihnen, mit dem Auftrag, Ihre Nahrungsmittel zu prüfen. In der Zwischenzeit spreche ich mit meinen Offizieren darüber, auf welche Weise wir einen Kompromiß schließen könnten. Anschließend treffen wir uns erneut.«

»Einverstanden.« Unnachgiebig blickte über die Schulter. »Thilo kann Sie begleiten.«

»Gut.« Janeway hielt Reveks Präsenz nicht unbedingt für wünschenswert, aber sie sah keinen Sinn darin, Einwände zu erheben. »Ich danke Ihnen für das köstliche Essen, Unnachgiebig. Morgen früh setzen wir uns wegen der Analysen mit Ihnen in Verbindung.«

»Wie Sie wünschen, Captain.« Der Kirse faltete die Hände und verneigte sich tief.

Die Kommandantin klopfte auf ihren Insignienkommunikator. »Janeway an *Voyager*. Vier Personen für den Transfer.«

Trotz der Erschöpfung schlief Janeway in jener Nacht nicht besonders gut. Ein Teil ihres Unterbewußtseins beschäftigte sich mit der *Voyager*, ein anderer mit der Transporterfrage. In ihren wirren Träumen lief sie über Pfade, die durch Kirse-Gärten führten, auf der Suche nach oder verfolgt von Polstermöbeln, die mit dem Akzent britischer Aristokraten sprachen. Unter diesen Umständen war sie fast erleichtert, als der Computer das Wecksignal erklingen ließ. Einen gewissen Trost fand sie, als sie im Bereitschaftsraum die hohlwangigen Mienen der Männer sah, die sie am vergangenen Abend auf den Planeten begleitet hatten. Sie sah sich am Tisch um, froh darüber, eine Besprechung aller Führungsoffiziere angeordnet zu haben.

»Sie sehen müde aus, Chakotay«, sagte sie. »Wie haben Sie geschlafen?«

Der Erste Offizier hob überrascht den Kopf, als Janeway am Tisch Platz nahm. Er war es nicht gewohnt, daß sie so persönliche Fragen stellte.

»Nicht sehr gut, Captain.«

Janeway nickte. »Und Sie, Mr. Kim?«

Der junge Fähnrich errötete. »Auch ich habe nicht besonders gut geschlafen, Captain. Wegen einer, äh, Magenverstimmung.«

Paris drückte es deutlicher aus. »Ihm war hundeelend.«

»Interessant«, kommentierte Janeway, ohne von ihren eigenen nächtlichen Erlebnissen zu berichten. »Ich möchte, daß Sie nach dieser Besprechung die Krankenstation aufsuchen – damit wir ganz sicher sein können, daß die Nahrung der Kirse keine für uns schädlichen Substanzen enthält.«

»Ja, Captain«, bestätigte Kim.

»Seit einiger Zeit ist unsere Ernährung ziemlich schlecht«, gab Chakotay zu bedenken. »Vermutlich liegt es daran.«

Janeway nickte. »Ja, das ist wahrscheinlich der Grund. Aber wir sollten auf Nummer Sicher gehen.«

»In Ordnung, Captain.« Chakotay lehnte sich zurück.

»Nun …« Janeway preßte die Fingerspitzen aneinander und bedauerte, daß sie sich keinen Kaffee leisten konnte – es hätte zu sehr nach einem maßlosen Luxus ausgesehen, eine Replikatorration dafür zu vergeuden. Erneut sah sie sich am Tisch um. Die Leiter aller Abteilungen waren zugegen, mit der Ausnahme des holographischen Arztes. Ihr Blick verweilte bei Kes, die wie üblich neben Neelix saß. Doch bevor sie eine Frage stellen konnte, erhellte sich ein Wandschirm, und im Projektionsfeld erschien die wie fast immer verdrießlich wirkende Miene des Doktors.

»Gut«, sagte Janeway. »Jetzt sind alle da.«

Der Holo-Arzt erwiderte ihren Blick unbeeindruckt, und einmal mehr fragte sie sich, wer bei der Programmierung seines Verhaltensmusters als Vorbild gedient hatte.

»Zentraler Punkt ist das Angebot der Kirse«, fuhr sie fort. »Wie Sie wissen, wollen sie ihre Nahrungsmittel gegen Transporter-Komponenten eintauschen – gegen Hardware, die es ihnen erlaubt, ihre eigene Version unseres Transporters zu bauen. Ich habe geantwortet, daß wir zunächst die zur Verfügung stehenden Lebensmittel prüfen werden, bevor wir ein eigenes Angebot unterbreiten. Mr. Paris und Mr. Kim werden sich auf den Planeten beamen, um die notwendigen Analysen vorzunehmen. Das heißt, falls es Ihnen inzwischen wieder besser geht, Mr. Kim.«

»Ja, Captain, ich habe mich erholt.« Erneut huschte Verlegenheitsröte durchs Gesicht des jungen Fähnrichs, und Janeway verbarg ihre Erheiterung.

»Gut. Ich bitte um Kommentare in Hinsicht auf den Vorschlag der Kirse.«

Einige Sekunden lang blieb alles still. Neelix drehte

den Kopf von einer Seite zur anderen. »Nun, wenn niemand etwas zu sagen hat, so ergreife ich das Wort. Meiner Meinung nach sollten wir das Angebot der Kirse sofort annehmen und froh sein, daß sie nichts Wichtigeres verlangen.«

Torres holte zischend Luft, und es fiel ihr sichtlich schwer, sich zu beherrschen. Neelix breitete die Arme aus. »Was habe ich denn Schlimmes gesagt? Mir gegenüber haben Sie selbst darauf hingewiesen, daß wir sogar zwei oder drei Transporter verlieren könnten, ohne daß sich dadurch größere Schwierigkeiten für uns ergeben.«

»Das Transportersystem ist redundant«, brachte Torres zwischen zusammengebissenen Zähnen hervor. »Deshalb bleibt die Funktionsbereitschaft unter normalen Umständen selbst dann erhalten, wenn mehrere Transporter ausfallen.« Sie sah zu Janeway. »Aber wenn wir die nächsten siebzig Jahre damit verbringen, zum Alpha-Quadranten zu fliegen, können wir es uns nicht leisten, irgendwelche technischen Komponenten zu verschenken – oder gewissermaßen als Zahlungsmittel zu verwenden. Um es ganz klar zu sagen: Es gibt keine Ersatzteile. Wir können nicht einfach die nächste Starbase ansteuern, um defekte Teile austauschen zu lassen. Deshalb dürfen wir uns nicht von Dingen trennen, die wir vielleicht in einigen Jahren für Reparaturen brauchen.«

»Das ist auch meine Ansicht«, pflichtete Tuvok der Chefingenieurin bei. »Wie dem auch sei: Vielleicht geben sich die Kirse mit weniger als einer kompletten Hardware-Ausstattung zufrieden.«

»Ja«, sagte Chakotay. »Ihre Technik ist leistungsfähig genug, um ein System zu schaffen, das dem unsrigen ähnelt. Andernfalls käme hier die Erste Direktive zur Anwendung.«

Janeway nickte. Darin bestand einer der wenigen Vorteile der gegenwärtigen Situation. Die Kirse waren ein hochentwickeltes Volk; es bestand also nicht die Gefahr, daß die Präsenz der *Voyager* maßgeblichen Einfluß auf ihre Kultur entfaltete.

»Allerdings ergibt sich dadurch möglicherweise ein Sicherheitsproblem«, wandte Chakotay ein. »Neelix' Schilderungen und Schlüsselhüters Bemerkungen beim Essen deuten darauf hin, daß die Kirse nicht an der Erforschung des Weltraums interessiert sind. Ihnen geht es allein um ihre eigene Welt und die Gärten.«

Neelix rutschte unruhig hin und her. »Das stimmt. Ich habe nie von einem Kirse gehört, der seine Heimatwelt verlassen hat. Nie. Es ist auch gar nicht nötig – alle kommen zu ihnen.«

Tuvok sah Chakotay an. »Ich glaube, ich verstehe, was Sie meinen. Die Kirse betreiben keine Raumfahrt, woraus folgt: Wir brauchten selbst dann nicht zu befürchten, den Vorteil unserer technischen Überlegenheit zu verlieren, wenn sie einen Föderationstransporter besäßen. Aber Sie befürchten, daß andere Völker die entsprechende Technik von den Kirse erhalten – woraufhin sie eine solche Ausbreitung findet, daß wir dadurch in Gefahr geraten.«

»Ja.« Chakotay breitete die Arme aus. »Es wäre zumindest denkbar.«

»Vielleicht könnten wir die Kirse dazu verpflichten, unsere Technik nicht weiterzugeben«, überlegte Janeway laut. Eine Sekunde später schüttelte sie den Kopf. »Nein, so etwas ließe sich nicht durchsetzen. Wir müßten ihnen einen kompletten Transporter geben und ihn versiegeln. Und selbst dann gäbe es keine Garantie dafür, daß die technischen Geheimnisse geschützt bleiben. Hinzu kommt: Es geht hier nicht nur um die Möglichkeit des Weiterverkaufs. Man denke nur an die Andirrim. Vielleicht stehlen sie bei ihrem nächsten Überfall nicht nur Nahrungsmittel, sondern auch unseren Transporter.«

»Der Kirse, der mir beim Essen Gesellschaft leistete –

Schönes Sehen –, bezeichnete die Andirrim als Tiere«, sagte Tuvok. »Allerdings meinte er auch, es seien ›schlaue Tiere‹, die erhebliche Schwierigkeiten verursachen könnten. Außerdem sind sie mit den Kazon-Ogla verbündet. Wir sollten nicht riskieren, daß ihnen unsere Transportertechnik in die Hände fällt.«

»Das finde ich auch«, ließ sich Janeway vernehmen. »Es sprechen also verschiedene Gründe dagegen, daß wir den Kirse Hardware verkaufen, und Sicherheitserwägungen hindern uns daran, ihnen Konstruktionspläne zu überlassen. Was bedeutet das für uns?«

»Es bedeutet, daß Sie auch weiterhin hungern müssen«, meinte der holographische Arzt vom Wandschirm. »Weil unsere Vorratskammern leer bleiben.«

»Vielen Dank, Doktor.« Janeway unterdrückte ihren Ärger. »Ich nehme an, die medizinische Situation hat sich nicht verändert, oder?«

»Zumindest nicht zum Besseren«, erwiderte der Arzt. »Um es ganz offen zu sagen: Uns bleibt keine andere Wahl, als hier neuen Proviant aufzunehmen. Andernfalls können Sie von Glück sagen, wenn beim Erreichen des nächsten Planeten der Klasse M noch genug gesunde Besatzungsmitglieder an Bord sind, um alle Stationen zu besetzen.«

»Er versteht es wirklich, einen aufzumuntern«, murmelte Paris gerade laut genug, damit ihn der Doktor hörte.

»Einer von uns muß realistisch bleiben. Und mir gefällt die Vorstellung nicht, an Bord eines Totenschiffes zu weilen, bis alle Energiereserven verbraucht sind.«

»Ich bitte Sie«, sagte Janeway.

Paris hatte den Anstand, zumindest ein wenig beschämt zu wirken, und der Doktor seufzte. »Tut mir leid, Captain. Aber die medizinische Situation steht dicht davor, ein kritisches Ausmaß zu erreichen.«

»Das ist mir klar. Wir können es uns also nicht leisten,

den Kirse Hardware zu überlassen, und mir wäre es lieber, ihnen keine kompletten Konstruktionsunterlagen auszuhändigen – die den Kazon-Ogla in die Hände fallen könnten. Aber wir brauchen neuen Proviant. Lieutenant Torres, können wir den Bewohnern des Planeten eine leistungsschwächere Version unseres Transporters geben?«

Torres runzelte die Stirn. »Ich wäre sicher imstande, die Reichweite zu begrenzen und für einen höheren Energieverbrauch zu sorgen, aber zuerst müßte ich wissen, um welche Beschränkungen es geht.«

»Wir haben keine Garantie dafür, daß die Kirse ein solches System akzeptieren würden«, sagte Chakotay, doch seine Stimme klang weniger pessimistisch als die Worte.

»Aber wenn sie den Transporter wirklich so dringend brauchen, wie es den Anschein hat …«, warf Kim ein. »Immerhin wollen sie ihn für die Wartung der Orbitalstationen einsetzen – es ist also eine Frage ihrer Sicherheit. Unter solchen Umständen gäben sie sich vielleicht mit einem System zufrieden, dessen Leistungsfähigkeit eingeschränkt ist …«

Er sprach nicht weiter, und Janeway nickte.

»Mr. Kim hat recht. Der springende Punkt für die Kirse dürfte darin bestehen, ob sie mit dem Transporter die Verteidigungsplattformen warten können oder nicht.«

»Selbst wenn sie bereit sind, sich mit solchen Beschränkungen abzufinden …«, wandte Chakotay ein. »Die Kirse könnten ein solches System als Ausgangspunkt für den Bau eines Transporters mit vollem Leistungspotential nehmen. Und dann hätten wir das gleiche Problem wie vorher.«

»In der Tat«, entgegnete Janeway. »Es sieht also folgendermaßen aus. Wenn wir den Kirse Transportertechnik in irgendeiner Form überlassen, so müssen wir davon ausgehen, daß sie daraus früher oder später ein Gerät entwickeln, das mit unserer Version vergleichbar ist. Anschließend müssen wir annehmen, daß andere Völker des Delta-Quadranten, darunter auch die Kazon-Ogla, irgendwann in den Besitz dieser Technik gelangen. Wir sind nur imstande, diesen Zeitpunkt hinauszuzögern – eine Möglichkeit, die es zu nutzen gilt.«

Chakotay nickte. »Das ist auch meine Meinung, Captain.«

»Ich schlage vor, wir machen den schlimmsten Fall zur Grundlage unserer Überlegungen«, sagte Tuvok. »In einem solchen Szenario gelingt es den Kirse innerhalb kurzer Zeit, unser System nachzubauen. Schließlich erbeuten es die Andirrim, und die Kazon-Ogla bekommen es von ihnen – ein Vorgang, der nach meinen Berechnungen etwa ein bis zwei Jahre dauern würde. Wir – die *Voyager* – blieben der Verbreitung dieser Technik um den gleichen Zeitraum voraus. Immerhin sollten wir dabei bedenken, daß die Kazon-Ogla nicht sehr großzügig mit Dingen umgehen, durch die sie Vorteile den anderen Kazon-Sekten gegenüber bekommen.« Er legte eine kurze Pause ein. »Das sind natürlich nur grobe Schätzungen. Ich werde eine Simulation durchführen, um genauere Zahlen zu ermitteln, aber ich dachte, die Situation erfordert eine rasche Übersicht.«

Kein Vulkanier ist imstande, »Ich habe nur geraten« zu sagen, dachte Janeway. »Nun gut. Lieutenant Torres, Sie und Mr. Tuvok analysieren die Erfordernisse eines Transportersystems, das für die Wartung der Orbitalstationen genügt. Wenn das erledigt ist, Lieutenant Torres, sollten Sie sofort mit der Entwicklung eines Transporters beginnen, dessen Leistung jenen Parametern entspricht. Unterdessen stellt Tuvok genauere Berechnungen an, um herauszufinden, wie lange die Kazon-Ogla brauchen würden, um einen funktionstüchtigen Transporter von den Kirse zu erhalten.«

Torres nickte und beugte sich bereits über ihren Datenblock. »Ja, Captain«, erwiderte sie ein wenig zu spät.

Tuvok bestätigte ebenfalls.

»Mr. Kim ...« Janeway wandte sich an den jungen Fähnrich. »Sobald der Doktor Sie untersucht und für diensttauglich befunden hat, beamen Sie sich mit Mr. Paris auf den Planeten und untersuchen die angebotenen Nahrungsmittel.«

»In Ordnung, Captain«, sagte Paris sofort, und Kim wiederholte die Worte nach kurzem Zögern.

Kim saß auf dem Rand der Diagnoseliege und hörte, wie Kes und Paris in der angrenzenden Kammer miteinander sprachen. Der holographische Arzt blickte nachdenklich aufs Wanddisplay.

»Nun«, sagte er schließlich, »ich glaube, Sie leiden nur an einer leichten Magenverstimmung.«

»Das habe ich gleich gesagt«, erwiderte Kim.

»Dann freut es mich, daß ich Ihre Diagnose bestätigen kann.« Der Doktor betätigte einige Schaltflächen. »Ich erhebe keine Einwände gegen Ihren Einsatz auf dem Planeten. Sie können gehen.«

Kim nickte und rutschte von der Liege herunter. Der Holo-Arzt sprach erst wieder, als er die Tür erreichte. »Ihr Zustand ist jetzt sogar besser als gestern abend. Die Mahlzeit scheint geholfen zu haben.«

»Danke«, sagte Kim überrascht, aber der Doktor sah auf den Computerschirm und achtete gar nicht mehr auf ihn. Der junge Fähnrich zuckte mit den Schultern und ging zu den anderen.

»Sind Sie bereit für das Abenteuer, Harry?« fragte Paris. Kes bedachte ihn mit einem kurzen Lächeln, trat dann an ihm vorbei und ging zum Holo-Arzt.

»Es ist alles in Ordnung mit mir«, erwiderte er und unterdrückte einen Anflug von Ärger. *Ich habe es gleich gesagt, aber niemand wollte auf mich hören.*

»Gut. Tuvok hat bereits mit den Kirse gesprochen – mit Schlüsselhüter. Man erwartet uns also. Der Captain meinte, wir sollten von hier aus sofort den Transporterraum aufsuchen.«

»Also los.« Kim setzte sich wieder in Bewegung.

Der Transportertechniker an den Kontrollen nickte dem Fähnrich zu, als sich die Tür öffnete. »Die Koordinaten sind eingegeben, Mr. Kim.«

Es fiel Kim schwer, keinen fragenden Blick auf Paris zu richten. Es gab noch immer einige Personen an Bord der *Voyager* – Ex-Maquisarden ebenso wie Starfleet-Angehörige –, die Paris ignorierten und sich weigerten, ihn wie einen Offizier zu behandeln. Der Navigator hielt es für besser, sich damit abzufinden – bis sich ein solches Verhalten negativ auf den Dienst auswirkte. Kim wußte, daß es ihm nicht immer leicht fiel. *Außerdem ist es nicht richtig,* dachte er. Doch dies war kaum der geeignete Zeitpunkt, um darauf zu sprechen zu kommen.

»Alles klar, Tom?« fragte er und trat auf die Transferplattform.

»Von mir aus kann's losgehen«, erwiderte Paris und lächelte schief.

»Bereitschaft«, sagte der Transportertechniker. »Koordinaten überprüft und bestätigt. Energie.«

Kim atmete tief durch und sah sich um. Die von den Kirse übermittelten Koordinaten betrafen einen weiteren offenen Bereich in der Zitadelle. Er erstreckte sich im Schatten des Turms und einer fensterlosen Mauer, die hundert Meter weit aufragte. Die anderen Wände wiesen Fenster auf, auch eine runde Tür, doch weit und breit war niemand zu sehen. Pflanzen fehlten hier. Im gepflasterten Boden zeigten sich goldene Linien; wo sie sich kreuzten, glänzten blaue Cabochons. Kim ging in die Hocke, um einen von ihnen aus der Nähe zu betrachten, richtete sich aber sofort wieder auf, als er eine Stimme hörte.

»Da sind Sie ja.« Thilo Revek kam durch die Tür, begleitet von zwei geflügelten Einheimischen. Offenbar handelte es sich um weibliche Kirse, denn unter dem dünnen Umhang zeichneten sich Brüste und breite Hüften ab. Kim hörte, wie Paris bewundernd seufzte.

»Machen Sie keine Dummheiten«, sagte er leise und trat vor. »Der Captain hat mit Unnachgiebig vereinbart, daß wir die Nahrungsmittel untersuchen sollen.«

»Ich bin als Dolmetscher hier«, erwiderte Revek. »Obwohl Sie meine Hilfe eigentlich gar nicht brauchen. Dies sind ...« Er unterbrach sich und sah die Kirse auf seiner linken Seite an. Mit einem trillernden Lachen reagierte sie auf seinen fragenden Blick. »Meine Güte, Unnachgiebig macht es mir wirklich nicht leicht. Na schön. Dies ist Harfe.« Er deutete auf die andere Kirse. »Und das ist Graurose.«

»Meine Aufgabe besteht darin, Ihnen in jeder Hinsicht zu helfen«, sagte Harfe zu Kim. Sie trillerte erneut, unterbrach sich dann und schüttelte den Kopf. »Graurose ist Paris zugewiesen.«

»Welch ein Glück für mich«, murmelte Paris. Lauter sagte er: »Freut mich, Sie kennenzulernen.«

Graurose nickte würdevoll, doch in ihren Augen brannte Neugier.

»Captain Janeway zeigte sich vor allem an Vielfalt interessiert«, meinte Harfe. »Deshalb führt unser Weg zu verschiedenen Anbauflächen. Die Untersuchungen wären bestimmt einfacher, wenn wir uns teilen. Sie und ich nehmen uns das Getreide unweit der ...« Sie zögerte kurz, schien nach dem richtigen Wort zu suchen. »... Zitadelle vor, während Graurose und Paris mit einem Shuttle zu den Gärten am See fliegen.«

Kim zögerte, und jähes Mißtrauen regte sich in ihm. Es war nie empfehlenswert, eine Landegruppe zu teilen, und in ihrer gegenwärtigen Situation erschien das besonders unklug – immerhin wußten sie kaum etwas über die Kirse, und auch Revek blieb ein Rätsel. Andererseits sah Kim keine Möglichkeit, den Vorschlag abzulehnen, ohne Harfe und Graurose zu beleidigen. *Die guten Beziehungen zu den Bewohnern dieser Welt dürfen nicht gefährdet werden*, dachte der junge Fähnrich, und das gab den Ausschlag. »Na schön«, sagte er und beobachtete, wie Reveks Lippen ein kurzes Lächeln formten. »Ich muß nur den Captain darüber informieren, daß wir anderes vorgehen als ursprünglich geplant.«

»Natürlich«, antwortete Harfe. Es schien sie zu überraschen, daß Kim gewissermaßen um Erlaubnis bat.

Ihr Verhalten verbannte einen Teil der Besorgnis aus ihm, und er klopfte auf seinen Insignienkommunikator. »Kim an *Voyager*.«

»Hier *Voyager*.«

Es erleichterte Kim, daß sich Janeway selbst meldete. »Captain ...« Er zögerte und fragte sich, wie er die Situation schildern sollte, ohne den Kirse zuviel preiszugeben. »Ich wollte Ihnen nur mitteilen, daß sich der Einsatzplan geändert hat. Mr. Paris sucht einen Ort auf, der ... Ich glaube, Sie sprachen in diesem Zusammenhang von den ›Gärten am See‹, nicht wahr?«

»Ja«, sagte Harfe.

»Ich arbeite in einem Bereich, der nicht weit von der Zitadelle entfernt ist«, fügte Kim hinzu.

Einige Sekunden lang herrschte Stille. Wenn Kim allein gewesen wäre, hätte er jetzt vielleicht die Finger gekreuzt.

»Na schön, Mr. Kim«, erwiderte Janeway schließlich. »Wir bleiben mit Ihnen beiden in Kontakt. *Voyager* Ende.«

Hat sie das Wort ›beiden‹ betont? fragte sich Kim. Er zweifelte kaum daran, daß die Kommandantin seine Botschaft verstanden hatte. »Nun gut, wir stehen zu Ihrer Verfügung«, sagte er zu Harfe. Eine Sekunde später bedauerte er, ausgerechnet eine derartige Formulierung gewählt zu haben.

Die Kirse schien sich der doppelten Bedeutung aber nicht bewußt zu sein. »Ausgezeichnet«, meinte sie und sah zu Graurose.

»Ich besorge uns ein Shuttle«, beantwortete Graurose die unausgesprochene Frage. »Und ich nehme Thilo mit.«

Harfe nickte. »Hier entlang, Kim.«

Sie winkte, und tief in dem Fähnrich versteifte sich etwas, als er das dumpfe Brummen des Kirse-Transporters hörte. In der hohen Mauer erschien ein Tor, höher und breiter als die sonst üblichen Türen. Durch die Öffnung sah Kim einen sanft geneigten Hang, der zu den Anbauflächen führte.

»Wir können ebenfalls ein Shuttle nehmen, wenn Sie möchten«, meinte Harfe in einem entschuldigenden Tonfall. »Aber der Weg ist nicht weit.«

»Ich gehe gern zu Fuß«, erwiderte Kim und sah zu Paris.

»Na schön«, sagte der Navigator. »Wir sehen uns hier wieder, und zwar in … Wie lange brauchen wir für die Untersuchungen, Graurose?«

»Vier Stunden sollten eigentlich genügen«, entgegnete die zweite Kirse. Ihre Stimme klang ein wenig heller als die von Harfe. Die beiden Kirse-Frauen sahen sich so ähnlich, daß man sie für Zwillinge hätte halten können. Waren sie tatsächlich Schwestern? Oder gab es bei den Bewohnern dieses Planeten einfach nur weniger individuelle Unterschiede als bei anderen Völkern?

»Wir sehen uns also in vier Stunden wieder, Harry.«

»In Ordnung«, sagte Kim.

Harfe deutete zur neuen Tür. »Wenn Sie mir jetzt bitte folgen würden …«

Unbehagen regte sich in dem Fähnrich, als er zusammen mit der Kirse durch einen langen Tunnel schritt.

Zwar war Harfe nicht sehr groß, aber die Spitzen ihrer Flügel berührten fast die Decke. Als sie den Tunnel verließen, entspannte sie sich ganz offensichtlich, und die perlgrauen Membranen ihrer Schwingen vibrierten. Hinter ihnen wiederholte sich das Brummen des Kirse-Transporters, und als sich Kim umdrehte, war die Tür verschwunden.

Harfe folgte seinem Blick. »Ich muß sie schließen«, sagte sie. »Andernfalls gelangen die Gärtner hinein.«

»Die Gärtner?« fragte Kim.

Harfe hob eine Schulter und deutete mit der Flügelspitze zur ersten Baumgruppe am Fuß des niedrigen Hügels. Dort bemerkte der Fähnrich mehrere jener tierartigen Geschöpfe, die sie schon während der ersten Erkundungen auf dem Planeten gesehen hatten. Sie hockten unter einem Baum, der voller Obst zu sein schien. Ein Geschöpf kratzte im Boden, während die anderen nach den Früchten tasteten, die an den oberen Zweigen hingen. Eins sprang nach einer Frucht, die größer war als alle anderen. Das Wesen hätte sie viel leichter erreichen können, wenn es so schlau gewesen wäre, mit einem in der Nähe liegenden Stock nach der Frucht zu schlagen.

Offenbar sind sie nicht intelligent, dachte Kim. *Vorausgesetzt, man definiert Intelligenz als die Fähigkeit, Werkzeuge zu verwenden.*

»Sie helfen«, sagte Harfe. »Aber sie können auch ein Ärgernis sein.«

Bevor Kim eine der vielen Fragen stellen konnte, die ihm auf der Zunge lagen, hob Harfe die Flügel und senkte sie ruckartig. Ein dumpfer Knall von verdrängter Luft ertönte. Die Geschöpfe sahen auf, und in ihren Augen glitzerte plötzliche Furcht. Sie sprangen über eine niedrige Hecke am Rand der Baumgruppe hinweg und verschwanden im hohen Gras der nächsten Anbaufläche.

»Warum haben Sie das getan?« fragte Kim. Es klang dumm, und er bedauerte sofort, solche Worte an die Kirse gerichtet zu haben.

Harfe wandte ihm ein ausdrucksloses Gesicht zu. »Sie wären nur im Weg gewesen.«

»Oh.« *Das stimmt vermutlich,* dachte Kim. *Aber hätte man das Problem nicht auf eine andere Weise lösen können?*

Harfe setzte sich in Bewegung, schritt über den Hang und hob dabei ein wenig die Flügel, um das Gleichgewicht zu wahren. Kim folgte ihr. »Die Gärtner, wie Sie sie nennen ... Allem Anschein nach sind sie ... modifiziert.«

Die Kirse bedachte ihn mit einem verwirrten Blick, und daraufhin fügte Kim hinzu: »Sie verfügen über metallene Komponenten, die fast wie ... Prothesen aussehen.«

»Oh, die Adaptionen.« Harfes Miene glättete sich, und sie neigte den Kopf zur Seite. »Was ist damit?«

Wo soll ich beginnen? dachte Kim. »Nun ... Was hat es damit auf sich? Warum statten Sie die Geschöpfe mit solchen Adaptionen aus, wenn sie nur ein Ärgernis sind? Wozu dienen sie?«

»Sie sorgen dafür, daß die Gärtner richtig funktionieren«, antwortete Harfe. »Man muß das zur Verfügung stehende Material auf die bestmögliche Weise nutzen.«

»Welchen Zweck erfüllen sie?« erkundigte sich Kim.

Harfe zuckte erneut mit den Schultern, wobei die Schwingen leise und ledrig knisterten. »Die Anbauflächen sind sehr groß, und es käme einer Verschwendung von Ressourcen gleich, wenn wir uns selbst um sie kümmern müßten. Diese Geschöpfe können adaptiert werden, sonst wären sie nutzlos. So ist alles viel effizienter.«

Sie erreichten den Fuß des Hügels und setzten den Weg über einen Kiespfad fort, der sich zwischen den Baumreihen erstreckte. Die Luft war unbewegt und warm, erfüllt vom Geruch des reifen Obstes. Kim schluckte und versuchte, dem verlockenden Duft keine Beachtung zu schenken. »Die metallenen Komponenten – die Maschinenteile – gewährleisten also, daß die Geschöpfe als ›Gärtner‹ agieren?«

»Ja.« Harfe nickte kurz und knapp, auf die Art der Kirse, griff dann ins Geäst des nächsten Baums und pflückte eine rosarote Frucht. »Hier. Das sollte die *Voyager* gebrauchen können. Gestern abend fanden Sie großen Gefallen daran.«

Kim bedachte sie mit einem durchdringenden Blick, als er die Frucht entgegennahm. »Sie waren nicht zugegen.«

»Es ist allgemein bekannt.«

Kim spürte erschrocken, wie ihm das Blut in die Wangen schoß. Er wußte, daß er am vergangenen Abend zuviel gegessen hatte, und allem Anschein nach war er deshalb bei den Kirse ins Gerede geraten. *Vielleicht haben sie uns genau beobachtet, weil sie wissen wollten, was uns am besten schmeckt*, vermutete Kim. *Mit solchen Informationen fällt es ihnen leichter, uns die richtigen Dinge anzubieten.*

Er richtete den Tricorder auf die rosarote Frucht, und die Anzeigen überraschten ihn nicht: Alle Werte waren positiv. Der Gehalt an wichtigen Vitaminen erwies sich sogar als sehr hoch. Trotzdem nahm Kim eine Probe und verstaute sie, um später eine genaue Analyse vorzunehmen.

»Den Rest der Frucht können Sie ruhig essen«, sagte Harfe.

Kim zögerte, doch der Duft war unwiderstehlich – erst recht dann, wenn man einige Wochen lang nichts anderes gegessen hatte als die von Neelix zubereiteten Speisen. *Wir sollten darauf achten, daß Neelix nicht zu viele Experimente mit den Nahrungsmitteln der Kirse anstellt*, fuhr es ihm durch den Sinn. *Er wäre imstande, solche Köstlichkeiten mit zuviel Gewürz zu verderben ...*

»Dort drüben wächst …« Harfe zögerte und suchte nach dem richtigen Wort. »Thilo sprach in diesem Zusammenhang von ›Purpurweizen‹. Vielleicht finden Sie ihn ebenfalls interessant. Jenem Bereich folgt ein Mustergarten mit Pflanzen aus verschiedenen Regionen des Planeten. Dort entdecken Sie bestimmt etwas, das Sie gebrauchen können.«

Kim nickte, während er den letzten Bissen der Frucht verspeiste. Erstaunlicherweise hatte sie keinen Kern, nichts, das als Samen diente – auf welche Weise pflanzte sich der Baum fort? Nun, vielleicht gab die Probe Auskunft darüber. Kim beschloß, seine Fragen für jene Dinge aufzusparen, die sich nicht ohne weiteres durch Analysen klären ließen. Das hielt er auch deshalb für angebracht, weil er glaubte, daß Harfe vorhin ganz bewußt das Thema gewechselt hatte.

»Hier entlang.« Die Kirse schritt über den breiten Weg und drehte den Kopf, als Kim ihr nicht sofort folgte. »Es ist nicht weit, nur hundert von Ihren Metern.«

Der Fähnrich ließ den Blick über die Umgebung schweifen. Er war sicher, eins der Geschöpfe gesehen zu haben, hinter mehreren dichten Büschen. Doch als er nun Ausschau hielt, zeigte sich dort nichts. *Vielleicht habe ich mich geirrt.*

»Ich komme«, sagte er, wurde jedoch das Gefühl nicht los, beobachtet zu werden.

6

Paris beugte sich trotz der Sicherheitsgurte vor, blickte an Grauroses rechtem Flügel vorbei und starrte auf das Mosaik aus Feldern hinab, das sich unter dem Shuttle erstreckte. Nach seiner Schätzung betrug die Entfernung zur Zitadelle inzwischen etwa dreißig Kilometer. Allerdings waren die Fenster des Shuttles so angeordnet, daß man nicht in die Richtung blicken konnte, aus der sie kamen. Weiter vorn zeigte sich der von Graurose erwähnte See: eine schmale Sichel, vielleicht von Quellen gespeist oder ganz und gar künstlichen Ursprungs. Von einem Augenblick zum anderen begann Graurose mit einem steilen Kurvenflug, ließ das Shuttle gleichzeitig durchsacken und fing es erst ab, als sie parallel zum Ufer flogen. Paris hatte sich an den Armlehnen des Sessels festgeklammert, und jetzt versuchte er, sich wieder zu entspannen. Er hielt sich für einen guten Piloten, aber Graurose schien ebenfalls einiges auf dem Kasten zu haben. *Vielleicht braucht sie nicht zu befürchten, aufgrund zu hoher Andruckkräfte das Bewußtsein zu verlieren*, dachte Paris. *In dem Fall sollte ich besser zu Fuß nach Hause zurückkehren*. Er lächelte unwillkürlich. Bevor er zum Besatzungsmitglied der *Voyager* geworden war, hätte der Begriff ›nach Hause‹ zu viele unangenehme Erinnerungen in ihm geweckt – Erinnerungen an seine vielen Fehler. Jetzt war das Raumschiff im Orbit, die *Voyager,* seine Heimat – nicht mehr und nicht weniger. *Die Heimat ist dort, wo sich die eigene Spezies befindet,* dachte er und spürte dabei, wie sein Lächeln in die Breite wuchs. *Und wenn das stimmt: Was hält Revek für seine Heimat?*

»Gefällt Ihnen der Flug?« fragte Revek. Er hob die Stimme, um das laute Brummen des Shuttletriebwerks zu übertönen.

Paris nickte. »Ja. Finden auf dem Rückflug weitere Vorstellungen dieser Art statt?«

Grauroses Flügel zitterten kurz, aber sie gab keine Antwort.

»Was haben Sie von einem geborenen Flieger erwartet?« erwiderte Revek.

Paris blinzelte, überrascht von der Vorstellung, daß die Kirse aus eigener Kraft fliegen konnten. Bisher hatte er angenommen, dazu seien sie aufgrund eines zu großen Körpergewichts nicht imstande. *Sie sehen zu schwer aus*, dachte er und richtete einen neugierigen Blick auf Graurose. Aber wenn dieser Eindruck täuschte, wenn die Kirse leicht genug waren, wenn sie hohle Knochen hatten, so wie die Vögel auf der Erde, und wenn die Spannweite ihrer Flügel groß genug war …

»Ich wußte nicht, daß Sie fliegen können«, sagte Paris zu Graurose. Sofort kam er sich wie ein Narr vor und fügte hinzu: »Ich meine, aus eigener Kraft, ohne die Hilfe von Maschinen.«

Er fühlte sich noch dümmer, als Graurose den Kopf drehte und ihn ansah. »Es ist eine Eigenschaft der Form«, erläuterte sie. »Sie wurde konstruiert.«

»Konstruiert?« wiederholte Paris, und sein Interesse nahm schlagartig zu.

»Ich glaube, in diesem Zusammenhang ist etwas gemeint, das man als ein durch Zucht verstärktes Merkmal bezeichnen könnte«, meinte Revek.

»Ja, Zucht«, bestätigte Graurose und wandte sich wieder den Kontrollen zu. Paris beobachtete sie und hielt es für besser, keine weiteren Fragen zu stellen. Er konnte sich nicht des Eindrucks erwehren, daß die Kirse wirklich ›konstruiert‹ gemeint hatte – in diesem einen Wort mochte eine wichtige Information zum Ausdruck kommen.

Graurose lehnte sich an einen gepolsterten Zylinder, der vom Boden bis zur Decke reichte. Schultern, Hüften und Oberschenkel steckten in einem Sicherheitsharnisch, der Flügel und Arme frei ließ. Paris sah genauer hin und stellte fest, daß die Schwingen der Kirse immer dann vibrierten, wenn sie die primären Kontrollen bediente. Die Instrumentenanzeigen mochten ihr wichtige Daten übermitteln, aber das Zittern ihrer Flügel deutete darauf hin, daß sie auch und vor allem nach Gefühl flog, dabei ihrem Instinkt vertraute. Es war eine sonderbare Erkenntnis, und Paris fragte sich, ob sie ihn beruhigen oder vielmehr besorgen sollte.

Bevor er eine Wahl treffen konnte, beugte sich Revek vor und berührte Graurose am Nacken, ein ganzes Stück über den dicken Muskelsträngen, die das Schwingenpaar bewegten. *Bei uns klopft man jemandem auf die Schulter*, dachte Paris. *Verschiedene Gesten, aber mit der gleichen Bedeutung*.

Graurose neigte den Kopf zur Seite.

»Ich schlage vor, Sie landen dort auf dem blauen Strand«, sagte Revek.

»O ja. Gute Idee.« Die Kirse bewegte den Steuerknüppel, und das Shuttle änderte abrupt den Kurs, schleuderte Revek fast in seinen Sitz zurück. Der Mann schnitt eine Grimasse und zog seinen eigenen Harnisch straffer. Paris war froh, daß seine Gurte fest saßen. Graurose warf einen Blick über die Schulter, sah zu Revek und lächelte. Thilo verzog erneut das Gesicht, und Paris begriff, daß Absicht hinter dem plötzlichen Manöver steckte.

Ein waghalsig anmutender Sturzflug begann, und Paris vermutete, daß die Strukturbelastung des Shuttles dabei das zulässige Maximum erreichte. Durchs nächste

Fenster sah er eine schachbrettartig gemusterte Landschaft mit grünen oder goldgelben Quadraten, die in Richtung eines bewaldeten Hügels anstieg. Auf der Kuppe bemerkte Paris eine Lichtung, doch Einzelheiten konnte er nicht erkennen, denn das Shuttle neigte sich erneut zur Seite und begann mit dem Landeanflug. Er sah nun den See, und das blaue Ufer schien ihnen regelrecht entgegenzuspringen. Aus einem Reflex heraus spannte Paris die Muskeln und bereitete sich auf den Aufprall vor. Wollte Graurose auf dem Strand landen, auf lockerem Sand? Nein, ausgeschlossen. Vermutlich handelte es sich um eine andere, festere Substanz, dazu imstande, das Gewicht des Shuttles zu tragen. *Die Kirse gehen bestimmt kein Risiko ein*, dachte Paris. *Die Verhandlungen sind auch für sie wichtig, und es würde ihnen kaum zum Vorteil gereichen, wenn sie den Tod von Thilo Revek und Tom Paris melden müßten …*

Wenige Sekunden später zwang Graurose den Bug nach oben, und das Shuttle landete auf festem Boden.

Paris seufzte und machte sich nicht die Mühe, seine Erleichterung zu verbergen. Graurose war eine tollkühne Pilotin, selbst nach seinen Maßstäben. *Ob ich sie irgendwie dazu überreden kann, mich zurückfliegen zu lassen?* fragte er sich. Nun, eins mußte er der Kirse lassen: Sie verstand ihr Handwerk. Der Umstand, daß sie noch lebten, war Beweis genug.

Graurose löste ihren Sicherheitsharnisch, und Paris folgte ihrem Beispiel. Sie öffnete die Hauptluke, und ein automatisches System sorgte dafür, daß sich eine kleine Rampe entrollte. Kurze Zeit später standen sie auf dem breiten Strand. Der Sand unter ihren Füßen bildete eine harte, kompakte Masse. Interessanterweise wies er verschiedene Blauschattierungen auf – das Spektrum reichte von ganz hellen Tönen, die an Gletschereis erinnerten, bis hin zu tiefstem Indigo. Hier und dort zeigten sich Wirbel, wie erstarrter Rauch. Paris schüttelte den

Kopf, einmal mehr verblüfft von der überwältigenden Schönheit des Kirse-Planeten. *Eigentlich hätte ich mich inzwischen daran gewöhnen sollen,* dachte er. *Irgendwann sollte selbst das Spektakuläre zum Gewöhnlichen werden. Trotzdem staune ich immer wieder. Was ist mit Revek? Kann er sich noch immer für die Schönheit dieser Welt begeistern?*

»Wundervoll, nicht wahr?« fragte Revek – er schien Paris' Gedanken erraten zu haben.

Der Navigator musterte ihn überrascht. »Ja.«

Der Boden schien aus Sand zu bestehen, aber Paris' Füße glitten darüber hinweg, ohne ein einziges Korn zu bewegen. Verwirrt runzelte er die Stirn.

Graurose hob die Schwingen, und dadurch geriet Bewegung in die Muskelstränge an ihren Schultern.

»Nach dem letzten Angriff der Andirrim haben wir den Strand als Landezone vorbereitet. Unsere Gegner meiden ihn, aus gutem Grund – für sie wäre dieser Boden nicht fest genug.«

Paris stolperte und sank mit einem Fuß in Sand, der plötzlich keinen Halt mehr gewährte. Graurose hielt ihn fest und balancierte das zusätzliche Gewicht mit erhobenen Schwingen.

»Entschuldigung«, sagte sie. »Ich hätte Sie warnen sollen. Das Feld erstreckt sich nur einige Dutzend Meter weit vom Shuttle.«

»Das Feld?« Paris richtete sich auf und sah zum Shuttle zurück. Der Sand darunter wirkte noch immer sehr fest, aber um das Gefährt herum bewegte der Wind die Körner – der Landeplatz wirkte dadurch wie ein breites Oval der Stabilität.

»Darauf sind Sie nicht gelandet!« entfuhr es Paris, obwohl er es eigentlich besser wissen sollte.

Graurose blinzelte. »Doch, das bin ich.« Sie zögerte. »Oh, ich verstehe. Das Kraftfeld bewegt sich mit dem Shuttle. Ich benötige also kein komplettes Landefeld.«

»Das freut mich für Sie«, erwiderte Paris trocken. Er

hielt eine solche Vorstellung für entsetzlich: Wenn mit dem Kraftfeld irgend etwas nicht stimmte, wenn es falsch ausgerichtet oder nicht richtig an die Geschwindigkeit des Shuttles angepaßt war, mußte es bei der Landung zu einer Katastrophe kommen. Die Kirse schienen Sicherheitsmargen nicht für notwendig zu halten. Paris fragte sich plötzlich, ob der Rückflug zur Zitadelle irgendwie vermieden werden konnte.

»Die Anbauflächen befinden sich dort drüben«, sagte Graurose, kletterte den Hang empor und benutzte einmal mehr die Schwingen, um das Gleichgewicht zu wahren. Paris folgte ihr und spürte, wie der Sand bei jedem Schritt unter ihm nachgab. Als er die Kuppe der Anhöhe erreichte, blieb er stehen, blickte zurück und sah, daß er kleine Mulden im Sand hinterlassen hatte. Sie würden nicht lange von Bestand bleiben, denn der Wind füllte sie rasch.

Revek trat neben ihn und deutete zum fernen Hügel. »Das ist einer der Stützpunkte.«

Graurose warf ihm einen scharfen Blick zu, entspannte sich dann aber wieder.

»Stützpunkte?« wiederholte Paris. Er wußte natürlich, daß Revek diese Frage von ihm erwartete, aber derzeit sah er keinen Grund, nicht auf ihn einzugehen.

Graurose blickte fast wehmütig zu dem Hügel. »Von solchen Orten starten Shuttles, um die Orbitalstationen zu warten – oder wenn die Andirrim beziehungsweise andere Tiere angreifen. Beim letzten Überfall bin ich von dort aus gestartet.«

»Wirklich?« Paris' Interesse wuchs. Selbst wenn man Fragen von ihm erwartete, was bedeutete, daß er vielleicht vorbereitete Antworten bekam: Es konnte sicher nicht schaden, mehr über das Verteidigungssystem der Kirse herauszufinden. »Unsere Sensoren haben keine Hangars oder Startrampen geortet.«

»Oh, so etwas gibt es auch gar nicht«, erwiderte

Graurose. »Die Shuttles sind entweder im Einsatz oder unter den Hügeln. Wenn ein Angriff erfolgt, werden die einsatzfähigen Exemplare zu den Startorten gebracht. Dort warten sie auf die jeweiligen Piloten.« Sie zögerte, ohne den Blick vom Hügel abzuwenden. »Früher wurden alle notwendigen Reparaturen vom Boden aus durchgeführt, per Fernsteuerung. Aber dann entwickelten die Andirrim Störsender, und deshalb bleibt uns nichts anderes übrig, als zu den Plattformen zu fliegen. Sie sind schlau, die Andirrim.«

Paris nickte. Ganz offensichtlich funktionierte das System der Kirse sehr gut, denn sonst hätten sie die Angreifer nicht immer wieder abwehren können. Außerdem entsprach es den Erfordernissen einer recht kleinen Bevölkerung. Aber es wies auch mehrere Schwachpunkte auf. Wenn es dem Feind gelang, die orbitale Barriere zu durchdringen, mußten sich die Kirse auf die Verteidigung der Zitadelle konzentrieren, die dann zu einem unübersehbaren Angriffsziel wurde. Und während die Kirse damit beschäftigt waren, konnten die Andirrim anderenorts so viel stehlen, wie sie wollten.

»Nun, wir sollten uns jetzt die Felder ansehen«, sagte Graurose und wandte sich widerstrebend von dem Hügel ab.

»Ich kann mir denken, was Ihnen jetzt durch den Kopf geht«, meinte Revek und sah Paris an. »Beim letzten Überfall der Andirrim kam es zu einem Angriff auf die Zitadelle. Nicht wahr, Graurose?«

Die Kirse nickte. »Für einige Zeit sahen wir uns einer recht schwierigen Situation gegenüber. Der Gegner schickte tausend Drohnen – einige von ihnen hatten uns die Andirrim bei früheren Aktionen gestohlen – und hundert bemannte Maschinen. Diese Streitmacht griff die Zitadelle an, um die Shuttles am Start zu hindern. Aber Unnachgiebig startete sie trotzdem, und der Feind wurde von unserer Welt vertrieben.«

Paris blinzelte. Selbst wenn man die für Piloten typischen Prahlereien berücksichtigte: Es handelte sich um eine beeindruckende Leistung. Und Graurose erweckte auf ihn nicht den Eindruck, zu maßlosen Übertreibungen zu neigen. Wie dem auch sei: Die Kirse waren verwundbar, wenn ihr Verteidigungssystem auf Fernsteuerung basierte. Dieser Gedanke beunruhigte Paris mehr, als ihm selbst lieb war. *Und das Schlimmste daran ist: Ich weiß nicht, warum ich beunruhigt bin,* dachte er. *Liegt es daran, daß ich die Kirse mag und um ihre Sicherheit bange? Oder glaube ich vielleicht, daß wir Lücken in ihrem Verteidigungssystem ausnutzen könnten?*

Während der nächsten drei Stunden wanderten sie von Feld zu Feld. Graurose nannte Kirse-Namen für diverse Pflanzen: seltsame Lautfolgen aus Zirpen und Pfeifen, die der automatische Translator mit langen beschreibenden Namen übersetzte. Revek verkürzte diese Bezeichnungen und nannte jene Namen, die er den Gewächsen gegeben hatte. Paris fand den Mann immer sympathischer. Und auch Graurose gefiel ihm immer mehr. Er beobachtete, wie sie sich streckte, um nach der ledrigen Schote eines sogenannten Ranzenbaums zu greifen. Sie bot angenehme Gesellschaft und war auf ihre eigene Weise ebenso schön wie ihr Heimatplanet. Paris rief sich innerlich zur Ordnung. *Ich sollte nicht auf diese Weise von ihr denken,* ermahnte er sich. Er nahm die Schote entgegen, die Graurose ihm anbot, richtete den Tricorder auf die orangefarbene Frucht darin, achtete jedoch kaum auf die Anzeigen. Er konnte sich auf keinen Fall ein zu enges Verhältnis mit einer Kirse leisten, solange noch keine Handelsvereinbarung getroffen war.

Paris sah zum wolkenlosen Himmel hoch und stellte fest, daß die Sonne ihren höchsten Stand hinter sich gebracht hatte. In weniger als einer Stunde wurde er in der Zitadelle erwartet.

Er klopfte auf seinen Insignienkommunikator. »Paris an Kim. Hören Sie mich, Harry?«

Kurze Stille folgte, und dann ertönte Kims ein wenig atemlos klingende Stimme. »Kim hier. Alles in Ordnung, Tom?«

Paris zögerte und sah über die Schulter. Revek befand sich außer Hörweite: Er saß am Stamm eines Baumes mit niedrigen Zweigen, in der Hand einen halb geschälten Sauerapfel. Graurose stand näher, doch ihre Aufmerksamkeit schien etwas auf dem Boden zu gelten. »Ja, hier ist alles in Ordnung. Wie sieht's bei Ihnen aus?«

»Wir haben die Untersuchungen fast beendet«, sagte Kim und klang nun entspannter. »Nur noch ein kleines Feld, und dann sind wir fertig.«

»Auch wir machen uns bald auf den Rückweg«, erwiderte Paris. Wahrscheinlich hatte sich Kim nur aufgrund seiner Unerfahrenheit nervös angehört. Trotzdem: Es war gut, zur Zitadelle zurückzukehren. »Unser Flug dauert etwa zwanzig Minuten – wir müßten also zum verabredeten Zeitpunkt eintreffen. Ich gebe Ihnen Bescheid, wenn es aus irgendeinem Grund zu Verzögerungen kommt.«

»Und Sie hören von mir, wenn es bei uns länger dauert«, entgegnete Kim. »Wie gesagt: Es wartet nur noch ein kleines Feld auf uns, dann sind wir fertig.«

»Gut.« Paris zögerte erneut. Wenn irgend etwas nicht mit rechten Dingen zuging, so konnte Kim jetzt den einen oder anderen Hinweis geben.

»Wir sehen uns in der Zitadelle«, sagte er nur. »Kim Ende.«

Was vermutlich bedeutet, daß wirklich alles in Ordnung ist, dachte Paris und richtete seinen Tricorder auf gelbes Getreide. Die sternförmigen Ähren steckten voller Körner, die sich für den menschlichen Genuß eigneten. Sie ließen sich mit terranischem Weizen vergleichen, was bedeutete: Vermutlich konnte Mehl daraus hergestellt werden. Die Welt der Kirse war geradezu unglaublich fruchtbar – eine Vielzahl von Pflanzen erwies sich auch für Menschen als nützlich. *Trotzdem bin ich mißtrauisch,* dachte Paris und deaktivierte seinen Tricorder. *Ich mag Graurose, auch wenn sie eine tollkühne Pilotin ist, aber dieser Planet ... Er fühlt sich einfach nicht richtig an.*

Etwas bewegte sich im Kornfeld und sorgte dafür, daß sich die Halme hin und her neigten, obwohl überhaupt kein Wind wehte. Paris griff nach seinem Phaser, und Graurose richtete sich ruckartig auf, hob gleichzeitig die Schwingen. Revek reagierte etwas langsamer und rollte auf die Knie, doch es überraschte Paris nicht, auch in seinen Händen einen Phaser zu sehen.

»Was ist los?« rief er.

Graurose hob die Flügel noch etwas höher und senkte sie dann abrupt, stieg dadurch einige Meter auf. Mehrere Sekunden lang schwebte sie über dem Boden, schlug dabei mit den Schwingen. Dann sank sie wieder herab. »Ein Gärtner. Allein, glaube ich. Wir sollten besser zum Shuttle zurückkehren.«

Was auch immer die Bewegungen im Kornfeld verursachte: Es entfernte sich, wenn auch nicht sehr weit. Die Halme erzitterten knapp fünfzig Meter entfernt, kamen dann zur Ruhe.

»Probleme?« fragte Paris und schob sich näher an Graurose heran.

»Wahrscheinlich nicht«, antwortete die Kirse. »Aber da wir fast fertig sind ...« Sie brach ab und schüttelte den Kopf.

»Ich schlage vor, wir gehen kein Risiko ein«, brummte Revek und trat zu ihnen. Er hielt noch immer den Phaser in der Hand, und Paris verzichtete darauf, seinen eigenen ins Halfter zu stecken. Statt dessen hakte er den Tricorder an den Gürtel.

»Unnachgiebig hat die Gärtner doch als harmlos bezeichnet«, wandte er sich an Graurose.

Die Kirse antwortete nicht, ging statt dessen in Richtung des Weges, der zum Strand und dem dort wartenden Shuttle führte.

Paris sah zu Revek, der seinen Blick mied. »Wenn Gefahr droht… Es wäre sicher besser, wenn ich wüßte, was hier vor sich geht.«

Graurose schien ihn gar nicht zu hören. Revek warf ihm einen kurzen Blick zu, schwieg jedoch. *Jetzt reicht's,* dachte Paris. Er packte den Mann an der Schulter und drehte ihn herum. »Ich verlange Antworten!«

Revek schüttelte die Hand ab, aber für einen Sekundenbruchteil sah Paris echte Furcht in seinen Augen.

»Die Gärtner bei der Zitadelle sind – fast immer – harmlos«, sagte Graurose.

Paris zuckte unwillkürlich zusammen – Graurose war völlig lautlos zurückgekehrt. Plötzlich fragte er sich, ob er durch sein Verhalten Revek gegenüber die Chancen auf eine Handelsvereinbarung ruiniert hatte – die Kirse schienen ihn zu mögen, aus welchen Gründen auch immer. Doch Graurose gab keinen Kommentar ab, sah Paris aus ihren leuchtenden hellblauen Augen an.

»In der Nähe der Zitadelle sind die Gärtner besser adaptiert«, erklärte sie. »Hier ist es kaum nötig, Einfluß auf sie zu nehmen, und deshalb sind sie fast völlig intakt geblieben. Was leider bedeutet, daß sie nicht nur nützlich sind, sondern auch gefährlich.«

»Was meinen Sie mit gefährlich?« fragte Paris. Er hörte ein leises Rascheln, und sofort blickte er zurück, den Phaser schußbereit in der Hand. So aufmerksam er auch Ausschau hielt: Er konnte im Kornfeld nichts entdecken. Diesmal blieben die Halme unbewegt.

Er drehte den Kopf und stellte fest: Revek beobachtete das Kornfeld wie jemand, der jeden Augenblick damit rechnete, daß eine Falle zuschnappte.

»Die Gärtner sind nicht in dem Sinne gefährlich«, sagte Graurose. »Aber manchmal greifen sie an. Ich versuche, ihnen aus dem Weg zu gehen – es gefällt mir nicht, sie zu töten.«

Paris sah kurz zu ihr und bemühte sich, seine Aufmerksamkeit zwischen der Kirse und dem Rascheln zu teilen. »Warum begnügen Sie sich nicht damit, die Wesen zu betäuben? Reveks Phaser ist das in der Föderation verwendete Standardmodell – das sehe ich selbst von hier. Auch wenn Ihnen solche Waffen vorher nicht zur Verfügung standen: Sie wären sicher imstande gewesen, sie nachzubauen.«

Grauroses Stimme klang traurig, als sie erwiderte: »Die Gärtner würden ihre Angriffe nur wiederholen und dabei immer hartnäckiger werden – bis jemand sie tötet. Ihr Tod ist leider unvermeidlich.«

»Aber vielleicht greifen sie nicht noch einmal an ...« Paris unterbrach sich, als er auf der linken Seite etwas hörte. Er wirbelte herum und zielte automatisch mit dem Phaser in die entsprechende Richtung.

Ein braunes, schemenhaftes Etwas huschte im Kornfeld umher.

»Gärtner«, sagte Revek knapp und justierte seinen Phaser auf tödliche Emissionen.

Graurose schlug wieder mit den Flügeln, stieg auf und hielt plötzlich einen seltsam anmutenden Strahler in der Hand. Paris zögerte, stellte seinen Phaser dann auf starke Betäubung ein. Er wollte nicht töten, wenn es sich vermeiden ließ – gewisse Starfleet-Prinzipien waren zu fest in ihm verwurzelt. Aber er hielt es für möglich, daß es erhebliche Energie erforderte, um jene Geschöpfe zu betäuben.

»Rechts von Ihnen!« rief Graurose und schoß. Ein Strahlblitz zuckte über das Kornfeld hinweg, diente Paris als Orientierungshilfe. Etwas sauste jäh zwischen den Halmen hervor, und er feuerte aus einem Reflex heraus, verfehlte das Ziel jedoch. Eine halbe Sekunde später machte Revek von seinem Phaser Gebrauch, und das Wesen fiel. Ein zweites, größeres ragte dahinter auf, und Paris betätigte erneut den Auslöser seines Phasers. Diesmal traf er, und der zweite Angreifer sank auf den ersten.

»Alles klar?« fragte Revek, ohne den Blick vom Kornfeld abzuwenden.

»Ja«, erklang die melodische Stimme der Kirse. »Ich sehe keine weiteren Gärtner.«

Revek seufzte erleichtert. »Kommen Sie. Lassen Sie uns zum Shuttle zurückkehren, bevor weitere Exemplare angelockt werden.«

Paris zögerte und sah zu den beiden reglosen Geschöpfen. Das eine war nur betäubt, aber das andere ... Er rümpfte die Nase, als er verbranntes Fell roch. Am Tod des Wesens konnte kein Zweifel bestehen. Paris hielt es trotzdem für angebracht, es zu untersuchen und Daten aufzuzeichnen, um dem Doktor an Bord der *Voyager* die Möglichkeit zu geben, später eine komplette Analyse vorzunehmen.

Er wollte den Tricorder hervorholen, doch Revek griff nach seinem Arm. »Kommen Sie«, wiederholte er. »Wir müssen zum Shuttle zurück.«

»Aber ...« Paris sprach nicht weiter, als er Reveks Gesichtsausdruck sah.

»Wollen Sie Graurose zwingen, auch den anderen Gärtner zu töten? Weisen Sie sie nicht darauf hin, daß er noch lebt.«

Paris sah zu der Kirse, die inzwischen wieder gelandet war und sich von den beiden Angreifern abgewandt hatte. Die Art und Weise, in der sie die Nähe der Wesen und sogar ihren Anblick mied, überzeugte ihn davon, daß Revek recht hatte, daß es tatsächlich besser war, diesen Ort möglichst schnell zu verlassen. Er gab sich einen Ruck und folgte Graurose über den Pfad.

Sie erreichten den Strand, ohne daß es zu weiteren Zwischenfällen kam. Revek ließ sich seine Erleichterung deutlich anmerken, als sie über den dünenartigen Sandhang schritten.

»Jetzt dürfte alles in Ordnung sein«, meinte er. »Normalerweise wagen sie sich nicht aus dem Bereich der Felder.«

»Wirklich nicht?« erwiderte Paris.

Graurose maß ihn mit einem neugierigen Blick. »Wie meinen Sie das?«

Paris bedauerte nun, eine solche Frage gestellt zu haben. Doch in Grauroses Miene sah er eine erwartungsvolle Freundlichkeit, die ihm die Zunge löste. »Man sollte meinen, daß die Wesen – die Gärtner – versuchen, Besucher auf dem Strand anzugreifen.« Bei den letzten Worten rutschte er aus und hätte dadurch fast das Gleichgewicht verloren.

Graurose lachte glockenhell. »Oh, ich verstehe. Um im Vorteil zu sein. Nun, derartige Vorteile nützen den Gärtnern nichts gegen Phaser.«

»Da haben Sie vermutlich recht«, erwiderte Paris und ging vorsichtig, blickte dabei auf den blauen Sand hinab. Neid regte sich in ihm, als er sah, daß Revek schon festen Boden unter den Füßen hatte und die letzten Meter zum Shuttle zurücklegte.

Graurose berührte Paris an der Schulter. »Ich weiß Ihr Verhalten dort drüben zu schätzen«, sagte sie sanft. »Und ich bin dankbar.«

Der Navigator blinzelte überrascht – und mußte erneut um sein Gleichgewicht ringen, als ein Stein unter seinem Fuß nachgab. Als er sich wieder aufrichtete, war Graurose bereits außer Hörweite, und er mußte sich beeilen, um zu ihr aufzuschließen. Kurz darauf gelangte er ebenfalls zu dem vom Kraftfeld stabilisierten Bereich. Der Wind hatte Sand von anderen Teilen des Strands herangeweht, und dadurch waren neue blaue Muster entstanden.

Paris setzte noch schneller einen Fuß vor den anderen, um das Shuttle zusammen mit Graurose zu erreichen. »Freut mich, daß ich Ihnen helfen konnte«, sagte er in dem Versuch, das Gespräch fortzusetzen.

Doch die Kirse schüttelte den Kopf. »Genug damit«, erwiderte sie schlicht und deutete über die Rampe.

Revek hatte die Luke geöffnet und hockte daneben, den Kopf auf die Art der Kirse zur Seite geneigt. Sein Gebaren erschien Paris seltsam – kam darin so etwas wie Ehrerbietung Graurose gegenüber zum Ausdruck? Und wenn ja – aus welchem Grund?

Die Kirse eilte die Rampe hoch und an Revek vorbei.

»Haben Sie bereits eine Überprüfung vorgenommen, Thilo?«

»Nur das erste Stadium.«

»Dann können Sie jetzt Ihre Plätze einnehmen«, verkündete Graurose und lehnte sich wieder an die Pilotensäule. Sie winkte, und sofort kamen die einzelnen Stränge des Sicherheitsharnischs aus schotenartigen Vorrichtungen. Paris legte rasch die eigenen Gurte an und schauderte innerlich, als er an den bevorstehenden Start dachte. Aus den Augenwinkeln sah er, daß sich auch Revek anschnallte. Einmal mehr dachte er an das manchmal recht sonderbare Verhalten jenes Mannes. *In welcher Beziehung steht er zu den einzelnen Kirse?* überlegte Paris. Unnachgiebig, dem Oberhaupt der Kirse, schien er recht nahe zu stehen. Und Graurose? Hatte er sie nur aus Rücksicht vor dem Wissen bewahren wollen, daß einer der beiden Gärtner noch lebte? Oder steckte mehr dahinter? Graurose war offenbar angewiesen, die Geschöpfe zu töten, wenn sie angriffen – *so habe ich sie jedenfalls verstanden,* schränkte Paris in Gedanken ein. Dann begriff er, daß Spekulationen dieser Art kaum einen Sinn hatten, solange konkrete Informationen fehlten. Er entschied, keine voreiligen Schlüsse zu ziehen und weiterhin aufmerksam zu beobachten.

Das Shuttle erzitterte, als Graurose mit dem Start begann. Paris wollte ruhig bleiben, doch seine Finger gruben sich wie von selbst tief in die Polster des Sitzes. Revek kniff die Augen zu, als das Shuttle schneller wurde, abhob, einmal kurz auf den Boden zurückzusinken schien und dann flog.

Graurose sah über die Schulter und lachte.

»Entschuldigung. Es ist schön, wieder zu fliegen.«

»Ja«, bestätigte Revek. »Und ich würde gern in der Luft bleiben.«

Die Kirse lachte erneut.

»Ich glaube, Graurose ist eine ausgezeichnete Pilotin«, sagte Paris.

Revek musterte ihn, und aus seiner Überraschung wurde ein wissendes Lächeln. Paris spürte, wie seine Wangen glühten. »Ja, sie ist eine gute Pilotin«, sagte der Mann. »Aber ich möchte in einem Stück nach Hause zurückkehren.«

»Und wo ist Ihr Zuhause?« fragte Paris. Lautlos verfluchte er sich selbst und beobachtete, wie Grauroses Schwingen zuckten. *Ich sollte mich von ihm nicht provozieren lassen,* dachte er. *Hoffentlich habe ich nicht alles verdorben.*

Doch zu seinem Erstaunen lachte Revek nur. »Eins zu null für Sie. Nun, heutzutage halte ich die Zitadelle für mein Zuhause. Um ganz ehrlich zu sein ... Nach der Begegnung mit dem Beschützer hätte ich nicht erwartet, irgendwann noch einmal ein menschliches Gesicht zu sehen.«

»Sie haben also gar nicht versucht, zur Föderation zurückzukehren«, sagte Paris.

»Doch, das habe ich«, antwortete Revek. »Obwohl es die Mühe kaum lohnte. Ich meine, wenn kein Wunder geschieht – und Wunder scheinen in letzter Zeit immer seltener zu werden –, dauert die Reise zum Alpha-Quadranten selbst mit maximaler Geschwindigkeit etwa siebzig Jahre. Ich träfe als Greis dort ein – vorausgesetzt, ich lebe überhaupt so lange. Deshalb habe ich nach angenehmen Orten Ausschau gehalten, noch bevor ich diese Welt erreichte.« Revek bedachte Paris mit einem fast spöttischen Blick. »Hindert die Starfleet-Ausbildung Sie vielleicht daran, mit dem Gedanken zu spielen, sich irgendwo niederzulassen? Vorausgesetzt natürlich, Sie finden den richtigen Planeten ...«

»Ich verstehe, was Sie meinen«, erwiderte Paris und sah aus dem Fenster des Shuttles. Revek hatte einen wunden Punkt berührt: Nein, die Starfleet-Ausbildung verhinderte nicht, daß man über solche Dinge nachdachte, verschiedene Möglichkeiten in Erwägung zog. Keine der bisher von der *Voyager* besuchten Welten hatte auf Paris solchen Reiz ausgeübt wie die Vorstellung, zum Alpha-Quadranten zurückzukehren. Doch andere Besatzungsmitglieder waren in Versuchung geraten – mehrere seiner Freunde an Bord hatten Bedauern zum Ausdruck gebracht, als sie die Brioni verließen. Paris lächelte bitter. Eigentlich konnte er sogar von Glück sagen. Der Transfer zum Delta-Quadranten bedeutete keinen Verlust für ihn. Den Aufenthalt in der Strafanstalt von Neuseeland hatte er nicht als sehr angenehm empfunden, und die Jahre davor waren kaum besser gewesen. Die Rückkehr zum Alpha-Quadranten brachte ihm keine Vorteile. Er hatte bereits die beste Position erreicht, die für ihn in Frage kam – es gab nicht viele Kommandanten, die jemandem mit seiner Vergangenheit ihr Schiff anvertrauten. Durch eine Rückkehr in die Heimat mochte sich seine Situation verschlechtern. *Ja, ich verstehe Sie wirklich, Thilo Revek,* dachte er und erlaubte sich ein weiteres bitteres Lächeln. *Ich kann zumindest Ihre Motive nachvollziehen. Was Chakotay über Sie erzählt und was der Computer von Ihnen zu berichten weiß ... Alles deutet darauf hin, daß Sie beim Maquis ebenso unbeliebt waren wie ich. Kein Wunder, daß Sie die Chance ergriffen, sich hier niederzulassen. An*

Ihrer Stelle hätte ich vielleicht genauso gehandelt. Er verdrängte diesen Gedanken, angewidert vom eigenen Selbstmitleid. *Nein, das ist Unsinn. Ich habe Freunde an Bord der* Voyager. *Und mehr noch: Ich kann dort jene Arbeit leisten, die mir gefällt, für einen Captain, den ich aufrichtig respektiere. Daran ändert sich nichts. Ich lasse nicht zu, daß sich etwas daran ändert.*

Der Rest des Fluges zur Zitadelle verlief ereignislos. Graurose ließ das Shuttle so sanft aufsetzen, daß Paris kaum einen Ruck spürte. Kim und seine Kirse – Harfe, erinnerte er sich – warteten in einem gewölbten Zugang und näherten sich, als die kleine Maschine ausrollte. Paris streifte die Gurte ab und stieg als zweiter aus, dicht hinter Graurose. Kim winkte ihm zu und trat vor.

»Wie lief es bei Ihnen?«

»Wie man's nimmt«, erwiderte Paris. »Wir haben alle benötigten Proben, aber leider griffen uns zwei sogenannte Gärtner an.« *Revek hat einen von ihnen getötet,* fügte er in Gedanken hinzu. *Nun, darauf kann ich auch später noch hinweisen.*

»Gärtner griffen Sie an?« wiederholte Kim schockiert.

»Ja«, sagte Paris. »Graurose meint, sie unterscheiden sich von denen in diesem Bereich.«

»Das stimmt«, bestätigte Harfe. »Hier sind sie besser adaptiert.«

Ich glaube, diesen Punkt sollten wir noch etwas eingehender erörtern, dachte Paris. »Haben Sie Ihre Proben, Harry?«

»Ja.« Kim nickte sofort. »Und jede Menge Sondierungsdaten.«

»Na schön.« Paris sah zu Graurose. »Dann sollten wir jetzt zum Schiff zurückkehren. Vielen Dank für Ihre Hilfe.« Er klopfte auf seinen Insignienkommunikator. »Paris an *Voyager*. Zwei Personen für den Transfer.«

Chakotay wartete im Transporterraum und blickte dem Techniker an den Kontrollen unaufdringlich über die Schulter. Er hob den Kopf, als zwei Gestalten auf der Plattform materialisierten.

»Meine Herren ...«, sagte er. »Der Captain wartet bereits auf Sie.«

Was habe ich diesmal angestellt? Paris verzichtete darauf, diese Frage zu stellen – Chakotay hatte mehr als einmal gezeigt, daß er einen derartigen Humor nicht zu schätzen wußte.

Kim trat von der Plattform herunter. »Sollen wir zuerst die aufgezeichneten Daten in den Hauptcomputer übertragen?«

»Nehmen Sie die Tricorder mit«, erwiderte Chakotay. »Wir können im Bereitschaftsraum einen ersten Eindruck von den Daten gewinnen, während der Transfer zum Computer stattfindet.«

Jemand scheint es sehr eilig zu haben. Paris folgte dem Ersten Offizier und war nicht überrascht, als ein Turbolift mit offener Tür auf sie wartete. »Stimmt was nicht?«

Chakotay schüttelte den Kopf. »Es ist soweit alles in Ordnung – das heißt, die Situation an Bord ist unverändert. Aber wenn wir mit den Nahrungsmitteln der Kirse etwas anfangen können, möchte der Captain keine Zeit verlieren und so schnell wie möglich mit den Verhandlungen beginnen.«

»Um sich einen gewissen Spielraum zu bewahren«, vermutete Paris. Er bereute diese Worte sofort.

Chakotay musterte ihn und wölbte eine Braue. »Sie sollten einen solchen Standpunkt verstehen.« Der Erste Offizier seufzte und blickte in die Ferne. »Wir brauchen in jeder Hinsicht Bewegungsspielraum.«

Die übrigen Führungsoffiziere saßen bereits am Tisch des Bereitschaftsraums, und einer der Wandschirme zeigte die Miene des holographischen Arztes, dessen Stirn nie völlig faltenlos zu sein schien. Die Kommandantin sah auf, als sie hereinkamen. Erstaunt roch Paris Kaffee und stellte fest, daß eine kleine Tasse vor Janeway stand. *Entweder ist die Lage besser geworden – oder viel schlimmer*, dachte er.

»Meine Herren ...«, sagte Janeway, und Paris konzentrierte sich. »Ich weiß, daß Ihre Tricorder viele Daten enthalten, aber ich möchte zunächst einen mündlichen Bericht von Ihnen.«

»Ja, Captain«, erwiderte Paris.

Kim räusperte sich. »Wenn Sie gestatten, Captain – ich möchte sofort mit dem Transfer der Daten beginnen. Auf diese Weise sparen wir Zeit.«

»In Ordnung.« Janeway nickte.

Kim sah Paris an. »Tom?«

Der Navigator reichte ihm seinen Tricorder, und der junge Fähnrich ging zum nächsten Terminal, um von dort aus den Datentransfer einzuleiten.

»Und nun ...«, sagte Janeway. »Erstatten Sie als erster Bericht, Mr. Paris. Was haben Sie auf dem Planeten herausgefunden?«

»Nun ...« Paris sammelte seine Gedanken. »Die Einzelheiten sind im Tricorder aufgezeichnet, aber ich schätze, es läßt sich folgendermaßen zusammenfassen: Alles, was sie mir zeigten – mit ›sie‹ meine ich Revek und eine Kirse namens Graurose –, ist eßbar und nahrhaft. Damit noch nicht genug: Die Sensoren stellten auch Ester fest, die für einen guten Geschmack sorgen sollten. Ich habe einige Proben genommen, um unangenehme Überraschungen wie beim letztenmal zu vermeiden. Genauere Analysen müssen natürlich erst noch durchgeführt werden.«

»Bitte entschuldigen Sie die Unterbrechung, Captain«, warf Chakotay ein, »aber ich sollte darauf hinweisen, daß der Doktor ein Untersuchungsprotokoll vorbereitet hat. Alle Proben werden automatisch jenem Programm zugewiesen.«

Janeway nickte. »Ausgezeichnet. Bitte fahren Sie fort, Mr. Paris.«

»Das wär's eigentlich, soweit es die Nahrungsmittel betrifft.« Paris zögerte und fragte sich, wie er die Sache mit den Gärtner-Wesen schildern sollte. »Unsere Untersuchungen fanden bei Anbauflächen statt, die ein ganzes Stück von der Zitadelle entfernt waren. Während wir uns dort aufhielten, griffen uns zwei jener Wesen an, die wir bei den ersten Erkundungen auf dem Planeten sahen.«

Janeway hob ruckartig den Kopf. »Ich möchte einen vollständigen Bericht, Mr. Paris. Mit allen Einzelheiten.«

Paris nickte. Es dauerte nicht sehr lange, die ganze Geschichte zu erzählen und auch von seinen ganz persönlichen Eindrücken zu berichten. Als er fertig war, mußte er einmal mehr daran denken, wie wenig sie eigentlich über die Kirse wußten.

»Die Geschöpfe im Bereich der Zitadelle sind also besser ... ›adaptiert‹«, sagte Janeway nachdenklich. »So drückte Graurose es aus, nicht wahr? Dadurch werden sie sanftmütiger.«

»Es wäre sicher interessant, die Größe der Sicherheitszone festzustellen«, ließ sich Tuvok vernehmen. »Dadurch bekämen wir eine Vorstellung davon, wie die Kirse ihr eigenes Verteidigungspotential bewerten.«

Janeway nickte. »Gute Idee. Mr. Tuvok, dafür sind Sie zuständig.« Sie sah Kim an. »Was ist mit Ihnen, Mr. Kim? Hören wir uns Ihren Bericht an.«

Der junge Fähnrich holte tief Luft. »Eigentlich habe ich dem Bericht von Mr. Paris kaum etwas hinzuzufügen, Captain. Alle von mir untersuchten Nahrungsmittel waren eßbar und sind somit interessant für uns. Ich habe einige Gärtner gesehen, doch meine Begleiterin – Harfe – schien sie nicht für gefährlich zu halten.« Er legte eine kurze Pause ein und runzelte die Stirn. »Sie alle trugen jene Metallteile, die uns bereits aufgefallen sind, und Harfe bezeichnete sie als Adaptionen. Ich fragte sie nach dem Grund, und die Kirse antwortete, sie müßten das zur Verfügung stehende Material so gut wie möglich nutzen.«

»Erinnern Sie sich an ihre genauen Worte?« fragte Janeway.

Die Falten fraßen sich tiefer in Kims Stirn, als er nachdachte, aber schließlich schüttelte er den Kopf. »Tut mir leid, Captain. Harfe meinte, die Geschöpfe werden eingesetzt, weil sie zur Verfügung stehen. Sie bezeichnete es als Vergeudung von Ressourcen, wenn sich die Kirse um die Anpflanzungen kümmern, die Arbeit selbst erledigen würden. Ohne eine derartige Verwendung seien die Geschöpfe völlig nutzlos. Das ist alles. An den genauen Wortlaut der Bemerkungen erinnere ich mich nicht mehr.«

»Das erklärt vielleicht, warum sich die Wesen geduckt haben, als wir die Tricorder auf sie richteten«, sagte Torres. Auch diesmal ließ sich kaum feststellen, ob sie zornig oder nur sehr auf eine Sache konzentriert war.

Paris nickte. »Möglicherweise haben wir jetzt auch eine Erklärung für die Fallen an der Straße. Sie sollen nicht die Andirrim aufhalten, sondern Gärtner, bei denen die richtige Adaption fehlt. Grauroses Hinweise lassen darauf schließen, daß sie nicht intelligent sind.«

»Wäre sie bereit, eine entsprechende Intelligenz zuzugeben?« hielt ihm Chakotay entgegen. So etwas wie Abscheu zeigte sich im Gesicht des Ersten Offiziers. »Captain, die Kirse sind den Tieren gegenüber außerordentlich respektlos. Ich bezweifle, daß das ein gutes Vorzeichen für die Handelsvereinbarung mit ihnen ist.«

»Graurose wollte den Gärtner nicht töten.« Paris fühlte sich verpflichtet, die Kirse zu verteidigen. »Und es erleichterte sie, daß ich den einen Angreifer nur betäubte.«

»Ich stimme Mr. Chakotay zu«, warf Kim ein. »Die Angelegenheit ist mir nicht ganz geheuer. Aber ich muß auch sagen, daß ich während meines Aufenthalts auf dem Planeten nicht das geringste Anzeichen von Intelligenz bei den Gärtnern gesehen habe. So hat nicht ein einziger von ihnen Werkzeuge benutzt, obgleich es Gelegenheit dazu gab.«

»Nun, Grauroses Ausführungen entnehme ich, daß das Volk der Kirse recht klein ist«, meinte Paris. »Vielleicht blieb ihnen gar keine andere Wahl, um die ganze Arbeit zu bewältigen. Wir sollten dabei auch den Mangel an Metall berücksichtigen, auf den Neelix hingewiesen hat. Es bedeutet vermutlich, daß keine automatischen Erntemaschinen und dergleichen gebaut werden können.« Er bereitete sich auf eine scharfe Erwiderung von Chakotay vor, doch der Erste Offizier schwieg. Paris musterte ihn kurz, aber sein Gesicht blieb ausdruckslos. *Jetzt bin ich wieder bei ihm durchgefallen*, dachte Paris. *Nun, er hat auch vorher nicht viel von mir gehalten.*

Der auf dem Wandschirm sichtbare holographische Arzt räusperte sich. »Was den Gesundheitszustand der Crew betrifft ...«

»Ja, Doktor, ich weiß.« Janeway legte die Hände flach auf den Tisch. »Na schön. Mr. Chakotay, ich respektiere Ihre Bedenken, doch die Sicherheit der Besatzung käme selbst dann an erster Stelle, wenn in dieser Hinsicht die Erste Direktive überhaupt keine Bedeutung hätte. Wir setzen die Verhandlungen zunächst fort. Lieutenant Torres, sind Sie mit den Modifikationen des Transportersystems fertig?«

Die Chefingenieurin nickte. »Ich habe einige Entwürfe, die als Grundlage dienen könnten. Damit sollten wir imstande sein, den Kirse das zu geben, was sie wollen – ohne dadurch unsere Sicherheit zu gefährden. Ich warte nur darauf, daß Tuvok sie analysiert.«

»Gut. Führen Sie die Analysen durch, Tuvok. Ich vereinbare ein weiteres Treffen mit den Kirse.« Janeway stand auf, und die anderen erhoben sich ebenfalls. Paris drehte kurz den Kopf und sah, wie Ärger oder vielleicht auch Enttäuschung über Chakotays Miene huschte. Dann hatte sich der Erste Offizier wieder unter Kontrolle.

Janeway sah überrascht auf, als der Türmelder ihres Quartiers summte. Sie hatte damit gerechnet, ein oder zwei Stunden für sich zu haben, bevor sie zur Brücke zurückkehren mußte, um mit den Kirse zu reden. »Wer ist da?«

»Chakotay.« Eine kurze Pause. »Könnte ich Sie sprechen, Captain?«

»Natürlich.« *Was ist denn diesmal nicht in Ordnung?* fragte sie sich und öffnete. Gleichzeitig warf sie einen Blick aufs Statusdisplay der Konsole. Alle Anzeigen leuchteten grün – die Bordsysteme funktionierten also innerhalb der Parameter, die nach dem Transfer in den Delta-Quadranten neu festgelegt worden waren. Beim Flug durch den Alpha-Quadranten hätte Janeway jetzt orangefarbene Lichter gesehen, da mehrere Werte nicht den üblichen Starfleet-Standards entsprachen. Unter den gegenwärtigen Umständen ließen sich Kompromisse nicht vermeiden.

»Worum geht es?« fragte Janeway und bedeutete dem Ersten Offizier, Platz zu nehmen.

Chakotay verzog kurz das Gesicht und setzte sich. »Es ist nichts Ernstes«, sagte er. »Und es hat auch nichts mit dem Schiff zu tun. Ich ... mache mir Sorgen in Hinsicht auf die Kirse.«

Janeway nickte und nahm Chakotay gegenüber Platz. »Sie kennen die Situation ebensogut wie ich. Wenn wir hier keinen neuen Proviant bekommen, schaffen wir es nicht bis zum nächsten Planeten der Klasse M.«

»Wobei wir von der Annahme ausgehen, daß entsprechende Welten in diesem Raumbereich auch weiterhin so selten sind wie zuvor«, erwiderte Chakotay.

»Wären Sie bereit, ein solches Risiko einzugehen?« fragte Janeway.

Der Erste Offizier wandte den Blick ab. »Aussichtslose Situationen haben mir nie gefallen«, antwortete er nach einigen Sekunden.

Janeway lächelte schief, und Chakotay schmunzelte ebenfalls.

»Was die Kirse mit jenen Geschöpfen anstellen ... Es verstößt gegen alle Grundsätze, mit denen ich aufgewachsen bin«, sagte er. »Niemand – kein Wesen – hat das Recht, andere Lebensformen auf diese Weise zu benutzen.«

»Ihr Volk verwendete Zugtiere«, wandte Janeway ein. »Die Traditionalisten verzichten selbst heute nicht darauf, obgleich Maschinen zur Verfügung stehen.«

»Das ist etwas anderes.« Chakotay schüttelte den Kopf, und in dieser Geste kam ein gewisser Ärger zum Ausdruck. »Wir behandeln Tiere – alle lebenden Tiere – mit Respekt. Wir bitten um Erlaubnis, sie benutzen zu dürfen, und anschließend danken wir für die geleistete Arbeit.«

»Glauben Sie, daß sich dadurch für das betreffende Tier ein praktischer Unterschied ergibt?«

Chakotay runzelte die Stirn. »Natürlich. Ein Tier kann zwar nicht antworten oder verstehen, aber indem wir fragen, verhalten wir uns menschlich ...« Er unterbrach sich plötzlich und richtete einen durchdringenden Blick auf die Kommandantin. »Das brauche ich Ihnen gar nicht zu erklären. Sie wissen genau darüber Bescheid.«

Janeway seufzte und gab ihre bisherige Taktik auf. Chakotays Abstammung, seine Prinzipientreue, jene Dinge, an die er fest glaubte ... Sie konnte kaum hoffen, einen solchen Mann umzustimmen. *Und eigentlich bin ich auch froh darüber, daß ich es nicht kann,* dachte sie. *Doch andererseits darf ich nicht das aufgeben, was ich für meine Pflicht erachte.* »Chakotay ...«, begann sie und suchte nach den richtigen Worten, um eine Brücke zwischen ihnen zu bauen, um seine Überzeugungen anzuerkennen, ohne ihre eigenen aufzugeben. »Ich finde es ebenfalls falsch, Tiere auf eine derartige Weise zu behandeln. Was die Kirse mit den sogenannten Gärtnern anstellen, erfüllt mich mit einem Unbehagen, das die Hinweise von Paris nicht aus mir vertreiben konnten. Aber ich weiß auch, daß wir dringend frische Nahrungsmittel brauchen.«

Chakotay setzte zu einer Erwiderung an, und Janeway kam ihm zuvor, indem sie die Hand hob. »Nein, lassen Sie mich ausreden. Selbst wenn wir uns in einer anderen Situation befänden und ein Dutzend Planeten zur Verfügung hätten, um uns neuen Proviant zu beschaffen – uns sind hier die Hände gebunden. Wir haben kein Recht, irgendeine Art von Einfluß auf die Kultur der Kirse zu nehmen. Dies ist eine völlig fremde Zivilisation, die wir nicht verstehen und auch gar nicht verstehen können. Wir wissen nichts von der Moral und Ethik dieses Volkes. Wir haben keine Möglichkeit zu beurteilen, was die Kirse tun und lassen sollten. Wir stehen zu sehr außerhalb ihrer Kultur, und von einer solchen Position aus kann man nichts auf Dauer ändern, ganz gleich, wie gut die Absichten sind. Darauf läuft die Erste Direktive hinaus. In der Geschichte der Föderation hat sich mehrmals herausgestellt, wie wichtig dieses Nichteinmischungsprinzip ist. Zu Beginn meines Starfleet-Dienstes habe ich geschworen, die Bestimmungen der Ersten Direktive zu beachten, selbst dann, wenn sie mir falsch erscheinen. Ich habe nicht die Absicht, diesen Eid jetzt zu brechen.«

Janeway schwieg und lauschte dem Klang der eigenen Worte. Sie klangen viel zu hochtrabend und schwülstig, wenn man sie hier aussprach, in der Umlaufbahn einer Welt, die nie zuvor etwas von der Föderation gehört hatte.

Sie musterte Chakotay und fragte sich, ob sie genug

oder vielleicht zuviel gesagt hatte. Hatte es einen Sinn zu versuchen, einen Maquisarden mit Starfleet-Grundsätzen zu überzeugen?

Der Erste Offizier nickte langsam, und Janeway biß sich auf die Zunge, zwang sich, auch weiterhin geduldig zu sein und zu warten.

»Sie haben recht«, erwiderte Chakotay schließlich. »Vielleicht war mir das sogar von Anfang an klar. Wie dem auch sei: Ich kann das Verhalten der Kirse nicht billigen. Es ist falsch.«

»Ja.« Janeway zögerte und befürchtete, zuviel von ihren eigenen Empfindungen verraten zu haben.

»Wie soll ich mit so etwas leben?« fragte Chakotay leise.

In diesen Worten hörte Janeway einen Schmerz, der sie selbst vor vielen Jahren gequält hatte. Erinnerungen daran stiegen in ihr empor.

»Sie setzen Ihr Leben einfach fort.« Die Kommandantin lächelte erneut, als sie Überraschung im Gesicht des Ersten Offiziers sah. »Vor langer Zeit habe ich jemandem die gleiche Frage gestellt, und ich bekam diese Antwort. Damals verstand ich sie nicht, aber schließlich ergab sie einen Sinn. Setzen Sie Ihr Leben fort.«

»Damals haben Sie sich vermutlich etwas anderes erhofft«, sagte Chakotay, und auch seine Lippen formten nun ein Lächeln.

»Ja.« Janeway entsann sich auch an ein Lied, leise und traurig, gesungen von einer Frau. Eine Stelle des Textes hatte einen festen Platz in ihrem Gedächtnis gefunden: *Manche Tage muß man einfach irgendwie überstehen.*

Sie verdrängte die Erinnerungen, als Chakotay aufstand.

»Vielen Dank, daß Sie sich Zeit für mich genommen haben, Captain.«

Es waren förmliche Worte, aber es kam auch Wärme in ihnen zum Ausdruck.

»Chakotay?«

»Captain?« Er blieb in der Tür stehen.

»Was hielten Sie von den Kirse, bevor diese Sache bekannt wurde?«

»Nun ...« Der Erste Offizier schmunzelte einmal mehr. »Vorher habe ich Schlüsselhüter und die anderen Kirse gemocht. Vermutlich liegt da das Problem.«

Er trat in den Korridor, und die Tür schloß sich hinter ihm. Janeway blieb sitzen und starrte ins Leere. *Er hat recht*, fuhr es ihr durch den Sinn. *Zumindest ein Teil des Problems liegt darin, daß uns die Kirse so sympathisch erscheinen. Auch deshalb schmerzt es so zu sehen, was sie mit den Gärtner-Wesen angestellt haben.* Doch es gab keine Möglichkeit, daran etwas zu ändern.

»Ich weiß, was Sie meinen, Chakotay«, murmelte Janeway. »Ich mag die Kirse ebenfalls.«

Es blieb ihnen tatsächlich keine Wahl, denn die *Voyager* befand sich in einer ›aussichtslosen Situation‹, wie es Chakotay genannt hatte. Es fiel Janeway schwer, die Ungewißheit aus sich zu verbannen, als sie auf der Brücke des Schiffes vor den Hauptschirm trat, um erneut mit den Kirse zu sprechen. *Ich muß vor allem an die Crew denken*, dachte sie. *Dort liegt meine wichtigste Verantwortung.*

Doch diese Überlegungen spendeten kaum Trost.

»Die Verbindung ist hergestellt, Captain«, meldete Kim.

Janeway nickte ihm zu und straffte die Schultern. »Danke, Mr. Kim.«

Konturen bildeten sich in der bunten Statik des Kirse-Kommunikationssystems, formten das Gesicht von Unnachgiebig.

»Ich grüße Sie, Captain Janeway.«

»Ich erwidere Ihren Gruß, Unnachgiebig.«

»Hatten Sie inzwischen Gelegenheit, die Proben zu untersuchen?« fragte das Oberhaupt der Kirse.

»Ja.« Janeway blickte kurz zum Datenblock, der auf der einen Armlehne des Kommandosessels lag. Die Untersuchungen des Doktors ließen keinen Zweifel: Alle Proben wurden den Erfordernissen gesunder, ausgewogener Ernährung gerecht. Wenn die *Voyager* hier ihren Proviant erneuerte, konnten sie bequem den nächsten Planeten der Klasse M erreichen – ohne befürchten zu müssen, daß ihre Vorräte vorher zur Neige gingen. »Wir sind an Ihren Nahrungsmitteln interessiert«, fuhr die Kommandantin fort. »Aber vorher müssen noch einige technische Angelegenheiten geklärt werden.«

»Aufgrund meiner Erfahrungen mit Thilo gehe ich davon aus, daß unsere Technologien kompatibel sind«, sagte Unnachgiebig.

»So scheint es«, erwiderte Janeway. »Leider können wir kein komplettes Transportersystem entbehren. Unser Angebot muß sich auf entsprechende Informationen beschränken.«

Unnachgiebig runzelte die Stirn. »Unseren technischen Ressourcen sind Grenzen gesetzt. Das gilt insbesondere für Hardware, deren Herstellung viel Metall erfordert. Ich brauche die für die Konstruktion notwendigen Rohstoffe, bevor ich eine Übereinkunft in Betracht ziehen kann.«

»Es müßte uns eigentlich möglich sein, Ihnen die erforderlichen Materialien zu liefern«, meinte Janeway. Sie hatte mit einer solchen Antwort gerechnet und sich darauf vorbereitet, aber trotzdem spürte sie nun, daß sich fast so etwas wie Verzweiflung in ihr regte. Je länger es dauerte, den Proviant zu bekommen, desto größer wurde die Wahrscheinlichkeit, daß weitere Besatzungsmitglieder erkrankten. Und damit verschlechterte sich die Verhandlungsposition der *Voyager*. Janeway mußte sich zwingen, so vorzugehen, als hätte sie alle Zeit der Welt. »Vielleicht könnte sich unsere Chefingenieurin mit Ihren Technikern treffen, um eine genaue Vorstellung davon zu gewinnen, welche Rohstoffe Sie brauchen und wie sich deren Lieferung mit unserer Versorgungslage vereinbaren läßt.«

Unnachgiebig blinzelte und nickte dann langsam. »Ein guter Vorschlag. Bitte schicken Sie die Chefingenieurin; wir erwarten sie hier.«

Das Bild des Kirse verschwand vom Schirm, bevor Janeway eine Antwort geben konnte. Sie blickte über die Schulter, und Kim zuckte verlegen mit den Achseln.

»Die Verbindung ist unterbrochen, Captain.«

»Na schön.« Janeway sah erneut zum Hauptschirm, der nun wieder den grünweißen Kirse-Planeten zeigte. Wolken und Entfernung verbargen Einzelheiten der paradiesischen Welt. Nach einigen Sekunden schüttelte sie den Kopf. »Jetzt sind Sie dran, Lieutenant Torres.«

B'Elanna Torres sah sich auf dem Hof um. Die Kirse schienen etwas dagegen zu haben, daß sich Besucher direkt in ihre Zitadelle beamten, aus welchem Grund auch immer. Der Boden bestand aus von der Sonne erwärmten Steinen, die ein Schachbrettmuster bildeten: Die Quadrate glänzten abwechselnd purpurn und goldfarben – es handelte sich um das gleiche Material, aus dem auch die Straße bestand, deren Verlauf sie zur Zitadelle gefolgt waren.

Völlig leer erstreckte sich der Hof. In den Wänden zeigten sich weder Türen noch Fenster. Der nächste Turm ragte auf der rechten Seite jenseits der Mauer empor und präsentierte B'Elanna ebenfalls eine glatte Außenfläche. Die Schilderungen von Kim und Paris deuteten darauf hin, daß so etwas normal war – die Kirse schufen erst dann einen Zugang, wenn sie ihn benötigten. Doch es fiel der Chefingenieurin schwer, keinen unfreundlichen Empfang darin zu sehen.

Sie klopfte auf ihren Insignienkommunikator. »Torres an *Voyager*.«

»Hier *Voyager.*« Es war Chakotays Stimme, und B'Elanna staunte über ihre eigene Enttäuschung. *Man kann wohl kaum erwarten, daß sich Captain Janeway bei jedem Außeneinsatz selbst um die Kommunikation kümmert.*

»Ich habe den Zielort erreicht, aber hier ist niemand.« Sie hatte diese Worte gerade ausgesprochen, als das dumpfe Brummen des Kirse-Transporters erklang. Torres drehte sich um und sah, wie eine Tür in der Wand vor dem Turm entstand. »Oh, ich glaube, das Empfangskomitee trifft gerade ein.«

»Gut«, sagte Chakotay. »Halten Sie uns auf dem laufenden. *Voyager* Ende.«

Ein Kirse ohne Flügel trat aus dem Schatten der Tür. Seine – nein, ihre, verbesserte sich Torres; es schien eine Frau zu sein, auch wenn sie so dünn war, daß man das Geschlecht erraten mußte – *ihre* bloßen Füße verursachten fast überhaupt keine Geräusche auf dem Boden. Einige Meter vor B'Elanna blieb sie stehen und vollführte eine Geste, die offenbar ein Gruß sein sollte.

»B'Elanna Torres? Ich bin Silberhammer. Ich soll Ihnen unser System zeigen und erklären, welche Rohstoffe wir benötigen.«

Torres nickte. »Freut mich, Sie kennenzulernen.« Sie wußte, daß sie schroff klang, konnte jedoch nichts daran ändern. Die Kirse schien es ihr nicht übelzunehmen.

»Hier entlang«, erwiderte sie schlicht.

Torres folgte ihr und fragte sich dabei, wo Revek steckte. Die anderen Landegruppen hatten von seiner Anwesenheit berichtet. *An den bisherigen Einsätzen sind allein Menschen beteiligt gewesen*, dachte sie. *Vielleicht glauben die Kirse, daß Revek mit einer halben Klingonin nicht gut zurechtkäme.* Sie wußte nicht recht, ob sie beleidigt oder amüsiert sein sollte. Nun, bei ihrer ersten und einzigen Begegnung war er ihr nicht sonderlich sympathisch gewesen, doch es ärgerte sie, daß die Kirse es bemerkt hatten. *Nein*, gestand sich B'Elanna mit der für sie typischen

Ehrlichkeit ein. *Ich ärgere mich darüber, daß ich meine Gefühle so offen gezeigt habe. Ich sollte vorsichtiger sein.*

In der Mitte des Hofes blieb Silberhammer so plötzlich stehen, daß Torres fast gegen sie gestoßen wäre. Bevor sie irgend etwas sagen konnte, streckte die Kirse ihre Hand aus, und das Brummen des Transporters wiederholte sich. Vor ihr verschwand ein purpurnes Quadrat, und Stufen führten in die Tiefe. Die Ränder der goldenen Platten wirkten jetzt seltsam trüb, und Torres fragte sich, ob es sich dabei um eine Auswirkung des Kirse-Transporters handelte.

»Dort unten«, sagte Silberhammer.

B'Elanna folgte ihr vorsichtig und stellte erleichtert fest, daß Licht glühte, als sie sich dem Loch im Boden näherten. Der in die Tiefe führenden Treppe fehlte ein Geländer. Es gab nur eine zentrale Säule, an der sich die lange Spirale aus Stufen nach unten wand. Von dieser Säule ging auch das Licht aus: ein bläulicher Glanz, die direkt aus dem Stein zu kommen schien. Er begleitete sie, erhellte nur jeweils einige Meter vor und hinter ihnen. Torres trachtete danach, nur auf die Stufen unmittelbar vor ihren Füßen zu sehen, alles andere zu ignorieren. Sie hatte das unangenehme Gefühl, durch finsteres Nichts zu wandern, durch eine Dunkelheit, die sie jeden Augenblick verschlingen mochte.

»Bitte bleiben Sie kurz stehen«, sagte Silberhammer.

B'Elanna kam der Aufforderung sofort nach, widerstand dabei der Versuchung, ihren Insignienkommunikator zu aktivieren und eine Kom-Verbindung zur *Voyager* herzustellen. Erneut hob Silberhammer die Hand und hielt sie so, daß die Innenfläche zur Öffnung über ihnen wies. Der Transporter brummte, und der Zugang schloß sich. Torres glaubte, bei diesem Vorgang ein kurzes Aufblitzen in Silberhammers Hand bemerkt zu haben. Stammte es von einem kleinen Gerät, mit dem die Kirse den Transporter kontrollierte?

Silberhammer setzte den Weg in die Tiefe fort, und es blieb Torres gar nichts anderes übrig, als ihr zu folgen. Die Wendeltreppe schien endlos zu sein, umgeben von undurchdringlicher Schwärze. Doch dieser Eindruck täuschte. B'Elanna schätzte, daß sie sich in einer Tiefe von etwa zwanzig Metern befanden, als sie im Licht der Säule das Ende der Treppe und dunklen Boden erkennen konnten. Silberhammer krümmte die Hand und bewegte einige Finger, woraufhin sich ganz oben an einer Wand Lichter bildeten. Sie wurden schnell heller, und Torres fand sich plötzlich in einer tiefen künstlichen Schlucht wieder, in einem Canyon, der so echt wirkte, daß sie fast mit dem Rauschen von fließendem Wasser rechnete. Statt dessen vernahm sie wieder das Brummen des Kirse-Transporters, und eine neue Tür entstand – daraus fiel Licht auf dunkelgraues Gestein.

»Dies ist die Werkstatt«, sagte Silberhammer und verharrte in dem Zugang.

Torres folgte ihr auch diesmal und zuckte unwillkürlich zusammen, als die Tür hinter ihr verschwand, wieder zu einer festen Wand wurde. »Machen Sie das immer so?«

»Meinen Sie die Türen?« Silberhammer blinzelte. »Es ist sicherer. Oder sollte ich vielleicht sagen: klüger? Die hier stattfindende Arbeit ist sehr wichtig, und ich möchte vermeiden, daß jemand Einfluß darauf nimmt. Oder verletzt wird.«

Das klang durchaus plausibel, fand Torres und sah sich in dem großen Raum um. Auf beiden Seiten erstreckten sich die Wände mindestens fünfzehn Meter weit, und wohin die Chefingenieurin auch blickte: Überall sah sie Maschinen, jene seltsamen, glänzenden Aggregate, die sie schon bei ihrem ersten Besuch auf dem Planeten gesehen hatte. Auch hier lagen die beweglichen Teile ganz offen. Es erschien ihr überaus sonderbar, daß etwas funktionieren konnte, ohne daß es zu erkennbaren Wechselwirkungen mit anderen Komponenten kam. Verwundert trat sie näher und bemerkte das matte Glühen von Kraftfeldern zwischen den einzelnen Teilen. Enorm viel Energie schien hier vergeudet zu werden – und das widersprach den Daten, die die Sensoren und Scanner der *Voyager* beim Anflug ermittelt hatten.

Torres wandte sich an Silberhammer. »Wie halten Sie so viele Kraftfelder stabil?« fragte sie, ohne vorher zu überlegen. »Wir haben keine annähernd so große Energiequelle auf dem Planeten gemessen.«

Die Kirse lächelte. »Erwarten Sie wirklich von mir, daß ich Ihnen darüber Auskunft gebe?«

Torres spürte, wie sie errötete. Die Frage war naiv, aber sie beschloß, keinen Rückzieher zu machen. Vielleicht kam sie mit einem Bluff weiter. »Nun, ich muß Ihr energetisches Potential kennen, um das Transportersystem richtig zu analysieren. Offenbar steht Ihnen mehr Energie zur Verfügung, als ich dachte.«

»Nun gut.« Silberhammer nickte ernst, und ihr Lächeln verschwand. »Der planetare Kern bildet unsere primäre Energiequelle. Diese Welt ist noch jung, ihr Zentrum sehr heiß.«

»Aber Sie verwenden eine Abschirmung.«

Silberhammer nickte erneut. »Um dieses System zu schützen. Die Andirrim würden sonst ihre Angriffe auf diesen Ort konzentrieren.«

Torres schauderte innerlich, als sie daran dachte. Im Zentrum eines Planeten herrschten für gewöhnlich sehr hohe Temperaturen, aber ein Anzapfen dieser Energiequelle brachte auch erhebliche Gefahren mit sich. In diesem Zusammenhang konnte ein Unfall zu einer gewaltigen Katastrophe führen. »Sie haben viele Probleme mit den Andirrim.«

»Genug«, erwiderte Silberhammer. »Manchmal kommen sie, um zu handeln. In solchen Fällen bringen sie

Metall mit, und dann bleibt uns gar nichts anderes übrig, als Geschäfte mit ihnen abzuschließen. Aber das geschieht nur, wenn sie selbst Vorräte brauchen. Meistens kommen sie, um zu stehlen.«

»Hoffentlich entschließen sie sich nicht ausgerechnet jetzt zu einem Angriff«, sagte Torres.

»Wenn sie das nächste Mal auftauchen, so geht es ihnen wahrscheinlich um Handel«, meinte Silberhammer. »Beim letztenmal wurden sie vertrieben und konnten nur wenig mitnehmen.«

»Gut.« Torres wollte noch etwas hinzufügen, überlegte es sich dann aber anders. In diesem Fall hielt sie die Starfleet-Regeln für richtig: Es war besser, sich aus einem lokalen Konflikt herauszuhalten, für keine Seite Partei zu ergreifen. Sie griff nach ihrem Tricorder. »Würden Sie mir jetzt bitte Ihr System zeigen?«

Silberhammer zögerte für einen Sekundenbruchteil und deutete dann zu einem Block in der Mitte des Saals. »Dort.«

Torres trat vorsichtig näher und aktivierte ihren Tricorder. Auf den ersten Blick erweckte der massige Block den Eindruck, aus Blei zu bestehen, doch als B'Elanna genauer hinsah, bemerkte sie eine Vielzahl von Rohren, deren farbliches Spektrum von Goldgelb über Silbergrau bis zu allen möglichen Schattierungen von Rot reichte. Diese Schlangen aus Metall wanden sich über der Außenfläche des Blocks, ragten aus Seiten und Ecken, bildeten knotenartige Gebilde, führten durch Kugeln, deren Oberfläche aus blütenblattähnlichen Facetten bestand, um anschließend wieder in dem Block zu verschwinden. Alles sah seltsam organisch aus, und an einigen Stellen glaubte Torres, glitschige Feuchtigkeit zu erkennen. Doch als sie die Sensoren des Tricorders darauf richtete, berichteten die Anzeigen nur von mechanischen – oder besser: anorganischen – Komponenten. Ein starkes Kraftfeld umhüllte die ganze Vorrichtung. B'Elanna änderte die Justierung der Sensoren, damit die Sondierungssignale das Feld durchdringen konnten. Unmittelbar darauf ortete sie ein enorm hohes Strahlungsniveau. Handelte es sich um eine separate Energiequelle, oder steckte die Kirse-Technik dahinter?

»Ist dies die Energiequelle?« fragte Torres. Silberhammer näherte sich und blickte neugierig aufs Display des Tricorders. Die Chefingenieurin widerstand der Versuchung, das Gerät so zu halten, daß Silberhammer die Anzeigen nicht erkennen konnte. Statt dessen berührte sie eine ganze bestimmte Schaltfläche, woraufhin alle Daten aus dem Display verschwanden. Die Kirse sah sie überrascht und auch ein wenig mißbilligend an; B'Elanna hielt ihrem Blick mühelos stand.

»Ja, dies ist das Herz«, bestätigte Silberhammer schließlich. Torres reaktivierte das Display und trat dabei hinter den abgeschirmten Block. Erleichtert stellte sie fest, daß die Kirse ihr nicht folgte, und so konnte sie sich ganz auf die Anzeigen konzentrieren. Die Wellenmuster schienen nur vage vertraut, und komplexe Schwingungen überlagerten ihr ungewöhnliches Muster. Mit gerunzelter Stirn betrachtete Torres die Darstellungen und versuchte zu verstehen, was es mit ihnen auf sich hatte. Revek schien den Kirse so viel über den Föderationstransporter erzählt zu haben, wie er davon wußte. Anschließend hatten die Kirse diese Informationen genutzt, um einen völlig anders beschaffenen Transporter zu modifizieren und zu erweitern. Das daraus resultierende Mischsystem verfügte über ein hohes energetisches Niveau – es hatte sogar *zuviel* Energie – und konnte Dinge bis in den nahen Weltraum transferieren. Allerdings endete die maximale Auflösung auf der molekulare Ebene, was bedeutete: Lebende Materie konnte nicht gebeamt werden. *Das heißt, man könnte sie schon beamen, aber nach dem Retransfer wäre sie nicht mehr lebendig,* fügte Torres in Gedanken hinzu. Bei Teilen von Wänden und Böden funktionierte das System natürlich einwandfrei. Allerdings: Es erschien der Chefingenieurin übertrieben, die Energie des Planetenkerns anzuzapfen, nur um Türen zu öffnen und zu schließen.

»Bevor Thilo kam, konnte der Strahl nur die Materie restrukturieren, aus der die Wände bestehen«, sagte Silberhammer. »Natürlich war er auch imstande, sie aufzulösen.« Die Kirse zögerte kurz. »Nun, eigentlich ließ sich praktisch alles damit auflösen, aber die Restrukturierung funktionierte nur bei bestimmten Materiearten.«

»Wie sie vorwiegend in den Wänden vorkommen?« fragte Torres. Es lief ihr kalt über den Rücken, als sie an Experimente mit einem Prototypen des Kirse-Transporters dachte. Vermutlich hatte das Ding so funktioniert wie jene gräßlichen Waffen, die man Desintegratoren nannte. Und wenn die aufgelöste Materie für immer verschwunden blieb ... »Ich nehme an, es wurde viel Energie freigesetzt, wenn keine Restrukturierung des Materials stattfand.«

Silberhammer nickte. »Die freigesetzte Energie fließt in den Strahl und von dort aus ins System. Das ist sehr effizient.«

Und gefährlich, dachte Torres. Mit neuem Respekt betrachtete sie das Kraftfeld. Bei solchen Vorgängen wurden ungeheure Mengen an Energie frei. Ein System zu schaffen, das diese Energie aufnahm – ein System, das sowohl aus Hardware bestand als auch aus Kraftfeldern und Software –, war eine bemerkenswerte technische Leistung. Gleichzeitig stellte es etwas dar, das jeder Techniker oder Wissenschaftler der Föderation abgelehnt hätte, weil die Konsequenzen eines Systemversagens immens gewesen wären. B'Elanna erinnerte sich daran, keine anderen Kirse in der Nähe gesehen zu haben. Vielleicht bestand darin der Sinn des schluchtartigen Korridors; möglicherweise sollte er andere Leute von diesem Bereich fernhalten, falls es zu Schwierigkeiten kam.

»Auch Ihre Kraftfelder müssen sehr effizient sein«, sagte Torres und deutete ein Lächeln an.

»Sie meinen, für den Fall, daß der Transporter versagt?« fragte Silberhammer.

»Um ein Versagen des Transporters zu verhindern«, antwortete B'Elanna.

»Der ganze Komplex kann isoliert werden, wenn sich das als notwendig erweisen sollte«, sagte die Kirse. »Weitere Kraftfelder dienen dazu, die Korridore abzuschirmen – die ohnehin separiert sind, sowohl von besonders dicken Wänden als auch durch reine Distanz. Wenn das Problem bei den Kraftfeldern liegt, können wir den Transporter einsetzen, um die Tunnel mit Masse zu blockieren. Es ist mir möglich, den externen Korridor meterdick mit Gestein zu füllen, um eine zerstörerische Reaktion auf diesen Bereich zu beschränken.«

»Was allerdings für Sie beziehungsweise einen anderen hier tätigen Techniker den Tod bedeutet«, gab Torres zu bedenken. »Ist hier immer jemand im Dienst?«

»O nein.« Silberhammer schüttelte voller Nachdruck den Kopf. »Wir haben hier etwas, das Thilo als ›automatisches Sicherheitssystem‹ bezeichnete. Es wird bei bestimmten Fehlfunktionsmustern aktiv und riegelt dann alles ab.«

»Ich verstehe.« Torres widerstand der Versuchung, mißbilligend den Kopf zu schütteln. Sie hielt die Automatik für den einzigen vernünftigen Aspekt der ganzen Vorrichtung. Alles andere verbrauchte entweder viel zuviel Energie, wie der ursprüngliche Transporter, oder basierte auf der Bereitschaft der Kirse, sich zu opfern, um den Rest des Volkes zu retten.

Sie sah wieder auf ihren Tricorder. »Ich sollte mir jetzt das Kontrollsystem ansehen.«

»Natürlich.« Silberhammer streckte die Hand aus,

und darin befand sich eine Scheibe. Sie glänzte so, als sei sie gerade erst poliert worden. Torres griff danach, und ihre Finger strichen über eine Kante aus horniger Haut, die das Etwas in der Mitte der Handfläche hielt. Ein oder zwei Sekunden lang begriff B'Elanna nicht, was sie berührte. Dann verstand sie plötzlich, und ihre eigene Hand zuckte so plötzlich zurück, als hätte sie sich verbrannt. Das Kontrollgerät war Teil von Silberhammers Körper – *wie bei einem Cyborg, wie bei den Borg,* dachte die Chefingenieurin entsetzt. Vermutlich gab es Verbindungen zum Nervensystem der Kirse. Fleisch und Maschine, fest miteinander verbunden …

Torres schauderte, und Silberhammer neigte den Kopf zur Seite.

»Stimmt was nicht?«

»Wie bitte?« brachte B'Elanna hervor. Sie bemühte sich, den in ihr emporquellenden Ärger einzudämmen, doch als sie erneut den Glanz des Implantats sah … Übelkeit verdichtete sich in ihr. »Natürlich stimmt was nicht. Wie können Sie sich so etwas antun?«

Silberhammer runzelte die Stirn. »Ich verstehe nicht.«

»Sich mit einer Maschine zu verbinden …« Torres unterbrach sich, als sie die Verwirrung in den Zügen der Kirse sah. Silberhammer wußte wirklich nicht, was sie meinte.

»Was spricht dagegen?« erwiderte die Kirse wie ein Kind, das von den Eltern bestraft wurde, ohne den Grund dafür zu kennen. B'Elanna kannte diesen besonderen Tonfall. So hatte ihre eigene Stimme geklungen, bei den vor vielen Jahren gestellten Fragen, warum sie sich von ihren Altersgenossen unterschied, warum sie sich anders fühlte und anders behandelt wurde. Sofort verdrängte sie diese Erinnerungen – zuviel Schmerz verband sich mit ihnen – und ersetzte sie durch vertrauten klingonischen Zorn.

»Es gibt so viel zu tun, und ich kann nicht alles erledigen«, fuhr Silberhammer fort. »Wenn ich nicht Teil des Systems bin – im wahrsten Sinne des Wortes, mit Hilfe der Verbindungsmodule –, so versagt es. Auf diese Weise werden die zur Verfügung stehenden Ressourcen besonders effizient genutzt.«

»Aber dadurch machen Sie sich selbst zu einer Maschine!« entfuhr es Torres. »Obwohl Sie eine Person sind. Es ist falsch.« Sie hielt inne – zu spät fielen ihr die Lektionen an der Starfleet-Akademie ein. Zwar war sie nur für kurze Zeit dort gewesen, aber sie hatte Vorträge über die Erste Direktive gehört, an den Debatten über ethische Grundsätze und praktische Erwägungen teilgenommen. Ausgerechnet jetzt die Beherrschung zu verlieren, obwohl die *Voyager* dringend neuen Proviant brauchte ... Es bewies nur, daß sie einfach nicht zum Starfleet-Offizier taugte.

Silberhammer sah sie noch immer an, und ihre Besorgnis schien immer mehr zu wachsen. Torres atmete mehrmals tief durch, um sich zu beruhigen. »Es ... tut mir leid«, sagte sie schließlich. »In der Föderation spielen solche Dinge eine große Rolle, und mein Volk – das Volk meiner Mutter, die Klingonen – neigt zu besonderer Emotionalität.«

Ähnliche Worte hatte Tuvok einmal formuliert, um einen ihrer Wutanfälle zu erklären. B'Elanna spürte, wie ihre Wangen heiß wurden, als sie daran dachte.

Silberhammer schien von dieser Reaktion nichts zu bemerken und nickte langsam. »Oh. Thilo hat einige kulturelle Tabus erwähnt, dies jedoch nicht. Hiermit bitte ich um Entschuldigung dafür, daß ich Sie beleidigt habe. Bitte glauben Sie mir, daß es unabsichtlich geschah.«

»Natürlich.« Torres nickte ebenfalls, während der Adrenalinspiegel in ihrem Blut nur sehr langsam sank.

Wieder neigte Silberhammer den Kopf zur Seite. »Ich ... Sie sind noch immer erregt.«

»Es geht vorüber.«

»Dies ist etwas, das ich verstehe«, sagte Silberhammer. »Es gibt Personen und auch Tiere wie die Gärtner, die zu aggressiv sind. Sie wurden gezüchtet, um aggressiv zu sein – wenigstens einige von ihnen –, und sie haben sich nicht immer unter Kontrolle. Es gibt Systeme, die den Hormonfluß steuern und damit den Instinkt dämpfen.«

»Keine weiteren Maschinen«, erwiderte Torres und konnte ihren Abscheu nicht verbergen.

»Es handelt sich um Implantate«, antwortete Silberhammer. »Mit individueller Kontrolle. Sie sind nicht für die Gärtner bestimmt, sondern für Personen. Man könnte sie mit persönlichen Assistenten oder Helfern vergleichen. Ich mache Sie damit vertraut, wenn Sie möchten.«

Torres zögerte und sah eine Möglichkeit, die nicht unerheblichen Reiz auf sie ausübte. Sich vom klingonischen Zorn zu befreien, von der jähen Aggressivität, die sie dem genetischen Erbe ihrer Mutter verdankte, eine neue Freiheit, die ganz nach Belieben zur Verfügung stand ... Silberhammer bot ihr eine solche Kontrolle an, ohne jede Verpflichtung. *Aber es würde bedeuten, daß ich mich auf einen fremden Faktor verlasse,* dachte B'Elanna. *Auf etwas, das Abhängigkeit schafft, irgendwann einmal ausfallen kann – und dann wäre die Bürde des Zorns noch schwerer zu tragen. Außerdem würde es bedeuten, daß ich einen Teil von mir eliminiere, auch wenn mir dieser Teil nicht gefällt.* »Nein«, sagte sie und hörte erstaunt, daß sie dabei ganz ruhig klang. »Aber ich danke Ihnen für das Angebot, Silberhammer.«

»Wie Sie wünschen.« Die Kirse blickte auf das in ihre Hand integrierte Gerät und streckte es erneut der Chefingenieurin entgegen. »Sollen wir jetzt fortfahren?«

Torres nickte, begann mit der Untersuchung und gab sich alle Mühe, das hornige Interface zwischen Kirse und Maschine nicht zu berühren. So irrational ihre Reaktion auch sein mochte: Es erleichterte sie, bei den anderen Kirse keine derartigen Verbindungen mit Geräten beobachtet zu haben.

Sie brauchte drei weitere Stunden, um die Analyse des Kirse-Transporters zu beenden, obgleich sie dabei auch auf das Elaborationspotential des *Voyager*-Computers zurückgriff. Schließlich hatte sie eine ziemlich klare Vorstellung von dem System und auch davon, was die Kirse benötigten, um die geplanten Modifikationen durchzuführen. Allem Anschein nach gab es auf ihrer Welt nur wenig Metall: Jene Komponenten, die zunächst den Eindruck erweckten, aus Metall angefertigt worden zu sein, bestanden in Wirklichkeit aus Keramik oder ähnlichen Stoffen. Echtes Metall wurde nur dort verwendet, wo es sich nicht vermeiden ließ. Es blieb der *Voyager* gar nichts anderes übrig, als auch Metall zu liefern, doch B'Elanna sah bereits eine Möglichkeit, den Kirse die benötigten Rohstoffe zu liefern, ohne daß ihre sorgfältig gehüteten Vorräte an Bord dadurch zu sehr schrumpften. Sie blickte zu dem Kondensor-Aggregat an der Wand, das sich aus muschelartigen Gebilden zusammensetzte. Sie glänzten im rosafarbenen Ton von Kupfer, obwohl sie nicht aus Metall bestanden, sondern aus Keramik. Ein hintergründiges Lächeln umspielte die Lippen der Chefingenieurin. Ja, sie würde den Kirse metallene Konstruktionskomponenten liefern – um sie anschließend durch Keramikteile zu ersetzen, die an Bord der *Voyager* den gleichen Zweck erfüllten. Auf diese Weise hielt sich der Verlust an Rohstoffen in Grenzen.

B'Elannas Lächeln wuchs in die Breite, als sie begriff, daß sie eine sehr elegante Lösung des Problems gefunden hatte.

Silberhammer bewegte die Schwingen und schien sich zu strecken. »Haben Sie eine Entscheidung getroffen?«

»Inzwischen bin ich mit der hiesigen Situation vertraut«, erwiderte Torres. Nach kurzem Zögern fügte sie hinzu: »Ich werde empfehlen, das Geschäft mit Ihnen abzuschließen.«

Silberhammer hob Flügel und Arme. Es war eine Geste, die sehr fremdartig wirkte – und die B'Elanna gleichzeitig an ein Kind erinnerte, das erfreut in die Hände klatschte. »Das sind sehr gute Nachrichten. Ich nehme an, Sie möchten sich mit Ihrem Schiff in Verbindung setzen. Und vermutlich wollen Sie ein privates Gespräch führen.«

»Ja«, sagte Torres.

Silberhammer hob die Hand und richtete die Kontrollscheibe darin auf das einzige Wandsegment, an dem sich keine Maschinenteile zeigten. Der Transporter brummte, und B'Elanna sah Licht, das hinter dem Kraftfeld pulsierte, ein weißblaues Schimmern tief im Innern der Anlage.

»Dort ist es privat«, erklärte die Kirse. »Ich bleibe hier und kümmere mich um einige Routineaufgaben.«

»Danke.« Torres ging zur neuen Tür, vorbei an seltsam anmutenden Aggregaten. Hinter dem Zugang – er führte durch eine fast anderthalb Meter dicke Wand – erstreckte sich ein Zimmer, das wie ein gewölbter Zylinder wirkte. Für das diffuse Licht gab es keine erkennbare Quelle. B'Elanna sah sich um und fragte sich, ob sie wirklich mit der *Voyager* sprechen konnte, ohne daß jemand lauschte. Sie entschied sich gegen eine entsprechende Sondierung. An der Starfleet-Akademie hatte sie auch gelernt, daß es unter gewissen Umständen darauf ankam, Vertrauen zu zeigen. Außerdem ging es hier gar nicht darum, irgendwelche Geheimnisse zu hüten.

Sie klopfte auf ihren Insignienkommunikator. »Torres an *Voyager*.«

»Hier *Voyager*«, erklang Chakotays Stimme.

»Ich bin mit der Analyse fertig«, sagte die Chefingenieurin.

Sofort änderte sich der Tonfall des Ersten Offiziers. »Gut. Warten Sie, ich gebe dem Captain Bescheid.«

»In Ordnung.« Erneut blickte sich Torres in dem Raum um. Er war leer, und es zeigte sich nicht einmal Staub auf der glänzenden Substanz, aus der Wände, Boden und Decke bestanden. *Hat man diese Kammer vielleicht extra für mich geschaffen?* überlegte sie. Der Kirse-Transporter schien leistungsfähig genug zu sein, um selbst viele Tonnen Material auf einmal verschwinden zu lassen.

»Hier Janeway.« Die Stimme der Kommandantin unterbrach B'Elannas Überlegungen. »Welche Neuigkeiten haben Sie für uns?«

»Gute, denke ich, Captain. Der Kirse-Transporter kann mit einem Minimum an transferierter Hardware modifiziert werden, um Föderationstechnik zu verwenden.«

Einige Sekunden lang blieb es still, und Torres stellte sich vor, wie Janeway die Stirn runzelte. »Wir können kaum Hardware entbehren. Darauf haben Sie selbst mehrmals hingewiesen.«

»In der Tat, Captain.« Torres holte tief Luft und fragte sich, wieviel sie schon hier und jetzt preisgeben sollte. »Ich glaube, ich habe eine Lösung gefunden, die beiden Seiten gerecht wird.«

»Na schön«, sagte Janeway. »Kehren Sie an Bord zurück, damit wir die Details durchgehen können.«

»Aye, Captain.« B'Elanna unterbrach die Verbindung.

Fünfzehn Minuten später materialisierte sie im Transporterraum der *Voyager* und dachte daran, daß die Kultur der Kirse einen großen Vorteil hatte: Sie legte keinen großen Wert auf Begrüßungs- oder Verabschiedungszeremonien. Silberhammer hatte sich sofort damit abgefunden, daß Torres gehen mußte – bei den Klingonen wäre der Abschied wesentlich zeitaufwendiger gewesen. B'Elanna lächelte bei diesem Gedanken und glättete ihre Miene rasch, als sie sich dem Bereitschaftsraum näherte. »Captain? Torres hier.«

»Herein.«

Die Tür öffnete sich, und B'Elanna betrat das Zimmer. Es überraschte sie nicht, daß Chakotay und Tuvok dem Captain Gesellschaft leisteten.

»Sie erwähnten eine Lösung, die nicht nur uns zum Vorteil gereicht, sondern auch den Kirse«, sagte die Kommandantin.

»Ja«, bestätigte Torres. »Die von mir ermittelten Daten sind bereits in den Computer transferiert und werden einer endgültigen Analyse unterzogen. Aber in Hinsicht auf das Resultat habe ich praktisch keine Zweifel. Der Kirse-Transporter unterscheidet sich eigentlich gar nicht so sehr von unserem – die primären Probleme betreffen das Auflösungsvermögen –, und ich sehe mindestens zwei Möglichkeiten, unser System so zu verändern, daß es sich von den Kirse verwenden läßt. Allerdings gibt es auf dem Planeten nur wenig Metall – was ich bisher dafür gehalten habe, erwies sich als Keramik oder spezieller Kunststoff. Wir müssen also entsprechende Rohstoffe liefern.« Sie lächelte und konnte ihre Zufriedenheit nicht länger verbergen.

Janeway hob eine Braue. »Ich nehme an, Sie haben eine Lösung für das gerade geschilderte Problem gefunden.«

Torres nickte. »Eigentlich ist alles ganz einfach.« Sie griff nach ihrem Datenblock, rief die vorbereiteten Diagramme auf den Schirm und drehte das Gerät so, daß Janeway aufs Display sehen konnte. »Die Transporter-Komponenten können wegen der Feldresonanzen nicht aus Keramik oder Kunststoff hergestellt werden – das war eine der Hauptschwierigkeiten, mit denen die Kirse bei der Entwicklung ihres Systems zu kämpfen hatten.

Was uns betrifft: Wir können es uns nicht leisten, ihnen unsere Ersatzteile zu überlassen – es sind die einzigen im ganzen Delta-Quadranten. Aber ...« B'Elanna berührte eine Schaltfläche, und im Display erschien ein neues Diagramm. »Wir könnten einige unserer isolinearen Chips auseinandernehmen und so modifizieren, daß sie den gleichen Zweck erfüllen wie die benötigten Transporter-Komponenten. Die auf diese Weise verwendeten Chips bauen wir einfach nach, wobei wir den speziellen Kunststoff der Kirse verwenden. Dadurch verlieren wir überhaupt keine Ersatzteile.«

»Funktionieren die Kunststoffkopien ebensogut wie die Originale?« fragte Janeway.

»Das überprüfe ich gerade«, erwiderte Torres. »Bisher deutet alles darauf hin, daß sich Ihre Frage mit einem uneingeschränkten Ja beantworten läßt.«

Janeway sah zu Tuvok. »Haben Sie irgendwelche Einwände?«

»Unsere Sicherheit scheint durch eine solche Lösung in keiner Weise beeinträchtigt zu werden«, antwortete der Vulkanier. »Nein, ich sehe nicht den geringsten Grund, Einwände zu erheben. Ich möchte betonen, daß Lieutenant Torres eine sehr gute Lösung vorschlägt.«

»Das finde ich auch«, sagte Chakotay.

Janeway lächelte. »Ich teile diese Ansicht, meine Herren. Vielen Dank für Ihre Kommentare. Nun, Lieutenant Torres, das Ergebnis der Analyse steht zwar noch aus, aber ich glaube, Sie haben schon jetzt ein dickes Lob verdient.«

»Danke, Captain«, entgegnete Torres. Sie zögerte. »Allerdings wäre da noch eine Sache ...«

Das Lächeln verschwand von Janeways Lippen, und B'Elanna hätte fast eine Grimasse geschnitten. »Ach?«

Torres nickte. »Die Kirse benutzen implantierte Technik, um ihr System zu kontrollieren.«

Stille folgte, und schließlich sagte Janeway: »Fahren Sie fort.«

B'Elanna atmete tief durch und beschrieb, was sie gesehen hatte. Sie wies darauf hin, daß Silberhammer den Transporter mit Hilfe einer Scheibe steuerte, die in ihre Hand integriert war. Es gelang ihr, ruhig zu sprechen, ohne den profunden Abscheu zu verraten, den sie bei jenem Anblick empfunden hatte. »Ich weise darauf hin, weil wir davon bisher noch nichts wußten«, beendete sie ihren Bericht. »Ich bin mir nicht sicher, welche Bedeutung dieser Sache zukommt.«

»Wollen Sie andeuten, daß die Kirse den Borg ähnlich sind?« fragte Chakotay.

»Nein.« Torres schüttelte sofort den Kopf und war von ihrer eigenen Sicherheit erstaunt. »Aber sie sind auch nicht wie wir.«

»Wir verwenden ebenfalls Implantate«, wandte Janeway ein. »Medizinische Prothesen, implantierte Kommunikatoren und Translatoren ...«

»Man kann das nicht miteinander vergleichen«, erwiderte Torres. »Wir ... wir benutzen keine Implantate, um die Bordsysteme der *Voyager* zu kontrollieren.« Sie seufzte. »Nun, vielleicht ist es keine Frage des Prinzips, sondern des Anwendungsbereichs. Wie dem auch sei: Ich fand es ... beunruhigend, Captain.«

Janeway nickte und sah die anderen Offiziere an. »Was meinen Sie?«

»Kein logischer Grund spricht gegen die Verwendung eines derartigen Implantatsystems«, sagte Tuvok. »Insbesondere bei einem so kleinen Volk wie den Kirse. Ich habe nie mehr als hundert Kirse geortet, die meiste Zeit über weitaus weniger. Die Technik der Föderation basiert auf den Bedürfnissen weitaus größerer Gemeinschaften, und das gilt auch für die moralisch-ethischen Grundsätze.«

»Eine solche Verbindung mit Technik begeistert mich

nicht gerade«, meinte Chakotay, »aber ich glaube, Tuvok hat recht. Außerdem: Uns bleibt gar keine Wahl – das haben Sie mehrmals betont, Captain.«

»Ja, das stimmt.« Janeway lächelte schief. »Trotzdem: Ich finde es gut, daß wir darüber Bescheid wissen. Sorgen Sie dafür, daß alle Einsatzgruppen informiert werden. Und geben Sie die Anweisung, in dieser Hinsicht weitere Informationen zu sammeln, wenn sich Gelegenheit dazu ergibt.« Ihr Lächeln wurde ein wenig breiter. »Gute Arbeit, B'Elanna.«

Damit war die Besprechung beendet. Torres erhob sich und griff nach ihrem elektronischen Datenblock. Captain Janeway hatte recht. Die Implantate der Kirse gingen nur ein wenig über das hinaus, was in der Föderation üblich war. Es konnte auch kein Zweifel daran bestehen, daß sie sich irgendwie mit den Kirse einigen mußten – sie brauchten ihre Nahrungsmittel. *Trotzdem wäre es mir lieber, ich hätte die Scheibe in Silberhammers Hand nicht gesehen*, dachte Torres.

7

Janeway las die Berichte auf dem Schirm und dachte über ihre Möglichkeiten nach. *Eigentlich stehen mir gar keine Alternativen offen,* dachte sie – der holographische Arzt hatte sie vor zwei Stunden deutlich daran erinnert. *Ich muß mich der Notwendigkeit stellen.* Erneut sah sie auf den Datenblock, der Torres' letzten Bericht zeigte. Die knappen Diagramme und Gleichungen vermittelten eine klare, unmißverständliche Botschaft. Sie konnten die notwendigen Metallteile entbehren, vorausgesetzt, die Kirse waren fähig und bereit, sie durch Kopien aus Kunststoff und Keramik zu ersetzen. Mit anderen Worten: Die *Voyager* konnte jenen Proviant kaufen, den die Crew fürs Überleben brauchte. Die sonderbaren Aspekte der Kirse traten einer solch einfachen Tatsache gegenüber in den Hintergrund. Diese Erkenntnis hatte Janeway inneren Halt gegeben, als sie vor drei Stunden die endgültige Vereinbarung mit Unnachgiebig traf. Die *Voyager* würde den neuen Proviant zu einem Preis bekommen, den sie sich leisten konnte – darin mußte die erste Priorität bestehen.

Die Verhandlungen hatten erstaunlich wenig Zeit in Anspruch genommen. Die Kirse erklärten sich sofort einverstanden, Kunststoffkopien der isolinearen Chips herzustellen und die metallenen Komponenten für eine Modifizierung ihres Transporters zu verwenden. Unnachgiebig erklärte sich sogar bereit, einer Landegruppe das Sammeln der ersten Nahrungsmittel zu erlauben. Janeway schickte daraufhin sofort eine entsprechende

Landegruppe unter dem Kommando von Lieutenant Paris in den Einsatz. Eine zweite, kleinere Gruppe, angeführt von Tuvok und Torres, beamte sich in die Zitadelle, um den Kirse bei der Konstruktion ihres neuen Systems zu helfen.

Nun, inzwischen lag das alles schon einige Stunden zurück, und Janeway richtete einen ungeduldigen Blick auf den Schirm. Der erste Schritt bestand darin festzustellen, ob die Kirse tatsächlich imstande waren, isolineare Chips zu kopieren. Bisher fehlte ein Bericht vom Planeten.

Die Kommandantin aktivierte ihren Kommunikator. »Janeway an Brücke. Haben Sie etwas von Tuvok gehört?«

Chakotays Gesicht erschien auf dem Schirm. »Nein, Captain. In spätestens einer Stunde erwarten wir einen Bericht von ihm.«

»Danke. Janeway Ende.« Sie unterbrach die Verbindung, lehnte sich zurück und runzelte die Stirn. Zwar galt ihr Blick auch weiterhin dem Bildschirm, aber sie nahm seine Darstellungen gar nicht bewußt wahr. Eigentlich hatte sie auch gar nicht mit einer Nachricht gerechnet – Chakotay würde sie sofort informieren, wenn es etwas Neues gab. *Ich lasse mich nur von meiner Ungeduld leiten,* dachte Janeway mit angemessener Selbstkritik. *Nun, wenigstens bin ich nicht auf der Brücke.* Sie dachte an ihre Zeit als Erster Offizier zurück: Wie oft war sie damals verärgert gewesen, wenn ein ungeduldiger Captain ihr auf der Brücke dauernd über die Schulter sah und sich immer wieder nach dem Status der Dinge erkundigte? Damals hatte sie sich vorgenommen, ihren Offizieren nie mit einem derartigen Verhalten auf die Nerven zu fallen, wenn sie selbst Captain war. Nur sehr selten ließ sie sich dazu hinreißen, gegen diesen Vorsatz zu verstoßen. *Heute weiß ich, wie meine Vorgesetzten damals empfanden,* dachte sie mit einem schiefen Lächeln.

»Chakotay an Captain Janeway.«

Die Kommandantin unterbrach ihre Überlegungen, und aus dem Lächeln wurde fast ein Grinsen. Offenbar war Tuvok mit seinen Analysen früher als erwartet fertig geworden. »Hier Janeway.«

»Am Rand unserer Sensorreichweite haben wir eine ungewöhnliche Subraumwelle geortet, Captain. Ich glaube kaum, daß sie von einem Raumschiff verursacht wurde, aber wir können nicht sicher sein. Wie dem auch sei: Eine klare Identifizierung konnte bisher nicht vorgenommen werden.«

»Ich bin unterwegs«, sagte Janeway. Alle Gedanken an die Vergangenheit und Tuvoks Mission verloren sich in einem plötzlichen Adrenalinschub.

Als sie die Brücke erreichte, zeigte der Hauptschirm das Diagramm der Wellenanalyse. Janeway runzelte die Stirn, als sie im Kommandosessel Platz nahm – ein solches Muster sah sie jetzt zum erstenmal. »Fernbereichsensoren?«

»Für eine visuelle Erfassung und die nichtenergetischen Sensoren ist die Entfernung noch zu groß«, erwiderte Kim. »Mehr als die Wellenform können wir derzeit nicht erwarten.« Seine Hände huschten über die Kontrollen, doch Janeway vermutete, daß der junge Fähnrich gar nicht hoffte, neue Informationen zu gewinnen – wahrscheinlich wollte er sich nur irgendwie beschäftigen.

Die Kommandantin betrachtete das Diagramm noch einige Sekunden lang und schüttelte den Kopf, als es verschwand. Der Weltraum erschien wieder im Projektionsfeld. »Irgendwelche Kommentare?«

Chakotay brummte leise. »Es gibt gewisse Unterschiede, aber wenn man das von einer romulanischen Tarnvorrichtung verursachte Verschiebungsecho spiegelt ... An ein solches Muster erinnert mich die Wellenform.«

Janeway sah auf ihren persönlichen Schirm, berührte einige Schaltflächen und rief Daten über Tarnschirme ab. Es gab unübersehbare Ähnlichkeiten: Die Scheitelwerte und Wellentäler wirkten tatsächlich wie gespiegelt. »Sehr interessant, Mr. Chakotay. Ich glaube, Sie haben recht. Veranlassen Sie Alarmstufe Gelb. Mr. Kim, stellen Sie einen Kontakt mit dem Planeten her. Ich möchte zuerst mit Tuvok sprechen und dann mit Unnachgiebig, wenn Sie ihn erreichen können.«

»Captain, Mr. Tuvok setzt sich gerade mit uns in Verbindung«, sagte Kim.

Janeway hob eine Braue. »Auf den Schirm.«

»Captain ...« Das Gesicht des Vulkaniers war so ausdruckslos wie immer. »Die Kirse berichten, daß ein bis maximal fünf Raumschiffe das Sonnensystem erreicht haben. Sie sind getarnt, und Unnachgiebig vermutet, daß es sich um Andirrim handelt.«

»Kurs?« fragte Janeway.

»Die Koordinaten werden jetzt übermittelt.« Tuvok betätigte eine Taste.

Kim sah auf. »Die Koordinaten entsprechen dem Ort, wo wir die Subraumwelle geortet haben, Captain.«

Janeway nickte. »Setzen Sie die Sondierungen fort, Mr. Kim. Weisen Sie sofort auf eventuelle Veränderungen hin. Mr. Tuvok, was wollen die Kirse unternehmen?«

Der Vulkanier blickte über die Schulter. »Das sollten Sie Unnachgiebig selbst fragen, Captain.«

Janeway glaubte, für einen Sekundenbruchteil so etwas wie Mißbilligung in Tuvoks dunklem Gesicht zu erkennen.

»Ich bitte um Verzeihung, Unnachgiebig«, sagte sie. »Ich wußte nicht, daß Sie zugegen sind.«

»Ja, ich bin hier.« Die Erfassungskamera schwenkte zur Seite, und der Kirse erschien auf dem Hauptschirm. »Vermutlich sind es Andirrim, denn sie haben die leistungsfähigste Tarnvorrichtung aller Angreifer. Wenn sie kommen, um mit uns zu handeln, so lasse ich sie landen.« Er zuckte andeutungsweise mit den Schultern; vielleicht wollte er auf diese Weise irgendwelchen Einwänden zuvorkommen. »Wie Sie wissen, herrscht bei uns großer Mangel an Metall. Wir können uns weder Rache noch Gehässigkeit leisten.«

»Captain ...«, sagte Kim. Als Janeway den Kopf drehte, fügte er hinzu: »Wir haben jetzt die erste visuelle Erfassung.«

»Auf den Schirm.«

Das blasse Gesicht des Kirse wich sofort den Sternen. Fünf Punkte strahlten heller als die anderen – die fremden Schiffe im Anflug. Janeway blickte auf ihre eigenen Anzeigen. »Können wir irgendwie deutlichere Bilder bekommen, Mr. Kim?«

»Ich versuch's.«

Die Darstellung verschwamm kurz, und als sie sich wieder stabilisierte, sah Janeway ein Schlachtschiff. Seine Form entsprach der eines Rhomboeders, dessen schmale Kante nach unten wies. Die Kommandantin lächelte unwillkürlich, als sie das Schiff mit einem fliegenden Ziegelstein verglich.

»Die Perspektive täuscht ein wenig«, sagte Kim. »Das Raumschiff ist nur so lang wie eine unserer Warpgondeln und drei- bis viermal so tief.«

Janeway nickte geistesabwesend und betrachtete noch immer das Schiff der Andirrim. Im Gegensatz zu Schiffen der Föderation und selbst der Kazon-Ogla wirkte es unfertig. Die Außenhülle – dunkelbraun, wie rostiges Eisen – war nicht glatt; Waffen, Sensoren und andere Vorrichtungen bildeten Buckel und Höcker darauf. Diese ›Auswüchse‹ präsentierten Farben: Manche glänzten weiß, andere rot oder blau. Hier und dort bemerkte Janeway silbergrauen und goldgelben Glanz. Das ganze Gebilde sah aus wie der erste Modellierungsversuch eines unbegabten Kindes.

»Sie sind alle so beschaffen«, sagte Kim und empfand offenbar die gleiche Überraschung wie Janeway.

»Was ist mit dem energetischen Niveau?« fragte die Kommandantin.

Kim schüttelte den Kopf. »Die Schiffe sind abgeschirmt, Captain. Und noch ist die Entfernung zu groß, um die Schirmfelder zu durchdringen.« Seine Konsole piepte, und er betätigte mehrere Schaltflächen. »Unnachgiebig setzt sich erneut mit uns in Verbindung.«

»Auf den Schirm«, sagte Janeway. »Teilen Sie das Bild.«

»Captain Janeway …« Das Gesicht des Kirse und die kühle Eleganz der Maschinen an der Wand hinter ihm bildeten einen seltsamen Kontrast zum Andirrim-Schiff. »Wir empfangen Kom-Signale von den fremden Raumschiffen. Möchten Sie an dem Gespräch teilnehmen?«

»Für eine solche Möglichkeit wäre ich Ihnen sehr dankbar«, erwiderte Janeway.

»In Ordnung.« Unnachgiebigs Hände bewegten sich, und eine Sekunde später öffnete sich im zentralen Projektionsfeld ein weiteres Bildschirmfenster. Dort erschien ein ganz anderes Gesicht. Es wies zwei Augen, eine schmale Nase und einen Mund auf, entsprach damit der üblichen Klassifizierung von Humanoiden. Doch es gab auch erhebliche Unterschiede. So ging ein roter Glanz von den Augen aus, und die Pupillen waren schlitzförmig wie bei einer Katze. Die goldene Haut wies ein deutliches Schuppenmuster auf, und dunkle Flecken schienen eine Art Netz im Gesicht und an den Händen des Andirrim zu bilden. Eine dichte Mähne, ebenso rot wie die Augen, reichte über die Schultern hinweg bis auf den Rücken.

Eine seltsame Mischung aus Reptil und Säugetier, dachte Janeway.

»Unnachgiebig«, sagte der Andirrim.

Der Kirse hob den Kopf. »Nal Sii'an ... Sie sind schon einmal hiergewesen und kennen die Alternativen.«

Der Andirrim – vermutlich ein Captain oder vielleicht der Flottenkommandeur – blinzelte. Dicke Membranen schlossen sich kurz über seinen Augen. »Ja, wir kennen die ... Alternativen. Wir gestehen die letzte Niederlage ein und sind hier, um zu handeln.«

»Sie können kaum von mir erwarten, daß ich Ihnen einfach so vertraue«, erwiderte Unnachgiebig.

»Allein an Bord meines Schiffes befinden sich tausend Tonnen Stahl«, sagte Nal Sii'an. »Und jedes Begleitschiff transportiert noch einmal halb soviel. Wir brauchen Nahrungsmittel, Unnachgiebig. Und die Frucht des Deia-Baums.«

Bei diesen Worten runzelte Janeway die Stirn.

Unnachgiebig reagierte auf die gleiche Weise. »Sie wissen genau, daß Ihnen die Deia-Frucht schadet. Ich möchte sie nicht verkaufen.«

Nal Sii'an gab ein zischendes Geräusch von sich, das verächtlich klang. »Da bin ich ganz Ihrer Meinung, Kirse-*Ëme*. Aber einen solchen Preis verlange ich für Geschäfte mit Ihrer Welt. Wenn Sie ihn ablehnen, können wir nicht handeln. Obgleich ich dreitausend Tonnen Metall für Sie habe.«

»Ich frage mich, was diese Deia-Frucht ist«, sagte Chakotay, nachdem er mit einer kurzen Schaltung dafür gesorgt hatte, daß seine Worte nicht übertragen wurden. »Klingt fast nach einer Art Droge.«

Janeway nickte, sah zum Schirm und beobachtete, wie Unnachgiebig seufzte. »Wenn Sie sich unbedingt vergiften wollen ... Das ist Ihre Sache. Nun gut, ich akzeptiere Ihren Vorschlag. Sie dürfen in den Orbit schwenken.«

»Dort befindet sich bereits ein anderes Schiff«, stellte Nal Sii'an fest. »Was bringt Sie hierher, Fremde?«

Janeway gab Chakotay ein Zeichen, und der Erste Offizier öffnete den Kom-Kanal wieder. »Ich bin Kathryn Janeway, Captain des Föderationsschiffs *Voyager*.«

»*Voyager?*« wiederholte Nal Sii'an. »Föderation?«

»Wir kommen von ... ziemlich weit her«, erwiderte Janeway. »Deshalb haben Sie noch nichts von uns gehört.«

»Wir erfahren von vielen Dingen«, sagte der Andirrim. »Aber Sie haben recht – von Ihnen haben wir noch nicht gehört. Ich frage Sie noch einmal: Was führt Sie hierher zu den Kirse?«

»Wir sind wie Sie hier, um zu handeln. In Frieden.«

Einige Sekunden lang herrschte Stille, und dann nickte Nal Sii'an knapp. »Na schön, wir fliegen weiter, um in den Orbit zu schwenken. Bitte sorgen Sie dafür, daß uns Ihre Verteidigungsstationen passieren lassen.«

»Sie werden nicht das Feuer eröffnen«, entgegnete Unnachgiebig. »Kommen Sie.«

»Wir sind unterwegs.« Das Bild des Andirrim verschwand vom Schirm.

»Die Schiffe setzen den Flug fort«, berichtete Kim. »Ihr Kurs führt sie in eine Umlaufbahn, die sich am Rand der Reichweite des Verteidigungsgürtels erstreckt.«

»Wie lange brauchen sie, um den Planeten zu erreichen?« fragte Janeway.

»Wenn sie die gegenwärtige Geschwindigkeit beibehalten, sind sie in sechs Stunden hier«, antwortete Kim.

Sechs Stunden. Janeway runzelte erneut die Stirn und überlegte. Es mußte ihr natürlich vor allem darum gehen, die Sicherheit der *Voyager* zu gewährleisten, doch die Erneuerung des Proviants kam an zweiter Stelle auf ihrer Prioritätenliste. »Mr. Tuvok ...«, sagte sie, woraufhin der Vulkanier in den Erfassungsbereich des Übertragungssensors trat. »Wie ist es um die Einsatzgruppen bestellt?«

»Das Sicherheitspersonal und Lieutenant Torres befinden sich in der Zitadelle«, meldete Tuvok. »In Begleitung eines Kirse sammelt Mr. Paris' Gruppe die ersten Nahrungsmittel für uns. Die betreffenden Felder sind ein ganzes Stück von hier entfernt – vier Stunden Flugzeit mit der Höchstgeschwindigkeit eines Kirse-Shuttles.«

»Ich verstehe.« Janeway zögerte. Wie sollte sie ihre Frage formulieren, ohne zu riskieren, die zuhörenden Kirse zu beleidigen? »Mr. Tuvok, wie beurteilen Sie Ihre Mission unter Berücksichtigung der neuen Entwicklungen?«

Der Vulkanier antwortete nicht sofort, und Janeway befürchtete schon, daß er ausgerechnet diesen Zeitpunkt wählte, um die ungenaue Ausdrucksweise von Menschen zu kritisieren. »Für den Fall eines Angriffs der Andirrim besorgt mich der Umstand, daß Mr. Paris ziemlich weit von der Zitadelle entfernt ist«, sagte Tuvok schließlich. »Abgesehen davon zweifle ich kaum an der Sicherheit unserer Gastgeber.«

»Captain Janeway, ich sollte darauf hinweisen, daß die Andirrim vielleicht gelogen haben«, meinte Unnachgiebig. »Ich glaube es nicht, denn ihr letzter Angriff schlug fehl, und sie benötigen zuviel von uns. Außerdem ist dies die falsche Zeit für Mutproben junger Andirrim. Trotzdem: Es läßt sich nicht völlig ausschließen, daß ein Angriff geplant ist. Sie sollten auf der Hut sein.«

»Danke für den Hinweis«, sagte Janeway. »Ich werde daran denken. Übrigens: Was brauchen die Andirrim so dringend?«

Für ein oder zwei Sekunden zeigte Unnachgiebigs Gesicht eine sonderbare Mischung aus Schuld und Mißbilligung. »Hauptsächlich geht es ihnen ebenfalls um unsere Nahrungsmittel. Aber sie möchten auch die Frucht des Deia-Baums. In dieser Hinsicht trifft mich eine gewisse Schuld, denn ich wußte nicht, was die Deia für sie bedeutet. Es ist eine wundervolle Pflanze, nützlich für Sie und mich. Doch die Andirrim gewinnen aus der Frucht ein Rauschmittel, das süchtig macht. Sie sprechen in diesem Zusammenhang vom ›Traumzucker‹. Es gelang ihnen, die Pflanze auf ihren eigenen Welten auszumerzen, aber es gibt noch immer Andirrim, die sich den Traumzucker wünschen und wissen, daß der Deia-Baum hier bei uns wächst. Ich habe die Frucht einmal verkauft, bevor ich von ihrer Verwendung wußte, und dadurch sehe ich mich nun in einer schwierigen Lage. Ich bin mitverantwortlich dafür, daß weitere Andirrim süchtig wurden, und ich weiß, daß sie ohne die Deia-Früchte leiden werden. Andererseits möchte ich verhindern, daß sich die Sucht noch weiter ausbreitet.«

»Soll das heißen, Nal Sii'an und seine Leute sind im Grunde genommen Drogenhändler?« fragte Janeway.

Unnachgiebig neigte den Kopf von einer Seite zur anderen. »Das stimmt nicht ganz. Ich kenne Nal Sii'an – er ist Offizier in der Raumflotte der Andirrim. Auch ihre Regierung beteiligt sich am Deia-Handel.«

»Klingt nach einem Trick der Kazon-Ogla«, kommentierte Chakotay leise. »Man versorge ein Dienervolk mit Drogen, damit es abgelenkt ist und nicht aufmüpfig wird.«

Janeway nickte. Sie hatte ebenfalls an eine solche Möglichkeit gedacht – die Kazon-Ogla waren skrupellos genug. »Nun, wenn die Sache so ist, Unnachgiebig … Sie sollten in Erwägung ziehen, nicht nur die Früchte zu schützen, sondern auch die Pflanzen. Vielleicht wollen die Andirrim entsprechende Bäume erbeuten, um auf irgendeinem anderen Planeten neue Plantagen entstehen zu lassen.«

»Was hier bei uns wächst, gedeiht auf anderen Welten nicht annähernd so gut«, erwiderte Unnachgiebig mit unüberhörbarem Stolz in der Stimme. »Aber ich werde Ihren Rat beherzigen. Vielen Dank dafür.«

»Und ich weiß Ihre Offenheit zu schätzen«, sagte Janeway. »Mr. Tuvok, bitte informieren Sie mich sofort, wenn sich Ihre Situation verändert. Seien Sie beim ersten Anzeichen von Problemen für den Retransfer bereit.«

»Ja, Captain.«

»Gut. Janeway Ende.« Sie sah sich auf der Brücke um und blickte kurz zu den Anzeigen, die über den Status des Schiffes Auskunft gaben.

Chakotay räusperte sich. »Glauben Sie, wir können den Andirrim trauen, Captain?«

Von der Antwort auf diese Frage hängt vielleicht unser Überleben ab, fuhr es Janeway durch den Sinn. Sie gab sich einen inneren Ruck. »Wir bleiben zunächst bei Alarmstufe Gelb. Mr. Kim, halten Sie den Sensorfokus die ganze Zeit über auf die Andirrim-Schiffe gerichtet. Gehen Sie beim geringsten Zeichen von Feindseligkeit auf Alarmstufe Rot.«

»Ja, Captain«, bestätigte Kim.

»Mr. Chakotay ...«, fuhr Janeway fort. »Informieren Sie Paris von der neuen Lage. Fordern Sie ihn auf, so viele Nahrungsmittel wie möglich zu sammeln. Aber er soll ebenfalls bereit sein, sich an Bord zu beamen, wenn es zu Schwierigkeiten kommt.«

»In Ordnung, Captain.« Chakotay wandte sich seiner Konsole zu, und Janeway betrachtete wieder das Bild ihres persönlichen Schirms. Matte Flecken symbolisierten die Andirrim-Schiffe und krochen langsam durch eine schematische Darstellung des Kirse-Systems. Immer näher kamen sie dem Planeten, in dessen Orbit sich die *Voyager* befand. Die planetare Kugel drehte sich in einem Kokon aus tausend kleinen Punkten: Verteidigungsstationen, dazu bestimmt, die Welt der Kirse zu schützen. *Sie könnten uns gefährlich werden, wenn es zu einer Auseinandersetzung kommt,* dachte Janeway. Sie griff nach ihrem Datenblock und begann damit, eine Umlaufbahn zu berechnen, die mehr Sicherheit bot – das lenkte sie wenigstens ab.

In der stillen Umgebung klang das Piepen des Insignienkommunikators ungewöhnlich laut. Tom Paris wandte sich halb von dem Kornkarren ab, der von einem stummen Ernterobot gezogen wurde, und aktivierte den Kommunikator. »Hier Paris.«

Zu seiner Überraschung erklang nicht etwa Tuvoks Stimme, sondern die des Ersten Offiziers Chakotay. »Hier ist die *Voyager*. Eine Flotte von Andirrim-Schiffen hat dieses Sonnensystem erreicht.«

»Andirrim?« wiederholte Paris unwillkürlich. Er schnitt eine Grimasse. »Entschuldigen Sie bitte, Sir. Ich bin ganz Ohr.«

»Andirrim«, sagte Chakotay noch einmal und klang dabei sehr ernst. »Fünf Schiffe. Angeblich sind sie gekommen, um mit den Kirse zu handeln. Sie haben die Erlaubnis erhalten, in den Orbit zu schwenken, aber Unnachgiebig und der Captain schließen nicht aus, daß ein Angriff bevorsteht. Deshalb wurde Alarmstufe Gelb veranlaßt. Der Captain weist Sie und Ihre Gruppe an, möglichst viele Nahrungsmittel zu sammeln und bereit zu sein, beim ersten Anzeichen von Gefahr an Bord zurückzukehren. Wir sondieren die Schiffe der Andirrim und halten Sie auf dem laufenden.«

Paris blickte zum Himmel hoch, obwohl er natürlich nicht damit rechnen durfte, die fremden Raumer zu sehen. Sein Blick glitt nur über einige Wolkenfetzen, die hoch oben am blauen Firmament schwebten. Es war später Nachmittag, und im Westen verdichtete sich weißer Dunst. Die Sonne zeichnete sich darin als eine Scheibe ab, die zu hell strahlte, als daß Paris sie hätte direkt beobachten können.

»Was ist mit Tuvoks Gruppe?«

»Wir haben sie ebenfalls benachrichtigt«, erwiderte

Chakotay. »Tuvok ist derzeit bei Unnachgiebig. Vom Kontrollraum der Kirse aus überwachen sie den Anflug der Andirrim-Schiffe. Wenn sie irgendwelche Veränderungen bemerken, geben sie uns sofort Bescheid.«

Paris nickte, drehte den Kopf und sah über die weite Anbaufläche. Die Mitglieder seiner Gruppe waren in verschiedenen Bereichen des Felds unterwegs. Das Rot, Blau und Schwarz ihrer Uniformen zeichnete sich deutlich vor den braunen Tönen des hüfthoch wachsenden Getreides ab. In der Nähe jeder Person wies das Rascheln im Korn auf die Präsenz eines Ernteroboters hin. Die Ladeflächen der ersten Karren waren inzwischen fast voll – vorausgesetzt, Paris' Karren ließ entsprechende Rückschlüsse auf die anderen zu.

»Sollen wir sofort damit beginnen, das Getreide an Bord zu beamen?« fragte er. »Eine Fuhre ist fast fertig.« Es war nicht viel, sicher nicht genug, um die ganze Crew der *Voyager* zu ernähren. Aber es stellte immerhin eine Vitaminquelle dar, die ihnen zuvor nicht zur Verfügung gestanden hatte.

»Gute Idee«, erwiderte Chakotay. Nicht zum erstenmal hörte Paris einen Hauch von Widerstreben in der Stimme des Ersten Offiziers. Es lag nicht etwa daran, daß der ehemalige Maquisard diesem Vorschlag mit Skepsis begegnete; vielmehr gab Chakotay noch immer nicht gern zu, daß Paris für das Schiff nützlich war. Der Navigator konnte ihm deshalb eigentlich keinen Vorwurf machen, aber er wünschte sich, daß Chakotay diese negative Einstellung ihm gegenüber endlich aufgab.

Er verdrängte diesen Gedanken – gerade unter den gegenwärtigen Umständen hatten solche Überlegungen keinen Sinn.

»Sammeln Sie so viele Nahrungsmittel wie möglich«, sagte Chakotay. »Aber denken Sie daran, daß die Sicherheit Ihrer Gruppe an erster Stelle kommt.«

Das ist mir klar, dachte Paris. Laut sagte er: »Bestätigung. Paris Ende.«

Einige Sekunden lang stand er reglos und versuchte, den in ihm emporquellenden Ärger unter Kontrolle zu bringen. Dann steckte er zwei Finger in den Mund und pfiff – eine alte und noch immer sehr wirksame Methode, um Aufmerksamkeit zu wecken. Die übrigen Mitglieder der Einsatzgruppe sahen in seine Richtung, und er winkte sie zu sich. Sie machten von den kleinen Kontrollgeräten Gebrauch, die sie von Graurose bekommen hatten, und daraufhin verharrten die Roboter. Anschließend näherten sich die uniformierten Gestalten. Renehan erreichte die kleine Lichtung als erste, doch kurze Zeit später trafen auch Graurose und die anderen ein.

»Was ist los, Tom?« fragte Renehan. Ein schlaksiger Fähnrich namens Laek, der sich als Experte für Fernsteuerungen herausgestellt hatte, stellte die gleiche Frage.

»Nachricht von der *Voyager*«, sagte Paris. Er hob die Stimme, damit ihn alle hörten. »Schiffe der Andirrim befinden sich im Anflug. Angeblich wollen sie mit den Kirse handeln, aber der Captain meint, wir sollten auf alles vorbereitet sein.«

Graurose hob und senkte die Schwingen. Ein dumpfer Knall wies auf schlagartig verdrängte Luft hin, und mehrere Menschen zuckten zusammen.

»Wie viele Schiffe?« fragte die Kirse, und Paris konzentrierte sich wieder.

»Chakotay hat fünf erwähnt. Ist die Anzahl wichtig für Sie?«

Graurose schüttelte den Kopf – eine Geste, die sie ganz offensichtlich den Menschen abgeschaut hatte. »Wahrscheinlich nicht. Selbst wenn die Andirrim kommen, um zu handeln: Sie erscheinen immer mit einer Streitmacht, um jede Chance für einen Angriff zu nutzen.«

Zahlreiche Fragen lagen Paris auf der Zunge, doch er erinnerte sich daran, daß seine erste Pflicht darin bestand, die Nahrungsmittel zur *Voyager* zu schaffen. »Na schön. Der Captain möchte, daß wir die gesammelten Nahrungsmittel schon jetzt an Bord beamen, weil sich später Probleme ergeben könnten. Wie sieht's bei Ihnen aus?«

Die anderen Uniformierten wechselten stumme Blicke. Laek zuckte kurz mit den Schultern. »Nun, mein Karren ist fast voll.«

Mehrere Köpfe nickten, und Renehan sagte: »Meiner könnte noch etwas mehr aufnehmen.«

Paris widerstand der Versuchung, einen weiteren nutzlosen Blick gen Himmel zu richten. »Wie lange würde es dauern, Ihren Karren ganz zu füllen, Laek?«

»Etwa zwanzig oder dreißig Minuten.«

Paris sah zu seinem eigenen Karren, der ebenfalls fast voll war. Dreißig Minuten – das würde bedeuten, daß sie das gesamte Korn dieses Feldes ernten konnten und vielleicht sogar Gelegenheit bekamen, im nahen Obstgarten Früchte zu sammeln. Eine halbe Stunde machte in Hinsicht auf den Anflug der Andirrim sicher keinen großen Unterschied. »Na schön. Rennie, füllen Sie Ihren Karren und steuern Sie den Roboter dann zum Obstgarten; wir sollten versuchen, dem Korn noch einige Früchte hinzuzufügen. Die anderen beenden die Ernte in ihren jeweiligen Feldabschnitten und geben mir dann Bescheid. Ich schlage vor, wie bemühen uns, der *Voyager* möglichst viel zu schicken.«

»Einverstanden«, erwiderte Renehan, und auch die anderen bestätigten.

Paris griff nach seiner Kontrolleinheit, um den Roboter zu reaktivieren, doch Graurose legte ihm die Hand auf den Arm.

»Fünf Schiffe?«

»Das meinte der Erste Offizier.«

»Nannte er den Namen des Flottenkommandeurs?«

Paris schüttelte den Kopf. »Spielt er eine Rolle?«

»Er könnte uns einen wichtigen Hinweis liefern«, antwortete die Kirse. »Paris ... Tom, selbst wenn die Andirrim handeln wollen – sie könnten gefährlich sein.«

»Danke für den Hinweis«, entgegnete Paris und wußte, daß es nicht sehr freundlich klang. Doch Graurose schenkte ihm gar keine Beachtung, starrte mit leerer Miene in die Ferne. Dann blinzelte sie und lächelte, weilte plötzlich wieder im Hier und Jetzt.

»Ist alles in Ordnung mit Ihnen?« fragte Paris.

»Natürlich. Wieso?«

Der Navigator zögerte und wußte nicht recht, was er antworten sollte. *Ich weiß nicht, wo Sie gerade gewesen sind, aber* hier *waren Sie nicht*, dachte er. *Und das ergibt überhaupt keinen Sinn.*

Er schüttelte den Kopf. »Schon gut.«

»Wenn Sie mir das geben ...« Graurose deutete auf die Kontrolleinheit. »Ich kann es vermutlich schneller erledigen.«

Das stimmte, auch wenn es demütigend sein mochte. *Nun, eins habe ich während meiner sehr bewegten beruflichen Laufbahn gelernt: Stolz ist unwichtig, wenn es ums Essen geht.* Er hob das kleine Gerät, und Graurose nahm es entgegen, wölbte die Finger um die Kontrollen. Es war ganz offensichtlich für eine Kirse-Hand konzipiert – bei Graurose befanden sich alle Tasten und Schieberegler genau an der richtigen Stelle.

Der Roboter setzte sich wieder in Bewegung, und die Leine, die ihn mit dem Karren verband, straffte sich langsam, ohne daß es zu einem plötzlichen Ruck kam. Paris seufzte, beeindruckt und auch ein wenig neidisch, beobachtete dann, wie das restliche Korn geerntet wurde. Diese Roboter ähnelten kaum jenen Maschinen, mit denen er in der Föderation gearbeitet hatte. Sie wiesen eine unnötige humanoide Form auf: Über der

Mähöffnung ragte ein Kirse-Oberkörper mit mehreren Armen auf, die den Eindruck erweckten, erst nachträglich hinzugefügt worden zu sein. Die äußere Beschaffenheit von vergleichbaren Apparaten in der Föderation wurde allein vom Zweck bestimmt; ästhetische Gesichtspunkte spielten dabei nur eine untergeordnete Rolle. *Ich versuche gerade, mich vom eigentlichen Problem abzulenken*, dachte Paris und wandte sich Graurose zu.

»Glauben Sie persönlich, daß die Andirrim beabsichtigen, mit Ihnen Handel zu treiben? Oder halten Sie einen Angriff für wahrscheinlicher?«

Die Kirse bewegte kurz ihre Flügel und behielt auch weiterhin den Roboter im Auge. »Sie haben schon einmal angegriffen, nachdem sie behaupteten, Geschäfte mit uns abschließen zu wollen. Ich kann ihre Gedanken nicht lesen.«

»Verzeihung«, sagte Paris überrascht.

Graurose warf ihm einen entschuldigenden Blick zu. »Es tut mir leid. Ich wollte sagen: Es fällt mir nicht leicht, die Absichten der Andirrim zu ergründen. Das Verhalten von Tieren ist schwer zu verstehen.«

Sie bewegte einen kleinen Hebel, woraufhin sich der Roboter im Feld vor ihnen drehte und mit der nächsten Reihe begann.

»Haben Sie die Andirrim ebenso auf die Probe gestellt wie uns?« fragte Paris.

»Ja.« Graurose beobachtete die kleine Maschine, lenkte sie mit großem Geschick.

»Und ... aßen sie von den angebotenen Speisen?« erkundigte sich Paris. »Ich meine das Bankett im Saal ...«

»Sie fielen über die Gärten her«, sagte Graurose, und deutliche Bitterkeit erklang in ihrer Stimme. »Sie kamen nicht einmal bis zur Zitadelle.« Sie versuchte, ihre Gefühle zu beherrschen. »Aber das war vor langer Zeit.«

Der Ernteroboter beendete seine Aufgabe und kehrte zu ihnen zurück. Paris blickte aufs Chronometer des Tricorders. Noch zwanzig Minuten, wenn Laek die notwendige Zeit richtig geschätzt hatte – dann konnten sie damit beginnen, der *Voyager* neue Vorräte zu liefern. Er sah zu den anderen Maschinen und versuchte abzuschätzen, wieviel es noch zu ernten galt.

Erneut piepte sein Insignienkommunikator.

»Chakotay an Paris.«

»Hier Paris.« Aus dem Augenwinkel bemerkte er, daß Graurose einen Schritt zur Seite trat. Ein höfliches, rücksichtsvolles Gebaren – obgleich sie in Hörweite blieb.

»Wir haben den Anflugvektor der Andirrim analysiert, und das Ergebnis läßt keinen klaren Rückschluß auf ihre tatsächlichen Absichten zu. Der Captain möchte, daß Ihre Gruppe an Bord zurückkehrt, bevor die Schiffe den Orbit erreichen.«

»Wieviel Zeit bleibt uns?« fragte Paris.

»Zwei Stunden. Maximal drei.«

Zwei Stunden. Paris lächelte, drehte sich um die eigene Achse und sah dabei über die Felder hinweg. In zwei Stunden ließ sich ein großer Teil der geplanten Ernte einbringen. Sie würden eben darauf verzichten, auch jene Dinge zu sammeln, die mehr Zeit erforderten: Beeren, die von den Zweigen geschüttelt werden mußten, ohne daß die Pflanzen dabei Schaden nahmen; Knollen, die es von bestimmten Wurzeln abzuschneiden und dann auszugraben galt. *Das heben wir uns für später auf,* dachte Paris. Vorausgesetzt natürlich, daß es ein Später gab. Nun, die Kirse waren freundlich, und bisher hatten sie alle Angriffe der Andirrim überstanden.

»Gut, Commander«, sagte er und sprach dabei ganz ruhig. »Ich möchte die Ernte bis zur letzten Minute fortsetzen.«

»Captain Janeway hat von zwei Stunden gesprochen«, betonte Chakotay noch einmal. »Und sie meint es auch so, Mr. Paris.«

»Bestätigung. Paris Ende.« Erneut blickte er über die Felder und fragte sich, auf welche Weise sich die Roboter am effizientesten nutzen ließen.

»Gute Nachrichten?« fragte Graurose.

Paris wäre fast zusammengezuckt. »Nicht unbedingt, schätze ich. Aber auch keine schlechten. Der Captain hat uns zwei Stunden Zeit gegeben. Anschließend müssen wir uns an Bord beamen.«

»Eine vernünftige Entscheidung«, meinte Graurose. »Soll ich mit dem Obstgarten beginnen?«

Vernünftig, dachte Paris. *Und das sagt jemand, der mit Shuttles auf einer mobilen Runway landet.* »Ja, das wäre gut. Ich bin gleich bei Ihnen.«

Die Kirse nickte und schritt in Richtung der Baumgruppe. Der Ernteroboter folgte ihr, und beim Karren kam es zu einer Veränderung: Die Arme des Kirse-Oberkörpers wurden länger, paßten sich damit den neuen Ernteerfordernissen an. Paris schüttelte den Kopf und staunte einmal mehr über die Apparate der Kirse. Dann klopfte er auf seinen Insignienkommunikator. »Paris an Einsatzgruppe. Neuigkeiten vom Schiff. Bitte melden Sie sich.«

Sofort erklangen Stimmen und nannten Namen. Als das letzte Mitglied der Gruppe geantwortet hatte – Joie Sakhlova, was Paris nicht überraschte –, aktivierte er seinen Kommunikator erneut. »Na schön. Es liegen neue Daten über den Anflug der Andirrim vor. Der Captain möchte, daß wir in zwei Stunden an Bord zurückkehren. In der Zwischenzeit sollen wir möglichst viel ernten. Wir gehen folgendermaßen vor. Sakhlova, Sie und Laek beenden die Arbeit auf dem Kornfeld und helfen mir dann im Obstgarten. Renehan, Sie und McCabe nehmen sich das nächste Feld vor – ich meine die Anbaufläche, die wir Zwei-A genannt haben. Versuchen Sie, dort so viel wie möglich zu sammeln. Maceda und Yoshiko, Sie übernehmen Zwei-B.«

»Was ist mit Nummer drei?« Das plötzliche Knistern von Statik überlagerte Macedas Frage.

»Wie bitte?« Paris fragte sich nach dem Grund für die Interferenzen und sah zum Himmel hoch.

»Ist auf Feld drei keine Ernte mehr geplant?«

Jetzt war die Statik verschwunden. Paris nahm sich vor, dieser Sache bei passender Gelegenheit auf den Grund zu gehen. »Nein. Es sei denn, wir werden mit den beiden anderen schneller als geplant fertig. Derzeit geht es uns vor allem um die Menge, nicht um Vielfalt.«

»Bestätigung«, sagte Maceda.

»Da wir gerade dabei sind ...«, fügte Paris hinzu. »Wir sollten jetzt an Bord beamen, was wir bereits geerntet haben. Es müßte sich innerhalb kurzer Zeit erledigen lassen.«

Die anderen stimmten zu, und einmal mehr klopfte Paris auf seinen Insignienkommunikator, um eine neue Verbindung herzustellen. »Paris an *Voyager*.«

»Hier *Voyager*.«

Diesmal kam die Antwort nicht von Chakotay, sondern von Kim. Erleichterung regte sich in Paris. »Wie ist die Situation, Harry?«

»Keine Veränderungen.« Kim klang ernst, und Paris vermutete, daß entweder der Captain oder der Erste Offizier auf der Brücke präsent waren. »Die Andirrim sind noch immer im Anflug. Ihre Schilde sind in Bereitschaft, ebenso wie unsere, doch Unnachgiebig entdeckt bisher nichts Ungewöhnliches.«

»Unsere erste Fuhre Korn kann jetzt transferiert werden«, sagte Paris. »Teilen Sie der zuständigen Transportertechnikerin folgendes mit: Sie soll die ID-Signale unserer Kommunikatoren anpeilen und in dem Bereich nach Getreide scannen – dann bekommt sie die Koordinaten für den Transferfokus.«

»Bestätigung«, erwiderte Kim. »*Voyager* Ende.«

Paris wandte sich wieder dem Obstgarten zu und bedauerte, daß ihm Kim keine Gesellschaft leistete. Er mochte den Fähnrich, fühlte sich ihm näher als allen anderen Personen an Bord des Raumschiffs. Wenn Gefahr drohte, so wollte er sich ihr zusammen mit Kim stellen … *Nein, das ist ein dummer Gedanke,* tadelte er sich und verbannte diese Überlegungen aus seinem Selbst.

Wenige Sekunden später erklang das vertraute Summen des Starfleet-Transporters, und das Korn auf Paris' Karren verschwand. Das Geräusch wiederholte sich, etwas leiser, und der Navigator beobachtete, wie Macedas Getreide ebenfalls fortgebeamt wurde. Ganz gleich, wie die Dinge sich entwickeln würden: Jetzt verfügte die *Voyager* über neuen Proviant, und vielleicht genügte er, um das Überleben der Crew zu sichern.

Paris sah zu einem Ernteroboter. Er kroch durch den Obstgarten, erntete dabei mit insgesamt acht Armen. Das Sonnenlicht spiegelte sich auf metallenen Händen wieder, die nach den Früchten griffen, ihre Reife prüften und geeignete Exemplare pflückten. Die hellgrünen, eiförmigen Objekte fielen mit einem dumpfen Pochen in die Frachtmulde des Karrens. Paris sah hinein und stellte fest, daß der Boden bereits vollkommen bedeckt war. Er lächelte zufrieden. Natürlich brauchte das Schiff noch weitaus mehr Nahrungsmittel – von einer vollständigen Erneuerung des Proviants konnte noch längst nicht die Rede sein. Aber die wissenschaftliche Abteilung konnte aus diesen Früchten sicher genug Ascorbinsäure gewinnen, um die an Skorbut Erkrankten mit Erfolg zu behandeln.

»*Voyager* an Paris.«

Erneut berührte er seinen Insignienkommunikator, um ihn zu aktivieren. »Hier Paris. Was ist los, *Voyager?*«

»Gibt es in Ihrer Region irgendwelche Anzeichen von elektrischen Störungen, zum Beispiel Gewitterwolken oder dergleichen? Beim Transfer registrieren wir ungewöhnliche Interferenzen.«

Paris hob den Kopf, sah durch die Zweige der Obstbäume gen Himmel. Er fühlte warmen Sonnenschein auf den Schultern, als er aus dem Schatten trat. »Gewitter sind weit und breit nicht in Sicht. Wir haben hier einen wundervollen Tag, Harry.«

»Auch wir stellen keine Unwetterzonen fest«, sagte Kim. »Aber ich hielt es für besser, mich zu vergewissern.«

»Was hat es mit den Interferenzen auf sich?«

»Das wissen wir noch nicht«, antwortete der junge Fähnrich. »Es sah zunächst nach einem Wetterproblem aus – hohe elektrische Aktivität in den oberen Bereichen der Atmosphäre –, doch unsere Schirme zeigen nichts an.«

»Ergibt sich daraus ein Problem?« fragte Paris.

Eine kurze Pause folgte. »Eine solche Möglichkeit läßt sich nicht ganz ausschließen. Der Captain meint, Sie sollten für einen sofortigen Transfer bereit sein – falls es schlimmer wird.«

»Ich gebe die Nachricht weiter. Paris Ende.« Er informierte die anderen Mitglieder der Einsatzgruppe, lauschte dabei nach dem Knistern von Statik. Diesmal blieben die Kom-Verbindungen einwandfrei; nichts verzerrte die Stimmen, die aus dem kleinen Lautsprecher drangen. Paris schüttelte den Kopf, als er wieder in den Schatten der Bäume trat. »Graurose?«

Die Kirse antwortete, ohne den Blick vom Ernteroboter abzuwenden. »Ja?«

»Die *Voyager* meldet Interferenzen beim Transfer. Man vermutet, daß es am Wetter liegt. Haben Sie eine Erklärung dafür?«

»Vom Wetter verursachte Interferenzen?« wiederholte Graurose. Sie bediente die Kontrollen der Fernsteuerung langsamer als vorher, und Paris beobachtete, wie der Ernteroboter anhielt. Ein Arm verharrte halb erhoben.

»Ja. In Frage kämen zum Beispiel die elektrischen Entladungen eines Gewitters.« Paris lächelte schief und deutete gen Himmel. »Obwohl nirgends dunkle Wolken zu sehen sind.«

Grauroses Mund formte ein O, und sie riß die Augen auf. »Das Ionenfeld«, brachte sie hervor. »Ja, daran könnte es liegen. Die Verteidigungsstationen in den niedrigen Umlaufbahnen erzeugen es, wenn sich feindliche Schiffe nähern – um ihre Sensorerfassung zu stören, wenn sie in die Atmosphäre vorstoßen. Könnten sich dadurch Interferenzen bei Ihrem Transporter ergeben?«

»Ja«, antwortete Paris und aktivierte den Insignienkommunikator. »Paris an *Voyager*. Vielleicht habe ich eine Erklärung für die Interferenzen, Harry.«

»Ich höre«, ertönte die Stimme des Ersten Offiziers Chakotay.

Paris schnitt eine Grimasse. »Graurose hat mir gerade mitgeteilt, daß die Verteidigungsstationen in den niedrigen Umlaufbahnen ein Ionenfeld erzeugen, um die Sensorerfassung feindlicher Schiffe in der Atmosphäre zu stören. Vielleicht ist das der Grund für die Probleme mit dem Transporter.«

»Ja, das wäre möglich«, erwiderte Chakotay. Er klang fast gepreßt. »Die Interferenzen scheinen stärker zu werden. Kann Graurose Angaben über Frequenzen und Energiestärke machen?«

Paris sah zur Kirse, die den Kopf schüttelte. »Tut mir leid, ich bin nicht Teil des Systems. Silberhammer weiß darüber Bescheid. Und natürlich Unnachgiebig.«

»Graurose weiß es nicht«, sagte Paris. »Sie schlägt vor, Unnachgiebig oder Silberhammer zu fragen.«

»In Ordnung.« Stille folgte, und Paris stellte sich vor, wie Chakotay nun die Schaltflächen seiner Konsole betätigte. Von einem Augenblick zum anderen wünschte er sich zurück an Bord des Schiffes. Die Intensität dieses Wunsches erstaunte ihn – er hatte ganz und gar nicht damit gerechnet, eine emotionale Bindung in Hinsicht auf die *Voyager* und ihre Crew zu entwickeln. Er versuchte, das Empfinden aus sich zu verdrängen, aber es gelang ihm nicht. Nach wie vor sehnte er sich auf die Brücke zurück, ans Navigationspult, an *seinen* Platz.

Innerlich seufzte er erleichtert, als erneut Chakotays Stimme erklang. »Die Interferenzen scheinen ein regelmäßiges Muster zu bilden, an das sich der Transporter anpassen läßt – die Probleme sollten sich also in Grenzen halten. Der Captain schlägt vor, daß Sie noch etwas länger auf dem Planeten bleiben und versuchen, die Ernte zu beenden.«

»Zumindest diesen Teil«, sagte Paris. Einmal mehr stellte sich heraus, daß seine Zunge schneller sein konnte als sein Gehirn.

»Wir brauchen so viel, wie wir bekommen können, Mr. Paris«, erwiderte Chakotay kategorisch. »Das wissen Sie ebensogut wie ich.«

Ich glaube auch gar nicht, daß Sie mich absichtlich Gefahren aussetzen, dachte Paris. *Vermutlich ist Ihnen nicht einmal klar, worauf Ihr Verhalten hinausläuft. Als ich Ihnen das Leben rettete ... Dadurch habe ich Ihnen eine Schuld beschert, die eine ziemliche Bürde für Sie zu sein scheint.* »Verstanden, Mr. Chakotay«, erwiderte er und trachtete danach, fröhlich zu klingen.

»Mr. Kim setzt sich mit Unnachgiebig in Verbindung«, fuhr der Erste Offizier fort. »Sie hören von uns, sobald sich etwas Neues ergibt.«

»Danke.« Es gelang Paris nicht, den ironischen Klang aus seiner Stimme zu vertreiben.

Wenn Chakotay ihn hörte, so ließ er sich nichts davon anmerken. »*Voyager* Ende.«

»Ich wußte nicht, daß unser Ionenfeld ein Problem für Sie darstellt«, sagte Graurose. Ihre Finger glitten wieder über die Kontrollen der Fernsteuerung. Der Ernteroboter erwachte zu neuem Leben, streckte den bis eben erstarrten Arm ganz aus und griff nach der nächsten Frucht.

»Komplexe Systeme sind für Störungen anfällig«, sagte Paris und wußte, daß er bitter klang. Es war eine Sache, sich im stellaren Territorium der Föderation auf solche Systeme zu verlassen, wenn man jederzeit auf die Ressourcen anderer Schiffe und Raumbasen zurückgreifen konnte. Hier im Delta-Quadranten sah die Sache ganz anders aus. Hier konnte nur der Einfallsreichtum der Crew gewährleisten, daß Maschinen und Programme auch weiterhin funktionierten.

Er sah Graurose an und rang sich ein Lächeln ab. »Wenigstens kennen wir jetzt die Ursache des Problems. Ich gebe den anderen Bescheid.«

Janeway runzelte die Stirn, als sie die Zackenstruktur der Interferenzen auf ihrem persönlichen Schirm betrachtete. Darunter wurde die Analyse des Transporterchefs eingeblendet: eine Gleichung, die das Interferenzmuster täuschend simpel wiedergab. Wenn das energetische Niveau über einen Grenzwert von viertausend Megajoule stieg, konnte der Transporter nicht mehr kompensieren. Das Besorgniserregende war: Es ließ sich ein kontinuierlicher Anstieg des Energieniveaus beobachten.

»Ich habe Unnachgiebig erreicht, Captain«, meldete der weiter hinten sitzende Kim.

»Auf den Hauptschirm.« Janeway straffte die Schultern und sah zum zentralen Projektionsfeld. »Unnachgiebig ...«, grüßte sie.

»Captain Janeway ... Gibt es ein Problem?« Der Kirse wirkte beunruhigt.

»Ja«, sagte die Kommandantin der *Voyager*. »Von Graurose haben wir erfahren, daß Ihre Orbitalstationen in der oberen Atmosphäre ein Ionenfeld erzeugen, als Teil Ihres Verteidigungssystems. Leider stört es die Funktion unseres Transporters. Derzeit können wir ihn trotz der Interferenzen einsetzen, aber wir müssen wissen, welche maximale Stärke das Ionenfeld erreicht und ob die Intensität ebenso kontinuierlich zunimmt wie bisher.«

»Ich bitte um Entschuldigung, Captain«, erwiderte Unnachgiebig. »Ich wußte nicht, daß sich dadurch Probleme für Ihr Transportersystem ergeben. Zum Glück haben wir diese Schwäche jetzt entdeckt.« Der Kirse blickte zu etwas, das auf dem Hauptschirm nicht zu sehen war, vermutlich einer Kontrollkonsole. Anschließend wandte er sich wieder dem Übertragungssensor zu. »Wenn sich die Andirrim nicht feindselig verhalten, bleibt die Intensitätszunahme konstant und wird ein Maximum erreichen, das achtundzwanzig Prozent über dem gegenwärtigen Wert liegt.«

Janeway griff nach ihrem elektronischen Datenblock und fügte Unnachgiebigs Informationen der Gleichung des Transporterchefs hinzu. Das von dem Kirse vorhergesagte Maximum belief sich auf 3989 Megajoule. *Es wird ziemlich knapp,* dachte Janeway. »Danke, Unnachgiebig«, sagte sie.

Die Gestalt im zentralen Projektionsfeld hob eine schmale Hand.

»Sie sollten noch etwas wissen. Wenn sich die Andirrim feindselig verhalten, verstärken die Orbitalstationen in den niedrigen Umlaufbahnen das Ionenfeld kurzfristig auf die doppelte Intensität. Diese Maßnahme richtet sich gegen landende Schiffe.«

Und sie würde dafür sorgen, daß wir unseren Transporter überhaupt nicht mehr einsetzen können, fügte Janeway in Gedanken hinzu. »Sie sagten ›kurzfristig‹. Was genau meinen Sie damit?«

»Unmittelbar nach der Intensitätsverdoppelung wird

das Feld wieder schwächer«, erklärte Unnachgiebig. »Aber es dauert eine Weile, bis es sich auflöst.«

Diesen Vorgang sollten wir eigentlich berechnen können. »Vielen Dank für Ihre Hinweise, Unnachgiebig. *Voyager* Ende.«

Eine Zeitlang sah Janeway auf die Zahlen im Display ihres Datenblocks. Sie hörte, wie Chakotay seufzte, ein Geräusch, das so etwas wie Fassungslosigkeit zum Ausdruck brachte. Ärger zitterte in ihr – ein Ärger, der nicht etwa dem Ersten Offizier galt, sondern der gegenwärtigen Situation. Die *Voyager* brauchte dringend neue Nahrungsmittel, die derzeit gesammelt wurden. Doch die auf dem Planeten tätigen Besatzungsmitglieder saßen dort fest, wenn die Intensität des Ionenfelds über einen bestimmten Wert hinaus stieg.

»Wieviel Proviant haben wir inzwischen an Bord?« fragte Janeway.

Chakotay sah auf die Anzeigen seiner Konsole. »Sechs Tonnen. Die Landegruppe hat gerade ihre Bereitschaft für einen weiteren Transfer signalisiert, und damit wären es dann sieben.«

Sieben Tonnen. Nicht annähernd genug, um die Crew zu ernähren, wenn sie das Kirse-System verlassen mußten und für längere Zeit von der Andirrim-Flotte verfolgt wurden. Andererseits: Vermutlich konnten die Nahrungsmittel so verarbeitet werden, daß sie zumindest die dringend benötigten Vitamine lieferten. Immer vorausgesetzt, daß ein solcher Vorgang nicht zuviel Energie erforderte. Was die Replikatoren betraf: Ihr Energieverbrauch war so groß, daß sie auch im Notfall nicht auf Dauer benutzt werden konnten.

»Janeway an Krankenstation. Doktor, enthält der transferierte Proviant genug Nährstoffe, um die Gesundheit der Crew zu gewährleisten?«

Einige Sekunden verstrichen, und dann erschien das Gesicht des holographischen Arztes auf dem Schirm.

»Es ergäbe sich ein sehr knapper Vorrat. Ich kann die gelieferten Nahrungsmittel verwenden, um ein Konzentrat herzustellen, doch ich fürchte, der Geschmack eines solchen Mittels wird niemandem gefallen.«

»Das ist zweitrangig«, sagte Janeway.

Der Holo-Arzt zuckte mit den Schultern. »Ganz meine Meinung. Aber behaupten Sie später nicht, ich hätte Sie nicht gewarnt.«

»Danke, Doktor.« Janeway blätterte durch die Bildschirmseiten und suchte nach Angaben für den aktuellen Energieverbrauch. Mit manueller oder chemischer Extraktion blieben sie innerhalb der sicheren Parameter, riskierten allerdings die Vergeudung kostbarer Vitamine. Die effizienteren Methoden – dabei handelte es sich um Variationen der Replikator- oder Transportertechnik – verbrauchten zuviel Energie. Janeway schüttelte den Kopf und bedauerte, daß Torres auf dem Planeten weilte. Die Chefingenieurin kam einem Genie gleich, wenn es um jene Improvisationen ging, die an Bord der *Voyager* praktisch zur Routine geworden waren. Nun, selbst wenn sich die Andirrim als feindselig erwiesen: Mit ziemlicher Sicherheit konnten sie ihren Angriffen lange genug standhalten, um die Landegruppen zurückzuholen. *Und auch wenn wir uns vorübergehend absetzen müssen: Torres und die anderen können sich zu einem sicheren Ort auf dem Planeten begeben. Immerhin haben sich die Kirse als freundlich erwiesen.*

»Sollen wir die Einsatzgruppen zurückrufen?« fragte Chakotay.

Janeway schüttelte erneut den Kopf. »Nein. Wir brauchen Nahrungsmittel, Chakotay, nicht nur Vitamine. Unsere Energie benötigen wir fürs Triebwerk und die Bordsysteme; wir dürfen sie nicht durch Einsatz der Replikatoren verschwenden. Vielleicht kommen die Andirrim tatsächlich mit friedlichen Absichten. Und selbst wenn sie angreifen: Bestimmt konzentrieren sie sich dabei auf die Kirse. Wir sollten nicht in übermäßige Gefahr geraten.«

»Wie Sie meinen«, erwiderte der Erste Offizier.

»Captain!« rief Kim. »Das erste Andirrim-Schiff hat den Orbit erreicht.«

»Auf den Schirm«, sagte Janeway. »Was ist mit dem Ionenfeld?«

»Die Intensität steigt noch immer«, antwortete der Fähnrich.

Janeway sah zum Projektionsfeld und beobachtete das rhomboide Schiff. Scheinbar bewegungslos hing es vor der Kugel des Planeten. Im Vergleich mit den vitalen Farben der Kirse-Welt wirkten die rostbraunen Töne des Andirrim-Raumers noch häßlicher. »Sind die Waffensysteme des Schiffes aktiv?«

»Bei den Schilden stellen unsere Sensoren Bereitschaft fest«, sagte Kim. »Die Phaser hingegen sind ohne Energie. Captain, die Andirrim öffnen einen Kom-Kanal zum Planeten.«

»Versuchen Sie, die Signale zu empfangen«, wies Janeway den Fähnrich an.

Eine Sekunde später erschien ein anderes Bild auf dem Hauptschirm: das goldene Gesicht Nal Sii'ans, umrahmt von einer scharlachroten Mähne.

»Wir sind hier, Unnachgiebig«, sagte der Andirrim. »Wie angekündigt. Das versprochene Metall befindet sich an Bord meines Shuttles. Erlauben Sie uns zu landen.«

»Nehmen Sie eine Sondierung vor«, ordnete Janeway an. »Was ist mit dem Shuttle?«

»Die Schilde blockieren unsere Sondierungssignale«, erwiderte Kim. »Die Scanner orten ein kleineres Schiff in einer Art Hangar, aber Einzelheiten lassen sich nicht ermitteln.«

»Ich bin bereit, die Landung Ihres Shuttles bei den folgenden Koordinaten zu gestatten«, sagte Unnachgiebig. »Dort werden Sie jemandem begegnen, der beauftragt ist, eine Vereinbarung mit Ihnen zu treffen.«

»Der Ort befindet sich dort«, sagte Chakotay. In einer Ecke des Hauptschirms zeigte sich eine Darstellung des Planeten, und ein rotes Kreuz markierte den Landebereich. »Ein ganzes Stück von der Zitadelle entfernt.«

Und auch von den Landegruppen, dachte Janeway und nickte anerkennend.

»Garantieren Sie die Neutralität des fremden Schiffes?« fragte Nal Sii'an.

»Die Besucher sind aus dem gleichen Grund wie Sie hier: um Handel mit uns zu treiben«, sagte Unnachgiebig. »Dafür kann ich mich verbürgen.«

»Nun gut. Dann startet unser Shuttle jetzt.«

»Ich erwarte es«, entgegnete der Kirse, und sein Bild verschwand vom Schirm.

»Das Shuttle ist unterwegs«, meldete Kim.

Janeway nickte und beobachtete, wie sich ein kleines Objekt von dem größeren Schiff löste. Es blitzte auf, als die Manövriertriebwerke feuerten. »Kurs und Geschwindigkeit, Mr. Kim?«

»Wird berechnet, Captain.«

Der Punkt fiel dem Planeten entgegen, und Janeway versuchte, das Bewegungsmuster mit den Diagrammen in Verbindung zu bringen, die sie während der letzten Stunden immer wieder betrachtet hatte. Der Anflugwinkel erschien ihr falsch, brachte das Shuttle mit zu hoher Geschwindigkeit in die Atmosphäre. Aber vielleicht konnte es wesentlich höheren Belastungen standhalten als Föderationsfähren. *Es gibt auch noch eine zweite Möglichkeit,* dachte sie besorgt. *Vielleicht haben die Andirrim nicht vor, am angegebenen Ort zu landen.*

»Ich warte noch immer auf die Kursdaten, Mr. Kim«, sagte sie scharf.

»Bin gerade mit der Berechnung fertig, Captain.« Eine

Linie erschien auf dem Hauptschirm, wölbte sich über den von Chakotay eingeblendeten Globus dem roten Kreuz entgegen. »Der Kurs führt dorthin«, sagte Kim. »Aber es ist nicht der effizienteste Anflug. Er findet zunächst in zu großer Höhe statt, woraus die Notwendigkeit eines längeren Bremsmanövers erfolgt.«

»Die Andirrim hätten also die Möglichkeit, den Kurs noch im letzten Augenblick zu ändern«, sagte Janeway nachdenklich. Der Erste Offizier nickte, und in seinen Augen sah sie die gleiche Vermutung. »Holen Sie unsere Leute an Bord, Chakotay. Mr. Kim, setzen Sie sich mit Unnachgiebig in Verbindung.«

»Keine Antwort von der Zitadelle«, sagte Kim. »Dort hat man die Schilde aktiviert, und sie schirmen auch unsere Kom-Signale ab.«

»Versuchen Sie, irgendwie einen Kontakt herzustellen.« Janeway bedauerte plötzlich, daß sich der Sicherheitsoffizier und der Navigator auf dem Planeten befanden – beide wurden jetzt an Bord gebraucht.

»Der Transporterraum meldet wachsende Intensität des Ionenfelds«, sagte Chakotay. »Bei Paris' Einsatzgruppe können nur jeweils zwei Personen transferiert werden.«

Janeway sah zum Hauptschirm und beobachtete, wie der rote Keil des Shuttles über die Kurslinie kroch. »Ich brauche eine Kom-Verbindung mit Unnachgiebig oder Tuvok.«

»Tut mir leid, Captain«, sagte Kim. »Ich kann die Schilde nicht durchdringen.«

»Versuchen Sie es mit einem überfokussierten Strahl«, schlug Chakotay vor. Er trat zur Station des jungen Mannes und sah ihm über die Schulter. »Eine visuelle Kommunikation ist damit nicht möglich, aber vielleicht lassen sich akustische Signale übermitteln.«

»Captain!« entfuhr es Kim. »Die Andirrim setzen sich mit uns in Verbindung.«

»Auf den Hauptschirm«, sagte Janeway. »Bemühen Sie sich auch weiterhin, Unnachgiebig oder Tuvok zu erreichen.«

Das Bild des zentralen Projektionsfelds wechselte: Die schematischen Darstellungen wichen Nal Sii'ans schuppigem Gesicht. Hinter ihm beugte sich ein anderer Andirrim mit dunklerer Haut und purpurner Mähne über eine Konsole, deren Anzeigen undeutlich blieben.

»Captain«, begann Nal Sii'an, »ich habe einen Vorschlag für Sie und Ihr Schiff.«

»Captain ...« Kims Stimme klang drängend, und Janeway blickte über die Schulter.

»Ja?«

»Die Andirrim stören unsere Kom-Signale. Wir haben jeden Kontakt mit dem Planeten verloren.«

»Der Transporterraum meldet, daß bis auf Paris und Renehan alle an Bord sind«, verkündete Chakotay. »Tuvoks Gruppe ist natürlich ebenfalls noch auf dem Planeten.«

Janeway blickte wieder zum Hauptschirm. »Was hat das zu bedeuten?«

Nal Sii'an lächelte, zeigte dabei weiße und spitz zulaufende Zähne. *Die Andirrim stammen ganz offensichtlich von karnivoren Vorfahren ab*, dachte Janeway und ärgerte sich gleichzeitig über die Irrelevanz dieses Gedankens. »Wie ich schon sagte, Captain Janeway: Ich habe einen Vorschlag für Sie. Sie sind hierhergekommen, um Handel zu treiben. Inzwischen dürfte Ihnen klar sein, welche Preise Unnachgiebig verlangt. Ich biete Ihnen eine Alternative an.«

»Und die wäre?« Janeways Gaumen war trocken, doch sie hielt dem Blick des Andirrim stand und hoffte, daß sie ein angemessenes Maß an würdevoller Gleichgültigkeit zum Ausdruck brachte.

»Helfen Sie uns beim Angriff.« Nal Sii'an beugte sich vor, und in seinen roten Augen blitzte es. »Gemeinsam können wir mehr erbeuten als jeder von uns allein. Und Sie brauchen dafür nicht den lächerlichen hohen Preis zu bezahlen, den Unnachgiebig sicher von Ihnen verlangt hat. Wir teilen ehrlich, die Hälfte für Sie, die Hälfte für uns. Zusammen gelingt es uns sicher, den Kirse eine Niederlage beizubringen, die sie so schnell nicht vergessen.«

»Wir halten uns an unsere Abmachungen«, erwiderte Janeway. »Die Antwort lautet nein.«

»Dann behandeln wir Sie so, als gehörten Sie zu den Kirse«, zischte Nal Sii'an.

»Einen Angriff auf dieses Schiff würden Sie bitter bereuen«, betonte Janeway. Ein Bluff konnte an dieser Stelle bestimmt nicht schaden. Selbst wenn sie nur einige Sekunden gewannen: Vielleicht genügte die Verzögerung, um es Kim zu ermöglichen, den Kirse eine Warnung zu übermitteln. »Wir kommen von der Föderation und haben einen sehr weiten Weg hinter uns. Glauben Sie, wir lassen es einfach so zu, daß sich jemand in unsere Angelegenheiten einmischt?«

Nal Sii'an blinzelte: Weiße Membranen schlossen sich kurz über seinen Augen. Dann schüttelte der Andirrim den Kopf. »Nein. Sie sind den Kazon-Ogla bekannt. Es heißt, Sie seien allein.«

»Wären die Kazon-Ogla bereit, Ihnen die Wahrheit zu sagen, wenn es sich anders verhielte?« fragte Janeway und lächelte. Einige Sekunden lang glaubte sie, daß sich Nal Sii'an tatsächlich einschüchtern ließ und einen Rückzieher machte. Doch dann schüttelte er erneut den Kopf, mit mehr Nachdruck als vorher.

»Es spielt keine Rolle. Entweder greifen Sie mit uns an, oder Sie sind gegen uns. Und wenn Sie gegen uns sind, vernichten wir Sie.«

»Wir helfen Ihnen nicht«, sagte Janeway.

»Dann bereiten Sie sich auf den Tod vor.« Nal Sii'an winkte und verschwand aus dem Projektionsfeld.

Soviel zu meinem Bluff. »Alarmstufe Rot«, sagte Janeway, und sofort heulten Sirenen an Bord.

»Die Andirrim-Schiffe haben jetzt volle Schildkapazität und sowohl Phaser als auch Photonentorpedos aktiviert«, meldete Kim. »Das Shuttle ändert den Kurs: Es fliegt nicht mehr zum vereinbarten Landeort, sondern ist jetzt zur Zitadelle unterwegs.«

»Übernehmen Sie die Navigation, Mr. Chakotay«, wies Janeway den Ersten Offizier an. »Verschaffen Sie uns Bewegungsspielraum.« Es war schade, daß Paris auf dem Planeten festsaß, aber Chakotay konnte mit den Navigationskontrollen fast ebensogut umgehen – obgleich sich der Erste Offizier normalerweise um andere Dinge kümmerte.

»Aye, Captain.« Chakotay löste den diensthabenden Piloten am Navigationspult ab. Seine Hände huschten über Schaltflächen, und die *Voyager* löste sich aus der Umlaufbahn.

»Das Verteidigungssystem der Kirse ist aktiv«, sagte Kim. »Das Ionenfeld hat sich weiter verstärkt, doch die Raumfähre der Andirrim befindet sich bereits ein ganzes Stück darunter.«

»Die Kirse werden bestimmt irgendwie damit fertig«, sagte Janeway und versuchte, nicht mehr daran zu denken, um ihre ganze Konzentration den Andirrim-Schiffen in der Umlaufbahn zu widmen. »Volle taktische Anzeige auf den Hauptschirm.«

»Volle taktische Anzeige«, bestätigte Kim. Das zentrale Projektionsfeld zeigte plötzlich ein Netzwerk aus Linien und Symbolen. Es wies auf Positionen und Kurse sowohl der *Voyager* als auch der Andirrim-Schiffe hin, stellte außerdem das Verteidigungssystem der Kirse dar. Die Orbitalstationen glühten in einem zornigen Rot.

»Die Plattformen haben jetzt volles energetisches Potential«, sagte einer von Chakotays Leuten – Pao. Die

Frau nahm Tuvoks Platz an der Sicherheitsstation ein. »Sie feuern auf das Flaggschiff der Andirrim.«

Grelles weißes Licht flutete vom Hauptschirm durch den Kontrollraum der *Voyager*. Janeway wandte kurz den Blick ab und blinzelte mehrmals, um die bunten Schleier vor ihren Augen zu vertreiben. Als sie erneut zum Projektionsfeld sah …

Das Flaggschiff existierte nach wie vor.

»Die Schilde haben den größten Teil absorbiert«, berichtete Kim. »Sie sind jetzt ein wenig schwächer als vorher.«

»Andirrim-Schiff auf Kurs eins neun null Komma vier im Anflug«, ließ sich Pao vernehmen. »Es feuert Photonentorpedos ab.«

»Ausweichmanöver!« befahl Janeway.

Wenige Sekunden später erbebte die *Voyager*, als energetische Druckwellen die peripheren Schilde trafen.

»Keine Schäden«, meldete Kim.

»In Ordnung.« Janeway ließ die Armlehnen des Kommandosessels los, an denen sie sich bisher festgehalten hatte. Unheilverkündende Entschlossenheit funkelte in ihren Augen. *Ich werde den Andirrim eine Lektion erteilen*, dachte sie. »Feuer frei, Mr. Pao. Zeigen wir ihnen, daß mit einem Föderationsschiff nicht zu spaßen ist.«

8

Paris blinzelte, als das Schimmern des Transporterstrahls vor ihm verblaßte. Er sah zu Graurose und Renehan, die am Rand des Obstgartens warteten. »Und da waren es nur noch zwei«, sagte er. Renehan lächelte.

»Drücken Sie uns den Daumen, Tom.«

»*Voyager* an Paris.« Die Stimme der Transportertechnikerin klang verzerrt durch eine Statik, die in den letzten Minuten immer stärker geworden war. »Maceda und Laek sind sicher an Bord. Warten Sie, während wir versuchen, den Transferfokus ...«

Sie wurde von einem lautlosen weißen Blitz unterbrochen, der den Himmel in blendendes Weiß verwandelte. Paris fluchte, schirmte sich die Augen ab und hörte ein leises Knallen, als Graurose überrascht mit den Flügeln schlug.

»Hören Sie mich, Transporterraum?« Paris bekam keine Antwort und klopfte auf seinen Insignienkommunikator. »Paris an *Voyager*. Bitte antworten Sie.«

Statik rauschte und zischte. Er glaubte, eine Stimme zu hören, aber sie verlor sich sofort wieder im Knacken und Knistern der Interferenzen.

Renehan sah ihn an, und in ihren großen Augen zeigte sich ein Schatten von Furcht. »Anscheinend müssen wir hierbleiben, Tom.«

»Die Andirrim«, sagte Graurose. »Offenbar haben sie angegriffen.«

»Der Blitz stammte also vom Ionenfeld?« fragte Paris.

Der Himmel war noch immer weiß – durch die plötzliche Entladung schien die gesamte Luftfeuchtigkeit zu einer geschlossenen Wolkendecke kondensiert zu sein.

Graurose nickte und wirkte geistesabwesend; sie schien zu lauschen. »Der Start unserer Shuttle-Flotte wurde angeordnet«, sagte sie, und Paris begriff, daß der Eindruck nicht täuschte: Die Kirse hatte Anweisungen empfangen, auf welche Weise auch immer. Vermutlich stammten sie von der Zitadelle.

»Die Andirrim setzen Drohnen und ein Angriffsshuttle ein«, fügte Graurose hinzu. »Eile ist geboten.«

Sie hob die Fernsteuerung und rief damit den nächsten Ernteroboter. Die Maschine glitt ihnen entgegen, ließ den Frachtkarren zurück und verlor unterwegs mehrere Arme.

»Was unternehmen wir jetzt?« fragte Renehan. Sie folgte der Kirse auf die schmale Plattform hinter dem Kopf des Roboters.

»Wir begeben uns zum nächsten Startpunkt. Es ist nicht weit.« Graurose blickte zum weißen Himmel hoch, neigte dann den Kopf und schien erneut zu lauschen.

»Was ist?« erkundigte sich Paris.

»Die Drohnen. Sie sollen die Shuttles vor dem Start zerstören. Ich dachte, ich hätte sie gehört.« Graurose betätigte einen Schalter der Fernsteuerung, woraufhin sich der Roboter auch von den letzten Armen trennte. Er sah jetzt ganz anders aus, wie eine Maschine, die relativ hohe Geschwindigkeiten erreichen konnte.

»Wenn solche Drohnen unterwegs sind, möchte ich nicht im Freien von ihnen überrascht werden«, meinte Renehan. Paris nickte und kletterte neben ihr auf die Plattform.

»Sie müssen mit mir kommen«, sagte Graurose. »Die Gärtner und alle anderen Adaptierten ... Der Angriff bringt sie bestimmt durcheinander. An diesem Ort würden Sie in Gefahr geraten.«

»Von den Andirrim ganz zu schweigen«, murmelte Renehan.

»Ja, sie ebenfalls«, erwiderte Graurose ernst.

»Sie haben recht.« Paris nickte der Kirse zu. »Also los.«

Graurose schob mehrere Regler der Fernsteuerung nach vorn, und der Roboter setzte sich in Bewegung. Paris hielt sich mühsam fest, als die Maschine durch einen niedrigen Graben wankte. Kurze Zeit später erreichte sie eine der goldenen Straßen, die sich überall auf dem Planeten erstreckten. Dort beschleunigte der Roboter, wurde rasch schneller, wobei sein Motor lauter summte.

Graurose sah erneut zum Himmel hoch.

»Die Hauptstreitmacht ist natürlich zur Zitadelle unterwegs, aber einzelne Gruppen ...«

Sie unterbrach sich, als dicht über dem Horizont etwas aufblitzte. Paris fluchte erneut und behielt die Wolken im Auge. Aber was auch immer das kurze Schimmern verursacht hatte – es war verschwunden.

»Haben Sie etwas gesehen?« fragte Renehan.

Graurose deutete über den Kopf des Roboters hinweg. »Dort ist der Startplatz.«

Er war gut zweihundert Meter entfernt: ein niedriger Hügel, der zuvor völlig unscheinbar gewesen sein mochte. Jetzt zeigte sich eine sichelförmige Öffnung in seiner Flanke. Aus der Öffnung ragte der Bug eines Shuttles – es schien ähnlich beschaffen zu sein wie jenes Exemplar, mit dem sie zu den Anbauflächen geflogen waren. Mindestens drei Kirse – alle mit Flügeln – hantierten unter der linken Tragfläche.

»Großartig«, begann Paris.

Das Wort verlor sich im jähen Kreischen verdrängter Luft. Ein kleines, silbrig glänzendes Objekt jagte einen Meter über seinen Kopf hinweg, gefolgt von zwei anderen Flugkörpern der gleichen Art.

»Drohnen!« rief Graurose und riß den Phaser von ihrem Taillengürtel. Sie stützte sich am Kopf des Roboters ab und schoß zweimal. Paris vermutete, daß sie gar nicht hoffte, das Ziel zu treffen; es ging ihr vielmehr darum, die Kirse am Startort zu warnen.

»Es sind noch mehr hinter uns!« stieß Renehan hervor und nahm ihren eigenen Phaser zur Hand. Paris folgte ihrem Beispiel, justierte die Waffe auf eine hohe Emissionsstufe und zielte auf die drei glitzernden Angreifer, die schnell näher kamen. Zweimal betätigte er den Auslöser und vernahm auch das Fauchen von Renehans Strahler. Dann war die erste Drohne heran. Sie spuckte Feuer – ihre Entladungen kochten über die Straße neben dem Roboter. Graurose legte an und schoß erneut, zielte dabei auf die Vorderseite. Die Drohne trudelte kurz, stieg auf und flog einen weiten Bogen, schien sich auf eine weitere Attacke vorzubereiten.

»Runter!« rief Paris und sprang von der Plattform des Ernteroboters. Hart prallte er auf den Boden; er rollte sich ab und dachte daran, daß er am nächsten Tag zahlreiche blaue Flecken haben würde – wenn es überhaupt ein Morgen für ihn gab. Die zweite Drohne schien es auf ihn abgesehen zu haben, und er hechtete in einen flachen Graben, der nur wenig Schutz gewährte. Dort blieb er auf dem Rücken liegen und feuerte. Zwar traf er nicht, aber die Maschine schwirrte fort – was ihm Gelegenheit gab, sich halb aufzurichten und nach der dritten Drohne Ausschau zu halten. Einige Sekunden lang konnte er sie nirgends entdecken, und dann sah er sie: Das Ding flog dicht über der Straße und folgte ihrem Verlauf. Ein Strahlblitz zuckte aus dem stählernen Leib des Todesboten, dann ein zweiter. Die neben dem Ernteroboter hockende Renehan machte erneut von ihrem Phaser Gebrauch, drückte zweimal schnell hintereinander ab. Die Drohne erzitterte kurz, setzte ihren Anflug jedoch fort. Paris zielte sorgfältig und schoß, als er sicher war, die Maschine nicht zu verfehlen. Nichts geschah. Für eine Sekunde glaubte er, daß der Strahl an der Drohne vorbeigerast war, daß sie nun den Roboter unter Beschuß nehmen, Graurose und Renehan töten würde. Doch dann platzte die Drohne mit einem lauten Krachen auseinander. Aus einem Reflex heraus hob Paris die Arme vor das Gesicht, doch zum Glück trafen ihn keine Trümmerstücke. Die Reste des Vernichtungsapparats fielen ein ganzes Stück entfernt auf den Boden.

Plötzlich lag Renehan neben Paris. »Guter Schuß«, lobte sie.

Beim Roboter hob Graurose ihren Phaser, feuerte und sorgte dafür, daß die zweite Drohne explodierte. Qualmende Trümmerstücke fielen in ein nahes Feld.

Die dritte Drohne griff erneut an, doch nach Grauroses erstem Treffer war ihr Flug nicht mehr stabil: Immer wieder schwankte sie von einer Seite zur anderen. Paris schoß. Die Maschine schien mitten in der Luft zu verharren, als sei sie gegen ein unsichtbares Hindernis gestoßen. Dann explodierte sie wie die beiden anderen.

»Kommen Sie!« rief Graurose. »Wir müssen zum Startplatz!«

Paris kroch aus dem Graben und spürte mehrere wunde Stellen an seinem Leib, als er auf die Beine kam und zum Roboter hastete. Renehan folgte ihm. Aus den Augenwinkeln sah er, wie es in der Ferne aufblitzte, und dumpfes Donnern wies auf die Zerstörung einer weiteren Drohne hin. Doch eine war noch immer intakt und schickte immer wieder Blitze destruktiver Energie zum Hügel. Die dortigen Kirse erwiderten das Feuer.

»Schnell!« drängte Graurose und setzte den Ernteroboter in Bewegung. Renehan schwang sich auf die Plattform, und Paris griff dankbar nach ihrer Hand, zog sich hoch. Mindestens ein Kirse schien getroffen zu sein, denn er glaubte, unter der Tragfläche des Shuttles einen grauen Leib auf dem Boden zu sehen. Er hob den Phaser.

Renehan hielt ihn am Arm fest. »Wir sind zu weit entfernt. Und wir sollten vermeiden, die Aufmerksamkeit weiterer Drohnen auf uns zu ziehen.«

Paris nickte – er wußte, daß Renehan recht hatte –, fand am Kopf des Roboters Halt und beugte sich vor, als könnte er ihn auf diese Weise veranlassen, noch schneller zu werden. Graurose hatte die Schwingen gehoben, und Anspannung zitterte in ihnen. Ihre Finger waren so fest um die Fernsteuerung geschlossen, daß sie fast weiß wirkten.

Die letzte Drohne explodierte. Ihre Einzelteile fielen vom Himmel und blieben verstreut auf der Straße liegen. Graurose lenkte den Ernteroboter an Trümmerstücken vorbei und hielt am Fuß des Hügels an, wobei sie darauf achtete, nicht den Höhlenzugang zu blockieren. Zwei tote Kirse lagen unter den Tragflächen, und Paris schnitt eine Grimasse, als er sie sah.

»Die Shuttles?« rief Graurose, und die dritte Kirse richtete sich neben den beiden Leichen auf.

»Unbeschädigt. Aber ohne Copiloten ...«

Graurose gab ein Geräusch von sich, das ein Fluch sein mochte.

Paris vermutete, daß er es später bereuen würde, aber er fragte trotzdem: »Sind diese Shuttles ebenso beschaffen wie jene Maschine, mit der wir unterwegs gewesen sind?«

Graurose musterte ihn neugierig. »Es gibt viele Ähnlichkeiten.«

Renehan sah ihn ebenfalls an, aber in ihrem Gesicht zeigte sich Verblüffung. »Sind Sie übergeschnappt, Tom?«

»Haben Sie eine bessere Idee?«

»Nein.« Renehan sah über die Schulter, hielt am weißen Himmel nach Drohnen Ausschau. Paris wandte sich wieder an Graurose.

»Ich weiß, daß ich ein solches Shuttle fliegen kann. Ich habe beobachtet, wie Sie die Kontrollen bedienten. Bestimmt komme ich ebenfalls damit zurecht.«

Graurose wechselte einen raschen Blick mit der anderen Kirse. »Es werden keine Piloten gebraucht, sondern Copiloten«, erklärte sie dann. »Bordschützen, Beobachter.«

»Beobachter?« wiederholte Renehan.

»Durch das Ionenfeld und die Störsignale der Andirrim ist keine zuverlässige Sensorerfassung möglich«, sagte die andere Kirse. »Es sind zwei nötig, um ein Shuttle zu fliegen. Einer übernimmt die Steuerung. Der Copilot hält Ausschau und kümmert sich um die Waffensysteme.«

»Das ist noch einfacher«, erwiderte Paris. »Wir können es schaffen, Graurose.« Aus den Augenwinkeln sah er, wie Renehan nickte. Er bedankte sich mit einem kurzen Lächeln.

»Hier wären Sie vermutlich sicherer«, wandte Graurose widerstrebend ein.

Paris schüttelte den Kopf. »Vielleicht auch nicht. Die Drohnen könnten zurückkehren. Es wäre auch ein Angriff der Gärtnerwesen denkbar.« Er sah Unschlüssigkeit in den Zügen der Kirse und fuhr fort: »Sie brauchen alle Shuttles, wenn Sie einen erfolgreichen Kampf gegen die Andirrim führen wollen. Wir vergeuden wertvolle Zeit.«

Erneut wechselten die beiden Kirse einen stummen Blick, und dann nickte Graurose. »Na schön. Sie fliegen mit mir und Renehan mit Seefeuer.«

»Hervorragend!« entfuhr es Paris.

Renehan lachte. »Sie haben tatsächlich den Verstand verloren, Paris.«

»Und Sie nicht?«

Die junge Frau winkte ab, drehte sich um und folgte Seefeuer.

»Rasch!« drängte Graurose nun. »Brechen wir auf!«

Sie ließen die Leichen an Ort und Stelle liegen. Es fehlte ihnen die Zeit, sie zu begraben, aber Paris empfand es trotzdem als seltsam, einfach an ihnen vorbeizugehen, ohne ihnen Beachtung zu schenken. Er kletterte ins Cockpit des Shuttles und stellte dort Unterschiede zu der Maschine fest, in der er zuvor geflogen war. Der Platz des Piloten schien genauso beschaffen zu sein, aber eine blasenförmige Erweiterung ersetzte hier die Sitze der Passagiere. Unter einer Kuppel befand sich dort ein Sessel, umgeben von einem Ring aus Kontrolleinrichtungen.

»Ihr Platz ist da«, sagte Graurose, und Paris schnallte sich sofort im Sessel fest. Die Kuppel blieb leer, und erst nach einigen Sekunden begriff er, daß es sich nicht um eine Projektion handelte, sondern um Panzerglas oder etwas in der Art. »Die roten Anzeigen betreffen die Waffen, die grünen unsere verschiedenen Sensoren. An den Justierungen brauchen Sie nichts zu verändern. Geben Sie mir nur Bescheid, wenn etwas orangefarben oder rot leuchtet.«

»In Ordnung.« Paris drehte den Sessel und stellte fest, daß er die vier Kontrollknüppel der Waffen leicht erreichen konnte. Sie erinnerten ihn an jene Systeme, mit denen er beim Maquis gearbeitet hatte, und an diesem Eindruck änderte auch der sonderbar geformte Auslöser nichts. Seine Zuversicht wuchs. Am Rand einer Konsole bemerkte er eine Reihe von Tasten, deren farbliche Kennzeichnung das gesamte Spektrum von Grau umfaßte: Die Reihe begann mit einer fast schwarzen Taste und endete mit einer weißen.

Er runzelte die Stirn, und Graurose betätigte eine der mittelgrauen Tasten. »Dies ist der Melder«, erläuterte sie. »Wenn ich eine Orientierungshilfe brauche oder wenn Sie eine feindliche Einheit im weißen oder schwarzen Bereich entdecken...« Die Hand der Kirse strich über die Kontrollen. »... betätigen Sie eine dieser Tasten. Der Melder meiner eigenen Station ist mit diesem hier verbunden; die von Ihnen ausgelöste Anzeige wiederholt sich bei mir.«

Paris nickte, und Graurose kehrte zu ihrem Platz zurück, legte dort den Sicherheitsharnisch an.

»Warum schwarz oder weiß?« rief Paris ihr nach.

»Die Markierung bezieht sich auf Objekte hinter uns«, antwortete Graurose, und Paris glaubte fast, ein leises Lachen in ihrer Stimme zu hören. »Und über die möchte ich gern Bescheid wissen.«

»Kann ich mir denken«, murmelte Paris. Seine Worte verloren sich im plötzlichen Aufheulen des Triebwerks.

»Startbereitschaft!« rief Graurose.

Paris hob die Stimme, um den Lärm zu übertönen. »Ich bin soweit.«

»Start erfolgt *jetzt*.« Das Shuttle sprang regelrecht nach vorn. Paris hielt unwillkürlich den Atem an, und einen Sekundenbruchteil später hob die Maschine ab – der Boden schien unter ihr fortzufallen. Das zweite Shuttle startete ebenfalls, und er glaubte, Renehan unter der anderen Kuppel zu sehen, bevor das ›Panzerglas‹ dunkel wurde.

»Das zweite Shuttle ist ebenfalls unterwegs!« rief Paris.

Graurose hob die Hand. »Der Hauptkampf findet im Orbit statt. Nur ein Andirrim-Shuttle durchdrang den Verteidigungsgürtel, bevor das Ionenfeld aktiv wurde. Aber bestimmt versucht der Gegner, weitere Einheiten zum Planeten zu schicken.«

Das klingt irgendwie vertraut, dachte Paris und überprüfte die Waffensysteme. Alle Anzeigen leuchteten grün – diese Farbe schien bei den Kirse eine ähnliche Bedeutung zu haben wie bei Menschen. Zwar wußte er nicht, was es mit den einzelnen Lichtern auf sich hatte, aber eigentlich spielte das auch gar keine Rolle. *Ich kenne das Wichtigste – ich weiß, wie man zielt und den Auslöser betätigt. Nur das zählt.* Ein Teil von ihm – jener Teil, der immer Abstand wahrte und sein eigenes Verhalten analysierte – fragte sich, ob er nun versuchte, für sein Versagen bei Starfleet und beim Maquis zu sühnen. Doch er schob diese Überlegungen beiseite. Das alles war Vergangenheit; jetzt kam es nur auf den bevorstehenden Kampf an.

»Also zum Orbit«, sagte er laut und beobachtete, wie weit oben das Weiß des Himmels ins Schwarz des Weltraums überging.

B'Elanna Torres runzelte nachdenklich die Stirn, während sie die schematischen Darstellungen auf dem großen Kirse-Schirm betrachtete. Anschließend blickte sie aufs Display ihres Tricorders. Selbst mit Reveks Hilfe hatte es einige Stunden gedauert, die Kirse-Symbole in ihre Starfleet-Äquivalente zu übersetzen. Die Chefingenieurin war noch immer nicht sicher, ob sie die Bedeutung aller Zeichen richtig erkannt hatte. Nun, die einzelnen Komponenten paßten zueinander, und Torres wußte auch, welche Teile wohin gehörten, um die Integrität der verschiedenen Schaltkreise zu bewahren. Aber es gab keine Garantie dafür, daß die Kirse-Toleranzen ihren eigenen entsprachen. Als sie diese Sorge zum Ausdruck brachte, hatte Revek gelacht und geantwortet, sie sollte sich nicht mit der Frage aufhalten, ob die Komponenten der Kirse ein ebenso hohes energetisches Niveau vertrugen wie ihre eigenen. Bei jener Gelegenheit fügte er den Hinweis hinzu, daß die Kirse zu besonderer Risikobereitschaft neigten. Doch damit vertrieb er die Unruhe nicht aus B'Elanna. Immerhin wollte sie, daß das neue Transportersystem funktionierte; es sollte nicht explodieren, wenn die Kirse es in Betrieb nahmen.

Überall um sie herum summten die von Maschinen bedeckten Wände: eine sanfte Melodie, so leise, daß man sie schon nach kurzer Zeit nicht mehr bewußt hörte.

Erneut überprüfte Torres die Anzeigen des Tricorders und berührte dann einige blaue Dreiecke, die mit der Phasenübergangsmatrix in Verbindung standen. Text erschien auf dem Schirm, bestehend aus den schnörkeligen Zeichen der Kirse. Einmal mehr senkte B'Elanna den Blick, um die Übersetzung im Display des Tricorders zu lesen. Ja, es handelte sich tatsächlich um die Übergangsmatrix. Torres zögerte nicht und verschob die entsprechenden Komponenten. Sofort blinkte eine Warnung im Anzeigefeld des Tricorders: Sie hatte die empfohlene Verbindungsdistanz um dreizehn Zentimeter überschritten. Die Chefingenieurin achtete nicht darauf, wandte sich wieder dem großen Schirm zu und suchte dort nach dem dynamischen Modulator. Sie integrierte ihn ins Schaltsystem, neben den primären Energiespulen der Phasenübergangsmatrix. Anschließend zog sie mit großer Sorgfalt neue Verbindungslinien. Ein roter Warnindikator leuchtete, wies auf einen instabilen Phaseneingang hin. Torres fluchte leise, berührte Schaltflächen und begann mit einer virtuellen Analyse. Wenige Sekunden später wurde aus dem roten Leuchten ein orangefarbenes, was auf fehlende Kontakte bei den Mikrofasern hindeutete. B'Elanna fluchte erneut, als sie den Fehler korrigierte. In der Föderation gab es automatische Mechanismen für solche Arbeiten, spezielle Maschinen, die Starfleet-Technik mit fremden und bis dahin inkompatiblen Systemen verbanden. In der Föderation wäre es nicht nötig gewesen, daß sie selbst sich mit solchen Dingen befaßte ...

Sie schüttelte den Kopf, während sie beobachtete, wie die Warnlichter verblaßten. Mit solchen Gedanken täuschte sie sich selbst. Als Technikerin hatte sie die

Wirklichkeit bei Starfleet und auch beim Maquis ganz anders erlebt: Den größten Teil ihres Lebens als Erwachsene schien sie damit verbracht zu haben, völlig unterschiedliche und überhaupt nicht zueinander passende Systeme miteinander zu verbinden.

»Tuvok an Torres.«

Die Worte klangen erstaunlich laut durch die summende Stille des großen Raums. B'Elanna verzog das Gesicht und legte den Konstruktionsgriffel beiseite. Er wurde immer dann aktiv, wenn ihn Finger berührten, und es genügte, ihn auf den Bildschirm zu richten – ein Kontakt damit war nicht erforderlich. Torres hatte mehrmals festgestellt, wie leicht man eine Komponente mit einer unvorsichtigen Geste eliminieren konnte.

»Hier Torres.« Sie wußte, daß sie schroff klang, aber es war ihr gleichgültig. Eigentlich hatte sie während der nächsten vier Stunden ungestört bleiben sollen. Soviel Zeit brauchte sie, um die Transporter-Schemata der Kirse zu modifizieren.

»Melden Sie sich unverzüglich im Kontrollraum der Zitadelle«, sagte Tuvok. »Der Planet wird angegriffen.«

»Was?« entfuhr es Torres.

»Der Planet wird von einer Andirrim-Flotte angegriffen, die vorgab, mit den Kirse Handel treiben zu wollen«, erklärte Tuvok. »Die Landegruppe soll sich im Kontrollraum einfinden.«

»Ich weiß nicht, wo er sich befindet.« Torres griff hastig nach ihrem Tricorder und den verschiedenen Datenblöcken, die sie mitgenommen hatte. Zwar weilte sie hier tief im Boden des Planeten, und die Andirrim erreichten diesen Ort vermutlich nicht, ohne einen Sieg über die Kirse zu erringen. Aber unter den gegebenen Umständen hielt sie es für besser, nicht das geringste Risiko einzugehen.

»Silberhammer ist unterwegs zu Ihnen«, antwortete Tuvok. »Um Sie hierherzubringen.«

»Gut«, sagte Torres. Fast im gleichen Augenblick kam eine vertraute Gestalt herein: Silberhammers Silhouette zeichnete sich im Halbdunkel ab. »Sie ist gerade eingetroffen, Tuvok. Wir brechen sofort auf.«

»Ich erwarte Sie hier. Tuvok Ende.«

Und damit hat es sich für ihn, dachte B'Elanna, als sie den letzten Datenblock in ihre Tasche schob.

»Gut, daß Sie fertig sind«, ließ sich Silberhammer vernehmen. »Die Entfernung zu den Andirrim ist noch recht groß, aber dieser Ort bietet keine Sicherheit, wenn sie die Zitadelle erreichen.«

Torres blickte zu den Wänden und bemerkte mehr Bewegung bei den verschiedenen Maschinenteilen. Auch die Geräusche schienen sich verändert zu haben.

»Wo sind sie jetzt?« fragte sie.

»Ich dachte, Tuvok hätte Sie informiert«, erwiderte Silberhammer überrascht.

Torres verzog das Gesicht. Sie entsann sich daran, Tuvoks Stimme im Verlauf des langen Tages mehrmals gehört zu haben. Er hatte sie auf die Ortung von Andirrim-Schiffen hingewiesen und ihr später mitgeteilt, die Kirse seien bereit, mit ihnen Geschäfte abzuschließen. An mehr erinnerte sich B'Elanna nicht. *Was entweder bedeutet, daß ich nicht aufgepaßt habe – möglich, aber unwahrscheinlich –, oder daß sich die Ereignisse wesentlich schneller entwickelten, als Captain Janeway zunächst annahm.*

»Ich weiß nur, daß die Andirrim Handel mit Ihnen treiben wollten und Unnachgiebig Landeerlaubnis erteilte«, sagte sie. »Was ist passiert?«

Silberhammer gestikulierte vage. »Es ist genau das passiert, womit wir hätten rechnen sollen. Das Shuttle flog nicht etwa zum vereinbarten Landepunkt, sondern schleuste einen Drohnenschwarm aus und ist jetzt hierher unterwegs.« Sie blickte zu den Wänden, erfaßte offenbar die Bedeutung des veränderten Bewegungsmusters. »Wir sollten uns beeilen.«

»Na schön.« Torres wollte zur Tür gehen, doch Silberhammer hob die Hand.

»Hier entlang. Das ist sicherer, falls Drohnen zur Zitadelle gelangen.«

Der Kirse-Transporter brummte, und eine neue Tür öffnete sich in der gegenüberliegenden Wand. Nur ein Fingerbreit trennte die obere Kante von einem kupfer- und bronzefarbenen Rohr. Torres sah kurz nach oben, als sie die Öffnung passierte. *Viel zu knapp*, dachte sie. *Nun, bisher scheint in dieser Hinsicht nie etwas schiefgegangen zu sein. Aber wie dem auch sei: Ich möchte weit weg sein, wenn es zu einem vom Transporter verursachten Unfall kommt.*

Eine weitere Tür öffnete sich vor ihnen, und dahinter führte eine kurze Treppe zu einem breiten Korridor empor. Dort war es heller: Das Licht drang aus kristallenen Leuchtkörpern in der Decke. Torres blickte neugierig zu ihnen empor – es handelte sich um die ersten ›Lampen‹, die sie bisher in der Zitadelle bemerkt hatte. Einen Sekundenbruchteil später senkte sie wieder den Kopf; das Licht blendete so sehr, daß sie keine Einzelheiten mehr erkennen konnte. Sie erwartete, bald einen Hof zu erreichen, aber statt dessen führte Silberhammer sie durch den Korridor. Sie folgten dem Verlauf der Kristallbänder, betraten kurze Zeit später einen noch breiteren Tunnel. Als sie dort etwa zwanzig Meter zurückgelegt hatte, begann das Licht plötzlich zu pulsieren.

Torres sah überrascht auf, und Silberhammer griff nach ihrem Arm.

»Schnell, hier entlang.« Sie zog die Chefingenieurin zu einer Nische in der stahlgrauen Wand, und dort vernahm B'Elanna ein auf- und abschwellendes Pochen, dessen Rhythmus dem Pulsieren des Lichts entsprach.

»Was ist das?« fragte sie. Silberhammer antwortete nicht, schob sich mit Torres tiefer in die Nische hinein. Das Geräusch wurde lauter, schien von mindestens tausend Trommeln zu stammen, die alle im gleichen Takt donnerten.

B'Elanna wollte sich vorbeugen, aber Silberhammer zog sie sofort zurück.

»Das ist zu gefährlich!« rief sie, und ihre Stimme verlor sich fast in dem Getöse.

»Wieso?« erwiderte Torres. Silberhammer schüttelte den Kopf, und ihr Mund bewegte sich, ohne daß die Chefingenieurin etwas verstand.

Torres hielt sich die Ohren zu und sah, wie die Kirse ihrem Beispiel folgte. Das Stampfen und Donnern wurde noch lauter, und plötzlich war der Tunnel vor der Nische voller laufender Gestalten. Die gedrungenen, grauen Geschöpfe sahen völlig gleich aus. Jedes einzelne von ihnen trug ein Phasergewehr und einen Brustharnisch, und sie alle reichten Torres höchstens bis zur Schulter. Die Wesen ähnelten den *Gwarhai* aus Kindergeschichten, fand B'Elanna. Der Lärm und das pulsierende Licht schufen eine seltsame Art von Benommenheit bei ihr. Sie fühlte sich auf sonderbare Weise von der Wirklichkeit getrennt, als sie diese Zwergenarmee beobachtete, die einer terranischen Legende entsprungen zu sein schien.

Die letzten Gestalten stürmten vorbei, und kurz darauf leuchteten die Kristallstreifen wieder gleichmäßig.

Torres räusperte sich. »Was war das?« fragte sie verwundert.

»Die dritte Linie«, erwiderte Silberhammer. »Unsere dritte Verteidigungslinie. Kommen Sie, wir müssen uns beeilen.«

Torres folgte der Kirse, doch vor ihrem inneren Auge verharrte das Bild laufender Zwerge. »Die dritte Linie?« wiederholte sie.

»Das erste Verteidigungssystem bilden die Plattformen im Orbit«, erklärte Silberhammer und hob die Hand, um eine weitere Tür zu schaffen. Dahinter führte eine Treppe in die Tiefe. Nach einigen Stufen bedeutete die Kirse der Chefingenieurin, an ihr vorbeizutreten. Dann drehte sie sich kurz um und hob erneut die Hand, um den Zugang wieder zu schließen. »Die Felder bilden die zweite Linie.«

»Das Gas – die Pollen«, warf Torres ein. »Außerdem die Schoten und alles andere.« *Ich hatte also recht,* fügte sie in Gedanken hinzu – eine Erkenntnis, die unter anderen Umständen vielleicht zufriedenstellender gewesen wäre.

»Ja.« Sie brachten die letzte Stufe hinter sich und standen in einem schmalen Treppenschacht mit blauen Wänden. Torres sah in die Richtung, aus der sie gekommen waren, ohne eine Tür zu erkennen. Erneut brummte der Transporter, und B'Elanna folgte Silberhammer durch eine Öffnung, hinter der sich ein weiterer schmaler Korridor erstreckte.

»Gehören auch die Gärtner dazu?« fragte Torres.

Die Kirse warf ihr einen kurzen, fast überrascht wirkenden Blick zu. »Nein, sie nicht.«

In der gegenüberliegenden Wand glitt eine Tür auf – eine echte Tür, wie B'Elanna verblüfft feststellte, die erste ihrer Art in der Zitadelle. Sie schloß den Mund wieder und betrat einen Raum, bei dem es sich ganz offensichtlich um die Kontrollzentrale der Kirse handelte. Große Bildschirme zeigten sich an den acht Wänden; ihre Darstellungen projizierten schnell wechselnde Muster aus Licht und Schatten. Als Torres den Kopf drehte und zurücksah, schloß sich die Tür wieder und wurde ihrerseits Teil eines Projektionsfelds. Silberhammer war ihr nicht in den Kontrollraum gefolgt.

Eine oktogonale Konsole stand in der Mitte. Nein, verbesserte sich Torres, es war keine Konsole, sondern eine Art Kiosk mit Seitenwänden und einem Schirm, der ein gewölbtes Dach bildete. Dort stand Unnachgiebig, und die langen Finger seiner Hände tasteten unablässig über Schaltelemente. Bunte Lichter flackerten über die Kuppel weiter oben, und er hob gelegentlich den Kopf, um sie zu betrachten. Torres konnte in den Mustern überhaupt keinen Sinn erkennen. Die übrigen Mitglieder der Einsatzgruppe – Tuvok, Lieutenant Karlock sowie die beiden Techniker Quarante und Jenar – hatten sich in einer Ecke des Oktogons versammelt.

Tuvok nickte der Chefingenieurin zu. »Lieutenant Torres ... Mit Ihnen ist die Gruppe vollständig.«

»Ja«, erwiderte B'Elanna vage. Ihr Blick galt dem Bildschirm hinter ihm. Dort zeigte sich eine häßliche Flugmaschine, kantig und braun wie rostiges Eisen. Kraftfelder bewirkten ein deutlich sichtbares Flimmern in der Luft und hielten das Objekt etwa zehn Meter über der goldenen Straße. Zu beiden Seiten neigten sich Bäume wie im Sturm von einer Seite zur anderen, schleuderten Schoten und Fruchtkapseln. Pollen bildeten dichte Wolken. Zumindest ein Teil des Dunstes mochte auf Rauch zurückgehen: Torres beobachtete, wie etwas ein Kraftfeld traf und in einer kurzen Entladung verglühte. Was auch immer es gewesen sein mochte: Die Maschine wurde dadurch nicht langsamer.

»Das Andirrim-Shuttle?« fragte B'Elanna leise.

Karlock nickte. »Die automatischen Verteidigungssysteme scheinen nicht zu funktionieren ...«, sagte er leise und unterbrach sich, als Tuvok ihn mit einem mißbilligenden Blick bedachte.

»Da wäre noch der Fluß.«

Das Shuttle erreichte eine Aquäduktbrücke. *Sie sieht genauso aus wie jene, die wir auf dem Weg zur Zitadelle überquert haben,* dachte Torres. Aus den Augenwinkeln sah sie, wie Unnachgiebig die Hand um einen Kontrollbuckel schloß. In der gleichen Sekunde schoß Wasser vom Flußbett empor und formte eine jähe Flutwelle. Das Shuttle kippte zur Seite, doch der Pilot schien mit einer solchen Attacke gerechnet zu haben und verwandelte die Bewegung in ein kontrolliertes Rollen. Die Welle klatschte auf die Brücke, schien sie regelrecht zu verschlingen. Als der Aquädukt kurz darauf wieder sichtbar wurde, fehlten Teile darin.

Das Shuttle der Andirrim setzte den Flug über die Straße fort.

Tuvok schüttelte den Kopf, und Torres hörte, wie Quarante seufzte.

»Der Pilot versteht sein Handwerk.«

Jenar bedachte ihn mit einem durchdringenden Blick. »Ich möchte trotzdem nicht an Bord sein.«

»Vermutlich ist das Shuttle mit künstlicher Schwerkraft ausgestattet, um Verletzungen bei solchen Manövern zu verhindern«, sagte Tuvok. Ein besonderer Klang in seiner Stimme verhinderte weitere Kommentare.

Torres sah zu Unnachgiebig. Der Kirse hob erneut den Kopf, blickte wieder zur Kuppel hoch. Was beobachtete er dort? Vielleicht den Kampf im Weltraum. Die Flotte der Andirrim befand sich noch immer im Orbit.

»Was ist mit der *Voyager?*« fragte B'Elanna und achtete nicht darauf, daß Tuvok tadelnd die Stirn runzelte. »Ist mit dem Schiff alles in Ordnung?«

»Wir haben den Kontakt zur *Voyager* verloren, als die Andirrim angriffen«, erwiderte Tuvok. »Es liegt am Ionenfeld in der oberen Atmosphäre und den hiesigen Schilden. Aber es gibt allen Grund zu der Annahme, daß sie sich behaupten kann.«

Gegen fünf feindliche Schiffe? überlegte Torres. Nun, natürlich mußte die *Voyager* nicht gegen alle fünf Andirrim-Schiffe gleichzeitig antreten – einige von ihnen waren sicher mit den Verteidigungsplattformen der Kirse beschäftigt.

Außerdem hatte sich immer wieder herausgestellt, daß die Waffensysteme der *Voyager* denen anderer Völker überlegen waren. Das galt auch für die Kazon-

Ogla – die über die Andirrim herrschten. Mit anderen Worten: Die Wahrscheinlichkeit … B'Elanna unterbrach ihre Überlegungen an dieser Stelle und schüttelte den Kopf. Von welcher Seite sie die Sache auch betrachtete: Sie konnte sich einfach nicht davon überzeugen, daß die Chancen für die *Voyager* gut standen.

Janeway beobachtete das taktische Display und versuchte, nicht auf die um sie herum erklingenden Stimmen zu achten – sie würde alle Hinweise und Meldungen ignorieren, die nicht ihr direkt galten. Der Hauptschirm zeigte die Andirrim-Schiffe in hohen Umlaufbahnen, unter ihnen die vielen weißen Punkte der Verteidigungsstationen. Immer wieder blitzte es, wenn Phaserkanonen feuerten. Das sekundäre Display präsentierte die gleiche Anzeige in Form einer schematischen Darstellung, mit dem Symbol der *Voyager* im Zentrum.

Janeway runzelte die Stirn, als sich ihnen ein Schiff der Andirrim zuwandte.

»Schiff Nummer zwei eröffnet das Feuer«, sagte Kim. Seine Stimme klang unnatürlich ruhig. »Schilde bei maximaler Kapazität.«

»Wir erwidern das Feuer«, antwortete Pao, die noch immer an der Sicherheitsstation stand.

Die *Voyager* schüttelte sich kurz.

»Keine Schäden«, sagte Kim sofort. »Kapazität der Schilde bei achtundneunzig Prozent.«

»Die Phaser der Andirrim haben nur fünfundachtzig Prozent unseres energetischen Potentials«, meldete Chakotay ruhig. »Was allerdings nicht bedeutet, daß sie bei uns keinen Schaden anrichten können. Außerdem wissen wir nicht, ob es sich wirklich um die maximale Energiestärke handelt.«

Janeway nickte. Bisher hatten sich die Andirrim auf die Verteidigungsbarriere konzentriert und die *Voyager* nur gelegentlich unter Beschuß genommen. Aber das würde sich bestimmt ändern, wenn das Föderationsschiff aktiv ins Geschehen eingriff, und fünf gegnerische Einheiten mochten zuviel für sie sein. »Wir sollten vermeiden, uns in ein Gefecht verwickeln zu lassen, Mr. Chakotay«, sagte die Kommandantin. »Dies ist nicht unser Kampf.«

»Captain!« rief Kim. »Die Andirrim habe eine ... nein, zwei Plattformen außer Gefecht gesetzt.«

»Ist dadurch eine Lücke in der orbitalen Barriere entstanden?« fragte Janeway. Zwei weiße Punkte verschwanden vom taktischen Display. Die anderen bewegten sich, und sofort wurde ein Muster deutlich: Die Neutralisierung der beiden Plattformen sollte ausgeglichen werden. Doch es war fraglich, ob eine neue Positionierung der übrigen Verteidigungsstationen ausreichte.

»Noch nicht«, entgegnete Kim. »Aber das defensive System der Kirse ist jetzt erheblich höheren Belastungen ausgesetzt.«

Janeway sah noch einmal auf den Schirm und beobachtete die Manöver der Andirrim-Schiffe. Schließlich sah sie zu Chakotay und lächelte grimmig. »Es *war* nicht unser Kampf, sollte ich besser sagen. Bringen Sie uns näher heran, Mr. Chakotay. Es gilt, die noch auf dem Planeten befindlichen Besatzungsmitglieder zu schützen.«

»Aye, Captain.« So etwas wie Genugtuung erklang in der Stimme des Ersten Offiziers. Er betätigte die Navigationskontrollen, und das Bild auf dem Hauptschirm glitt zur Seite, als sich die *Voyager* der Andirrim-Flotte näherte.

»Nehmen Sie sich das Flaggschiff vor«, sagte Janeway. »Bereitschaft für die Phaser, Mr. Pao.«

»Phaser bereit.«

Das nächste Schiff – Nummer vier, nach dem Behelfsidentifizierungssystem – ortete den Anflug und wandte sich ihnen zu. Janeway lächelte unwillkürlich, als sie sich die jähe Kom-Aktivität zwischen den einzelnen Andirrim-Raumern vorstellte. Sie nickte Pao zu. »Feuer frei.«

Paos Hände huschten über die Konsole. Sie stellte die letzten Parameter ein, und Janeway sah, wie die Zielcodes auf dem Schirm wechselten.

Dann feuerten die Phaser.

»Treffer«, meldete Pao. »Aber die Schilde sind auch weiterhin stabil.«

»Schiff vier erwidert das Feuer«, sagte Kim.

Ein Strahl zuckte der *Voyager* entgegen, und grelles Licht gleißte vom Hauptschirm, tilgte alle Einzelheiten aus dem Projektionsfeld. Janeway hielt sich an den Armlehnen des Kommandosessels fest, als das Schiff erbebte.

»Keine Schäden«, berichtete Kim. »Aber der Maschinenraum stellt erste energetische Fluktuationen bei unseren Schilden fest.«

»Wie stark sind sie?« fragte Janeway.

»Null Komma null zwei bis null Komma eins Megajoule.«

Janeway runzelte die Stirn. Es waren starke Fluktuationen, allerdings am unteren Ende des Spektrums. »Damit sollten wir eigentlich fertig werden. Geben Sie mir Bescheid, sobald die Fluktuationen bis auf null Komma drei steigen.«

Wieder blitzte es auf dem Hauptschirm: Destruktive Energie flackerte über die Schutzschirme des Andirrim-Raumers, doch als der grelle Glanz verblaßte, bemerkte Janeway keine Beschädigungen an der wie verrostet wirkenden Außenhülle.

»Die Schilde haben erneut alles absorbiert«, stellte Pao fest.

»Captain«, sagte Kim, »Schiff zwei nähert sich uns.«

Janeway sah es selbst, sowohl auf dem Hauptschirm als auch auf dem taktischen Display. Phaserstrahlen gingen von dem zweiten Angreifer aus und tasteten nach der *Voyager*, die sich erneut schüttelte.

»Die Andirrim versuchen, ihren Zielerfassungsfokus auf die gleichen Stelle unserer Schilde zu richten«, meldete Pao.

Keine üble Taktik, dachte Janeway und betrachtete noch immer die Muster auf dem Schirm. *Auf diese Weise können sie selbst mit schwächeren Phasern etwas ausrichten – vorausgesetzt natürlich, wir zeigen ihnen immer die gleiche Seite.*

»Feuer wird erwidert«, sagte Pao. »Aber die Schilde bleiben auch diesmal stabil.«

»Der Maschinenraum weist darauf hin, daß die Fluktuationen jetzt zwischen null Komma eins neun acht und null Komma zwei sieben neun liegen«, fügte Kim hinzu. »Es wurde kurz ein Maximalwert von null Komma drei erreicht, der sich jedoch nicht wiederholt hat.«

»Halten Sie uns in Gefechtsposition«, sagte Janeway. »Und feuern Sie auch weiterhin.«

»Aye, Captain«, bestätigte Pao. »Ziel?«

Janeway sah auf die taktischen Anzeigen. Das Flaggschiff der Andirrim sowie zwei andere Raumer konzentrierten ihr Feuer noch immer auf die Orbitalstationen. Vier weitere weiße Punkte blinkten rot – Hinweis darauf, daß ihre Panzerungen den Belastungen nicht mehr lange standhalten konnten. Nur wenige Sekunden später verschwand ein Punkt, und diesmal veränderten die anderen nicht ihre Position, um zu kompensieren.

»Wir nehmen uns das Flaggschiff vor«, verkündete Janeway. »Die anderen Einheiten sind sekundäre Ziele. Status unserer Schilde, Mr. Kim?«

Sie hatte diese Frage kaum ausgesprochen, als die *Voyager* einmal mehr erbebte.

»Unsere Schilde sind stabil«, antwortete Kim. »Aber vorn ist ihre Kapazität auf fünfundneunzig Prozent gesunken. Der Maschinenraum meint, daß wir noch mehr verlieren, wenn wir nicht aufpassen.«

»Sehen Sie nur, Captain!« entfuhr es Chakotay.

»Zahlreiche Flugkörper starten von der Oberfläche des Planeten«, berichtete Pao nur einen Augenblick später.

Das taktische Display zeigte neue Punkte – ein Dutzend, vielleicht auch mehr –, die zum Orbit aufstiegen.

»Sensorerfassung läuft«, fuhr Pao fort. »Captain, es handelt sich um Shuttles der Kirse. Sie fliegen zu den Orbitalstationen.«

Das Symbol einer weiteren Plattform glühte rot, um dann vom Schirm zu verschwinden. Inzwischen war die Lücke im Verteidigungsgürtel ganz deutlich zu erkennen. Die Manövriertriebwerke des Flaggschiffes feuerten lautlos, und es hielt genau auf die Öffnung in der Barriere zu.

Wenn es ins Innere des Gürtels gelangt ..., dachte Janeway. *Dann kann es weitere Stationen vernichten und eine Bresche schaffen, die groß genug ist, um der ganzen Flotte Durchlaß zu gewähren.*

»Zielerfassung auf das Flaggschiff!« befahl sie. »Chakotay, versuchen Sie, uns zwischen den Verteidigungsgürtel und das Schiff zu bringen.«

»Phaser feuern«, sagte Pao. Unmittelbar im Anschluß an ihre Worte wurde die *Voyager* von einer kurzen Erschütterung erfaßt – ein weiterer Strahlblitz der Andirrim hatte ihre Schilde gestreift. Die anderen Schiffe näherten sich und trachteten danach, hinter sie zu gelangen – die *Voyager* sollte ganz offensichtlich in die Zange genommen werden. Janeway schenkte ihnen keine Beachtung; ihre Aufmerksamkeit galt jetzt allein dem Flaggschiff.

»Dauerfeuer!« ordnete sie an. Die Shuttles waren noch zu weit entfernt, um die *Voyager* zu unterstützen.

Unterdessen kamen die anderen vier Andirrim-Schiffe immer näher. Sie feuerten eine Salve ab, und diesmal erbebte das Föderationsschiff so heftig, daß Janeway fast aus dem Kommandosessel geschleudert wurde.

Die Phaserkanonen der *Voyager* entluden sich, und grelles Feuer leckte über die Schilde des Flaggschiffs, das noch immer in Richtung der Lücke flog.

»Feuer!« preßte Janeway hervor und ballte unwillkürlich die Fäuste.

»Kapazität der Schilde auf achtzig Prozent gesunken«, meldete Kim. Eine neuerliche Erschütterung erfaßte das Schiff. »Dreiundsiebzig Prozent. Die energetischen Fluktuationen haben sich stabilisiert, aber ihr Wert liegt nun bei fast null Komma neun.«

Janeway antwortete nicht, konzentrierte sich ganz auf das Flaggschiff. Wenn sie es dazu zwingen konnten, sich vom Verteidigungsgürtel abzuwenden, um das Feuer zu erwidern ... Dann bekamen die Shuttles vielleicht genug Zeit, um die Orbitalstationen zu erreichen und die Lücke in ihrem defensiven System zu schließen. Mit den Phaserkanonen ließ sich offenbar nicht viel ausrichten, aber möglicherweise konnte die Explosion eines Photonentorpedos Instabilität bei den gegnerischen Schilden bewirken. *Die Frage ist allerdings, ob wir einen Torpedo entbehren können,* dachte Janeway skeptisch.

»Kapazität der Heckschilde auf sechzig Prozent gesunken«, sagte Kim. »Potential sinkt weiter. Wir halten den Beschuß nicht mehr lange aus, Captain.«

Trotz der ernsten Situation lächelte die Kommandantin. *Damit dürfte die Frage beantwortet sein, ob wir einen Photonentorpedo entbehren können oder nicht. Uns bleibt gar keine Wahl.*

»Photonentorpedo vorbereiten!« befahl sie.

»Aye, Captain«, antwortete Pao automatisch, und Janeway spürte Chakotays fragenden Blick auf sich ruhen.

»Zielerfassung auf das Flaggschiff«, fuhr sie fort. »Feuern Sie auch weiterhin mit den Phasern. Die Schilde sollen belastet sein, wenn der Torpedo explodiert.«

Chakotays Stirn glättete sich, als er verstand.

»Aye, Captain«, meldete Pao. »Photonentorpedo bereit.«

»Feuer«, sagte Janeway und glaubte zu spüren, wie das Geschoß davonjagte.

»Die Heckschilde stehen kurz vor dem Kollaps, Captain«, warnte Kim.

»Gefechtsposition halten«, beharrte Janeway. Sie mußten an Ort und Stelle verweilen, die Aufmerksamkeit und das Feuer der Andirrim noch etwas länger binden – lange genug, damit die Shuttles ihr Einsatzgebiet erreichen konnten.

»Torpedo ist unterwegs«, sagte Pao. »Noch zwölf Sekunden bis zur Explosion.«

Die *Voyager* schüttelte sich, und Janeway hörte, wie jemand fluchte – ein Techniker hatte das Gleichgewicht verloren und war gestürzt.

»Die Kapazität der Heckschilde liegt jetzt bei zwanzig Prozent«, sagte Kim. »Wir verlieren sie beim nächsten Treffer.«

»Captain ...«, begann Chakotay.

Janeway brachte ihn mit einem scharfen Blick zum Schweigen. »Nur noch ein paar Sekunden«, murmelte sie und wußte nicht recht, wem ihre Worte galten – dem Ersten Offizier oder der *Voyager*.

Plötzliches Feuer loderte auf dem Hauptschirm. Eine zweite Sonne schien zu entstehen, und das Flaggschiff der Andirrim verschwand darin.

»Volltreffer!« rief Pao. »Die Schilde sind unten ... Nein, es gelang ihnen gerade, sie zu reaktivieren. Aber sie haben jetzt ein weitaus geringeres energetisches Potential.« Eine kurze Pause. »Die Shuttles der Kirse sind in der Umlaufbahn.«

Janeway beobachtete auf dem taktischen Display, wie einige Shuttles die Positionen der zerstörten Verteidigungsstationen einnahmen. Die anderen formten einen Keil und flogen in Richtung Flaggschiff.

»Wir empfangen Kom-Signale von einem Shuttle, Captain«, sagte Kim.

»Kanal öffnen«, wies Janeway den Fähnrich an.

Es knackte im Lautsprecher der externen Kommunikation, und eine von Interferenzen untermalte Stimme erklang.

»Paris an *Voyager*. Bitte kommen.«

»Hier *Voyager*«, sagte Janeway und erlaubte sich wieder ein Lächeln. Paris fand immer wieder Möglichkeiten, sein Leben aufs Spiel zu setzen – auch wenn er oft behauptete, daß so etwas keinen Sinn hatte.

»Guter Schuß, Captain. Aber ich schlage vor, daß Sie jetzt einen anderen Ort aufsuchen – einen, der mehr Sicherheit bietet.«

Vorlauter Bursche, dachte Janeway. »Daran habe ich ebenfalls gedacht, Mr. Paris. Glauben Sie, uns ersetzen zu können?«

»Nun, wir sind nicht allein«, erwiderte Paris.

Janeway schmunzelte. »Da haben Sie recht. Mr. Chakotay, Ausweichmanöver. Bringen Sie uns fort von den Andirrim. Anschließend finden wir vielleicht andere Möglichkeiten, uns nützlich zu machen.«

»Aye, Captain«, antwortete der Erste Offizier. Das Bild auf dem Hauptschirm kippte abrupt zur Seite, als die *Voyager* den Kurs änderte und sich vom Planeten entfernte.

Janeway seufzte erleichtert. Gleichzeitig regte sich neue Sorge in ihr. Der *Voyager* drohte keine Gefahr, solange sie sich genug Bewegungsspielraum bewahrte. Doch es blieb fraglich, ob das auch für Paris und die Shuttles der Kirse galt …

Paris lächelte noch immer, als er den Kommunikator deaktivierte und zu den schnell wechselnden Darstellungen an der Unterseite der Kuppel blickte. Die anderen Shuttles – insgesamt mehr als zwanzig; sie kamen von allen Bereichen des Planeten – zeigten sich als helle rosarote Keile vor dem Hintergrund des Weltraums und der Planetenkugel. Größere blaue Rechtecke symbolisierten die Andirrim-Schiffe. *Eigentlich brauche ich das Display gar nicht, um sie zu sehen,* dachte er. Ein Blick ins All genügte, um sie zu erkennen: rostbraune Rhomboeder, ihre Konturen vom eigenen Phaserfeuer und dem der *Voyager* hervorgehoben. Das erste Shuttle geriet gerade in Gefechtsreichweite, und die *Voyager* glitt fort, um eine sichere Distanz zwischen sich und die Andirrim zu legen, größeren Bewegungsspielraum zu erlangen. Paris drehte den Kopf von einer Seite zur anderen, um sich zu orientieren. Zwei, nein, drei Shuttles schlossen die Lücke in der Verteidigungsbarriere, und ein viertes stieg auf, um sich ihnen hinzuzugesellen. Die übrigen setzten den Flug zu den Andirrim-Schiffen fort und eröffneten das Feuer, doch ihre Strahlen zerstoben wirkungslos an den gegnerischen Schilden.

»Was unternehmen wir jetzt?« fragte Paris und behielt dabei die Anzeigen im Auge.

»Wir versuchen es mit der gleichen Taktik wie Ihr Captain«, antwortete Graurose. »Auch wir haben Torpedos, aber um sie erfolgreich einzusetzen, müssen wir zunächst die Schilde schwächen. In Hinsicht auf das Flaggschiff hat uns die *Voyager* bereits wertvolle Hilfe geleistet.«

Paris nickte und beobachtete den Andirrim-Raumer, der gelegentlich zu trudeln schien. Die Shuttles konzentrierten ihr Feuer auf den unteren Teil des Hecks. Dort verblaßte das Gleißen der belasteten Schilde allmählich – sicherer Hinweis darauf, daß sie schwächer wurden.

Kurz darauf erschienen neue Lichter im Sensordisplay: Punkte, die ebenso blau waren wie die rhomboiden Schiffe. Ein Phaserstrahl raste durchs All, und in seinem Licht zeichnete sich ein silbrig glänzender Orbitaljäger ab.

»Graurose! Die Andirrim haben ebenfalls kleine Kampfeinheiten gestartet!«

»Das war zu erwarten«, erwiderte die Kirse, und Paris vernahm einen grimmigen Unterton in ihrer Stimme. »Ich verstärke die Schilde.«

In einer der runden Anzeigeflächen bewegte sich ein Indikator: Ein grüner Balken wuchs einer gelben Linie entgegen.

»Ich sehe hier eine gelbe Linie«, berichtete Paris und wünschte sich, mehr über die technischen Systeme der Kirse zu wissen. In manchen Fällen nützte es nichts, Vergleiche mit entsprechender Föderationstechnik anzustellen, und dann blieben ihm nur Mutmaßungen.

»Also maximale Kapazität«, sagte Graurose.

»Na schön.« Paris drehte seinen Sessel, betrachtete das Display und die Sterne jenseits davon. Dann griff er nach einem Kontrollknüppel für die Waffensysteme, als die Sensoren zwei Andirrim-Jäger im Anflug orteten. Mit der freien Hand betätigte er die Hinweistasten für Graurose – wieder ein System, für das es kein Starfleet-Äquivalent gab – und schaltete anschließend die Zielerfassung auf maximale Leistung. Ein orangefarbenes Fadenkreuz erschien auf dem Schirm, und er versuchte, es auf den nächsten blauen Punkt zu richten. Für eine Sekunde gelang es ihm, und aus einem Reflex heraus betätigte er die Feuertaste. Aber das kleine Kampfschiff kippte zur Seite, und der Strahl streifte nur die Peripherie seines Schilds.

Paris fluchte leise und vernahm zirpendes Pfeifen aus Grauroses Richtung.

»Wir nehmen uns das Flaggschiff vor!« rief die Kirse. »Wehren Sie die Jäger ab, wenn Sie können. Aber denken Sie daran: Unsere Hauptziele sind die großen Schiffe.«

»Ja«, bestätigte Paris und überprüfte wieder die Anzeigen. Zum Glück befand sich der Auslöser für die Torpedos in unmittelbarer Nähe der Phaserkontrollen und ließ sich leicht identifizieren. »Bereite Torpedos für den Einsatz vor«, sagte er und betätigte die einzelnen Schalter.

Ein akustisches Signal erklang, gefolgt von einer kurzen Melodie.

»Torpedos einsatzbereit«, übersetzte Graurose.

Paris nickte, blickte zur Kuppel hoch und reaktivierte die Zielerfassung, als er zwei weitere Jäger entdeckte. Das Shuttle änderte den Kurs, und er spürte, wie der Sitz unter ihm vibrierte, als sie in eine energetische Druckwelle gerieten. Er achtete nicht darauf, konzentrierte sich statt dessen auf die blauen Punkte. Erneut feuerte er, und diesmal traf er: Der Andirrim-Jäger platzte auseinander. Graurose gab einen gurrenden Laut von sich, der offenbar Freude zum Ausdruck brachte. Wenige Sekunden später sauste ein anderes Kirse-Shuttle nahe an dem ihren vorbei. In der blasenförmigen Erweiterung des ›Beobachters‹ glaubte Paris, Renehan zu erkennen, aber ganz sicher war er nicht.

Aus den Augenwinkeln nahm er ein weiteres blaues Licht wahr, und automatisch schwang er den Sessel herum, bewegte gleichzeitig den Kontrollknüppel. Ein silberfarbener Jäger glänzte jenseits der Kuppel, und das orangefarbene Fadenkreuz befand sich genau auf dem blauen Symbol. Einmal mehr betätigte Paris den Auslöser und hielt ihn drei Sekunden lang gedrückt. Es gleißte, und aus dem hellen Schimmern wurde jähes Flackern, als die Schilde des Jägers instabil wurden. Dann explodierte das kleine Schiff. Das Shuttle erzitterte einige Male, als Trümmerstücke gegen die Schutzfelder prallten, und dann ließ es die Trümmerwolke hinter sich zurück. Paris wandte sich dem nächsten Gegner zu. Wieder feuerte er, aber diesmal schaffte er es nicht, das Fadenkreuz auf dem blauen Punkt zu halten. Der Jäger wich aus, verschwand unmittelbar darauf im Schatten eines Andirrim-Schiffes. Versuchsweise richtete Paris die Waffen darauf, und Graurose rief: »Nein!«

Er warf einen neugierigen Blick in ihre Richtung und sah, wie sie zu einem anderen Objekt auf ihrem Schirm deutete.

»Das Flaggschiff. Es ist unser Hauptziel.«

»In Ordnung«, entgegnete Paris, und das Shuttle schien unter ihm wegzufallen. Feuer loderte über sie hinweg und blendete ihn für einen Sekundenbruchteil, bevor eine Schutzautomatik reagierte – das Material der Kuppel wurde plötzlich dunkel. Wenige Sekunden später waren sie an dem Andirrim-Schiff vorbei, und Paris stellte überrascht fest, daß es nicht zu weiteren Entladungen kam. Er drehte den Sessel, um in die Richtung zurückzusehen, aus der sie kamen. Shuttles der Kirse verwickelten Jäger und Mutterschiffe der Andirrim in einen heftigen Kampf. Voraus waren nur noch das Flaggschiff und zwei kleine Kampfeinheiten.

»Es sieht gut aus!« rief Paris. Graurose antwortete nicht; ihre Hände blieben ständig in Bewegung, betätigten die Kontrollen.

Das Flaggschiff feuerte. Graurose lenkte das Shuttle zur Seite, und der Blitz raste an ihnen vorbei, ohne Schaden anzurichten. Den nächsten beiden Entladungen wich sie ebenso mühelos aus, doch die vierte kam ihnen nahe genug, um den Schild zu berühren. Gelbe Anzeigen glühten vor Paris. Die meisten von ihnen erloschen sofort wieder, aber zwei blinkten langsam – und zwar unterhalb jener Kontrollsektion, die dem Hauptcomputer vorbehalten blieb, wie er von Graurose wußte.

»Probleme!« rief er.

Graurose antwortete sofort. »Ja. Ich werde schon damit fertig.«

Hoffentlich, dachte Paris. Er konzentrierte sich wieder, als die Sterne jenseits der Kuppel zur Seite glitten. Plötzlich befanden sie sich neben dem Flaggschiff, waren ihm nahe genug, um die vielen Vorwölbungen und Installationen an der Außenhülle zu sehen. Der Gegner feuerte jetzt nicht mehr – entweder waren sie ihm zu nahe, was bedeutete, daß er nicht mehr den Zielerfassungsfokus auf sie richten konnte; oder es stand der Einsatz der Jäger bevor. *Vielleicht ist sowohl das eine als auch das andere der Fall,* überlegte Paris.

Erneut drehte er den Sessel und hielt aufmerksam Ausschau. Es dauerte nicht lange, bis zwei blaue Punkte auf dem Display erschienen – sie glitten hinter dem oberen Rand des Flaggschiffs hervor. Paris betätigte die Orientierungstasten und spürte, wie sich das Shuttle drehte. Er richtete die Phaser aus und wartete, bis das orangefarbene Fadenkreuz auf einen der beiden Jäger zeigte, drückte dann den Auslöser. Leider verfehlte er das Ziel, und eine Sekunde später erbebte das Shuttle, als es von den Strahlblitzen der Jäger getroffen wurde. Die Schilde hielten, aber einer der gelben Indikatoren blinkte schneller.

»Das Licht!« rief Graurose. »Wenn das Blinken aufhört, haben wir keine Schilde mehr.«

»Großartig«, kommentierte Paris und setzte noch einmal die Phaser ein. Er traf den zweiten Jäger, doch das kleine Kampfschiff hielt dem Beschuß stand. Sein Schutzschirm verlor sicher an Kapazität, und vielleicht kam es sogar zu Schäden an Bord, aber es flog weiter und feuerte erneut.

»Ich bringe uns zum Heck«, kündigte Graurose an. »Dort sind die Schilde des Flaggschiffs schwächer – sehen Sie?«

Paris feuerte, um die Jäger beschäftigt zu halten,

blickte dann zur Seite und bemerkte einen gelben Fleck, der am Heck des Andirrim-Schiffes eingeblendet wurde. Er blinkte ebenso wie der gelbe Indikator des Kontrollfelds, und Paris zögerte nicht, richtete sofort die Zielerfassung aus. Unmittelbar darauf erklangen Warnsignale, und rasch drehte er den Sessel, um auf die heranrasenden Jäger zu schießen. Er verfehlte das Ziel, verhinderte jedoch, daß der Gegner eine genaue Anpeilung vornehmen konnte. Dadurch geriet das Shuttle nur in den Streustrahlbereich des gegnerischen Feuers. Noch einmal drückte er auf die Auslösetaste, als der zweite Jäger vorbeikam, beobachtete zufrieden, wie sich durch die Entladung etwas von dem kleinen Schiff löste und fortflog. Die kleine Kampfeinheit geriet hinter dem Andirrim-Raumer außer Sicht, und wenige Sekunden später verschwand auch das blaue Symbol aus dem taktischen Display.

»Konzentrieren Sie sich auf das Flaggschiff!« rief Graurose. »Schenken Sie dem Jäger keine Beachtung. Es kommt darauf an, die Schilde des großen Schiffes zu destabilisieren und die Torpedos abzufeuern.«

Paris reagierte sofort, richtete das Fadenkreuz auf die markierte Stelle des Hecks und feuerte. Eine halbe Ewigkeit lang hielt er die Auslösetaste gedrückt und spürte dabei, wie das Shuttle mehrmals erzitterte. Der gelbe Indikator auf dem Kontrollfeld blinkte schneller – aber nicht ganz so schnell wie der markierte gelbe Bereich am Heck des Flaggschiffs. Paris hielt die Phaser darauf gerichtet und feuerte weiter. Einige Sekunden verstrichen, und das gelbe Licht vor ihm pulsierte so schnell, daß es fast den Anschein erweckte, gleichmäßig zu leuchten. Wieder erbebte das Shuttle, und Graurose gab einen Schrei von sich, der sowohl zornig als auch erschrocken klang. Paris startete die Torpedos, und unmittelbar im Anschluß daran drehte das Shuttle ab, entfernte sich vom Flaggschiff. Erneut wurde es von einer

Erschütterung erfaßt, und diesmal erwies sie sich als besonders stark. Paris drehte den Sessel und sah den letzten Andirrim-Jäger – ganz deutlich war er durch die Kuppel zu erkennen. Seine Hände bewegten sich wie von allein, aktivierten die Zielerfassung, betätigten den Auslöser ... Destruktive Energie sprang dem Kampfschiff entgegen und zerfetzte es. Der Glutball einer Explosion wuchs im All, und Paris zog unwillkürlich den Kopf ein, als Trümmerstücke an den Schilden des Shuttles verglühten. Die energetische Druckwelle einer zweiten Explosion schüttelte das Shuttle, und Paris sah, wie das Flaggschiff fortdriftete, dabei einen Schweife aus Trümmern hinter sich her zog. Er bemerkte ein klaffendes Loch in der Außenhülle, und dann verlor er den Andirrim-Raumer aus den Augen, als das Shuttle dem Planeten entgegenfiel.

»Wir haben es geschafft, Graurose!«

Keine Antwort. Paris runzelte die Stirn und riskierte einen Blick über die Schulter. Die Kirse-Pilotin hing in ihrem Sicherheitsharnisch an der Haltesäule. Schlaff ruhten ihre Hände an den Kontrollen; eine von ihnen geriet in Bewegung, rutschte von der Konsole herunter und baumelte leblos.

Entsetzen quoll in Paris empor, und er warf einen letzten Blick aufs Display. Eine Niederlage der Andirrim zeichnete sich ab: Die Jäger ließen ab von den Einheiten der Kirse und folgten den Mutterschiffen ins interplanetare All.

Rasch streifte er die Gurte ab.

»Graurose?« Bei den Kontrollen der Pilotin blinkten überall gelbe Indikatoren. Paris achtete nicht darauf und eilte zur Säule, wandte sich dort der reglosen Kirse zu. Ihre Augen waren geschlossen, und die großen Schwingen hingen nach unten. Es gab keine Anzeichen für äußere Verletzungen, und Paris nahm diesen Umstand zum Anlaß, neue Hoffnung zu schöpfen. Er zerrte an den Riemen, die Graurose mit der Säule verbanden, schaffte es schließlich, auch den letzten von ihnen zu lösen, und ließ die Kirse sanft aufs Deck sinken. Vorsichtig drehte er sie, hielt nach Wunden Ausschau. Er fand keine, entdeckte jedoch ein dickes Kabel, das aus einem Interface ganz unten an ihrem Rücken ragte. Fassungslos berührte er es, glaubte dabei, seinen Augen nicht trauen zu können. Eine Sekundenbruchteil später zuckte die Hand vor dem heißen Metall zurück. Graurose war mit den Bordsystemen des Shuttles verbunden gewesen, hatte sich dadurch in einen integralen Bestandteil der Maschine verwandelt. *Und genau deshalb ist sie zu Schaden gekommen*. Hastig riß er einen Streifen von dem Material ab, das den Boden bedeckte, wickelte ihn um die Hand und zog das Kabel aus Grauroses Rücken. Er sah ein rußgeschwärztes Interface aus Metall und Keramik, das unmittelbar darauf unter einem kleinen Hautlappen verschwand. *Wie das Lid eines Auges*, dachte Paris. Er schluckte mehrmals, schmeckte Galle und griff nach dem Hals der Kirse, tastete dort nach dem Äquivalent eines Pulses. Er glaubte tatsächlich, ein schwaches Pulsieren zu spüren.

Mit der anderen Hand klopfte er auf seinen Insignienkommunikator.

»Paris an *Voyager*. Bitte melden Sie sich, *Voyager!*«

Es vergingen einige Sekunden, die Paris wie Stunden erschienen, und dann ertönte Janeways Stimme. »Hier *Voyager*, Mr. Paris.«

Er beugte sich über den schlaffen Körper der Kirse. »Medizinischer Notfall. Graurose ist schwer verletzt und braucht dringend Hilfe ...«

»Wir beamen Sie direkt zur Krankenstation«, sagte Janeway sofort. »Was ist mit Ihnen, Mr. Paris? Sind Sie ebenfalls verletzt?«

»Nein ...«

Das Shuttle verschwand, und Paris fand sich in der

Krankenstation wieder. Er hockte auf dem Boden, hielt noch immer Graurose in den Armen. Kes trat zu ihm, gefolgt vom holographischen Arzt.

»Legen Sie die Patientin auf den Tisch«, sagte der Doktor. »Schnell.«

Paris schluckte erneut, kämpfte gegen ein Gefühl an, das eine Mischung aus Hilflosigkeit und Verzweiflung darstellte. Er stand auf, hob Graurose vorsichtig hoch. Arme und Beine der Kirse baumelten nach unten, als er sie durch den Raum trug und auf den nächsten Diagnosetisch legte. Der Holo-Arzt wandte sich ihr sofort zu, und Kes griff nach dem Arm des Navigators, zog ihn fort. Paris leistete zunächst Widerstand, wollte bei Graurose bleiben, ihr irgendwie helfen. Doch dann siegte die Rationalität, und er ließ sich ins Nebenzimmer führen. Durchs Fenster beobachtete er, wie der Doktor die Kirse untersuchte.

Schon nach kurzer Zeit drehte sich das Hologramm um und schüttelte den Kopf.

»Nein ...« Paris preßte die Lippen zusammen, als sich seine schlimmsten Befürchtungen bewahrheiteten. Irgend etwas in ihm weigerte sich strikt, die Realität zu akzeptieren.

»Es tut mir leid«, sagte der Arzt. Seine Stimme ertönte aus den Lautsprechern. »Ich kann ihr nicht helfen.«

»Nein«, wiederholte Paris, und er hörte Resignation in der eigenen Stimme. Kes berührte ihn erneut am Arm, voller Anteilnahme und Mitgefühl. Doch er drehte sich ruckartig um und preßte beide Hände an die Wand, um nicht der Versuchung nachzugeben, irgend etwas zu zertrümmern. *Nicht Graurose*, dachte er. *Nicht ausgerechnet sie. Ich habe sie gemocht. Sie war ein Freund, und ich habe nicht genug Freunde, um einen von ihnen zu verlieren ...*

»Janeway an Krankenstation.« Die Stimme ertönte aus einem Interkom in unmittelbarer Nähe, aber Paris achtete nicht auf sie. Er konzentrierte sich darauf, die Tränen zurückzuhalten. »Bericht, Mr. Paris.«

Der Starfleet-Offizier in ihm reagierte auf die Anweisung. Er straffte die Schultern, während es ihm feucht über die Wangen rann. Plötzlich spielte es keine Rolle mehr, ob ihn Kes oder sonst jemand weinen sah.

»Hier Paris, Captain. Graurose ist tot.«

»Die Kirse?« Janeway sprach sanfter. »Das tut mir leid, Mr. Paris. Wenn Ihnen das ein Trost ist: Sie starb nicht umsonst. Die Andirrim verlassen das Sonnensystem. Wir haben Renehan an Bord geholt und stellen jetzt einen Kontakt mit der anderen Einsatzgruppe her.«

Wenn es ein Trost ist ..., wiederholte Paris in Gedanken. Alles in ihm drängte danach, eine scharfe Antwort zu geben, seinem inneren Schmerz ein Ventil zu verschaffen, doch es gelang ihm, sich zurückzuhalten. Dabei half ihm die kühle Logik, die er beim Maquis und in der Strafanstalt auf Neuseeland gelernt hatte. Nein, so etwas bot natürlich keinen Trost, doch man durfte sich nicht der Verzweiflung hingeben; so etwas hatte keinen Sinn und brachte Graurose gewiß nicht ins Leben zurück.

Er holte tief Luft und war stolz darauf, daß seine Stimme ruhig klang, als er erwiderte: »Freut mich, das zu hören, Captain.« Er zögerte kurz und fügte dann hinzu: »Falls Sie mich nicht sofort brauchen ... Ich würde gern noch etwas hierbleiben.«

Es folgte eine kurze Pause, bevor Janeway antwortete. Als sie schließlich sprach, klang ihre Stimme verständnisvoll. »In Ordnung, Mr. Paris. Ich gebe Ihnen Bescheid, wenn wir Ihre Dienste benötigen. Janeway Ende.«

Paris wandte sich vom Interkom ab, ging zum Fenster und beobachtete, wie der Doktor Grauroses Leiche zudeckte. Ihre Schwingen ragten unter dem Tuch hervor. Paris wandte den Blick ab. Die Kirse hatte ihre Pflicht erfüllt – vielleicht wäre es ihr selbst ein Trost gewesen.

9

Torres blickte von Bildschirm zu Bildschirm, wie hypnotisiert von den ständigen Veränderungen. Der Umstand, daß es die ganze Zeit über völlig still blieb, wirkte sehr desorientierend. Andererseits ... Vielleicht wäre es viel schlimmer gewesen, wenn es auch noch eine zu den visuellen Darstellungen passende Geräuschkulisse gegeben hätte. An der kioskartigen Zentralkonsole betätigte Unnachgiebig immer wieder neue Schaltelemente. Gelegentlich hob er den Kopf und sah empor zur transparenten Kuppel, die sich über ihm wölbte. Oder er sah zu einem der großen Bildschirme, fokussierte seine Aufmerksamkeit auf etwas, das nur für ihn Bedeutung hatte. Die anderen Mitglieder der Einsatzgruppe standen dicht beisammen, als wollten sie vermeiden, Unnachgiebig den Blick auf die Projektionsfelder zu versperren. Der Kirse ignorierte sie, während seine Finger eine endlose Wanderung über die Schaltelemente fortsetzten. Nur Tuvok schien in der Lage zu sein, den Bewegungen zu folgen. Aber vielleicht ging dieser Eindruck nur auf die vulkanische Unerschütterlichkeit zurück, die keinen Platz ließ für Unsicherheit und Verwirrung.

Torres wandte sich von den Konsolen des Kiosks ab, sah zu den Bildschirmen und versuchte, ihre Darstellungen zu verstehen. Auf der einen Seite des Raums, hinter Unnachgiebig, zeigten die Schirme nur die Bäume und Büsche der Gärten. Hier und dort waren die Köpfe einiger der zwergenhaften Soldaten zu sehen, die hinter niedrigen Begrenzungsmauern hockten. Auf der anderen Seite flog das Andirrim-Shuttle über die Straße in Richtung Zitadelle. Eine Wolke aus Drohnen umgab es, zu der auch von den Kirse erbeutete Apparate gehörten. Weitere Zwergensoldaten schossen auf den Feind und versuchten, auf den Anbauflächen in Deckung zu gehen, als die Andirrim das Feuer erwiderten. Zuerst glaubte B'Elanna, daß die Gärtnerwesen geflohen waren, doch kurz darauf sah sie einen, der über weniger metallene Adaptionsteile als die anderen zu verfügen schien: Er sprang hinter einem Busch hervor und stürzte sich auf einen Zwerg. Ein zweiter Soldat drehte sich um, legte mit seinem Phasergewehr an und erschoß das Geschöpf. Doch weitere Gärtner kamen zum Vorschein, und die Soldaten wichen zurück, verteidigten sich Rücken an Rücken.

Unterdessen setzte das feindliche Shuttle den Flug fort.

Torres öffnete den Mund, um etwas zu sagen und Unnachgiebig zu warnen, doch der Kirse schien den Kampf im gleichen Augenblick zu bemerken und berührte eine Schaltfläche. Hinter den Kämpfenden gerieten die Bäume in Bewegung. Rote Früchte in schalenartigen Hülsen kamen zum Vorschein. Zweige und Äste neigten sich nach hinten, zuckten dann peitschenartig nach vorn und schleuderten die Früchte. Diese zerplatzten zwischen den Gärtnern und setzten betäubende Pollen frei. Innerhalb weniger Sekunden sanken die Geschöpfe zu Boden, und auch zwei Soldaten verloren das Bewußtsein. Die anderen preßten sich Atemmasken auf Mund und Nase, holten ihre beiden Gefährten aus der Gefahrenzone und eilten fort.

Die Darstellung wechselte und zeigte wieder das Shuttle der Andirrim. Es hatte inzwischen etwa hundert Meter zurückgelegt und befand sich in einem Teil der Gärten, an den sich Torres erinnerte. Weitere Bäume bewegten sich, und wieder flogen rote Früchte. Einige von ihnen fielen auf die Straße und platzten, woraufhin sich kleine Wolken aus betäubendem Blütenstaub bildeten. Doch viele andere trafen die Schilde des Shuttles und bewirkten dort kleine Entladungen, in denen sie verbrannten. Die Explosionen schienen beabsichtigt zu sein, sollten vermutlich das Schutzfeld der Andirrim schwächen. Einmal mehr bewunderte B'Elanna die sehr einfallsreiche Technik der Kirse. Sie beobachtete, wie das Shuttle höher stieg, ohne langsamer zu werden. Der Abstand zu den Drohnen vergrößerte sich – sie flogen in der ursprünglichen Höhe weiter.

Wenige Sekunden später öffnete sich im Heck des Shuttles eine Luke.

»Achtung!« rief Torres und streckte den Arm aus, um Unnachgiebig auf die neue Gefahr hinzuweisen. Aus den Augenwinkeln sah sie, wie er sich kurz umdrehte.

»Angriffstruppe«, sagte er knapp. Grimmiger Ernst erklang dabei in seiner Stimme.

Eine kleinere, stromlinienförmigere Version des Shuttles schwebte durch die große Luke. Das Schubmodul des Triebwerks glühte blauweiß, als die Maschine eine Kursanpassung vornahm.

Es kam zu einer neuerlichen Salve aus roten Früchten, doch sie verfehlten ihr Ziel, fielen vor dem größeren Shuttle auf die Straße.

»Was geht da vor, zum Teufel?« brummte Jenar.

Torres glaubte plötzlich, Bescheid zu wissen.

»Die Zitadelle«, antwortete sie. »Und sie nähern sich ihr von der anderen Seite, wo es nicht so viele *Gwarhai* gibt – Soldaten, meine ich.«

Tuvok maß sie mit einem nachdenklichen Blick, und die Falten verschwanden aus seiner Stirn, als er zu dem gleichen Schluß gelangte.

Unnachgiebig sah von den Kontrollen auf. »Ja«, bestätigte er. »Darin besteht die Absicht des Feindes.«

»Verstärkung!« entfuhr es Torres. »Sie müssen Verstärkung in den Einsatz schicken.«

»Ich habe meine Leistungsgrenze erreicht«, sagte Unnachgiebig. Eine sonderbare Anspannung kam in diesen Worten zum Ausdruck. »Es gibt nicht mehr.«

Es gibt nicht mehr. Einige Sekunden lang starrte Torres den Kirse groß an, blickte dann zu dem Schirm, der die ungeschützte Seite der Zitadelle zeigte. Sie zählte nur einige Dutzend Zwergensoldaten. Selbst wenn sich doppelt so viele außerhalb des Erfassungsbereichs der Übertragungssensoren befanden: Sie waren bestimmt nicht in der Lage, einen entschlossen vorgetragenen Angriff abzuwehren. Eins ihrer Probleme bestand zum Beispiel darin, daß es kaum Deckung für sie gab.

»Wie viele Andirrim befinden sich an Bord des kleineren Shuttles?« fragte B'Elanna.

Die Antwort kam überraschenderweise von Tuvok. »Eine Maschine von jener Größe kann schätzungsweise hundert Andirrim transportieren. Vielleicht sogar hundertfünfzig, wenn selbst auf ein Minimum an Komfort verzichtet wird.«

»Hundertfünfzig«, wiederholte Torres und schüttelte sich. »Gegen eine solche Streitmacht haben Sie keine Chance«, sagte sie zu Unnachgiebig. »Sie müssen sich in die Zitadelle zurückziehen.«

»Nein!« Unnachgiebig riß entsetzt die Augen auf, brachte sich aber gleich wieder unter Kontrolle. Sein Blick wechselte zwischen den Kontrollen und Bildschirmen hin und her.

»Es gibt keine andere Möglichkeit, diesem Angriff zu begegnen«, betonte Torres.

Tuvok nickte. »Ich teile diese Ansicht, Unnachgiebig. Angesichts des Transportersystems in der Zitadelle sollten Sie imstande sein, die Angreifer in den Räumen und Korridoren aufzuhalten. Außerhalb der Zitadelle hingegen ...«

Der Vulkanier unterbrach sich, als Unnachgiebig nickte. »Nun gut.« Der Kirse streckte wieder die Hände nach den Kontrollen aus.

»Einen Augenblick«, warf Torres ein. »Erlauben Sie mir ... erlauben Sie uns, die anderen zu begleiten. Ich habe oft auf diese Weise gekämpft.«

»Na schön«, sagte Unnachgiebig. »Ich ... Silberhammer wird Sie begleiten und den Transporter bedienen.«

Torres nickte und wandte sich der Tür zu, doch Tuvok hielt sie an der Schulter fest.

»Das ist unklug. Der Chefingenieur sollte sich nicht einer solchen Gefahr aussetzen. Ich gehe an Ihrer Stelle.«

»Ich bin bereits in Gefahr«, erwiderte B'Elanna. »Und die Gefahr ist sogar noch größer, wenn ich nicht gehe. Meiner Meinung nach sollten wir uns alle auf den Weg machen. Je mehr von uns dabei sind, desto mehr Sicherheit genießen wir alle.« *Außerdem gibt es dann mehr Leute, die für andere einspringen können, wenn etwas schiefgeht.*

Aus den Augenwinkeln sah sie, wie Jenar in einer Weise nickte, als hätte er ihre Gedanken erraten, und Quarante sagte schlicht: »Ja.«

Tuvok blinzelte, was bei ihm bedeutete, daß er seinen Irrtum eingestand. »Einverstanden.«

Silberhammer wartete vor der Tür und schien sich überhaupt nicht von der Stelle gerührt zu haben, seit Torres den Kontrollraum betreten hatte. Sie führte B'Elanna und die anderen durch einen Irrgarten aus Korridoren, durch Türen, die sich auf ihr Kommando hin bildeten und wieder verschwanden. Nachdem sie eine Treppe hinter sich gebracht hatten, erreichten sie schließlich eine lange Galerie mit niedriger Decke. Silberhammer ließ einen nachdenklichen Blick über die Wände schweifen und tastete dann nach der silbernen Scheibe in ihrer Hand. Das Brummen des Transporters ertönte und dauerte an. Sechs Türen bildeten sich in den

Wänden. Eine führte nach draußen, und Sonnenschein glänzte durch sie herein. Torres spähte vorsichtig hinaus und sah einen umschlossenen Hof. Erneut brummte der Transporter, und als sich die Chefingenieurin umdrehte, fiel ihr Blick in eine Art Labyrinth. Mehr als zehn Wände bildeten ein komplexes Zickzackmuster und geleiteten alle, die den Raum betraten, zu einer zentralen Tür.

»Ich habe die Wächter zurückgerufen«, sagte Silberhammer. »Und in der Zitadelle gibt es jetzt keine anderen Türen mehr.«

»Gut.« Torres trat von der Tür fort, als die ersten Zwergensoldaten hereinkamen und hinter den niedrigen Mauern Aufstellung bezogen. Sie hörte ein leises Summen, das allmählich lauter wurde – vielleicht stammte es von dem Angriffsshuttle der Andirrim.

»Tuvok, wenn Sie und Quarante die letzte Mauer übernehmen, links von der mittleren Tür ... Jenar und ich gehen auf der rechten Seite in Position.«

Tuvok sah sich in dem Raum um, und es fiel B'Elanna sehr schwer, nicht die Geduld zu verlieren. Das Summen wurde noch lauter, die Zeit immer knapper. Die Andirrim konnten jeden Augenblick eintreffen ...

»Ja«, sagte Tuvok schließlich. »Von dort aus haben wir ein freies Schußfeld und können die Phaser auf besonders effiziente Weise einsetzen.«

»Sie sind da!« rief Silberhammer vom Haupteingang. Das Fauchen von Strahlblitzen folgte ihren Worten, dann auch das Heulen eines Triebwerks. Der Sonnenschein verschwand, und Torres sprang hinter der nächsten Mauer in Deckung. Jenar hockte dort bereits. Er wirkte besorgt, aber seine Hände zitterten nicht, als er den Phaser justierte. Silberhammer duckte sich hinter eine andere Wand, zusammen mit einigen Wächtern.

Torres hielt den Atem an und wartete.

Die Andirrim rechneten mit Schwierigkeiten, soviel

stand fest. Phaserstrahlen blitzten, so hell und laut, daß Torres und ihre Begleiter die Augen zukniffen und sich die Ohren zuhielten. Nach wenigen Sekunden hörte das Gleißen ganz plötzlich wieder auf. B'Elanna blinzelte mehrmals, um wieder klar zu sehen, hob vorsichtig den Kopf und beobachtete, wie die ersten Andirrim hereinkamen. Sie feuerte, zusammen mit den Wächtern der ersten Reihe. Speere aus tödlicher Energie durchbohrten einen Andirrim, und die Gestalt hinter ihm fiel ebenfalls zu Boden. Doch weitere drängten herein. Schon nach kurzer Zeit wußte Torres nicht mehr, wie oft sie den Auslöser ihrer Waffe betätigt hatte. Am Eingang wuchs ein Hügel aus Leichen, und immer wieder kletterten Andirrim darüber hinweg. Die Chefingenieurin hörte, wie Jenar neben ihr fluchte, und sie sah kurz zur Seite. Auch er schoß auf die Angreifer, wobei sein Gesicht eine Mischung aus Abscheu und Grauen zeigte.

»Warum geben sie nicht endlich auf, verdammt?«

Torres schüttelte den Kopf und feuerte erneut. Ein weiterer Andirrim sank zu Boden, und ein anderer ging hinter dem Leichenberg in Deckung.

Und dann, von einem Augenblick zum anderen, brachen die Andirrim ihren Angriff ab. Die Überlebenden wichen fort, kehrten durch die Tür nach draußen zurück. Die Wächter der ersten Reihe folgten ihnen, kletterten über die Toten hinweg. Das Heulen des Triebwerks wiederholte sich, und der Schatten am Zugang wich neuem Sonnenschein.

»Sie fliehen!« rief Silberhammer und richtete sich hinter einer Wand in der Mitte des Raums aus. »Sie haben den Versuch aufgegeben, die Zitadelle zu erobern.«

»Dem Himmel sei Dank«, brummte Jenar und steckte seinen Phaser an den Gürtel zurück. Torres folgte seinem Beispiel und schüttelte den Kopf, trat vorsichtig hinter der schützenden Wand hervor. *Es war kein Kampf, sondern ein Gemetzel,* dachte sie. *Der Andirrim-Komman-*

deur muß übergeschnappt sein. Warum hat er seine Leute in den sicheren Tod geschickt?

Die Wächter befaßten sich mit den Leichen der Andirrim, drehten sie nacheinander um. Kurz darauf erschien ein Kirse-Apparat in der nächsten Tür, eine niedrige Maschine mit vielen Rädern und Dutzenden von Greifarmen. Sofort begannen die Zwerge damit, die toten Andirrim auf die Ladefläche zu legen.

Torres sah zu Silberhammer. »Wollen Sie die Leichen bestatten?«

Die Kirse nickte. »Wir können sie nicht mehr verwenden.«

Eine seltsame Antwort, fand Torres. Bevor sie eine weitere Frage stellen konnte, piepte ihr Insignienkommunikator.

»Janeway an Landegruppe. Bitte erstatten Sie Lagebericht.«

»Hier Tuvok«, sagte der Vulkanier, und B'Elanna näherte sich ihm. »Niemand von uns ist verletzt.«

»Ausgezeichnet«, erwiderte Janeway mit unüberhörbarer Erleichterung. »Die Intensität des Ionenfelds läßt nach. Die Transportertechnikerin meldet, daß Sie in zwölf Minuten an Bord gebeamt werden können.« Eine kurze Pause. »Wie ich gerade erfahren habe, kann der Transfer schon jetzt stattfinden. Vorausgesetzt, Sie verlassen die Zitadelle.«

Torres sah Silberhammer an, die nickte. »Die Andirrim sind fort. Hier sollte jetzt keine Gefahr mehr drohen.«

»Wir suchen einen Hof auf, Captain«, sagte der Vulkanier. »Tuvok Ende.«

B'Elanna folgte ihm durch die Tür und vermied es dabei, zu dem allmählich schrumpfenden Leichenberg zu sehen. Sie hörte, wie Quarante ein Geräusch von sich gab, das wohl Ekel zum Ausdruck brachte, und Jenar fluchte leise, als er die Wächter passierte. Dann waren sie draußen im Sonnenschein, der ein wenig vom weißgrauen Dunst am Himmel gefiltert wurde. Silberhammer stöhnte traurig, als sie eine Bruchstelle im Pflaster fand – dort hatte sich eine Landekufe des Andirrim-Shuttles in den Boden gebohrt. Es gab auch einige verbrannte Stellen, und die Kirse berührte sie kummervoll.

»Wie kann Ihnen so etwas nahe gehen, obwohl hier dutzendfach Leben ausgelöscht wurde?« fragte Jenar fassungslos.

Silberhammer musterte ihn verwirrt. »Diese Verletzungen ...«, begann sie und unterbrach sich, als es am Himmel aufblitzte.

Torres zuckte unwillkürlich zusammen, dachte an Strahlung und andere unangenehme Dinge.

Der vulkanische Sicherheitsoffizier aktivierte seinen Insignienkommunikator. »Tuvok an *Voyager* ...«

»Die Verteidigungsstationen haben das Andirrim-Shuttle zerstört«, erwiderte Janeway sofort. »Beantwortet das Ihre Frage?«

»Ja«, sagte Tuvok. »Vier Personen für den Transfer.«

Janeway sah die Offiziere an, die sich erneut im Bereitschaftsraum versammelt hatten. Sie erkannte den Schmerz, der sich hinter Paris' Lächeln verbarg, und sie bemerkte auch die besorgten Blicke, mit denen Kim den Navigator musterte, wenn er sich unbeobachtet fühlte. Tuvoks Gesicht blieb völlig ausdruckslos, was die Kommandantin kaum überraschte, doch in der Miene von B'Elanna Torres entdeckte sie etwas, das ihr Unbehagen bereitete. *Auf dem Planeten scheint mehr geschehen zu sein, als es den Anschein hat*, überlegte sie und straffte ganz bewußt die Schultern. Sofort hörten die leisen Gespräche auf, und die Blicke aller Anwesenden richteten sich auf sie.

Eins nach dem anderen, dachte Janeway. »Mr. Chakotay, wie ist der Status des Schiffes?«

Der Erste Offizier sah von dem vor ihm liegenden Datenblock auf. »Eigentlich ist die *Voyager* in einem recht guten Zustand, Captain. Es kam nur zu minimalen Schäden an Bord, vor allem an den externen Sensoren. Alle sind dem Maschinenraum gemeldet worden, und nach einer ersten Schätzung dauert die Reparatur etwa acht Stunden.«

»Ich hatte noch keine Gelegenheit, mich genauer mit der Situation zu befassen«, sagte Torres. »Vielleicht lassen sich die Reparaturen auch schneller durchführen.«

Sie klang bedrückt, fand Janeway, entschied jedoch, nicht darauf einzugehen. »Verletzungen?«

»Ja, aber nur leichte«, erwiderte Chakotay.

Der auf dem Wandschirm sichtbare holographische Arzt räusperte sich. Es war ein kalkuliertes, fast theatralisch klingendes Geräusch. Janeway zweifelte kaum daran, daß der Doktor es nach einer gründlichen Untersuchung der entsprechenden physiologischen Mechanismen seinem Repertoire hinzugefügt hatte.

»In den meisten Fällen handelt es sich um Hautabschürfungen und blaue Flecken«, sagte der Holo-Arzt. »Hinzu kommt ein verstauchter Knöchel, verursacht vom Sturz in einer Jefferiesröhre. Allerdings gibt es da noch einen anderen Punkt. Bei der Untersuchung einer toten Kirse, die Lieutenant Paris an Bord brachte ...«

»Graurose«, sagte Paris leise.

»... habe ich einige Anomalien gefunden«, sagte der Doktor.

Torres sah auf. »Die Kirse verwenden implantierte Technik«, sagte sie.

Der Doktor schüttelte den Kopf. »Nein. Ich meine, ja, das stimmt. Ich habe mehrere Implantate gefunden, unter ihnen auch eins, das zum Tod der Kirse geführt hat.«

Paris preßte die Lippen aufeinander, doch der Doktor fuhr fort, als hätte er diese Reaktion nicht bemerkt.

»Ich spreche von einem Interface, das eine direkte Verbindung mit den Bordsystemen ermöglichte und es der Pilotin erlaubte, das Shuttle mit ihren natürlichen Reflexen zu fliegen. Ich vermute, ein direkter Treffer verursachte eine Rückkopplung, die alle Sicherungen neutralisierte und einen tödlichen Stromschlag bewirkte. Einzelheiten kann ich nur bei der Durchführung einer Autopsie feststellen.«

»Wozu wir die Erlaubnis der Kirse brauchen«, sagte Janeway. Sie sah zu Chakotay. »Sie haben Unnachgiebig mitgeteilt, daß sich die Leiche an Bord unseres Schiffes befindet. Ist bereits eine Antwort eingetroffen?«

Der Erste Offizier schüttelte den Kopf. »Nein, noch nicht, Captain.«

»Es ist mir durchaus klar, daß ich ohne eine Genehmigung nicht befugt bin, eine Autopsie vorzunehmen«, sagte der Doktor. »Allerdings hielt ich es für angebracht, die Gelegenheit zu nutzen und einige Gewebeproben zu untersuchen – um Daten für die eventuelle Behandlung anderer Kirse zu gewinnen. Die Ergebnisse meiner Analysen sind recht interessant.«

Das Bild auf dem Wandschirm teilte sich. Das Gesicht des Doktors glitt zur einen Seite, und auf der anderen erschien ein komplexes Muster aus bunten Symbolen vor einem schwarzen Hintergrund. Janeway glaubte, eine DNS-Struktur zu erkennen, aber sie enthielt zu viele rote Teile, zu viele ähnlich beschaffene Komponenten.

Paris beugte sich ein wenig vor und runzelte andeutungsweise die Stirn. Kim neigte fast wie in Kirse-Art den Kopf zur Seite. »Ist das ein DNS-Muster?« fragte er. Eine Sekunde später wurde ihm klar, daß er laut gesprochen hatte. »Entschuldigung, Captain.«

»Ja, es ist DNS«, bestätigte der Doktor. »Die DNS der Kirse, um ganz genau zu sein. Allerdings: Ein Geschöpf mit dieser DNS hätte nie geboren werden dürfen.«

»Bitte erklären Sie das«, sagte Janeway, obgleich sie ahnte, was der holographische Arzt meinte.

»In diesem Strang gibt es einfach zu viele Wiederholungen«, sagte der Doktor. Eine helle Markierung bildete sich auf dem Schirm und betraf zwei Sektionen. »Sehen Sie hier? Diese beiden Segmente sind fast identisch – der einzige Unterschied besteht darin, daß die eine Hälfte des zweiten Segments eine geringfügig andere chemische Beschaffenheit aufweist. Auch innerhalb der einzelnen Abschnitte gibt es Wiederholungen.« Die helle Stelle auf dem Bildschirm markierte einen anderen Bereich. »Wir haben es hier praktisch mit einem Paar zu tun, das siebenundzwanzig Mal dupliziert wurde. Selbst wenn wir davon ausgehen, daß es sich um die Genetik fremder Wesen handelt: Diese Kirse konnte sich gewiß nicht fortpflanzen. Mehr noch: Ihre Eltern hätten gar nicht imstande sein dürfen, sie zu zeugen. Ein solcher DNS-Code ergibt keinen Sinn und kann unmöglich die Grundlage eines lebensfähigen Geschöpfes sein.«

»Das ist doch lächerlich!« entfuhr es Paris. Kim berührte ihn kurz an der Schulter.

»Immer mit der Ruhe, Tom. Der Doktor hat recht. Diese DNS ergibt keinen Sinn.«

»Aber mit Graurose war alles in Ordnung.«

»Wir haben bereits vermutet, daß sich mehr hinter den Kirse verbirgt, als es zunächst den Anschein hat«, gab Janeway zu bedenken. »Die Frage lautet: was?«

Torres starrte auf den Tisch. »Ich erinnere mich an eine Bemerkung von Silberhammer. Sie meinte …« Die Chefingenieurin hob ruckartig den Kopf. »Sie erwähnte eine Bestattung der toten Andirrim, weil sie nicht mehr ›verwendet‹ werden können. Halten Sie es für möglich, daß die Kirse genetisches Material von ihren Feinden gewinnen?« Bei den letzten Worten zeigte ihr Gesicht eine Mischung aus Abscheu und Fassungslosigkeit.

Der holographische Arzt auf dem Wandschirm schüttelte den Kopf. »Das bezweifle ich. Die von mir untersuchte Kirse ...«

»Graurose«, betonte Paris noch einmal, und der Doktor sah ihn an.

»Ja, Graurose. Ihre DNS weist kein fremdes genetisches Material auf. Da bin ich ganz sicher.« Der Doktor zögerte kurz. »Aber eins steht fest: Sie hat zu viele völlig gleich gestaltete Sektionen, die auf Wiederholungsfehler hinweisen. In diesem Zusammenhang könnte man Graurose mit der Kopie einer Kopie vergleichen.«

Janeway runzelte die Stirn und sah, wie Tuvok unruhig wurde. »Ja, Tuvok?«

Der Vulkanier zog die Brauen zusammen, wies mit dieser Mimik darauf hin, daß es den folgenden Informationen an Genauigkeit mangelte. »Während wir uns im Kontrollraum der Kirse aufhielten, hörten wir von Unnachgiebig einen Hinweis, der relevant sein könnte. Als der Andirrim-Angriff auf die Zitadelle unmittelbar bevorstand, forderte Lieutenant Torres ihn auf, Verstärkung zu schicken. Er antwortete, dazu sei er nicht imstande, weil er seine ›Leistungsgrenze‹ erreicht hätte.«

»Seine Leistungsgrenze«, wiederholte Janeway. Mehrere Möglichkeiten zeichneten sich ab. Waren die Kirse vielleicht Gestaltwandler? *So wie der Sicherheitsoffizier von* Deep Space Nine, *der aus dem Gamma-Quadranten stammt ...,* dachte sie. Oder stellten die Bewohner des Planeten eine Art Kollektivwesen dar, mit einem Bewußtsein und vielen Einzelkörpern?

»Ja«, sagte Torres. Mit größerem Nachdruck fügte sie hinzu: »Sind die Kirse Klone? Und verbinden sie sich mit den Maschinen, um die Kopierfehler zu korrigieren?«

Der Doktor auf dem Wandschirm zuckte mit den Schultern. »Mehr Informationen kann ich Ihnen leider nicht liefern. Es sei denn, Sie gestatten eine Autopsie.«

»Nein, noch nicht«, erwiderte Janeway geistesabwesend, während ihre Gedanken noch immer bei dieser sonderbaren Angelegenheit weilten.

»Allerdings kann ich nicht glauben, daß es sich um echte *Kopien* handelt«, fuhr Torres fort. Jetzt klang sie wieder skeptischer. »Dazu ist ihre Transportertechnik nicht hochentwickelt genug. Immerhin reicht das Auflösungsvermögen nur bis zur molekularen Ebene.«

»Captain ...« Chakotay beugte sich ein wenig vor. »Inzwischen haben wir genug Proviant an Bord, um diesen öden Raumsektor zu verlassen. Außerdem verfügen die Kirse jetzt über alle Informationen, die wir ihnen als Gegenleistung versprachen. Ich meine, wir sollten uns auf den Weg machen und dieses Sonnensystem verlassen.«

Erneut bildeten sich Falten in Janeways Stirn. »Warum?«

Chakotay zählte die einzelnen Punkte an den Fingern ab. »Erstens: Die Kirse sind offenbar etwas anderes, als sie zu sein scheinen. Zweitens: Sie haben diesen Umstand mit voller Absicht vor uns verborgen. Drittens: Zwar haben wir dabei geholfen, die Andirrim zu vertreiben, aber die komplexen Verteidigungssysteme des Planeten könnten trotzdem eine Gefahr für uns darstellen.« Er legte eine kurze Pause ein und lächelte schief. »Offen gestanden, Captain: Ich traue den Kirse nicht. Sie hüten zu viele Geheimnisse.«

»Uns gegenüber sind sie nicht feindselig gewesen«, wandte Paris ein und verstummte, als ihm Kim einen mahnenden Blick zuwarf.

Janeway nahm Chakotays Besorgnis mit einem kurzen Lächeln zur Kenntnis und schüttelte dann den Kopf. »Sie hüten Geheimnisse, ja. Aber Mr. Paris hat recht: Uns gegenüber sind sie nicht feindselig gewesen, nachdem wir ihre Prüfung bestanden. Nun, wir könnten es wahrscheinlich bis zum nächsten Planeten der Klasse M schaffen, aber ich würde mich viel besser fühlen, wenn wir mehr Proviant an Bord hätten.« Sie stand auf. »Meiner Ansicht nach sollten wir dieser Sache auf den Grund gehen – indem wir die Kirse fragen.«

»Captain ...«, begann Tuvok, doch Chakotay kam dem Vulkanier zuvor.

»Wir sollten sie nicht herausfordern oder verärgern, Captain. Ihre Shuttle-Flotte könnte die *Voyager* in erhebliche Schwierigkeiten bringen ...«

»Es wurde bereits darauf hingewiesen, daß wir bei den Kirse bisher keine Anzeichen von Feindseligkeit uns gegenüber gesehen haben«, sagte Janeway. »Vielleicht ist ihnen nicht einmal klar, daß wir kein vollständiges Bild von ihrer Gesellschaft haben – oder von ihrer Biologie, wie auch immer die beschaffen sein mag. Außerdem benötigen wir Nahrungsmittel noch immer dringend genug, um ein weiteres Risiko zu rechtfertigen. Ich beame mich auf den Planeten, um selbst einen Eindruck zu gewinnen.«

»Captain ...« Paris stand ebenfalls auf. »Ich ... Bitte nehmen Sie mich mit.«

»Sie, Mr. Paris?« Janeway blieb an der Tür stehen. Sie fühlte Chakotays Mißbilligung, und an der Bedeutung von B'Elanna Torres' finsterer Miene konnte kein Zweifel bestehen. Rasch unterdrückte sie ihren Ärger. Sie war die Kommandantin der *Voyager;* die Entscheidung lag bei ihr. *Es ist meine Verantwortung*, dachte sie. *Und vielleicht auch mein Tod*. Sofort verdrängte sie diesen Gedanken. »Warum?« fragte sie den Navigator.

»Ich habe ... Graurose gemocht«, erwiderte Paris schlicht. »Ich weiß, daß die Kirse seltsam sind, aber das ändert nichts daran, daß mir Graurose sehr sympathisch war. Ich möchte derjenige sein, der ihre Leiche zurückbringt.«

Janeway musterte ihn, gerührt von den Worten. Schließlich nickte sie. »Nun gut, Mr. Paris. Sie dürfen mich begleiten. Mr. Chakotay, veranlassen Sie Alarmstufe Gelb bis zu meiner Rückkehr. Wir setzen uns alle dreißig Minuten mit Ihnen in Verbindung. Wenn eine solche Routinemeldung ausbleibt ... Dann bringen Sie die *Voyager* fort von hier.«

Chakotay schien Einwände erheben zu wollen, schwieg jedoch, als Janeway die Brauen hob. Er begnügte sich mit einem leisen Seufzen. »Aye, Captain.«

Sein Tonfall machte deutlich, daß er alles andere als glücklich war. Janeway achtete nicht darauf. »Na schön, Mr. Paris, kommen Sie.«

Unnachgiebig höchstpersönlich reagierte auf die Kom-Signale der *Voyager* und erklärte sich sofort bereit, die beiden Menschen und den Leichnam zu empfangen. Er nannte vertraute Koordinaten – sie betrafen den Garten, in dem ihr erster Besuch der Zitadelle stattgefunden hatte. Janeway trat auf die Transporterplattform, und Paris bezog neben ihr Aufstellung.

»Captain ...«, erklang Chakotays Stimme aus dem Interkom. »Ich bitte Sie noch einmal, Ihre Entscheidung zu überdenken.«

»Nein, Commander. Ich möchte Antworten.« Janeway sah zum Transporterchef. »Energie.«

Am Tag wirkte der Kirse-Garten ganz anders: Die großen Blumen waren zu kleinen weißen Schoten zusammengerollt, und das Sonnenlicht trübte die bunten Farben des Pflasters. Der Springbrunnen plätscherte nicht. Janeway fragte sich, ob er tagsüber außer Betrieb blieb oder wegen des Angriffs der Andirrim deaktiviert worden war. Einige Sekunden lang dachte sie daran, daß die Kirse vielleicht beschlossen hatten, ihnen keine Beachtung zu schenken. Doch dann öffnete sich eine Tür in der gegenüberliegenden Wand, und Unnachgiebig erschien. Zwei geflügelte Kirse folgten ihm, und hinter ihnen schlenderte Revek, die Hände tief in den Hosentaschen. Er straffte die Schultern, als er die Besucher sah, und Unnachgiebig sagte: »Ich heiße Sie erneut willkommen, Captain Janeway. Und ich danke Ihnen für Ihre Hilfe gegen die Andirrim.«

»Ihr Feind erwies sich auch als unser Gegner«, erwiderte Janeway. »Wir haben die Leiche einer Kirse mitgebracht, die beim Kampf gegen das Flaggschiff der Andirrim ums Leben kam.«

»Ich habe alles versucht, sie zu retten!« platzte es aus Paris heraus.

Janeway warf ihm einen tadelnden Blick zu. »Sie war bereits tot, als wir sie an Bord beamten. Wir bedauern das sehr.«

»Es ist überaus freundlich von Ihnen, daß Sie uns die Leiche bringen.« Unnachgiebig nickte einem der beiden Geflügelten zu. Der betreffende Kirse trat sofort vor und griff nach der Bahre. Revek wollte ihm helfen, aber der zweite Geflügelte – eine Frau – winkte ihn beiseite und hob das andere Ende der Bahre an.

»Ihr Tod wird nicht umsonst sein«, sagte Unnachgiebig.

Der Kirse-Transporter brummte erneut, und die Tür verschwand. Janeway atmete tief durch. »Es gibt noch einige andere Dinge, die geklärt werden müssen, bevor wie unsere Transaktion beenden können.«

»Ach?«

Die Überraschung war nur gespielt, erkannte Janeway, und sofort erwachte ihr Argwohn. Unnachgiebig hatte irgend etwas erwartet. Sie sah zu Revek, doch die Züge des Mannes verrieten nichts. »Ja«, sagte sie und richtete den Blick wieder auf Unnachgiebig. »Nachdem wir Graurose an Bord beamten, führte unser Arzt einige Untersuchungen durch – um festzustellen, ob eine Wiederbelebung möglich war. An ihrem Tod ließ sich leider nichts ändern, aber die Analysen führten zu einigen erstaunlichen Ergebnissen. Insbesondere Grauroses DNS erwies sich als sonderbar: Ihre Segmente wiederholen sich und sind unvollständig. Wir zogen daraus den Schluß, daß ein Wesen wie Graurose unter normalen Umständen überhaupt nicht existieren könnte. Haben Sie eine Erklärung dafür?«

Unnachgiebig zögerte und wirkte plötzlich sehr unsicher.

»Warum haben Sie uns nicht sofort gebeten, den Leichnam zurückzubringen?« fuhr Janeway erbarmungslos vor. »Und wozu dienen die Implantate?«

»Oh.« Unnachgiebig klang fast erleichtert, als er sich auf die letzte Frage konzentrierte. »Die Implantate mußten konstruiert werden, weil ich begrenzt bin ...«

»›Ich‹?« wiederholte Janeway. »*Sie* sind ›begrenzt‹?«

Wieder zögerte Unnachgiebig, und Revek lachte leise. »Ich habe es Ihnen gleich gesagt«, meinte er. »Es war von Anfang an sinnlos.«

»Ja«, erwiderte Unnachgiebig leise. »Ich erinnere mich an diesen Hinweis.« Er wandte sich ab, und wieder brummte der Kirse-Transporter. Überall in den Gartenwänden bildeten sich Türen. Weitere Kirse erschienen, mit Flügeln und ohne, begleitet von einigen Zwergensoldaten.

Janeway wich unwillkürlich einen Schritt zurück und griff nach ihrem Phaser. Wenn es zu einer Konfrontation kam ... Die ersten Angreifer konnte sie sicher außer Gefecht setzen und dadurch vielleicht Zeit genug gewinnen, um mit einem rasch eingeleiteten Transfer zur *Voyager* zurückzukehren.

Doch die Kirse ignorierten sie, traten neben Unnachgiebig. Licht glühte, erst matt, dann immer heller. Janeway blinzelte geblendet – und riß verblüfft die Augen auf, als eine geflügelte Gestalt schmolz, wie Wachs oder Schnee. Unnachgiebig nahm sie auf, schimmerte dadurch noch etwas heller. Er absorbierte einen zweiten und dann einen dritten Kirse, wodurch das Licht so grell wurde, daß Janeway den Blick abwenden mußte.

Sie hob die Hand, um sich die Augen zu beschatten, und Unnachgiebigs Stimme ertönte aus dem Gleißen.

»Ich bin all diese, wenn der Begriff ›ich‹ in diesem Zusammenhang überhaupt eine Bedeutung hat. Ich bin diese Kirse, sie alle, und sie sind ich.«

Janeway schüttelte ungläubig den Kopf, und allmählich verblaßte das Schimmern wieder. Kurz darauf zeigte sich Unnachgiebig so, wie sie ihn kannte, in seiner ›normalen‹ Gestalt.

»All diese ... Aspekte und auch der Ort – das ist Kirse. Verstehen Sie?«

»Ich glaube, ja«, erwiderte Janeway und fragte sich, ob das der Wahrheit entsprach.

»Nein.« Paris schüttelte ebenfalls den Kopf. »Nein, ausgeschlossen. Graurose war ... anders, ein echtes Individuum.«

»Kirse paßt seine Knospen jenen Leuten an, mit denen es zu einem Kontakt kommt«, erklärte Revek. Diesmal erklang nicht der geringste Spott in seiner Stimme. »Die Entität hält es für höflich, Ihren Interessen gerecht zu werden, Ihrer Persönlichkeit.« Er sah zu Unnachgiebig. »Ich habe zwei Jahre gebraucht, um es zu begreifen.«

»Deshalb sprachen Sie davon, begrenzt zu sein«, sagte Janeway. »Während des Angriffs, meine ich.« Sie runzelte die Stirn. »Und die Zitadelle ist ... ein Teil von Ihnen?«

»Ja«, bestätigte Unnachgiebig und neigte würdevoll den Kopf. Er wirkte jetzt viel schwerer als vorher, trug das Potential von tausend Selbstfaktoren in sich.

Janeway sah sich um und versuchte, alles zu verstehen. Die Zitadelle war eine Art Schale, ein Gehäuse, wie es Schnecken und andere Wesen benutzten. Und an dieser Stelle endete die Analogie auch schon. Die Kirse-Entität bestand aus vielen Einzelteilen, ließ sich vielleicht mit einer multiplen Persönlichkeit vergleichen, die sich aller ihrer Komponenten bewußt war und außerdem verschiedene Körper schaffen konnte, die zu den einzelnen Persönlichkeiten paßten.

»Daher wußte Graurose die ganze Zeit über, was geschah«, sagte Paris langsam und wie zu sich selbst. »Sie gehörte zu einem größeren Ganzen.« So etwas wie Hoffnung huschte durch sein Gesicht. »Bedeutet das, sie ist gar nicht tot?«

»Jener Teil meines Fleisches, der Graurose war, lebt nicht mehr«, antwortete Kirse. »Aber ich erinnere mich an sie.« Der Körper erschimmerte kurz und veränderte sich, deutete die Konturen einer geflügelten Frau an.

Janeway hörte, wie Paris nach Luft schnappte, als er die Gestalt erkannte.

»Graurose ...«

»Nun, Captain Janeway ...« Kirse zeigte sich wieder als Unnachgiebig. »Sind Ihre Fragen damit beantwortet?«

»Nicht ganz.« Janeway sah von Kirse zu Revek und wieder zurück. »Warum haben Sie vor uns verborgen, was Sie sind?«

Kirse blinzelte und neigte verwundert den Kopf zur Seite.

»Sie kennen Revek«, fuhr Janeway fort. »Sie wußten also, daß Menschen die Natur Ihres Wesens nicht sofort verstehen. Sie hätten darauf hinweisen und alles erklären können, aber aus irgendeinem Grund entschieden Sie sich dagegen. Warum?«

»Oh.« Kirse wandte wie verlegen den Blick ab, und Janeway bemerkte, daß Revek lächelte.

»Es ist meine Schuld, Captain«, sagte der Mann.

Kirse winkte ab. »Ich bin von falschen Annahmen ausgegangen, Thilo. Sie haben darauf hingewiesen, was sich daraus ergeben könnte.« Kirse sah wieder Janeway an. »Als Thilo nach seiner Notlandung herausfand, was ich bin ... Es beunruhigte ihn. Es dauerte eine Weile, bis sich die jetzigen guten Beziehungen zwischen uns entwickelten. Nun, meine Welt erhält nur selten Besuch. Meistens kommen Tiere, um zu stehlen. Als ich herausfand, daß Sie zu Thilos Spezies gehören und deshalb aller Wahrscheinlichkeit nach Personen darstellen, freute ich mich auf mehr Gesellschaft. Ich wollte nicht riskieren, das zu verlieren, was mir solche Freude bereitete. Deshalb schwieg ich und bat Thilo, ebenfalls nichts verlauten zu lassen.« Kirse lächelte schief. »Ein Fehler, wie ich zugebe.«

»Und die Geschöpfe in den Gärten?« fragte Janeway.

Erneut wandte Kirse den Blick ab, und im Gesicht der Entität zeigte sich Kummer. »Eine ... Wahl, die vor langer Zeit getroffen wurde und die ich jetzt bedauere. Inzwischen wird nicht mehr auf diese Weise gehandelt.«

»Wie meinen Sie das?« erkundigte sich Janeway, als Kirses Schweigen andauerte.

Revek räusperte sich. »Die Gärtner sind das, was von den Leuten – den *Tieren* – übriggeblieben ist, die hierher kamen, um zu stehlen. Kirse benutzte sie als Rohmaterial, um biologische Maschinen daraus zu bauen. Dadurch wurde Metall eingespart. Außerdem kann Kirse nicht alles selbst erledigen; die Entität ist auf eine bestimmte Anzahl von Selbstaspekten beschränkt.«

»Sie verwandeln Gefangene in Zombies?« entfuhr es Paris.

Revek bedachte ihn mit einem durchdringenden Blick. »Kirse nimmt niemanden gefangen. Die entsprechenden Lebensformen waren tot oder lagen im Sterben, als sie gefunden wurden.«

»Was derartige Maßnahmen kaum rechtfertigen dürfte«, sagte Janeway. Es war eine gräßliche Vorstellung. Aus fremden Wesen ›biologische Maschinen‹ zu konstruieren ... So etwas verstieß gegen alle ihre moralischen Prinzipien. Andererseits: In diesem besonderen

Fall kam eindeutig die Erste Direktive zur Anwendung. *Und ich habe geschworen, immer und unter allen Umständen die Bestimmungen der Ersten Direktive zu achten.*

»Inzwischen wird nicht mehr auf diese Weise gehandelt«, betonte Kirse noch einmal. »Jene, die noch hier sind ... Ich muß sie entweder nutzen oder töten. Ich ziehe es vor, sie zu verwenden.«

Paris nickte langsam. »Graurose wies darauf hin. Jetzt ergeben ihre Worte einen Sinn.«

Janeway seufzte. Wer auch immer das Pech hatte, auf diesem Planeten die Prüfung der Kirse-Entität nicht zu bestehen: Die Betreffenden wären vermutlich lieber gestorben, als ›adaptiert‹ zu werden und anschließend Sklavendienste zu leisten. Nun, wenigstens fanden derartige Adaptionen inzwischen nicht mehr statt.

»Sind jetzt alle Ihre Fragen beantwortet?« fragte Kirse.

Janeway besann sich wieder auf die Gegenwart. »Ja«, sagte sie. Die Auskünfte erklärten das seltsame Verhalten jener Personen, die sie bisher für einzelne Kirse gehalten hatte. Erneut nickte sie, etwas energischer. »Ja, jetzt sind meine Fragen beantwortet.«

»Dann steht einem Abschluß unserer Transaktion nichts mehr im Wege?« fragte Kirse.

»Nein«, erwiderte Janeway. »Es bleibt bei unseren Vereinbarungen.«

Kirse nickte auf die etwas unbeholfene Weise, die Janeway von Unnachgiebig her kannte. »Mir gefällt Ihre Gesellschaft, die Gesellschaft von Menschen. Was halten Sie davon, hier bei mir zu bleiben, so wie Thilo?«

»Danke, nein.« Janeway holte tief Luft. »Wir ... Ich bin verpflichtet, meine Leute nach Hause zu führen.«

»Ich verstehe«, antwortete Kirse.

»Mr. Revek ...«, sagte Janeway. »Sie können mit uns

kommen. Ich bin sicher, wir finden einen Weg zurück in die Heimat.«

Revek wandte sich an Kirse. Die Entität hob eine Hand mit langen Fingern. »Die Wahl liegt bei Ihnen, Thilo. Ihre Gesellschaft ist sehr angenehm gewesen, aber Sie sind eine Person. Deshalb müssen Sie sich selbst entscheiden.«

Reveks Lippen formten ein fast zärtliches Lächeln, dem jede Ironie fehlte. »Nein, danke, Captain Janeway. Ich bleibe hier.«

»Sie wollen bleiben?« fragte Paris entgeistert.

Revek lächelte erneut, diesmal wieder auf eine schelmische Art. »Ja, ich bleibe. Zufälligerweise gefällt es mir hier, Tom – denken Sie nur an die Möglichkeiten. Kirse ist all das, was ich mir jemals wünschte.« Er wurde wieder ernst und sah Janeway an. »Abgesehen davon ... Nach meiner Notlandung hat mir Kirse mehrmals das Leben gerettet. Ich bin praktisch völlig neu konstruiert. Bei einer Untersuchung würde sich herausstellen, daß es in mir mehr Implantate gibt als im mechanischsten Kirse-Aspekt. Nein, ich bleibe besser hier.«

Und zwar aus vielen Gründen, dachte Janeway. »Wie Sie wünschen, Mr. Revek. Aber wenn Sie es sich anders überlegen sollten: Wir verbringen die nächsten drei oder vier Tage damit, weitere Nahrungsmittel zu sammeln.«

»Danke«, entgegnete Revek. »Mein Entschluß steht fest.«

»Ich helfe Ihnen bei der Ernte, wie versprochen«, sagte Kirse.

»Und ich schicke meine Chefingenieurin zu Ihnen, um die Restrukturierung Ihres Transportersystems zu beenden.«

»Dafür danke ich Ihnen«, erwiderte Kirse und verneigte sich würdevoll.

Die Kommandantin verbeugte sich ebenfalls und

klopfte dann auf ihren Insignienkommunikator. »Janeway an *Voyager*. Zwei Personen für den Transfer.«

Der Kirse-Planet – eine blaugrüne Kugel, umhüllt von weißen Wolkenstreifen – schwebte wie ein Juwel in der Schwärze des Alls. Das von ihm reflektierte Licht überstrahlte die Sterne. Janeway betrachtete die Darstellung nachdenklich und versuchte erneut, die wahre Realität dieser Welt zu sehen. Sie war die Heimat eines Einzelwesens, das sich in verschiedene Aspekte aufteilen konnte und in einer ›Zitadelle‹ lebte, die einen integralen Bestandteil seines Selbst bildete. Es fiel ihr sehr schwer, sich mit einer solchen Vorstellung abzufinden. Alle Kirse-Aspekte – Unnachgiebig, Silberhammer und die anderen – waren ihr wie völlig unabhängige Individuen erschienen. Doch die Analysen der von Graurose stammenden Gewebeproben bestätigten die Auskünfte der Entität. Jene ›Einzelpersonen‹ hatten nicht mehr Individualität als Spiegelbilder. *Nun, vermutlich haben sie doch etwas mehr Individualität*, dachte Janeway. *Aber es sind keine Individuen, wie wir sie verstehen. Nicht ganz.* Sie schüttelte den Kopf, während ihr Blick auch weiterhin dem Planeten galt. Tief in ihrem Innern war sie froh darüber, daß die Reise nun weiterging, und einmal mehr fragte sie sich, ob sie noch einmal mit Revek reden sollte. Vielleicht gelang es ihr doch noch, ihn dazu zu bringen, sich der *Voyager*-Crew anzuschließen. Doch er hatte den Eindruck erweckt, völlig sicher zu sein, und Janeway verbannte die vagen Schuldgefühle aus sich. *Wie dem auch sei: Wir werden auf eventuelle Kom-Signale von ihm achten, solange wir in Transporterreichweite sind.* Nun, als Erwachsener hatte er ein Recht darauf, sich frei zu entscheiden.

Janeway sah auf den Bildschirm, dessen Zahlen Auskunft gaben über die Vorräte an Bord. Sie bestanden nicht nur aus verschiedenen Nahrungsmitteln, sondern auch aus Wurzelablegern für die hydroponischen Anlagen der Ocampa Kes. Kirse hatte mehr geliefert als vereinbart, und Neelix brachte inzwischen Mahlzeiten auf den Tisch, die nicht nur nahrhaft wahren, sondern auch gut schmeckten. Janeway lächelte, als sie daran dachte. Und damit noch nicht genug: Revek hatte sie zu einer besonderen Pflanze geführt: Wenn man ihre purpurn gefleckten Blätter zerrieb und kochte, so bekam man ein Getränk, das große Ähnlichkeit mit Kaffee aufwies: Es enthielt genug Koffein, um selbst einen hartgesottenen Espresso-Trinker zufriedenzustellen. Janeway sah zu der fast leeren Tasse auf dem Tisch und erlaubte sich den Luxus, aus der Kanne nachzuschenken, die neben dem Computerterminal stand. Die Vorräte reichten natürlich nicht ewig, und irgendwann würde sie wieder damit beginnen, ihre Replikatorrationen für echten Kaffee aufzusparen – beziehungsweise für das replizierte Äquivalent von echtem Kaffee. *Nun, derzeit kann ich dies hier genießen,* dachte die Kommandantin. Sie trank einen Schluck der bitteren Flüssigkeit, empfand selbst ihre hohe Temperatur als angenehm. Dann berührte sie eine Schaltfläche, woraufhin das Bild auf dem Schirm vor ihr wechselte.

Die Techniker der *Voyager* hatten hart gearbeitet, um alle notwendigen Anpassungen vorzunehmen. Im letzten Bericht der Chefingenieurin war nur noch die Rede von einigen Feinjustierungen. Es ging vor allem darum, die auf Föderationstechnik basierenden Projektionsmodule der Kirse-Energiequelle anzupassen.

Ein kurzer Tastendruck aktivierte den Kommunikator. »Janeway an Torres.«

»Hier Torres.« Sie klang überrascht, und Janeway runzelte die Stirn.

»Wie kommen die letzten Justierungen voran?«

»Wir haben gerade den letzten Test durchgeführt«, antwortete Torres. »Mit Erfolg.«

Diesmal hörte Janeway Stolz in B'Elannas Stimme, und sie lächelte. »Gute Arbeit, Lieutenant. Wann sind Sie voraussichtlich fertig?«

»Wir haben die Arbeiten gerade beendet, Captain«, sagte Torres. »Silberhammer hat die letzten Konstruktionsunterlagen von mir bekommen.«

»Dann beamen Sie sich an Bord. Es wird Zeit, daß wir uns wieder auf den Weg machen.«

»Aye, Captain«, bestätigte die Chefingenieurin. »Torres Ende.«

Janeway deaktivierte das Computerterminal und erhob sich. Chakotay befand sich auf der Brücke. Sie wollte es ihm überlassen, die *Voyager* aus dem Kirse-System zu steuern – er würde sich bestimmt darüber freuen. »Janeway an Chakotay.«

»Hier Chakotay.« Der Erste Offizier erschien auf dem kleinen Kom-Schirm. »Irgendwelche Probleme, Captain?«

Janeway schüttelte den Kopf. »Torres hat mir gerade mitgeteilt, daß sie mit der Arbeit fertig ist. Bringen Sie uns fort von hier, wenn B'Elanna und ihr Team an Bord sind.«

Chakotay lächelte, und es gelang ihm nicht, seine Erleichterung zu verbergen. »Aye, Captain. Welcher Kurs?«

Janeway erwiderte das Lächeln, wenn auch ein wenig schief. Eine weitere Krise war überstanden, doch noch immer trennte sie eine siebzig Jahre lange Reise von der Heimat. *Daran läßt sich derzeit nichts ändern*, dachte Janeway. *Es kommt in erster Linie darauf an, nicht die Hoffnung zu verlieren*. »Nach Hause, Mr. Chakotay. Zum nächsten Punkt im Alpha-Quadranten.«

»Aye, Captain«, sagte der Erste Offizier, und dann verschwand sein Bild vom Schirm. Der Planet erschien wieder, und Janeway richtete einen nachdenklichen Blick auf ihn. *Eines Tages müssen wir vielleicht die gleiche*

Wahl treffen wie Revek, überlegte sie. *Aber noch ist es nicht soweit.*

»Nach Hause«, sagte Janeway laut, obgleich niemand da war, der sie hörte. Wenige Sekunden später verschob sich das Bild auf dem Schirm. Die Kirse-Welt glitt zur Seite, wich dem vertrauten Anblick der Sterne.

STAR TREK™

in der Reihe
HEYNE SCIENCE FICTION & FANTASY

STAR TREK: CLASSIC SERIE

Vonda N. McIntyre, Star Trek II: Der Zorn des Khan · 06/3971
Vonda N. McIntyre, Der Entropie-Effekt · 06/3988
Robert E. Vardeman, Das Klingonen-Gambit · 06/4035
Lee Correy, Hort des Lebens · 06/4083
Vonda N. McIntyre, Star Trek III: Auf der Suche nach Mr. Spock · 06/4181
S. M. Murdock, Das Netz der Romulaner · 06/4209
Sonni Cooper, Schwarzes Feuer · 06/4270
Robert E. Vardeman, Meuterei auf der Enterprise · 06/4285
Howard Weinstein, Die Macht der Krone · 06/4342
Sondra Marshak & Myrna Culbreath, Das Prometheus-Projekt · 06/4379
Sondra Marshak & Myrna Culbreath, Tödliches Dreieck · 06/4411
A. C. Crispin, Sohn der Vergangenheit · 06/4431
Diane Duane, Der verwundete Himmel · 06/4458
David Dvorkin, Die Trellisane-Konfrontation · 06/4474
Vonda N. McIntyre, Star Trek IV: Zurück in die Gegenwart · 06/4486
Greg Bear, Corona · 06/4499
John M. Ford, Der letzte Schachzug · 06/4528
Diane Duane, Der Feind – mein Verbündeter · 06/4535
Melinda Snodgrass, Die Tränen der Sänger · 06/4551
Jean Lorrah, Mord an der Vulkan Akademie · 06/4568
Janet Kagan, Uhuras Lied · 06/4605
Laurence Yep, Herr der Schatten · 06/4627
Barbara Hambly, Ishmael · 06/4662
J. M. Dillard, Star Trek V: Am Rande des Universums · 06/4682
Della van Hise, Zeit zu töten · 06/4698
Margaret Wander Bonanno, Geiseln für den Frieden · 06/4724
Majliss Larson, Das Faustpfand der Klingonen · 06/4741
J. M. Dillard, Bewußtseinsschatten · 06/4762
Brad Ferguson, Krise auf Centaurus · 06/4776
Diane Carey, Das Schlachtschiff · 06/4804
J. M. Dillard, Dämonen · 06/4819
Diane Duane, Spocks Welt · 06/4830
Diane Carey, Der Verräter · 06/4848
Gene DeWeese, Zwischen den Fronten · 06/4862
J. M. Dillard, Die verlorenen Jahre · 06/4869
Howard Weinstein, Akkalla · 06/4879
Carmen Carter, McCoys Träume · 06/4898
Diane Duane & Peter Norwood, Die Romulaner · 06/4907

STAR TREK™

John M. Ford, Was kostet dieser Planet? · 06/4922
J. M. Dillard, Blutdurst · 06/4929
Gene Roddenberry, Star Trek I: Der Film · 06/4942
J. M. Dillard, Star Trek VI: Das unentdeckte Land · 06/4943
David Dvorkin, Die Zeitfalle · 06/4996
Barbara Paul, Das Drei-Minuten-Universum · 06/5005
Judith & Garfield Reeves-Stevens, Das Zentralgehirn · 06/5015
Gene DeWeese, Nexus · 06/5019
D. C. Fontana, Vulkans Ruhm · 06/5043
Judith & Garfield Reeves-Stevens, Die erste Direktive · 06/5051
Michael Jan Friedman, Das Doppelgänger-Komplott · 06/5067
Judy Klass, Der Boacozwischenfall · 06/5086
Julia Ecklar, Kobayashi Maru · 06/5103
Peter Norwood, Angriff auf Dekkanar · 06/5147
Carolyn Clowes, Das Pandora-Prinzip · 06/5167
Diana Duane, Die Befehle des Doktors · 06/5247
V. E. Mitchell, Der unsichtbare Gegner · 06/5248
Dana Kramer-Rolls, Der Prüfstein ihrer Vergangenheit · 06/5273
Michael Jan Friedman, Schatten auf der Sonne · 06/5179
Barbara Hambly, Der Kampf ums nackte Überleben · 06/5334
Brad Ferguson, Eine Flagge voller Sterne · 06/5349
J. M. Dillard, Star Trek VII: Generationen · 06/5360
Gene DeWeese, Die Kolonie der Abtrünnigen · 06/5375
Michael Jan Friedman, Späte Rache · 06/5412
Peter David, Der Riß im Kontinuum · 06/5464
Michael Jan Friedman, Gesichter aus Feuer · 06/5465
Peter David/Michael Jan Friedman/Robert Greenberger, Die Enterbten · 06/5466
L. A. Graf, Die Eisfalle · 06/5467
John Vornholt, Zuflucht · 06/5468
L. A. Graf, Der Saboteur · 06/5469
Melissa Crandall, Die Geisterstation · 06/5470
Mel Gilden, Die Raumschiff-Falle · 06/5471
V. E. Mitchell, Tore auf einer toten Welt · 06/5472
Victor Milan, Aus Okeanos Tiefen · 06/5473
Diane Carey, Das große Raumschiff-Rennen · 06/5474
Margaret Wander Bonanno, Die Sonde · 06/5475
Diane Carey, Kirks Bestimmung · 06/5476
L. A. Graf, Feuersturm · 06/5477
A. C. Crispin, Sarek · 06/5478
Simon Hawke, Die Terroristen von Patria · 06/5479
Barbara Hambly, Kreuzwege · 06/5681
L. A. Graf, Ein Sumpf von Intrigen · 06/5682
Howard Weinstein, McCoys Tochter · 06/5683
Diane Carey, Invasion! – 1: Der Erstschlag · 06/5694

STAR TREK™

STAR TREK: THE NEXT GENERATION
David Gerrold, Mission Farpoint · 06/4589
Gene DeWeese, Die Friedenswächter · 06/4646
Carmen Carter, Die Kinder von Hamlin · 06/4685
Jean Lorrah, Überlebende · 06/4705
Peter David, Planet der Waffen · 06/4733
Diane Carey, Gespensterschiff · 06/4757
Howard Weinstein, Macht Hunger · 06/4771
John Vornholt, Masken · 06/4787
David & Daniel Dvorkin, Die Ehre des Captain · 06/4793
Michael Jan Friedman, Ein Ruf in die Dunkelheit · 06/4814
Peter David, Eine Hölle namens Paradies · 06/4837
Jean Lorrah, Metamorphose · 06/4856
Keith Sharee, Gullivers Flüchtlinge · 06/4889
Carmen Carter u. a., Planet des Untergangs · 06/4899
A. C. Crispin, Die Augen der Betrachter · 06/4914
Howard Weinstein, Im Exil · 06/4937
Michael Jan Friedman, Das verschwundene Juwel · 06/4958
John Vornholt, Kontamination · 06/4986
Mel Gilden, Baldwins Entdeckungen · 06/5024
Peter David, Vendetta · 06/5057
Peter David, Eine Lektion in Liebe · 06/5077
Howard Weinstein, Die Macht der Former · 06/5096
Michael Jan Friedman, Wieder vereint · 06/5142
T. L. Mancour, Spartacus · 06/5158
Bill McCay/Eloise Flood, Ketten der Gewalt · 06/5242
V. E. Mitchell, Die Jarada · 06/5279
John Vornholt, Kriegstrommeln · 06/5312
Laurell K. Hamilton, Nacht über Oriana · 06/5342
David Bischoff, Die Epidemie · 06/5356
Simon Hawke, Die Beute der Romulaner · 06/5413
Rebecca Neason, Der Kronprinz · 06/5414
John Peel, Drachenjäger · 06/5415
Diane Carey, Abstieg · 06/5416
Diane Duane, Dunkler Spiegel · 06/5417
Jeri Taylor, Die Zusammenkunft · 06/5418
Michael Jan Friedman, Relikte · 06/5419
Susan Wright, Der Mörder des Sli · 06/5438
W. R. Thomson, Planet der Schuldner · 06/5439
Michael Jan Friedman & Kevin Ryan, Requiem · 06/5442
Dafydd ab Hugh, Gleichgewicht der Kräfte · 06/5443
Michael Jan Friedman, Die Verurteilung · 06/5444
Simon Hawke, Die Rückkehr der Despoten · 06/5446

STAR TREK™

Robert Greenberger, Die Strategie der Romulaner · 06/5447
Dean Wesley Smith & Kristine Kathryn Rusch, Invasion! – 2: Soldaten des Schreckens · 06/5754

STAR TREK: DIE ANFÄNGE
Vonda N. McIntyre, Die erste Mission · 06/4619
Margaret Wander Bonanno, Fremde vom Himmel · 06/4669
Diane Carey, Die letzte Grenze · 06/4714

STAR TREK: DEEP SPACE NINE
J. M. Dillard, Botschafter · 06/5115
Peter David, Die Belagerung · 06/5129
K. W. Jeter, Die Station der Cardassianer · 06/5130
Sandy Schofield, Das große Spiel · 06/5187
Dafydd ab Hugh, Gefallene Helden · 06/5322
Lois Tilton, Verrat · 06/5323
Esther Friesner, Kriegskind · 06/5430
Diane Carey, Die Suche · 06/5432
Melissa Scott, Der Pirat · 06/5434
Nathan Archer, Walhalla · 06/5512
Greg Cox/John Gregory Betancourt, Der Teufel im Himmel · 06/5513
Robert Sheckley, Das Spiel der Laertianer · 06/5514
Diane Carey, Der Weg des Kriegers · 06/5515
Diane Carey, Die Katakombe · 06/5516
L. A. Graf, Invasion – 3: Der Feind der Zeit · 06/5519 (in Vorb.)

STAR TREK: STARFLEET KADETTEN
John Vornholt, Generationen · 06/6501
Peter David, Worfs erstes Abenteuer · 06/6502
Peter David, Mission auf Dantar · 06/6503
Peter David, Überleben · 06/6504
Brad Strickland, Das Sternengespenst · 06/6505
Brad Strickland, In den Wüsten von Bajor · 06/6506
John Peel, Freiheitskämpfer · 06/6507
Mel Gilden & Ted Pedersen, Das Schoßtierchen · 06/6508
John Vornholt, Erobert die Flagge! · 06/6509
V. E. Mitchell, Die Atlantis Station · 06/6510
Michael Jan Friedman, Die verschwundene Besatzung · 06/6511
Michael Jan Friedman, Das Echsenvolk · 06/6512
Diane G. Gallagher, Arcade · 06/6513
John Peel, Ein Trip durch das Wurmloch · 06/6514
Brad & Barbara Strickland, Kadett Jean-Luc Picard · 06/6515
Brad & Barbara Strickland, Picards erstes Kommando · 06/6516

STAR TREK™

STAR TREK: VOYAGER
L. A. Graf, Der Beschützer · 06/5401
Peter David, Die Flucht · 06/5402
Nathan Archer, Ragnarök · 06/5403
Susan Wright, Verletzungen · 06/5404
John Betancourt, Der Arbuk-Zwischenfall · 06/5405
Christie Golden, Die ermordete Sonne · 06/5406
Mark A. Garland & Charles G. McGraw, Geisterhafte Visionen · 06/5407
S. N. Lewitt, Cybersong · 06/5408
Dafydd ab Hugh, Invasion – 4: Die Raserei des Endes · 06/5409 (in Vorb.)
Karen Haber, Segnet die Tiere · 06/5410
Melissa Scott, Der Garten · 06/5812

DAS STAR TREK-UNIVERSUM, 2 Bde., von *Ralph Sander* · 06/5150
DAS STAR TREK-UNIVERSUM, 1. Ergänzungsband von *Ralph Sander* · 06/5151
DAS STAR TREK-UNIVERSUM, 2. Ergänzungsband von *Ralph Sander* · 06/5270

William Shatner/Chris Kreski, Star Trek Erinnerungen · 06/5188
William Shatner/Chris Kreski, Star Trek Erinnerungen: Die Filme · 06/5450

Phil Farrand, Cap'n Beckmessers Führer durch STAR TREK – DIE CLASSIC SERIE · 06/5451
Phil Farrand, Cap'n Beckmessers Führer durch STAR TREK – DIE NÄCHSTE GENERATION · 06/5199
Phil Farrand, Cap'n Beckmessers Führer durch STAR TREK – DIE NÄCHSTE GENERATION – Teil 2 · 06/6457

Ralph Sander, Star Trek Timer 1997 · 06/1997
Ralph Sander, Star Trek Timer 1998 · 06/1998
Nichelle Nichols, Nicht nur Uhura · 06/5547
Leonard Nimoy, Ich bin Spock · 06/5548
Lawrence M. Krauss, Die Physik von Star Trek · 06/5549
J. M. Dillard, Star Trek: Wo bisher noch niemand gewesen ist · 06/6500
Judith & Garfield Reeves-Stevens, Star Trek – Deep Space Nine: Die Realisierung einer Idee · 06/5550
Judith & Garfield Reeves-Stevens, Star Trek Design · 06/5545
Herbert F. Solow & Robert H. Justman, Star Trek – Die wahre Geschichte · 06/6499

Diese Liste ist eine Bibliographie erschienener Titel
KEIN VERZEICHNIS LIEFERBARER BÜCHER!